La Leyenda de La Princesa Dorada

de ***Yesenia Cardona-Müller***

Prólogo: Rafael López-Soler

All character and events in this book are fictitious. Any resemblance to persons living or dead is strictly coincidental.

Todos los personajes en este libro son ficticios, cualquier semejanza a una persona viva o muerta, es una coincidencia.

LeyendaPrincesaDorada.info@gmail.com

Primera Edición 2012
First Paperback Edition 2012

Hecho en U.S.A

Printed in the U.S.A.

Para mi príncipe malvado…

Para los que me dieron aliento
cuando no tenía,
para los que me quisieron a pesar de todo,
para los que siempre supieron que mi
destino era escribir…

Prólogo

Bienvenido al mundo de mi querida amiga Yesenia Cardona-Müller, la autora de esta pieza literaria, a quien he tenido el privilegio de conocer desde hace más de veinte años. Mientras disfrutan de las aventuras de la figura principal *Koren* quien navega por este maravilloso y fantástico mundo creado por Cardona-Müller, sepan que el personaje y la autora ambas han vivido sus experiencias en un constante viaje físico como psicológico.

A través de los años, he visto a Yesenia alcanzar sus metas sólo para mirar al horizonte y ver que aún le queda terreno para explorar. Koren, una joven mujer, vive en su humilde realidad pero con sueños de grandeza y destino de estrellas. Ambas aventureras ven obstáculos como acertijos vencibles con el conocimiento que el secreto esta en ellas.

Verán como Koren, escoltada por Lenna, entra a la magna biblioteca real del palacio de Bandah donde la información esta disponible solamente para la persona digna de adquirir el conocimiento y es la biblioteca quien le da una calurosa bienvenida a nuestro personaje principal por considerarla digna de trabajar ahí. En este mundo el lector tiene la oportunidad de escapar y dejar que Koren los guíe por su vida de manera que el lector forma parte de ese viaje con el protagonista.

Como juglar de la Antigua Europa, la autora ha creado un mundo de fantasía para transmitir las historias, las leyendas y poemas que han formado su vida además de relatar sus experiencias. Así como la autora, Koren se desplaza por el mundo viviendo su evolución y mejorando las personas que se encuentran en su camino. Esta novela de una estrella que toma forma mortal, trata sobre la adversidad que enfrentamos y las herramientas que tenemos para vencerlas.

La autora nació y se crió en la Ciudad de las Lomas, San Germán, Puerto Rico de padre abogado y madre empresaria. Su niñez fue una muy feliz y llena de cultura. Entre calabozos y dragones, criaturas místicas y buenos amigos cursó sus estudios universitarios en el Recinto Universitario de Mayagüez pero siempre deseando ver el mundo. Siendo así, una noche de invierno tropical se encaminó hacía los Estados Unidos de Norte América buscando llenar un vacío que sentía en su alma. Llegó hasta el estado de California donde forjó su vida aunque siempre añorando su patria. Su deseo interno siempre ardía por escribir y forjar este mundo donde pudiese presentarnos, a nosotros el lector, a *Koren*.

Es con mucho orgullo que les presento "La Princesa de la Leyenda Dorada"

Por Rafael E. López-Soler

La Leyenda de La Princesa Dorada

Hace muchos años atrás un consejo de criaturas mágicas se reunió para unir sus fuerzas con el fin de asegurar la prosperidad para su mundo y los habitantes de este. El consejo estaba formado por seres tales como elfos, dragones, troles, enanos, brujas, hechiceros, hadas, humanos sabios y espíritus benéficos. Estos seres decidieron asegurar la paz, la armonía entre todos y el bienestar del mundo. Todos juntaron sus fuerzas para hacer un hechizo eterno, el cual, cuando fuera necesario buscaría caer sobre una niña recién nacida, preferiblemente de noble estirpe, si se sintiera una gran fuerza malvada presente, o creándose en el mundo. El hechizo encontraría una niña predispuesta en carácter para ser valiente, fuerte, sabia, y sobre todas las cosas, amorosa. Este hechizo le daría a la escogida un inmenso poder mágico, un aura de oro como armamento y dominio sobre todas las criaturas mágicas. La niña tendría mucha gracia y la habilidad de ver en los corazones de los demás para poder guiarse.

En la tierra se conocería a la escogida como la Princesa Dorada, verdadera monarca de todos los reinos y dueña de la Espada Dorada…

Capítulo 1

Este es un cuento de hadas como todos los demás, lleno de fantasía, aventuras y sin mucha novedad. Valga la pena decir que este cuento sólo trata de enseñar el valor de la valentía, la lealtad y el amor. Nuestra historia tiene por escenario dos reinos que residen juntos en un mundo lejano. El reino menor es el reino de Bandah y está separado de su reino vecino, por una cordillera de enormes y rocosas montañas. En la parte Norte y Sur de esta cordillera hay unos caminos por donde fluyen libremente los habitantes de ambos reinos. El reino que se encuentra al lado Este de la cordillera es el reino mayor de Astra. Aunque importante, por ahora el reino de Astra no estará en nuestra historia, ya que todo comienza en el pequeño reino de Bandah.

La capital del reino de Bandah, llamada también Bandah, era una ciudad grande y cosmopólita en la cual el comercio y la prosperidad son abundantes. En la parte norte de la ciudad hay un enorme puente hecho de bloques de mármol, de blanca pureza, que lleva hasta las grandes puertas del castillo real. En este castillo habitan su majestad el Rey Papo, la Reina Violeta y su corte. La familia real esta acompañada de su consejo de legislación, de otros miembros de la familia real y miles de habitantes, que hacen la vida palacial cómoda para sus majestades.

Entre estas familias se encuentra la de la cocinera real, quien tiene el importante deber de mantener las papilas gustativas del rey y la reina extremadamente satisfechas. La cocinera, Doña Flora, era una dama apuesta y redonda quien vivía a gusto en una casa cerca al palacio, un poco más cercana al área del bosque. Ella es una señora de muy buen carácter, quien vivía acompañada de su esposo Lorean y su hija Koren. Desgraciadamente, las malas lenguas habían rumorado que la señora Flora a pesar de su pinta de buena gente, tenía una doble vida. Se rumoraba en el palacio que Flora, cuando salían las lunas llenas, se escapa hacia la ciudad de Bandah a pasear en las calles y pasarla bien. No tan sólo eso, decían que a ella le gusta buscar la compañía de los elfos ebrios para sacarle secretos de juventud eterna y especias mágicas. Cabe decir que es mejor tener cuidado cuando hablamos de otras personas, pero no podemos ignorar que las habladurías pudiesen tener alguna veracidad, en este caso, hay que mencionar que parte de las sospechas y los susurros surgen debido a la hija de Doña Flora.

Doña Flora dió a luz a su hija en una cálida noche de verano cuando las tres lunas de Bandah salpicaban su brillo sobre la tierra. Unos lobos que aullaban a lo lejos rompieron el silencio de la noche, seguido por el grito de la niña, quien anunciaba su llegada al mundo. Todos los presentes en la habitación quedaron callados al ver la pequeña figura, quien parecía ser de sangre elfa y no humana. La pequeña tenía la piel blanca y rosada como una perla marina, su lanudo cabello era plateado como un manto de luna y sus ojos de un turquesa brillante (que siempre permanecieron con ese brillo de luna que resplandeció en su nacimiento). El señor Lorean tomó a la pequeña en sus brazos y sin decir nada la recibió como su hija sin importarle las miradas imprudentes de los demás. Koren creció felizmente entre los otros niños de los siervos del palacio a pesar de su distinción física. Nunca se supo si fué cierto, o no, que Koren era descendente de los elfos, pero esa creencia se intensificó años después con ciertas aptitudes que ella poseía. En el palacio no había otro ser más hermoso que Koren, cada vez que sus pasos se escuchaban cercanos todos dejaban de hacer algo por robar un vistazo a la niña. Ella sonreía disfrutando secretamente de cómo afectaba a los demás, era tal su belleza que ya se rumoraba que ella sería dama de honor para servir nada más y nada menos, que a la reina. Era bien conocido que sólo damas de alcurnia podían asistir a la reina, o doncellas de extraordinaria belleza, ya que trabajar con la reina era reconocido como uno de los honores más altos.

El llamado llegó una tarde de primavera cuando Koren tenía sus doce años. Un enviado de la reina llegó con su traje de terciopelo negro y plateado, los colores de

Bandah, a la puerta. Koren estaba sentada en la cocina haciéndole compañía a su madre cuando sintió que alguien llamó a la puerta.

"Responde hija, que estoy ocupada." Le indicó su madre mientras miraba el contenido de un espumante caldero. Koren abrió la puerta y quedó un poco sorprendida al ver al apuesto joven en el umbral de la puerta.

"Vengo en nombre de la familia real de Bandah, de su majestad y soberana, su alteza la Reina Violeta de Bandah. Es el deseo de la reina, que la niña, Koren de Lorean y Flora se presente con su madre, la señora Flora de Umber y Dian en el palacio real a la hora del té para visitar a la reina." El joven terminó su recital casi sin poder hablar y un poco sonrojado. Doña Flora al oír las palabras del joven, no pudo contener su emoción y corrió hasta la puerta para aceptar la invitación.

"Dígale a su majestad, que será un honor para nosotras visitarla… allí estaremos."

El joven bajó su cabeza y con igual pompa emprendió su retorno al palacio. La madre de Koren sonreía y daba vueltas mientras tarareaba una canción en voz suave.

"¿Por qué estas así mamá?"

"Ay, hija, es que tengo el presentimiento que la reina te va a pedir que trabajes con ella." Le contestó su madre contenta.

"Pero yo no quiero trabajar con ella, he visto a sus damas y todo lo que hacen es nada." Le dijo Koren un poco molesta.

"Hija, te van a educar, podrás vestir los trajes más hermosos, acompañarás a la reina a las fiestas. Todas las chicas te van a envidiar."

"Pero ya todas me envidian mamá, yo soy la más bella del reino de Bandah. Además, estoy bien en la escuela de la aldea."

"¡Que cosas dices, Koren! No hay mujer más bella que la reina, son pocos los que la pueden ver, pero se sabe que su belleza es insuperable." Le dijo Flora con ternura.

"Eso está por verse. ¿Y si yo me niego a trabajar para la reina?" Le preguntó Koren a su madre.

"Sería un insulto para la casa real, pero nadie va a obligarte. Todos escogemos nuestro destino, pero sólo tanto cómo aceptemos las oportunidades que nos da la vida. ¿Qué sería mejor que trabajar en el palacio? Allí te trataran como realeza." Flora trató de hacer entrar en razón a su hija, quien la miraba con duda.

Doña Flora tomó a su hija de la mano y la llevó hasta su habitación, donde empezó a buscar entre los baúles sus mejores ropas. Vistió a su hija con un fluido traje de encaje rosado, que resaltara la translúcida perlesía de su piel. Le arregló su sedoso cabello en delicadas trenzas, que se posaban como elegantes lianas sobre sus hombros. Flora fué en seguida a su habitación a buscar su mejor ajuar, aunque se dió cuenta que su ropa era muy sencilla y su figura demasiado obesa para caber en sus trajes de juventud. No le quedó otro remedio que conformarse con una túnica de seda de color marrón que había usado para una fiesta hacía años atrás. Seguido salió a la sala y nerviosamente empezó a tejer, luego a leer, luego a arreglar la casa. Koren estaba en su cuarto, sentada en su escritorio sin saber qué pensar ante el prospecto de trabajar con la reina. Finalmente, se dijo a sí misma que le diría que no, pero por lo menos habría visto por sí misma si en realidad la reina era tan bella como decía su madre. Una hora después de haberse vestido, su madre la buscó para emprender el camino hasta el palacio real, que estaba en el corazón del castillo. Koren se dió cuenta de que su madre estaba muy emocionada, pequeñas gotas de sudor aparecieron sobre su frente, mientras que casi la arrastraba para que caminara más rápido.

"Imagínate si tenemos la suerte de toparnos con el rey." Dijo Flora casi sin aliento.

"Yo pensé que el rey te conocía. ¿Acaso no cocinas tú su comida hace años?" Le preguntó Koren con un tono de burla.

"No seas pesada hija, para mí es un honor."

" Mamá, ¿No te gustaría ser reina?"

"¡Que cosas preguntas! No todos queremos ser reyes. Yo nunca quisiera ser rey, ni reina. Yo soy cocinera por que me gusta cocinar. La vida del rey ni de gratis la viviría, él tiene que atender a todos, ser de todos y vivir con la sospecha que alguien quiere su trono. Yo escucho cuanto rumor hay… No es fácil tener tanto poder, cuando estés mas grande ya sabrás que hay cosas que quitan más de lo que dan." Le dijo su madre. Flora y Koren pasaron por los jardines reales y quedaron maravilladas con el color vibrante de las flores. Después, entraron a la plaza principal donde se encontraba la entrada del palacio real. Flora sabía su camino después de haber trabajado años en el palacio, pero para cualquier visitante sería un laberinto casi imposible de penetrar.

El castillo consistía de cuatro palacios, que en realidad eran como castillos en su propio derecho. Si un visitante viniera de la ciudad de Bandah, cruzaría el puente hasta los portones del castillo, donde una vez allí tendría que declarar qué venía a hacer en el castillo, en el fortín principal. El fortín estaba compuesto de oficinas de jefes militares, la guardia real y las barracas de los soldados, además de un bien suplido almacén de armas. El reino de Bandah constaba orgullosamente con una pequeña, pero efectiva milicia (que en realidad no ha hecho mucho desde hace siglos debido a la paz que ha reinado en Bandah). La plaza mayor se encontraba justo detrás del fortín, viniendo a ser como la antesala para el Palacio Real.

El palacio real, ante los ojos de todos, era una deslumbrante estructura hecha con los más hermosos materiales de la tierra, sus ventanas y puertas de platino, sus paredes del mármol mas blanco. La arquitectura del Palacio Real había sido basada en los ensueños de las sirenas y las hadas. El palacio era la parte del castillo compuesto de torres celestiales, grandes salones y habitaciones primorosas. A un costado del Palacio Real se encontraba la Academia Real de Bandah donde los talentos más sobresaliente de Bandah, estudiaban las materias avanzadas de asuntos celestiales, mágicos y terrestres. Al otro costado del palacio se encontraba la embajada de los pueblos del reino que en su totalidad eran cinco.

La primera sección pertenecía a la del Pueblo de Bandah y sus poblados, la próxima era la del pueblo de Stella Maris que estaba en la costa Norte del reino, luego el pueblo de Nubis que estaba al noreste del reino entre las grandes praderas y el desierto. Cyrus que era el pueblo más lejano al sur del reino, cual se encontraba en un gran bosque, y finalmente, Polaris que era el pueblo en la parte baja del desierto, siendo famoso por ser un punto de mercadeo entre los reinos de Bandah y Astra. El cuarto y más lejano palacio estaba casi escondido detrás del Palacio Real, donde estaba ubicado el centro de gobernación de Bandah, siendo allí donde el rey se reunía día tras día con su consejo legislativo.

Koren había recorrido todos los terrenos del castillo pero jamás había entrado al Palacio Real, no podía dejar de sentirse un poco ansiosa por ver el interior de tan majestuoso lugar. Al acercarse al palacio se dieron cuenta de los numerosos guardias en la entrada, todos con sus uniformes negros y plateados, cargando sus lanzas de fuego. Las lanzas de fuego eran poderosas e indestructibles armas, de las cuales de su parte superior salía un fuego mágico que prácticamente desintegraba lo que tocaba. Los soldados no podían estar a cargo de semejante aparato sin haber sido rigurosamente entrenados por años en la academia militar. Koren empezó a sentir un poco de miedo al ver los hombres altos, corpulentos y austeros, listos para defender los reyes de Bandah. Flora ni se inmutó de la presencia de los soldados por que ya les había visto muchas veces cuando ella venía a trabajar en la cocina real, esa misma mañana había estado en el palacio para dar las órdenes del día.

"Buenas tardes, soy Flora de Umber y Dian, vengo por invitación real a compartir el té con la reina, su majestad y soberana, su alteza la Reina Violeta. Ella es mi hija Koren de Lorean y Flora" Flora se presentó formalmente, ya que usualmente entraba por la puerta de servicio. Por un momento le entró la duda, asustándose al pensar que a lo mejor se suponía que ella hubiese debido haber llegado por allá nuevamente. Antes de que Flora volviese a hablar el guardia le sonrió y observando con curiosidad a Koren le respondió.

"Su alteza, la Reina Violeta, le recibe cálidamente a su hogar y le pide que por favor prosiga al Salón de las Fuentes." Flora y Koren escucharon atentamente lo que dijo el guardia sin decir nada, pero permaneciendo inmóviles. El guardia las observó curiosamente hasta que al fin cayó en cuenta de que ellas no sabían como llegar al lugar mencionado.

"Pasen a la antesala del palacio, vayan hacia su mano derecha hasta que vean un hermoso jardín de rosas azules y un grandioso portón de bronce, una vez allí ya escucharán el sonido arrullador de las fuentes y podrán ver una plazoleta donde está una glorieta de bronce, ahí estará la reina." El guardia les sonrió cómo si con tan sólo pensar en ese lugar su vida fuese extraordinaria. Flora y Koren se despidieron cordialmente, siguiendo su rumbo y las instrucciones, hasta que finalmente el pasillo las llevó hasta la antesala, donde ambas quedaron boquiabiertas ante el esplendor frente a sus ojos.

La antesala era un salón con pisos de cristal que parecía hielo, con un techo lleno de candelabros de plata que brillaban como los destellos del mar. Koren estaba tan maravillada que su madre le halaba de la mano para dirigir su andar, había tantos detalles que casi era imposible ver todo de una mirada. Flora empezó a temer que llegarían tarde a su cita, pues el salón era casi interminable, pero al fin vió el jardín con las rosas azules. Una vez en el jardín un delicado olor a rosas las envolvió, pero más quedaron asombradas con las rosas, que eran tan azules que más bien parecían zafiros. Koren extendió su mano intentando tocar los pétalos, para asegurarse de que en verdad eran rosas y no joyas.

"Madre, ¿Cómo es posible que estas rosas sean así?"

"Deben ser de otro lugar, a lo mejor de una de las ciudades en Nubis, dicen que tienen una vegetación fantástica, ya que a las hadas les gusta el color." Flora apretó el paso al darse cuenta que también el jardín era muy grande, la impaciencia la estaba haciendo sentirse muy nerviosa. Después de lo que pareció un rato interminable, finalmente se empezó a escuchar el murmullo del agua. Las fuentes eran grandes y de diferentes temas. Una era de una sirena sentada sobre una gigante concha, la sirena miraba hacia el cielo tratando de alcanzarlo con sus manos, de las cuales brotaban chorros de agua en diferentes colores. Otra fuente era una cascada que caía sobre un pequeño lago lleno de coloridos peces. Era imposible verlas todas, pero en unísono dejaban caer el agua dando un fabuloso concierto acuático con un canto interminable. Finalmente, la glorieta de bronce salió a la vista, donde Flora y Koren lograron ver la comitiva de la reina.

Un grupo de bellas doncellas vestidas de plateado tocaban una música suave y relajante. Una de las doncellas de piel color lila cantaba una canción casi inaudible, su voz sedosa recorría el lugar como una brisa curiosa y brindaba un sentir de armonía. Koren observaba las doncellas boquiabierta ya que todas tenían delicadas figuras, de diferentes colores y formas. Unas eran de piel color lila, otras de tez oscura, verde, turquesa. Koren se dió cuenta que hasta había una doncella duende, algo que ella nunca había visto. Lo que no fallaba era que todas eran increíblemente hermosas, Koren las observó en detalle muy fijamente y se sonrió al pensar que, aunque bellas, no lo eran tanto como ella. Koren y Flora se acercaron más a la glorieta, las damas de compañía de la reina estaban por todas partes, había un grupo de unas treinta mujeres. Entre todas ellas habían unas en particular que parecían resaltar, no tan sólo por su vestimenta sino por su modo de estar y su proximidad a la reina.

Unas mujeres del grupo jugaban juegos de mesa, otras pintaban, otras charlaban en circulo, o tejían, o leían, en fin la estaban pasando estupendo. Koren pensó para sí que esto no parecía nada de trabajo, todas estaban divirtiéndose, pensó también que era muy extraño que ellas estuvieran allí tan sólo para hacerle compañía a la reina. Ella se preguntó que razón habría traído a cada una de ellas a ese lugar… tal vez abolengo, tal vez belleza. Que dirían las otras mujeres del reino si supieran que no tienen una vida tan lujosamente cómoda por ser comunes y corrientes, pensó. De repente, Koren se sintió mucho más orgullosa de su belleza, sintiendo que a lo mejor su madre tenía razón y debería aceptar el ofrecimiento de la reina. Se sintió muy especial, aunque sin poder evitarlo un golpe de temor la tomó por sorpresa, al pensar que tal vez la reina no la invitaría después de todo a estar con ella. Si la reina no la acogía en su comitiva, todos sabrían que la reina pensó que ella no era digna de ser Dama de Honor Real, haciéndola la burla del reino. Koren empezó a caminar más erguida, más confiada de sí misma, entendiendo que ya que estaba allí quería distinguirse de las demás y ser aceptada. Su corazón empezó a latir nerviosamente, como nunca antes lo había hecho.

Las damas de compañía dejaron de hacer lo que hacían en ese instante, al darse cuenta de que alguien había llegado. Ellas le sonreían a Koren amistosamente, pero sin poder esconder un rastro de curiosidad en sus ojos. En ese instante un sutil perfume de Jazmín y rosas llegó con la brisa, seguido de un cálido sentimiento de bienestar. Las visitantes finalmente llegaron hasta donde estaba la reina sentada, donde una vez en su presencia perdieron el aliento, quedando atónitas ante su persona. La Reina Violeta era una elegante y alta mujer llena de gracia. Su piel morena expedía el calor del desierto, su cabello lacio y azabache se posaba en sus hombros como una cascada de oscuridad sedosa, sus ojos plateados y grises parecían luceros robados del cielo invernal. Koren sintió que no podía mover la vista, no sabía que hacerse consigo misma ante aquella imponente figura. La reina observó a sus visitantes, sonriéndoles amistosamente para darles la bienvenida, a la vez señalándoles que tomaran asiento junto a ella. Koren y Flora lograron sentarse en el lugar indicado sin decir palabra, sin tampoco poder dejar de mirar a Violeta.

"Bienvenidas, espero que no se les haya hecho largo el tramo hasta el jardín." Les dijo la reina mientras una de las damas presentes empezó a servir un fragrante té en pequeñas tazas.

"No, su majestad, alteza, el camino fué muy plácido y como siempre su palacio es hermoso, da gusto andar aquí. Usualmente, he ido a otras partes del palacio, nunca había visto algo semejante en mi vida." Habló Flora sin poder contener su euforia, la reina sonrió nuevamente, mientras Koren se sintió un poco avergonzada de la simpleza de su madre. Inexplicablemente Koren se sintió incómoda al reconocer que la belleza de la reina, de hecho, excedía la suya, un sentimiento de rabia atrapó su corazón y una ráfaga de desdén llenó su cuerpo. Avergonzada de sí misma, Koren subió su mirada tímidamente, estremeciéndose al darse cuenta que la reina la miraba fijamente, como si de alguna manera supiera lo que Koren había sentido. Violeta sonrió tiernamente, haciendo que Koren sintiera nuevamente un calor suave envolver su cuerpo, logrando calmarla.

"Les voy a ser honesta, están aquí por que a mis oídos llegó la noticia de que la niña Koren de Lorean y Flora, era poseedora de una belleza extraordinaria. Sin duda eres tú, en realidad eres hermosa." Se dirigió la reina a Koren, mientras la miraba fijamente.

"Gracias, su alteza." Replicó Koren cabizbaja al tratar de esconder el rubor de sus mejillas. Flora bajó su cabeza en un gesto de humildad y agradecimiento con lágrimas a punto de brotar de sus ojos.

"Es costumbre del Palacio Real invitar a las doncellas más bellas del reino a entrar a mi servicio para darles una oportunidad de servir al reino. Algunos piensan que este es un acto extremadamente discriminatorio, pero el Palacio Real siempre le ha abierto las puertas a todas las personas extraordinarias. Yo pienso que la belleza es algo que debe reconocerse, por que es una de las formas más auténticas en la que la naturaleza se expresa." La reina pausó un momento para tomar un sorbo de té, pero siempre manteniendo su vista en Koren para observarla. Koren se sintió inquieta presintiendo como que la reina estudiaba su alma y su mente.

"Estaría complacida si Koren entrara a mi servicio." Declaró la reina. Al escuchar las palabras, Flora sintió que su alma salía de su cuerpo en un felíz viaje en las alas del orgullo materno. Koren sintió un inmenso alivio, aunque jamás lo hubiese admitido, no sabía como hubiese podido recobrase de un rechazo tan fenomenal.

"Su majestad, su alteza, que honor ha puesto ante nosotros con su propuesta. Yo estaría honrada de que mi hija entre a su servicio." Dijo Flora emocionada.

"Gracias, pero creo que la decisión se posa sobre los hombros de Koren en este momento. Puedes sentirte libre de hacer preguntas." Se dirigió la reina a Koren amistosamente.

"¿Su majestad, qué es lo que tengo que hacer para usted?" Le preguntó Koren tímidamente.

"Las damas y doncellas a mi servicio siempre tienen que ser leales a mí y al reino de Bandah. Para tí seria un collar de platino y ónice con mi insignia. Este collar te daría acceso a todo el reino como mi enviada, estudiarías en la Academia Real y tendrías alguna parte de la manutención del castillo a cargo. Todas las tardes tendrías que venir a este lugar, o al palacio, para darme cuentas de tu puesto, o a platicar." Le explicó la reina.

"¿Podré ver a mi mamá?" Preguntó Koren un poco preocupada.

"Por supuesto niña, puedes vivir en el castillo, o en casa de tu madre. Te darás cuenta que una vez te acostumbres a la vida del palacio tendrás mucho tiempo libre a tu alcance." Le sonrió la monarca.

Koren permaneció callada un momento, pensativa, mirando a todas las caras que le observaban esperando su respuesta.

"Su majestad, sería un gran honor servirle a usted y al reino de Bandah." Le dijo Koren con dignidad. Doña Flora saltó de su asiento, abrazando a su hija llena de felicidad, sus ojos brillando con lágrimas de amor y orgullo. La reina y sus acompañantes las observaban con una cálida sonrisa en sus rostros y asentían ante el despliegue de emoción.

"Bien, regresa en la mañana y allí te estará esperando mi asistente personal, Altea. Te llevará a mi cámara de oficios donde atenderemos los pormenores de tu educación y oficio." Declaró la reina, mientras que Altea le sonreía a Koren, dándole un caluroso gesto de bienvenida.

"Altea es mi asistente personal, consejera y buena amiga. Cuando yo esté ocupada puedes ir donde ella para que te asista. Esto también te pertenecerá desde este momento." La reina extendió su delicada mano y le entregó un pequeño saco de seda plateada a Koren. La niña tomó el pequeño saco en sus manos y se asombró al sentir que era muy liviano, no pudiendo creer que tuviese algo adentro, más grande fue su sorpresa cuando sacó de su interior un hermoso collar de platino con un pendiente de ónice. El pendiente era redondo, en su interior había el relieve de una rosa grabado. Koren y Flora nunca habían visto algo tan hermoso en sus vidas.

"Si quieres puedo ayudarte a ponértelo." Le ofreció Altea a Koren ya que estaba más cercana a ella. Koren asintió y se acercó a la dama, quien con manos hábiles le puso el collar de inmediato.

"Gracias. Jamás había tenido algo tan bello." Les dijo Koren genuinamente agradecida. Violeta sonrió complacida, al igual que Altea y todas las presentes.

"Tendrás muchas más cosas, pero principalmente una educación. Por ahora disfruta de la música y el jardín, ya que mañana tu vida se volverá muy interesante, te lo prometo." La reina le dijo amablemente.

La tarde pareció desaparecer demasiado rápido, Koren y Flora estuvieron sentadas en el jardín un buen rato disfrutando de la música, empezando a conocer las otras damas de la reina. Por primera vez en su vida, Koren pensó que era muy feliz, ya deseaba que el día se acabara para poder regresar al palacio y resumir su nueva identidad. Una vez que regresaban a su hogar, llenas de emoción y alegría, madre e hija sonreían mientras platicaban.

"Nunca imaginé que la reina fuera tan bella. A mí se me hace que ella tiene sangre de ninfa, o diosa." Dijo Flora.

"Yo pensé que no podría dejar de mirarla, me hizo sentir como si fuera tan insignificante, pero también como si ella me estuviera acogiendo. Fue bien extraño estar tan cerca de ella y no saber que hacer."

“No te preocupes, ya te acostumbrarás a ella, la verás a menudo. Que suerte tienes hija. La gente sólo puede ver a los monarcas una vez al año en las fiestas de Bandah, y de lejos.” Se rió Flora al hablar. Ella pensaba en las miradas de envidia que recibiría cuando sus compañeras de trabajo supieran que ella había tomado el té con la reina, más aún cuando se enteraran que su hija sería parte de la comitiva real. Su corazón se llenó de alegría y se permitió un poco de vanidad también, al fin de cuentas ella era la madre de Koren y tenían un parecido. Los pensamientos de Koren eran menos complicados, sabía que sus amigas quedarían boquiabiertas con su nueva posición, pero no la extrañarían mucho. Koren ya estaba acostumbrada a sentirse siempre un poco aislada de los demás niños por ser tan diferente a ellos, su belleza siempre fue algo inquietante para todos. Ella se alivió de que al fin estaría en un lugar donde nadie la miraría de reojo, donde la considerarían como una más del grupo, donde finalmente podría encajar. Ella también había notado que había al menos dos chicas cercanas a su edad, lo que aumentaba la posibilidad de tener nuevas amistades y le hacía esperar el día siguiente con emoción.

Al llegar a la casa, su padre las esperaba en la salita con cara de ansiedad. Lorean era alto y delgado, de cabello largo y blanco, con la piel arrugada por los años, ya que tenía casi trescientos años. Lo que nadie sabia de él, era que a pesar de parecer ser un simple hombre, había nacido de la unión de una hermosa elfa y un dragón, siendo de su sangre que Koren sacó su parecido a los elfos. Cualquiera que lo viese jamás hubiese pensado que él tuviera nada que ver con esas razas, pero él tampoco lo anunciaba ya que muchos humanos miraban con recelo esas uniones. La gente común desconfiaba de las criaturas interraciales, particularmente las mágicas, pues temían su mayor dominio de la magia. Algo preocupante, ya que para cualquier humano común y corriente, el obtener el conocimiento de la magia requeriría un riguroso entrenamiento. Lorean no daba indicios de ser un gran mago, pero siempre se hablaba de lo fácil que se le hacia domar algunas bestias. También estaba el asunto de su longevidad, ya que había visto dos de sus esposas humanas perecer, al igual que algunos de sus hijos y nietos. Lorean decidió quedarse sólo al haber perdido tantos seres amados, pero la soledad lo llevó a buscar una nueva familia. Él ya había cumplido sus doscientos sesenta años cuando pensó que tal vez era el momento de encontrar a alguien con quien compartir por lo menos unos cien más.

Él conoció a la que sería su esposa una tarde de primavera, cuando paseaba por el bosque, momento en que lo atrapó un rico olor a comida que casi lo dejó desorientado. Lorean le siguió el rastro al delicioso aroma y se topó con una joven que cocinaba una liebre en una pequeña fogata al lado de un riachuelo. Desde ese entonces Lorean y Flora estuvieron juntos, ya que Flora estaba encantada de la idea de casarse con un casi elfo, sin importarle lo que ello conllevaba.

"Papá, voy a ser Dama de la reina. ¡Mira mi collar!" Exclamó Koren a gritos llena de emoción al ver los ojos indagadores de su padre. Lorean le extendió los brazos para recibirla y llenarla de besos.

"Pues claro, hija. Te dije que eras lo más bello que he visto, y mira que este pobre medio elfo ha visto muchas cosas en su larga vida."

"Papá, la reina es hermosa. Tiene la piel como la arena del mar, pero un poco más oscura. Sus ojos, papá, son como si se hubiesen robado un lucero de plata y se los pusieron en el rostro. Mamá piensa que ella puede ser medio diosa. ¿Y ya viste este collar?" Koren le puso el collar casi en su boca.

"Es hermoso, sin duda surgió de la colaboración de hadas y elfos. Los detalles y su livianez es incomparable, la piedra es demasiado negra y oscura como para no ser mágica. Hija, me alegro tanto por esta oportunidad que tienes." Su padre la abrazó nuevamente y le besó su cabeza. Flora se unió al tierno abrazo familiar, sintiendo un apretón en el pecho, de felicidad.

"Bueno, ya es suficiente. Es hora de comer y bañarte ya que mañana te levantarás temprano para ir al palacio." Le dijo Flora a su hija. Koren besó la mejilla de su padre y salió apresurada a seguir las órdenes de su madre. Flora abrazó a su marido y sonrió al sentir que ambos compartían el mismo sentimiento de orgullo.

"Me hubiera gustado tanto que hubieras visto el palacio, la reina, los jardines…" Le dijo Flora a su esposo.

"Me alegro por ustedes, se ve que Koren está muy feliz de haber sido escogida. Siempre supe que su belleza la exaltaría sobre las demás."

"¡Já! No te creas que sólo se parece a tí, yo también tuve que hacer en el asunto, eh." Le recordó Flora jocosamente.

Koren estaba ya en su habitación preparándose para dormir mientras escuchaba las voces ahogadas de sus padres en la habitación contigua. Sonreía de emoción y ansiedad al saber que dentro de unas horas sería parte de la comitiva real. Memoria tras memoria de alguna imagen se presentaba en su mente, una más fascinante que la otra. Sus pensamientos se tornaron hacia la reina, una figura indeleble en su mente la cual ella trataba de recordar en detalle. Ella recordó el hermoso vestido tan detallado que la reina traía puesto en la tarde, las pequeña tacita que la reina tuvo entre sus dedos. Recordó que la tela del vestido era de un color rojo incandescente, con telas que fluían como un río de lava salpicado de rubíes y ámbar. Las mangas del traje eran de un encaje terciopelado que parecían suavemente acariciar la piel que cubrían. Koren sintió una sensación de euforia al pensar que ya pronto ella también podría tener unos trajes maravillosos. La niña se quedó dormida fantaseando con la vida palacial, la hora del té y sus estupendos vestuarios.

Capítulo 2

La mañana recibió a Koren con el trino ajetreado de los pajaritos y la luz inoportuna del sol. Abrió los ojos súbitamente, como el que se ha dado cuenta que el sueño había durado más de lo debido. Corrió a la pieza de su madre para levantarla, al darse cuenta que los sonidos vespertinos aún no estaban llenando la casa como de costumbre. Doña Flora aún roncaba como un oso hibernante y Lorean estaba dormido a su lado inmune a los rítmicos estruendos. Koren los miró con cariño y saltó en la cama en medio de ambos, quienes despertaron asustados.

"Levántense, hoy me tienen que llevar al palacio." Dijo Koren entre risitas.

"¡Ay, es cierto! No podemos dejar a la Dama Altea esperando." Flora se levantó de un salto y le arrancó la sábana a su esposo para que él también se levantara. Lorean permaneció callado, un poco molesto por haber sido arrancado de los tiernos brazos de su sueño, tan abruptamente. Koren regresó a su habitación para asearse y prepararse mientras sus padres hacían lo mismo. Una vez que ya llevaba su mejor ajuar se miró en el espejo satisfecha y pensó que de no ser por la reina ella tal vez sería la mas hermosa del reino. Al salir de la habitación sus padres la miraron con orgullo y ella se sentó a la mesa con ellos para compartir su desayuno.

"Mamá, ahora que yo tendré muchas oportunidades, creo que ya no tendrás que trabajar en el palacio, lo primero que haré es buscarte tu propia cocinera."

"No, hija. Ni se te ocurra. Lo más que yo disfruto en este mundo es cocinar." Le dijo Flora, enternecida por el gesto de su hija.

"Pero siempre dices que es mucho trabajo, que estas cansada."

"Sí, mi amor, pero eso no significa que quiera dejar de hacerlo." Le dijo su madre.

"¿Y tú, papá? ¿Qué te gustaría hacer ahora?"

"Hija, gracias por tu intención, pero yo ya he hecho demasiado. Mi vida es sencilla, pero muy feliz y así es que la disfruto." Le sonrió su padre. Koren continuó comiendo en silencio sin entender por qué sus padres no aprovechaban la oportunidad de mejorar sus vidas ya que ella podía ayudarles. Luego de terminar el desayuno todos partieron de prisa hacia el palacio. El camino era largo, pero hermoso, para ellos era entretenido ver como todos los diferentes puestos y palacios empezaban a cobrar vida para emprender la rutina diaria. Por un lado pasaban estudiantes repletos de pesados libros, por otro lado llegaban carruajes halados por potentes Pegasos que llevaban dentro de sí dignatarios de diferentes lugares. Los sirvientes de los diferentes palacios corrían anunciando sus afiliaciones según sus colores por cada rincón como ratoncitos. Los militares entraban en guardia todos en formación, alguno que otro un poco somnoliento, pero listo para las rondas. Hasta los olores del palacio parecían despertar, los jardines empezaban a abrir sus perfumes bajo el rocío de la mañana, los hornos rompían su hibernación nocturna para recibir en sus fuegos hogazas de pan fragante. Los pasos de la pequeña familia se perdían entre los cientos de ecos en los adoquines del camino.

Lorean caminaba junto a sus amadas mujeres espiando con curiosidad la rutina palacial. Él nunca había tenido la oportunidad de observar semejante coreografía ya que al empezar el día, él se tomaba su tiempo para desayunar, pasear por el bosque donde conversaba con los animalitos, para luego irse a trabajar en los establos del palacio. Los pegasos eran las bestias favoritas de Lorean, ya que eran fuertes y corpulentos. Él sabia que eran muy pocos los que podían acercarse a los pegasos ya que estos eran muy raros, difíciles de cuidar y muy peligrosos cuando se lo ponían en mente.

Flora caminaba junto a los demás casi en un sueño, pero ya empezaba a preocuparse por los quehaceres de la cocina. Ella pensaba en las instrucciones que había dejado a sus subalternos para el día de hoy. Al ver en la cercanía la entrada del palacio de la reina, se olvidó de sus pensares y apuró el paso al darse cuenta que ya la Dama Altea estaba parada en la puerta esperándolos. Todos en el palacio sabían que Altea era la bruja más poderosa y respetable del reino de Bandah, hasta se rumoraba que a lo mejor era la más poderosa del planeta, por eso su presencia resaltaba en cualquier lugar. Flora la observó con más detalle ya que nunca había tenido una oportunidad de verla plenamente y tan de cerca. Altea era alta y delgada, con el cabello tan rojo como el vino más delicado, sus ojos eran verdes como los prados más allá de las montañas. Su piel blanca y cremosa no delataba sus estimados dos siglos de vida, piel que estaba adornada con delicados tatuajes de color negro, que simbolizaban su afiliación a la tribu de las brujas de Nubis. Altea vestía un hermoso traje de encajes y seda color crema que aludía a su estatus en el palacio.

"Buenos días, bienvenidos." Les saludó Altea con una sonrisa exquisitamente cálida. Un leve olor a salvia se mezclaba con el dulce aroma de su piel, como un perfume quimérico.

"Buenos días, Dama Altea, espero que no la hayamos hecho esperar demasiado." Se disculpó Lorean humildemente.

"No se preocupen, salí aquí temprano para ver el vaivén del palacio. Además, siempre me gusta platicar con los guardias, ellos lo ven todo. Si supieran de las cosas que me entero." Les comentó sonriente.

"Dama Altea, él es mi esposo Lorean de Kai y Dhur." Lo presentó Doña Flora.

"Dhur…muy curioso. Es un nombre muy ancestral, ya me latía que Koren no era una humana común y corriente. Sé muy bien quien es..." Les dijo Altea poniendo énfasis en sus últimas palabras. Lorean se sonrojó un poco, sabía que la bruja conocía muchas cosas acerca de él, pero sonrió también sin decir nada.

"Bueno, me gustaría quedarme a platicar, pero me temo que debo arrancarles a su hija de las manos. Hay mucho que aprender y pronto nos reuniremos en la oficina de su majestad la Reina Violeta para empezar nuestro día."

"Sí, por supuesto, sólo quisimos acompañar a Koren, ya que es su primer día." Explicó Doña Flora. Ambos padres besaron tiernamente a su hija en las mejillas y la abrazaron fuerte, ante todo ese despliegue de emoción ella permaneció callada y un poco asustada. Koren sintió un apego por sus padres inesperado y titubeó antes de dar un paso para unirse a Altea.

“Hasta luego hija, que pases un buen día. Pórtate bien, como siempre. ¿Eh?” Le decía su madre acariciando su cabello, a punto de reventar en llanto. Lorean tomó a su esposa por el brazo y sonrió al tener que halarla sutilmente para indicarle que ya debían marcharse.

“Adiós, mamá. Te veo en la tarde.” Le replicó Koren en voz baja. También sintiendo una punzada de angustia en el pecho al verlos partir y perderse entre la gente.

“No te sientas así, aunque estés un poco nerviosa ya te acostumbrarás y pronto te sentirás muy a gusto en el palacio. Ya verás.” Le dijo Altea para animarla. Koren asintió con la cabeza sin decir nada y siguió a Altea hacia al palacio. Ella no estaba muy segura de lo que su presencia en el palacio conllevaría, pero juzgando por la actitud de sus padres, la severidad de la situación le era muy abstracta. Ambas entraron nuevamente por la fabulosa antesala la cual ya le era conocida a Koren, pero en vez de tomar el camino hacia el jardín, cruzaron la antesala y llegaron a un gran salón. Este salón estaba adornado en su totalidad con grandes y suntuosos murales de las diferentes razas del reino. Koren no logró ver todos los detalles, o figuras, pero logró notar sirenas, hadas, centauros, enanos, troles y hasta algunas bestias que tenían pintas maléficas. Le hubiese gustado tanto haber podido estudiar todo aquello, pero era imposible, ya que trataba de seguir a Altea apresuradamente por temor a perderse en el enorme palacio. Al final del salón llegaron a una escalera hecha de mármol rosado que parecía interminable.

"Esta escalera te lleva al salón de estar en el primer piso de la torre de la reina, de allí pasaremos a su oficina donde todas nos reunimos cada mañana para recibir ordenes de la reina y darle minucias de lo que hacemos en el palacio. En las primeras semanas trata de ser cautelosa en el palacio, no vaya a ser que te pierdas. Pero si te pierdes toca una de las paredes del palacio, e invoca el nombre de la reina, ella te oirá." Le dijo Altea.

"¿Pero cómo me va a oír?" Le preguntó Koren asombrada.

"Lo que pasa es que la reina tiene mucha magia, además el palacio lleva su sangre, es como una extensión de ella. Ya te acostumbrarás a la magia, créeme." Le dijo Altea confundiéndola más.

"No entiendo. ¿Cómo que tienen la misma sangre?"

"Ya estudiarás la historia de las reinas de Bandah, pero te adelantaré, que parte de ser reina es darse por completo al reino. Cada vez que hay una reina nueva y legítima en el reino, ésta debe de ir al corazón del castillo y darle de su sangre al reino de Bandah. Este acto de sacrificio sella un pacto mágico que asegura el bienestar del reino." Altea le dijo y pausó.

"Lo que pasa que hay mucha magia ancestral que se pasa por la parte materna y la reina vendría siendo la made de

Bandah. O sea, al ser reina legítima, Violeta fué otorgada inmensos poderes mágicos, cuales puede compartir con el pueblo." Prosiguió Altea.

"Pero, ¿Cómo los comparte?" Le preguntó Koren tratando de enderezar el enredo de información en su mente.

"En el corazón del castillo hay una fuente mágica, de la cual brota un riachuelo de agua pura, que desemboca en el río principal del reino. La reina vierte su sangre en esta fuente dándole vida a todo. Con este acto se asegura que los campos den alimentos, las plantas estén verdes, los ríos estén puros, la lluvia enriquezca la tierra, que el ciclo de la vida continúe."

"Pero yo pensé que todo eso era parte de la naturaleza." Le dijo Koren con un poco de incredulidad.

"Sí, todo eso es parte de la naturaleza, pero este acto mágico ayuda a que todo fluya a perfección. La naturaleza se convierte en una con el reino y conviven en armonía. Hemos sabido de reinos que no toman en consideración la naturaleza y esta los destruye. Pero ya aprenderás los particulares luego, en tus cursos académicos." Koren permaneció en silencio mientras pensaba en lo que acababa de escuchar, se preguntaba en realidad que rol tenía la magia en el mundo. El hecho de pensar que la sangre de la reina estaba en el agua que se bebía en Bandah le pareció un acto bárbaro y grosero.

"¿Y cuánta sangre hay en el agua?" Le preguntó Koren un poco indignada.

"Una o dos gotas." Exclamó Altea muerta de risa al darse cuenta de que aquel concepto mágico no le había caído bien a la niña.

Al llegar al final de la escalera, frente a sus ojos se apareció un vasto salón, cual había sido convertido en un perfecto bosque. Koren no podía creer que adentro del palacio había un diminuto bosque, que tenía hasta una pequeña quebrada, los árboles eran altos y frondosos, el suelo era una tierra blanda y húmeda. El sol misteriosamente se infiltraba resplandeciente entre las hojas donde se sentía el movimiento de pequeñas ardillas y el canto de los pajarillos. El aire era fresco, fragrante y oloroso a hojas. Koren sintió que había sido transportada a un bosque encantado y esperaba toparse en cualquier momento con un majestuoso unicornio.

"Es hermoso, ¿verdad?" Le preguntó Altea notando como la niña miraba todo con admiración.

"No lo puedo creer, lo menos que me imaginaba era que de momento nos topáramos con un bosque, ¿cómo es posible? No, no me digas, es magia…¿Verdad?" Le dijo Koren.

"Sí y no. Todo empezó con magia pero siguió su camino natural. Primero la magia trajo los árboles y el agua, el resto llegó sólo con el tiempo."

"¿Y por qué no lo hicieron todo con magia?"

"Si resolviéramos todo con magia jamás experimentaríamos el proceso, no hubiésemos visto las plantas crecer y abrazarse, los pajaritos salir de sus nidos y tal vez el resultado no sería tan maravilloso, ya que no podemos imaginarnos con tanta perfección la belleza de la naturaleza." Le explicó Altea mientras silbaba a un pajarillo que vino a posarse en su mano. Koren la miró fascinada, pensando que era todo muy absurdo.

"La magia nos ayuda a veces, pero nos quita mucho. Una vez que aprendas magia te darás cuenta de que las cosas sólo tienen sentido y valor para tí, si las has vivido. Sin importar lo minutas, o difíciles, que sean." Al decir esto echó el pajarito a volar, quien al aletear sus alas cambió de un intenso color azul a un tenue color amarillo.

"Yo usaría la magia todos los días, para todo." Le dijo Koren entusiasmada.

"Ya tendrás la oportunidad, pero yo espero que no. El peligro de la magia está en que te aleja de la realidad. Y sólo tú eres real." Le dijo Altea crípticamente.

"A mano izquierda está el salón de música, siempre hay uno que otro concierto, la reina es muy fanática de la música. Detrás de allí hay una terraza abierta para estar al aire libre y tiene un increíble jardín de orquídeas, esa terraza también está unida a la oficina de la reina y al otro lado están las salas de baño. Hay una calientita piscina de aguas botánicas, un sauna con infusiones marinas y un diván donde se puede tomar una relajante siesta. Pero trata de no quedarte dormida el día completo, por que el lugar es demasiado relajante. En el tercer piso de la torre, están las salas de diversiones de la reina. Hay un teatro, una sala de taller de modas y estilo, un gimnasio, una cancha de juegos atléticos, un tocador. Te recomiendo que te des un masaje en el gimnasio, a mi me encantan." Le comentó Altea.

"Lo tendré en cuenta." Respondió Koren como una autómata ya que le era difícil recordar tantas cosas que Altea le estaba diciendo.

"En el cuarto, quinto y sexto piso de la torre, están los apartamentos de las Damas, cada piso tiene siete apartamentos de seis cuartos con salón de estar, tocador, sala de baños, cocina, jardín y servicio. Se te asignará uno, puedes vivir aquí en el castillo si lo deseas, puedes hacer con él lo que quieras, el apartamento es tuyo. Tu familia está bienvenida también si así lo desea. Mi hermana vive en el apartamento conmigo y hasta consiguió trabajo aquí de jardinera para la reina. Está muy complacida, es que ya está un poco anciana, lleva casi quinientos años en el mundo y ya casi ya ha perdido la mayoría de sus facultades. Ella tuvo que retirarse de la magia por que se le estaban olvidando los encantos y estaba haciendo demasiadas barbaridades, una vez trató de volar hacia un lugar, pero sólo logró que su ropa se fuera...sin ella." Koren no pudo contener la risa al imaginarse la escena.

"¿Y qué hay en los otros pisos?" Le dijo Koren.

"En el séptimo piso están los aposentos de la reina, ella tiene su propio jardín, sala de baños, dos salones de estar, un aula de estudios, una sala de joyas y vestidos, una cámara de orquestra y finalmente una guardería para cuando lleguen los príncipes, o princesitas. El último piso es el observatorio. Allí puedes aprender del cosmos y estar junto a los pegasos de la reina, pero ten mucho cuidado por que ellos son muy traviesos. A una de las damas, la empujaron de la torre, por suerte pudo volar para salvar su vida." Le advirtió Altea.

"Lo tendré en cuenta." Koren contestó un poco aterrorizada por la historia que acababa de escuchar.

"Aquí estamos. La oficina real." Altea le dió paso a Koren hasta una gran oficina donde en el fondo se hallaba un inmenso escritorio tallado en ébano y embellecido con delicados diseños de plata. La reina se posaba majestuosa en un trono de plata tras el escritorio, de espalda a numerosas ventanas de cristal que dejaban entrar la luz brillante de la mañana. Frente a ella estaban sentadas en hileras las damas de la reina en asientos, también de plata pero menos suntuosos, con mullidos cojines de terciopelo negro. La oficina tenía las paredes cubiertas de infinitos anaqueles, cuales estaban cundidos en su interior de tomo tras tomo de coloridos libros. Unos grandes cuadros en los que habían lienzos con los retratos de hermosas mujeres, se posaban entre los anaqueles. Koren asumió que éstas debieron ser las pasadas reinas, ya que cada una de ellas tenía la corona de Bandah sobre su ceño. Las ocupantes de la oficina se percataron de la llegada de Altea y Koren, dándole pausa de enseguida a su animada platica. La reina era todo una visión de luz ante las ventanas, más aún cuando llevaba puesto un vestido de un azul cielo con bordados de encajes y perlas, que la hacían parecer una gloriosa nube en el firmamento.

"Buenos días, Koren. Bienvenida seas, estamos a punto de empezar nuestra sesión. Hoy van a ser las cosas un poco diferentes, para poder introducirte al grupo." Le dijo la reina. Violeta le señaló hacia un asiento vacío en la segunda fila, ya que cada hilera consistía de cinco asientos y estaban casi todos ocupados. Koren tomó asiento sin decir palabra, debido a la inseguridad y a la ansiedad que sus nervios le estaban haciendo sentir. Koren se sentó en el asiento lo más elegantemente que se le ocurrió y sonrió con timidez mientras saludaba a todas con un gesto de la mano. Ella pensó que Altea también se sentaría ya que había otro asiento vacío, pero se dió cuenta que ésta prosiguió su camino, permaneciendo parada junto a la ventana.

"Vendrás a darte cuenta que somos aquí medio formales solamente, prefiero que seamos como hermanas. Lo que tiene que quedar claro por encima de todo es que todas trabajan para mí, y por añadidura, para el reino de Bandah.

Todas tenemos la tarea de mantener el palacio en forma, por que es una operación complicada y no lo quiero hacer sola, me volvería loca." Le confió la reina sonriendo. Las otras presentes asintieron entre sí con murmuros y risitas.

"Empezaré por presentarte a todas las demás Damas y algún dato de ellas, aunque ya pronto sabrás mucho acerca de cada una." Una de las damas de las sillas de enfrente se paró de su asiento volteándose hacia Koren. La reina prosiguió a presentarla.

"Ella es Marussa, es oriunda de la ciudad de Albah, cerca de las montañas centrales. Está encargada de todos los aspectos artísticos del palacio. El arte, la decoración, restauración y preservación de cuadros, arquitectura, en fin, todo. Obviamente, yo soy la que toma las decisiones finales, pero usualmente me gusta lo que hace."

Koren observó a Marussa brevemente, su primera impresión siendo que ella era extremadamente joven, pareciéndole una adolescente. La muchacha tenía la tez tan oscura como la noche, lo cual hacía que sus ojos violetas resaltaran entre las demás perfectas facciones de su rostro. Koren se fijó en su sonrisa, sintiendo como que ésta la envolvía, su mente se despejó misteriosamente y de repente empezó a pensar en la hermosa simetría de las flores sin saber por qué.

"Ten cuidado, por que ella es una ninfa y si la miras mucho te abrumas." Le advirtió la reina. Marussa se sentó nuevamente, logrando que Koren recuperara sus sentidos, también preguntándose a sí misma como podría ver a Marussa en el futuro sin que le pasara lo mismo. Acto seguido, una hermosa mujer joven de cabello plateado y ojos azules como el cielo, se paró de su asiento. Koren pudo imaginarse que ella era una elfa pura ya que su porte era muy distinto al humano. La mujer tenía la piel como una perla de mar, su cabello era como un suspiro flotando en el viento, mientras que su cuerpo lánguido y elegante parecía fluir entre el espacio y el tiempo. Las facciones de ella también tenían una agudeza que no se encontraba entre los humanos, estando sus orejas y quijada delicadamente puntiagudas, sus labios carnosos y redondos como alas de mariposa. La reina interrumpió los pensamientos de Koren con su voz cálida.

"Ella es Palea de los elfos de Cyrus. Está encargada de todo el plan culinario del castillo, incluyendo útiles, compra y venta de alimentos, celebraciones...Ella fué quien te vió por vez primera cuando tu madre te trajo al castillo a cocinar con ella." Le dijo la reina, dejando a Koren sorprendida ante esta información, ya que siempre había pensado que fué su reputación de bella la que la había llevado ante la reina. Este detalle le hizo sentir un poco avergonzada de su simple origen, pero también agradecida a Palea por haberla descubierto.

"Siguiente es Talma, quien está a cargo de la tremenda tarea de mantener este castillo limpio. Mantener este castillo impecable es casi imposible, sólo un dragón podría llevar a cabo esto." Talma sonrió y sus dientes afilados salieron a la luz. Koren quedó un poco asustada sin saber qué pensar, ella tenía una idea muy distinta de la apariencia de los dragones. Talma era una mujer gigantesca, con cabello sedoso y negro, del cual pequeñas chispas brotaban, sin embargo, sus ojos eran el indicio más claro de su raza ya que parecían de fuego. Los ojos de Talma eran rojos y anaranjados como llamas vivas, también muy similares en forma a los de un reptil. Koren, al observar con detalle, se dió cuenta que la piel de Talma era de un color dorado, compuesta de diminutas escamas que eran casi imperceptibles a plena vista. Lo más que impactó a Koren de Talma no fueron ni sus ojos, ni su piel, fueron los dientes afilados que intimidaban siniestramente. Talma volvió a tomar asiento con tanta naturalidad que Koren temió haberse inventado todo lo que vió.

Una diminuta mujer que apenas parecía llegarle a la rodillas a Koren se volteó a verla y le saludó afanosamente.

"Ella es Pumzi, encargada de todos los jardines reales. Debido a su tamaño te rogamos que si alguna vez, ves una planta que se mueve, no te asustes, probablemente es ella moviéndolas de sitio. Aunque, si Talma no la ha espacharrado hasta ahora, creo que todo estará bien."

"No les hagas caso, tengo trescientos años y nadie me ha pisoteado." Le dijo la duendecita con voz orgullosa. Era increíble para Koren ver a alguien tan pequeño que fuera real, parecía una de sus muñecas.

"La siguiente es Lenna, un hada también oriunda de Nubis. Está encargada de la música y la literatura, está demasiado contenta por que tu te harás cargo del área de la literatura de ahora en adelante. Ella te guiará para decirte que es lo que debes hacer." La reina le informó a Koren. Lenna era una joven hada, de un hermoso cabello color lila como el amatista y tez rosada como las encarnaciones, que llevaba una delicada corona de flores silvestres sobre su cabeza. Koren logró ver que también tenía unas pequeñas alas azules casi transparentes que permanecían inertes en su espalda, aunque de vez en cuando parecían moverse sigilosamente como un respiro.

"Anari es la encargada de los vestuarios, incluyendo las modas, telas, diseño y estilo. Tan pronto como puedas pasa donde ella para que te diseñe tu nuevo ajuar. Ella tiene en común contigo y conmigo su descendencia humana, pero como verás, ella ha podido dominar la magia tanto como las demás." La reina pausó brevemente antes de presentar a la ultima dama. Koren aún miraba esleta a Anari, sorprendida ante su belleza. Estaba prendada de su piel y cabellos que eran dorados como la miel, hasta los ojos de Anari eran de oro como los ondulantes campos de heno. Koren le sonrió amistosamente sintiéndose mejor al saber que alguien era un poco más como ella, debido a la descendencia humana que compartían.

"Ya sabes quien es Altea y la que falta es Kloe. Ella es la relacionista del castillo, encargada de organizar todos los asuntos gubernamentales de la reina ante el consulado legislativo y orquestar las funciones de las embajadas. También nos da clases militares para estar al día en asuntos de guerra, ya que ella proviene de la más venerable tribu de Amazonas." Kloe saludó a Koren con cortesía. Koren pudo darse cuenta de inmediato de que ella sería la mas reservada de las damas. Kloe era alta y con un físico espectacular, sus músculos se delineaban bajo su simple vestido de seda negra, que complementaba sus ojos y cabellos verdes.

Koren miraba a todas admirando los distintos atributos de cada una, pensándose dichosa de estar entre ellas, todas de diferentes razas, e inimaginables para ella tan sólo hacía unos instantes. Se sintió un poco humillada al saber que el único atributo que la había traído a ella a ese lugar había sido su belleza. En ese instante tomó la decisión de sobresalir en cualquier tarea que le tocara para probar a todos que ella podía distinguirse no tan sólo por su belleza, sino por sus destrezas. El silencio volvió nuevamente a la cámara y todas esperaban a que la reina hablara. Finalmente, fue Altea la que se dirigió al grupo.

"En unos días partiremos a Cyrus, con el fin de tratar diplomáticamente de resolver una disputa entre los hijos del Virrey de Cyrus. El hijo menor ha sido favorecido por el pueblo para gobernar cuando su padre se retire, pero el hermano mayor ha amasado una onerosa fuerza militar de criaturas cuestionables, para impedir su ascendencia al trono. La reina se reunirá con ambos hermanos y tratará de convencer al mayor de los hermanos a que desista de sus intenciones. La realeza de Bandah está a favor de los deseos de los súbditos de Cyrus y apoyará al hermano menor. Claro, haremos una audiencia con ambos príncipes, ya que tenemos que escuchar el lado del príncipe que no ascendería al trono. La comitiva del rey partirá en la mañana seguida por la nuestra." Les dijo Altea.

"Aunque sea por esta razón, me alegro que vayamos a Cyrus. Si todo sale bien me gustaría visitar a mi familia." Comentó Palea, saliendo del tema en cuestión.

"No creo que estando en el castillo de Cyrus tengamos contratiempos, me imagino que puedes irte unos días." Le dijo la reina casualmente.

"Me encargaré de que todo esté en orden, pero quiero saber de qué criaturas estamos hablando para poder ordenar todo." Kloe habló desde su asiento, regresando la reunión al tema de prioridad.

"Tenemos entendido que el Príncipe Orión ha ocupado los servicios de los troles del sur y de algunos Lagartunos." Le explicó Altea.

"Anari, encárgate de hacer vestimenta con hilos de planta de lavanda gris de Nubis, su olor repele a los Lagartunos, también el armamento de filamento de luna por si acaso los troles atacan." Kloe le dió las ordenes a Anari quien asintió con su cabeza.

"Koren, debes buscar información acerca de los troles del sur y los Lagartunos para asegurarnos de que tengamos toda nuestra inteligencia al día, e ir seguras de que no nos tomarán por sorpresa de ningún modo." La voz de Altea dejó a Koren temblando de nervios al darse cuenta de que se estaba dirigiendo a ella.

"Lenna, te llevará a la biblioteca real, nos reuniremos aquí después del té para ver que todo esté en orden y saber si encuentras alguna novedad." La reina le explicó a Koren, mientras todas las demás se levantaban de sus asientos y charlaban entre sí animadamente dirigiéndose a su próximo destino. Koren casi no podía descifrar lo que decían por que todas estaban muy emocionadas acerca del viaje que se avecinaba. Ella pudo notar, sin embargo, las uniones más amigables entre las mujeres. Altea y la reina estaban hablando juntas frente a la ventana mirando hacia el horizonte. Talma y Kloe platicaban animadamente, haciendo energéticos movimientos con sus manos cerca de Marussa, quien les ofrecía de vez en cuando una sugerencia. Lenna y Anari estaban tan adentradas en su conversación, que ni se percataban que Koren y Pumzi estaban aisladas en silencio. Koren por que no sabia qué decir y Pumzi por que su tamaño le impedía unirse a la conversación sin que las otras tuviesen que doblarse para escucharla. Finalmente, ambas se sentaron al lado de la otra en las sillas vacías a observar el resto del grupo.

"No creas que las cosas siempre son así, usualmente la rutina es un poco aburrida. Hace más de dos años que no hacemos un viaje. La última vez que fuimos en plan diplomático, fue hasta el reino de Astra a la boda de los reyes. Hubieras visto semejante evento, hasta la propia reina quedo impresionada." Le comentó Pumzi.

"Yo nunca he salido de Bandah, para mi este será un viaje impresionante. No tan sólo salgo de Bandah, sino que voy en una comitiva real con una misión importante. ¿Iremos en carroza?" Le preguntó Koren contemplando la idea.

"No, nosotros no viajamos así, aunque podemos llegar de muchas formas, el modo preferido de viajar de la reina es en los Pegasos. A todas nos toca uno, excepto Altea, que siempre se luce en la tradicional escoba de las brujas. Ella concede que es un símbolo arcaico y obsoleto, pero lo hace por dejar ver su linaje."

"¿De qué otra forma llegaríamos?" Le preguntó Koren.

“Podríamos aparecernos allá, o volar en el aire, o proyectarnos, en carroza, a caballo…” Le sonrió Pumzi.

“Me dí cuenta que todas se quedaron inmóviles cuando Altea habló de los Lagartunos, ¿qué son?”

“Los Lagartunos son unas criaturas oriundas de los pantanos. Son unos reptiles de forma humanoide, que tienen su propio idioma a base de chillidos. Ellos son mercenarios que disfrutan de los conflictos de guerra debido a su gusto de comer carne, preferiblemente humana. Si ves alguno, ten mucho cuidado, son muy sigilosos, tienen una lengua muy larga, como un látigo, la cual usan para estrangular a sus víctimas.” Le dijo Pumzi con seriedad.

“¿Crees que estaremos en peligro?” Le preguntó Koren un poco nerviosa.

“Siempre lo estamos.” Replicó Pumzi enigmáticamente. Lenna se acercó a Koren y le sonrió.

“Tienes que venir conmigo pronto. Debo enseñarte la biblioteca y como funciona todo.” Koren se levantó apresurada y se despidió de Pumzi cortésmente. Lenna ya estaba en el umbral de la puerta cuando Koren se volteó hacia ella. La siguió rápidamente dándose cuenta que Lenna se movía con una rapidez increíble debido a que casi no tocaba el suelo, sino que eran sus alas las que la asistían a deslizarse con fluidez.

“Te darás cuenta que la biblioteca no se ve tan grande, pero es por que está completamente bajo tierra, se dice que sus cámaras son el doble de grande que el castillo de Bandah. Por lo menos, toda la información ha sido organizada mágicamente de tal manera, que se puede tener acceso inmediato a lo que uno desee. Guardamos sólo algunos libros físicos, los más preciados, en el piso más profundo, pero dudo que tengas que ir allí. En realidad lo que se ve son réplicas mágicas de los libros, o sea, que lo que lees es como una copia astral del manuscrito original. No te preocupes, será como si tuvieses un libro común y corriente en las manos...Todos los días llegan cargamentos de cientos de libros de todas las partes de Bandah, de otros reinos también. Tenemos un equipo de lectores que se encargan de leer cada libro para hacer un resumen muy detallado, para así asegurarse que sean categorizados correctamente y si son muy importantes que te lleguen a tí. Como directora de la biblioteca, tu deber es leer todos los resúmenes que te lleven los lectores, si ves algo que resalte tienes que darle ese resumen a la reina para que ella este al día de todo." Lenna explicaba mientras Koren trataba de mantener el paso y absorber toda la información.

"¡Me voy a pasar la vida leyendo! Pero... ¿Cómo voy a saber cuáles son los que le debo dar a la reina?" Preguntó Koren perpleja, empezando a sentir una frustración inmensa.

"La reina debe saber todos los adelantos científicos, incluye todas las ciencias. Cualquier cambio en la magia, como grandes hechizos, o nuevas tesis mágicas. Más que nada la reina debe saber de Filosofía, tienes que darle todos los escritos por los filósofos, o religiosos. Es muy importante que no se te olvide, por que la reina me dijo seriamente que hay que respetar los pensamientos profundos de los que se dedican a eso. Han habido muchas ocasiones que el sentir de el pueblo se esconde tras un que otro filosofo. Ah… Si hay algún escrito legislativo también le tiene que llegar."

"La reina lee mucho." Declaró Koren incrédula.

"Sí, por eso nosotras le ayudamos en lo demás, el rey tiene que leer mucho también. Ya que es él, quien decide por encima del consejo legislativo, si algo pasara a ser ley, o no. Él siempre se preocupa mucho por tratar de ser justo, es muy de la opinión de que mientras más se eduque la persona, más sabia se hará."

"Pues yo creo que él tiene razón, por que hasta ahora ha sido un buen monarca." Dijo Koren.

"Sí, pero no te confíes, por que la justicia y la verdad están en el corazón, no en los libros. Eso también lo dijo la reina." Le sonrió Lenna.

Ambas caminaron por un gran pasillo que las llevó hasta un portón de madera gigantesco, tras el cual se encontraba una gran escalera que parecía descender eternamente. Por fortuna el camino estaba alumbrado por antorchas de luz de fuego blanco. Al final de la escalera se encontraron en una gran antesala adornada con los escudos de Bandah, donde floreros llenos de rosas de muchos colores perfumaban el aire, ocultando así un poco el olor a humedad y tierra fría. La antesala también poseía hermosos tapices en las paredes, de vislumbrantes imágenes coloridas y cómodos asientos que invitaban a reposar.

"Esta es la sala de lectura, usualmente está ocupada, pero ahora están todos preparándose para el viaje. De aquí vamos para las recámaras de los lectores, son un grupo de al menos veinte personas, que adoran leer. Tras de las recámaras están los archivos, donde vas a ver el sistema de la biblioteca." Koren permanecía callada.

Finalmente llegaron a los archivos, con cuidado de no hacer ruido, con tal de no interrumpir la lectura de los hombres y mujeres con sus narices metidas en los libros. Alguno que otro estaba sentado en un escritorio trabajando en lo que Koren pensó debía ser un sumario.

"Este es el archivo." Le demostró Lenna a Koren. Era un cuarto donde había hileras de documentos y una extraña ventana adornada con detalles en oro.

"Los documentos que ves son los extractos que ya han sido leídos por la reina y el rey, están listos para ser catalogados según la fecha en que fueron recibidos. Esta simple ventana, es la bibliotecaria del palacio. Por arte de magia, literalmente, te da lo que le pides." Koren siguió tras de Lenna y juntas se acercaron a la ventana.

"Vengo en nombre de su majestad y alteza, la reina Violeta, este es mi seña." Lenna habló hacia el interior oscuro de la ventana mientras alzaba el pendiente de su collar para que una entidad invisible lo viera. Una luz brillante alumbró desde la ventana como si esta hubiese tomado vida.

"Necesito información acerca de los Troles del Sur y los Lagartunos." Habló Lenna hacia la luz, un poco insegura de sus palabras, como si le tuviese miedo a algo.

"Hay dos mil, seiscientos tomos con esa información." Una voz tenue anunció desde el interior de la ventana mágica.

"Necesito el más reciente, sólo de unos cien años, algo básico que describa sus costumbres y su constitución." Lenna continuó un poco exasperada.

"Hay trescientos cincuenta títulos que hablan de ese tema." Respondió la voz misteriosa.

"No puede ser… encuentra entre esos los que han sido escritos en los últimos diez años." Dijo Lenna molesta.

"Hay ciento veinte tomos que aplican." Respondió la voz astral. Lenna pateó el suelo con aire de frustración.

"Esto es desesperante." Le comentó Lenna a Koren algo indignada.

"Pensé que me habías dicho que era un sistema muy fácil de usar. Déjame tratar a mi." Le ofreció Koren y se dirigió a la ventana.

"Vengo en nombre de su majestad y alteza la Reina Violeta, esta es mi seña. Necesito los libros más recientes y relevantes acerca de los Troles del Sur y los Lagartunos, que no excedan de dos tomos por tema." Hubo un silencio por parte de la voz en la ventana y en menos de un par de segundos aparecieron cuatro pequeñas luces en la ventana. Lenna tomó cada una en su mano y las llevó hasta una mesa cercana. Cada luz se transformó en un libro palpable, con hermosos diseños en su carátula de tela firme y listo para ser leído. Lenna miró a Koren sonriendo.

"¿Ves? Ésto no era lo mío, me alegro que hayas llegado tú."

"¡Ésto es fantástico!" Fue lo único que Koren logró responder mientras tocaba las paginas del grueso libro para confirmar que eran reales. Dentro de la carátula del libro había un sumario, el cual Koren ojeó brevemente.

"Después que los leas los tiras por la ventana y ya está." Le informó Lenna, mientras se alejaba de la mesa para salir del lugar.

"¿Me vas a dejar aquí sola?" Dijo Koren un poco asustada.

"No tengas miedo, sólo ocúpate de llegar a tiempo a la oficina de la reina. ¿No has visto lo bien que has hecho todo en tu primera visita? Además, nunca estas sola, el castillo estará a tu lado siempre." Lenna le dijo apresurada con ansias de salir del lugar, obviamente muy agradecida de poder haberle pasado esa responsabilidad particular a Koren.

"¿El castillo?" Koren preguntó incrédula.

"Sí, la voz que escuchas en la ventana es de uno de los espíritus que trabaja aquí, ellos se encargan de la magia, puede ser de alguno que otro miembro de la realeza que decidió quedarse en el castillo. Este castillo, gracias a la sangre de la reina, como el resto del reino, está vivo. A veces hasta te habla, sólo tienes que prestar atención." Con estas últimas palabras Lenna se marchó, dejando a Koren a su suerte.

Un poco intranquila, miró a su alrededor, notando por primera vez que las paredes de piedra estaban húmedas y cubiertas de musgo. La luz de la ventana palpitaba esperando que hacer, los muebles parecían querer tragársela y sentía que alguien la miraba sigilosamente. Koren decidió sentarse en un sillón de tela color dorado, que le pareció el más mullido. Una vez allí, una mesita pequeña se le acercó y se colocó debajo de sus pies para alzar sus piernas. Koren se sorprendió de aquello que estaba sucediendo pero aceptó la nueva adquisición. Posó brevemente el tomo en su regazo para acomodarse y cuando alzó la vista se percató que una humeante taza de té había aparecido en la mesa. Miró a su alrededor nuevamente, tratando de encontrar al actor de aquellas cosas extrañas, pero estaba sola.

"Me gustarían unos bizcochitos también." Anunció a la nada mientras sonreía disfrutando de las misteriosas atenciones. Al mirar la mesa, se sorprendió al ver, que ya un platillo dorado estaba junto a su taza, en su interior una hermosa selección de confecciones azucaradas. Ella tomó uno y al probarlo cerró sus ojos para saborear la exquisitez de la pequeña golosina. Se llamó la atención a sí misma para que se concentrase en leer, en vez de en tantas pequeñeces, aunque fueran estupendas.

"Um, me gustaría que alguien me avisara cuando se acerque la hora del té, para poder estar a tiempo en la oficina de la reina…" Koren dijo una vez más al aire confiando que a lo mejor le dejarían saber de algún modo. Sin más pausa agarró el tomo más cercano y se dedicó a leer afanosamente para estudiar con ahínco y poder darle un informe formidable a la reina. Koren estaba inmersa en la lectura, disfrutando de la tranquilidad del lugar, cuando una voz la sobresaltó.

"Se acerca la hora del té, es mejor que partas ahora." Una vez más Koren no pudo localizar el dueño de la voz, pero agradecidamente se levantó de su cómodo asiento, deseando tener más tiempo para quedarse. Ella llevó los libros hacia la ventana y sin pensarlo dos veces los arrojó hacia adentro, donde nuevamente se convirtieron en pequeñas luces y desaparecieron.

"Eh, gracias, eso es todo por ahora." Dijo Koren retirándose, fijándose como la luz de la ventana se extinguía. Koren recorrió el camino rápidamente hacia la oficina de la reina por que no quería llegar tarde, pero aún así ya todas habían llegado antes que ella. El grupo estaba sentado tomando el té y platicando amigablemente, mientras que la reina ya estaba sentada tras su escritorio absorta en la lectura de innumerables documentos. Koren se sentó junto a Pumzi.

"¿He llegado muy tarde?" Koren preguntó en voz baja.

"No, recién llegamos todas. Además, Violeta todavía esta leyendo las noticias más recientes que le envió la reina de Cyrus referente a la situación." Susurró Pumzi. Altea se alejó del grupo y le dijo algo al oído de la reina, quien se incorporó de seguido para atender la reunión.

"Gracias todas por estar a tiempo. La reina de Cyrus me ha escrito y adelantaremos nuestro viaje para pasado mañana, ella piensa que su hijo Orión atacará el castillo y matará al rey."

"¿Por qué habrá de hacer eso?" Exclamó Koren en voz alta antes de lograr contenerse, tratando de taparse la boca muy tarde.

"Si el virrey muere, automáticamente el reino le pasa a la hija mayor, pero en este caso no hay hija, así que le toca al hijo mayor. El virrey, como es la ley en caso de que se retire antes de su muerte, debe dejar que el pueblo decida quien será el que ascienda al trono y el hijo menor ha sido escogido. El virrey también le ha dado abiertamente todo su apoyo al hijo menor. La ceremonia está pautada para cuando empiece el verano en unas semanas, pero creemos que Orión no se quedará tranquilo. Obviamente, no va a admitir que tuviese algo que ver si algo le sucediera a su padre. Llevaremos nuestra milicia para apoyar al príncipe heredero mientras oficiamos la transferencia de poderes de estado." Le explicó la reina cortésmente.

"Pero si su hermano es coronado, ¿Quién va a parar un ataque hacia él?" Koren le preguntó preocupada.

"Me temo que una vez el Príncipe Atle sea coronado, el otro será desterrado del reino, despojado de su título y riquezas, para que no dé más problemas." La reina contestó con aplomo dejando el tema por terminado.

"Su majestad, las vestimentas han sido creadas para el viaje, según las especificaciones de Kloe." Anunció Anari.

"Muy bien. ¿Koren qué has logrado descubrir?" Koren se sonrojó de inmediato al sentirse el centro de atención.

"Este… Los Troles del Sur, son agresivos y son una raza que gusta de la batalla con el sólo fin de morir, o matar. Son adeptos al arco y la flecha, misiles de fuego y llevan un armamento de coral azul bañado de sangre de dragón que los protege de ataques." Koren empezó a hablar y se interrumpió al pensar como Talma se sentiría cuando ella hablara de los dragones.

"Los troles tienen piel áspera y supurante de un acido que corroe el metal y la carne de casi todas las criaturas, por ello es mejor no tocarles cuando están sudorosos. Usualmente son de poca inteligencia, a menos de que no sea de tipo militar, son muy leales con el que los alimente y les prometa batalla. Después de batallar se vuelven a sus terrenos para aparearse, o morir en sus tribus. Los troles del Sur son más corpulentos que los del Norte por que viven en áreas mas inhospitables. Como muestra de afecto, los troles se escupen entre ellos ya que causa que sus pieles se endurezcan." Dijo Koren y pausó.

"Estupendo. ¿Qué de los Lagartunos?" Le preguntó la reina.

"Pues estos son más inteligentes, viven en pantanos y son muy agresivos. Tienen un deseo instintivo de comer carne, considerando la carne humana una delicadeza, al igual que los troles, de hecho. Los Lagartunos son reptiles que caminan erguido y van a la batalla con el fin de vencer y comerse a su opositor. Su piel es escamosa pero dura, casi no necesitan protección en batalla, su punto débil es el cuello, que siempre cubren con metal de titanio, que es el único que no irrita sus pieles. Al oler lavanda gris de Nubis, se desorientan y en grandes cantidades les ciega temporeramente. También son leales al que les prometa carne humana, aunque batallan por puro gusto la mayor parte del tiempo. Nunca se muestran afecto entre sí, pero consideran una falta de respeto fatal si se les pisa la cola." Koren terminó de decir todo y respiró profundamente.

"Muy bien. No es nada que no supiésemos antes, pero es bueno saber que nuestros posibles adversarios no han cambiado. Buen trabajo, Koren. Talma, Kloe, ¿algo que debamos hacer diferente?" Les preguntó la reina.

"Debemos tener lanzas de fuego a la mano siempre, ya que es lo más efectivo contra el titanio." Informó Kloe.

"Si hay que combatir, yo debo ir al frente con los soldados, al menos en contra de los troles, aunque el coral azul es casi indestructible cuando se le pone sangre de dragón, un dragón puede absorber la sangre de otro. Con eso los debilitaré." Dijo Talma con seriedad.

"Está bien, lo tendré en mente, pero recuerda que el rey también lleva su comitiva. Ustedes sólo trabajan para mí, no nos comprometeremos en ningún momento. No creo que el principito sea tan atrevido de atacar la comitiva real, hay pocos lugares donde el ataque se podría llevar a cabo y no nos esperan todavía." Declaró Violeta a sus damas.

"Ya podemos ir a los probadores, los vestidos con lavanda están hechos para cada una, gracias a Pumzi por conseguir tanta lavanda en tan poco tiempo." Continuó Violeta.

Las damas la siguieron hacia el tercer piso donde estaba la sala de modas. Koren aún no había visto este lugar en su totalidad ya que era su primer día de oficio, pero cada detalle de ese día le había parecido extraordinario, estaba loca por regresar a su casa para contarle todo a su madre. Ella ni siquiera se daba cuenta de todo a su alrededor ya que trataba de estar cercana a la comitiva guiada por la reina, no fuese que se perdiera en un momento tan crucial. El grupo pasó por un enorme salón de tocador con sillas de oro y grandes espejos hasta otro salón más grande donde había hilera tras hilera de vestidos. Anari llegó hasta ellos y con una elegante vuelta de su mano logró que todos los vestidos se pusieran en formación como si estuviesen poseídos por soldados invisibles.

Los vestidos flotaban con elegancia, todos eran muy parecidos, menos uno que resaltaba por su tela color plateada con encajes color lila. Koren pensó que era el vestido más hermoso que había visto en su vida, era obvio que éste pertenecería a la reina. Un sentimiento de envidia que jamás había experimentado, se apoderó de Koren, al pensar que no era justo que todo lo mejor le tocara a la reina. ¿Por qué no todos los vestidos estaban hechos de la misma forma? Se preguntó a si misma. Sus ojos se posaron en la tela que resplandecía delicadamente como un suspiro de violetas tenues y deseó con lo mas profundo de su ser, que aquel vestido se esfumara. Koren decretó para sus adentras que si aquel vestido no era de ella, no lo sería de nadie. En ese instante, algo súbito y mágico sucedió que dejó a todas las presentes aterrorizadas. Una poderosa llama azul se tragó al vestido, consumiéndolo en un instante, dejando atrás solo un puñado de cenizas. Todas las presentes corrieron alrededor de la reina para protegerla, mirando a su alrededor buscando con frenesí al autor de aquel acto de magia tan siniestro. Koren quedó impactada por que no sabía que hacer, jamás pensó que ella sería capaz de hacer algo así, se preguntaba si en realidad pudo haber sido ella la que hizo que el vestido se quemara.

"Nadie se mueva." Ordenó Altea con voz autoritaria. Ella se alejó del grupo que continuaba rodeando la reina y empezó a dar vueltas por el salón, pasando sus manos sobre las paredes. Altea cerraba sus ojos de vez en cuando e inhalaba profundamente.

"Nada, no hay nada que haya hecho que esto sucediera. Ha sido una de nosotras." Las mujeres dejaron escapar a unísono un alarido de horror, mientras se miraban confundidas entre sí, aunque era obvio que Koren estaba parada inmóvil en el mismo lugar donde había estado cuando sucedió el evento. La reina salió de su guarida y caminó hacia las cenizas que se encontraban en el suelo. Un silencio tenso recorría por el gran salón. Koren estaba asustada, temiendo que pronto todas sabrían la verdad, ella había sido quien incendió el traje de la reina. El sudor apareció en su frente, ya que temía las consecuencias. ¿Si la echaban del palacio? Sus piernas empezaron a temblar, su cara se sonrojó y sin poder aguantarse empezó a llorar.

"He sido yo su majestad, he sido yo." Declaró Koren avergonzada entre sollozos. La reina se volteó a mirarla con agudeza, sin decir palabra.

"Imposible." Declaró Altea, no tanto con incredulidad, sino con asombro. La reina se acercó a Koren y la abrazó tiernamente.

"No llores así, si has sido tú, me alegro que hayas dicho la verdad. No sé por qué lo hiciste, pero sé que eres tan sólo una niña y a veces es difícil contener algunas emociones." Violeta sonreía mientras trataba de secarle las lagrimas a la niña.

"Anari puede reemplazarlo. Pero dime, ¿qué fue lo que sentiste?" Continuó la reina.

"Yo, yo…estaba celosa por que su vestido era el más bello, y me hubiese gustado que fuera para mi." Declaró Koren sollozando, aliviada al fin de poder decir lo que le pesaba adentro.

"Ah. Entiendo. Querida Koren, es mejor que entiendas esto ahora. Yo soy la reina, tú y las demás son mis siervas. Todo lo mejor es y será para mi, por que ello me distingue entre los demás. Ser reina es el honor más grande que una mujer pueda adquirir, no por que tan sólo ayuda a gobernar el reino, sino por que por mi línea es que se asegura que la magia siempre fluirá por Bandah. Además, mis vestidos tienen que ser hechos según muchas tradiciones antiguas para darme cierta protección mágica, que para ustedes no será de uso. Hasta la forma en que se hace la tela es parte de una tradición que enhebra ciertos amuletos y símbolos de Bandah en el producto final." La voz de la reina era firme pero a la vez reafirmante, Koren se sintió mejor y aceptó todo lo que había escuchado en silencio.

"Lo siento, su majestad." Dijo Koren en voz baja.

"Bueno, ya lo hecho ha pasado, ahora veamos los otros vestidos, en lo que Anari da la orden para que me hagan uno nuevo." La reina se volteó hacia las demás y les sonrió. Ellas aceptaron la situación sin decir más, ni hacer sentir a Koren fuera de lugar, pero de vez en cuando la miraban de reojo. Unas horas más tarde el mal rato había quedado olvidado por todas quienes nuevamente se entusiasmaban con los nuevos vestidos. Koren se unía a la emoción al recibir el suyo, observándose a sí misma en el espejo con admiración.

"Ya es hora de que nos retiremos, pronto será la noche y está luna de hoy esta plena de magia." Anunció Altea. Las mujeres tomaron sus vestidos y los dejaron en sus lugares para ser llevados luego por los sirvientes hasta los baúles de viaje. Entre platicas y sonrisas se despidieron una de la otra hasta el próximo día. La reina dió las buenas noches y se retiró a su torre. Koren estaba lista para irse a su casa, donde se tomaría una cálida taza de té junto a sus padres y luego caería rendida en su camita mullida. Ella iba con eso en mente, cuando de repente, Altea se le metió en su camino.

"No tan pronto. Tenemos que hablar. Sígueme." Altea siguió delante de Koren, quien no se atrevió a desobedecer la orden. Después de lo que pareció una caminata interminable llegaron a uno de los apartamentos en el sexto piso de la torre.

"Este es mi hogar, bienvenida. Mi hermana Lula esta aquí, usualmente se sienta frente al fuego para calentarse, ya se aparecerá. Podemos hablar tranquilas por que ha empezado a perder su audición también, no creo que ni escuche del todo. Ven a la sala, estaremos cómodas. No te preocupes, sólo quiero platicar brevemente un momento, así tendrás tiempo de cenar con tu familia." Le dijo Altea ofreciéndole asiento. Koren se sentó en el lugar más cercano, un sillón de cuero color negro que tenía por adornos unos símbolos de la luna y las estrellas. Altea se sentó en una butaca desde donde podía ver a Koren de frente.

"Te voy a ser sincera, quiero hablar contigo para saber un poco mas de tí." Altea pausó.
¿Te ha pasado antes, algo similar a lo que sucedió en el salón de modas?" Le preguntó Altea.

"No." Respondió Koren en voz casi inaudible.

"Sólo quiero ayudarte. La magia que hiciste hoy es muy poderosa y significa que tienes que aprender a controlarla. La magia puede ser buena, o puede ser mala, ultimadamente la persona es la que decide su fin."

"Pero, no estaba descontrolada. Sucedió lo que yo quería que sucediera, yo quería que el vestido se esfumara." Le confió Koren tratando de explicar que ella tenía control de la situación.

"Entonces, es peor, por que estas usando un derroche de magia controlada ignorantemente. Pudiste haber hecho que el vestido se esfumara sin tener que incendiarlo, con tan sólo cerrar tus ojos y no usar tanta magia…negativa." Le explicó Altea. Koren se dió cuenta de que Altea estaba ocultando algo, pero no sabía qué.

"¿Cómo que negativa? ¿Magia Negra?" Replicó Koren un poco escandalizada.

"Mira, aunque muchos catalogarían ese acto como de magia negra, la magia es una. No hay magia negra, ni blanca, sólo hay intenciones tras de ellas. Si la intención de la persona es de destruir, herir o hacer daño, es magia negra. Si la intención es usar la magia para el bien, pues se considera magia blanca. Por ejemplo, hay un hechizo de magia blanca que se usa para hacer que crezca el cabello, una persona que ha sido herida en un fuego se beneficiaria de ello si ha perdido su cabello. Pero, si tú usas ese hechizo para hacer crecer el cabello de alguien en todo su cuerpo para que sean la burla de todos, pues ya es con el fin de hacer daño y toma otra dimensión el acto. ¿Entiendes lo que te digo?" Altea preguntó.

"Entiendo, entonces nunca debí haber deseado que el vestido se esfumara."

"No seas tan dura contigo misma, somos humanos, sólo ten al cuidado de que nuestros actos reflejan nuestras intenciones y viceversa." Altea sonrió.

“Pero… ¿De dónde salió la magia?”

“Tu siempre la has llevado contigo, sólo que no había despertado. Mucha gente estudia y practica la magia para despertarla, un proceso que puede hasta tomar años. Otros sienten un deseo fuerte de cambiar la realidad y sin querer liberan su magia. A lo mejor, creo tu estas en el segundo grupo. También creo que debes hablar con tu padre…”

“¿Y qué va a pasar ahora?” Preguntó Koren ansiosa.

“Por lo que lograste hacer sin haber tenido ninguna instrucción mágica, es obvio que tienes mucho poder y debes de controlarlo a como de lugar, empieza a sacar provecho de algo que es un don. También puede ser la influencia del castillo y su magia…Una vez regresemos de Cyrus, trataré de yo misma darte clases, aunque de quien puedes aprender más es de tí. También haré arreglos en la academia para que te instruya Erasmus, es un dragón muy adepto a la instrucción de magia. Yo sólo te puedo apuntar en la dirección correcta, el resto lo haces tú. Ya que tienes acceso a la biblioteca empieza a leer lo más que puedas acerca de las habilidades mágicas que son hereditarias. También, es preciso que de ahora en adelante tengas cuidado de tus sentimientos negativos, sólo trata de hacer aquello con lo que puedas vivir después de que lo haz hecho. Tu vida esta empezando a formarse, a lo mejor será larga y plena como la mía, créeme, se te hará mas fácil disfrutarla si es buena y sosegada.” Le aconsejó Altea.

“Tendré cuidado de ahora en adelante. Yo nunca pensé que fuese capaz de hacer algo así.”

“Esa es una frase muy común, desafortunadamente. Vale darte la advertencia de que la biblioteca tiene de todo para aprender, magia blanca, magia negra, rosa o del color que sea. La opción es tuya.” Reiteró Altea.

“Pero, cómo es que los libros sirven para la magia, siempre pensé que sería algo practico.” Preguntó Koren saliendo del tema.

“Los libros te dicen como enfocar tu mente para controlar tu magia y guardan en su interior hechizos. Los hechizos son tan sólo una forma simple de hacer magia sin tener que usar la magia dentro de uno, algo así como un atajo. Los magos poderosos no tienen necesidad de hechizos, ya que pueden llevar a cabo la magia de principio a fin fácilmente con el poder de su mente. Ah, algo muy básico es respetar a la naturaleza, aunque no te parezca, ella siempre ganará.”

“Esto me parece muy complicado. Yo espero no tener que usar tanta magia por que ya me parece un asunto muy delicado.” Sonrió Koren.

“Tampoco así, la magia ha sido como una hermana para mí.” Al mismo tiempo que Altea dijo esto, una mujer anciana llegó sin aviso a la sala donde estaban Koren y Altea. La mujer tenía ojos casi completamente blancos, con sus irises desgastados por el pasar del tiempo, desgastados al igual que su cabello plateado que parecía más bien hilos de telaraña gruesa. El cuerpo esquelético de la anciana estaba cubierto por un simple vestido, que llevaba por adorno manchas de tierra y sucio acumulado. Koren se sorprendió ante la apariencia de la anciana, ya que no podía creer que una mujer tan altiva y elegante como Altea mantuviese a su hermana como un estropajo.

"Si, yo soy la hermana. Ciega, sorda, muda... pero aquí estoy su majestad. Altea no me dijo que usted vendría de visita, sino me hubiese puesto algo mejor, hoy me caí por el balcón y aterricé en el corral de los Pegasos. Un señor muy amable me ayudó a regresar al palacio, el dijo que su hija trabaja para usted, su majestad." Dijo la anciana con una voz muy dulce dirigiendo su mirada vacía hacia Koren. Koren se asustó al darse cuenta que la anciana no movía sus labios mientras hablaba.

"Ese señor es mi padre, usted esta confundida, yo no soy la reina." Le explicó Koren.

"No te escucha. Esta sorda, tienes que dejar que te toque para que sepa lo que le dices, o sino, deja que lea tu mente. La voz que escuchaste no salió de su boca, como ya has visto. Te presento a mi hermana Lula. La edad ha sido un poco despiadada con ella, a veces temo por su seguridad, ya vez lo que ha dicho." Comentó Altea.

"¡Ella es la reina!" Exclamó Lula, haciendo sobresaltar a las otras, ya que la agudeza de sus palabras retumbaron en sus mentes como si hubiesen escuchado un grito.

"Lula, cálmate, la reina es Violeta, tú la haz conocido antes, esta es Koren."

"Estúpida, tonta, bruta, malvada... ¡Esa es la reina!" Volvió a afirmar Lula dando un pisotón en el suelo, mientras señalaba a Koren con su dedo retorcido. Altea se levantó de su butaca y fue a donde su hermana, tomándola por los hombros tiernamente para tratar de calmarla.

"Creo que es hora de que Koren regrese a su hogar y tú debes comer la cena." Altea tomó a su hermana por el brazo y la guió hasta el umbral de la próxima habitación donde se detuvo para despedirse de su visita.

"Buenas noches, Koren querida."

"Buenas noches." Koren vió a Altea desaparecerse, mientras ayudaba a su hermana a caminar, echándole el brazo en un acto de afecto. Koren se sintió triste por la anciana, pero más aún admiró a Altea por su devoción. Al verse sola, se largó de inmediato del apartamento con la idea de ver a su madre y contarle todo lo que había sucedido. El camino desde la torre de la reina hasta la salida se le hizo interminable, pero la ansiedad de llegar a casa no la dejaba tomar ni un segundo de descanso.

El corazón de Koren empezó a latir con alivio cuando al fin vió su casa al final del camino, era pequeña pero acogedora y sus luces tenues resplandecían como faroles en la oscuridad. De lejos podía notar la figura de su madre sentada en la butaca junto a la ventana, leyendo un libro mientras esperaba su llegada. Koren corrió con más rapidez para buscar refugio en los brazos de su madre como tantas veces lo había hecho en su vida. La puerta se abrió ante ella de súbito, ya que Flora había oído los pasos de su pequeña avecinarse y le daba la bienvenida con los brazos abiertos. Para madre e hija había sido un día tenso, ninguna sabiendo cual seria el resultado de aquel primer día, en que la una estaría sin la otra.

"¡Mamá, mamá!" Koren se aferró a su madre como nunca lo había hecho.

"¡Oye, no me aprietes tanto! ¡Ya me imagino que clase de día has tenido! Te he echado tanto de menos, pero mira, no hemos cenado esperando por tí. Ven, mi amor, te hice un estofado de hongos que te dejará el alma satisfecha. Ven, hija, ven." Flora dirigió a su hija a la cocina, donde ya estaba Lorean sentado a la mesa con una taza de té caliente.

"Pero si al fin ha llegado nuestra niña. ¿Qué hora es ésta de salir del palacio? Es mejor que si sales tan tarde nos avises, ya estaba un poco preocupado." Le sonrió su padre mientras se paró para darle un abrazo.

"Ha sido un día imposible, increíble, fenomenal." Les dijo Koren con sus ojos engrandecidos por la emoción.

"Pues dinos, yo sirvo la comida, en lo que tu empiezas."

"Es que no sé ni por donde empezar, la torre de la reina es alucinante. Las otras damas son extraordinarias…¡Una es un dragón!" Exclamó Koren haciendo que su madre se sobresaltara ante la noticia.

"¡Un dragón, que barbaridad!" Susurró Flora.

"Sí, hay también una elfa, una enana, una ninfa, un hada…Y la reina… es maravillosa. Y tengo magia, mamá… ¡Magia!" Exclamó Koren a punto de estallar de emoción. Su madre se tuvo que tapar la boca para contener el grito de susto y sorpresa que le salió de la boca, mientras que su padre sonrió tranquilamente.

"Magia… ¿eh? Ya me preguntaba yo si te había tocado algo." Dijo Lorean casualmente.

"Si, papa, tengo mucha magia, Altea ha dicho que cuando regresemos de Cyrus me va a dar clases." Anunció Koren orgullosa.

"¿Cyrus? ¿Qué viaje a Cyrus?" Preguntó Flora preocupada.

"Pasado mañana partiremos tras el rey en comitiva diplomática hacia Cyrus. Voy a ir en un Pegaso." Exclamó Koren casi falta de aliento.

"¿Para qué van? ¿Por qué tan pronto?" Flora siguió cuestionando.

"Un príncipe malvado…Es que hay un Príncipe que quiere luchar por el trono, por que el rey se retira y la gente ha escogido al hermano menor." Explicó Koren lo más dramáticamente que pudo.

“¡Que barbaridad, santos dioses! Creo que eso es algo peligroso, cómo es posible que se les ocurra llevarte, eres una niña.” Exclamó Flora exaltada.

“No seas tan dramática, Flora. Koren no es una niña, es una mujercita. Además, la comitiva real siempre lleva soldados, la reina lleva sus damas y el rey sus caballeros. Dudo que a ese Príncipe se le ocurra atacar a los reyes absolutos de Bandah, sería una estupidez.” Lorean miró a su esposa firmemente mientras hablaba.

“Quiere decir que si van en los Pegasos no creen que hay demasiado peligro, sino irían en dragones. O se aparecerían en Cyrus por arte de magia.” Añadió Lorean. Flora permaneció sin decir nada mientras servía la comida, la cual Koren recibió con gusto, ya que por estar en la biblioteca no había comido nada desde el desayuno, sólo golosinas.

“Se me olvidó decirles, que estoy a cargo de la biblioteca real.” Anunció Koren llena de orgullo, lo que sus padres recibieron con admiración.

“Hija, no sabes lo importante que es tu posición. Todos los libros escritos están ahí, se dice que hasta hay libros escritos por dioses y diosas, que tienen adentro el secreto de la vida.” Le dijo Lorean.

“No le digas esas cosas, le estas llenando la cabeza de cuentos, o verdades, que es mejor que ella no sepa.” Flora regañó a su marido.

“Sólo estaba comentando.” Respondió Lorean.

"¿Por qué sería malo para mí saber esas cosas, mama?"

"No es que sea malo, la verdad nunca es mala, hija. Lo que pasa es que el secreto de la vida y cosas así se llevan dentro de uno, tratar de buscar eso en otros lugares puede conllevar a problemas más grandes. Problemas que a lo mejor no sabemos resolver." Koren y Lorean observaron a Flora boquiabiertos sorprendidos de su súbito ataque de filosofía.

"Pero tú misma dices que la verdad no es mala." La confrontó Koren.

"Sí, pero tampoco siempre tiene que estar expuesta." Respondió Flora refunfuñante. Luego de eso, todos cenaron en silencio, después cada uno partió a su habitación para asearse, sin esperar mucho para caer agotados en la cama. Koren reposó su cabeza en su almohada y aunque quería revisar en su mente el día pasado, el sueño la aturdió hasta dominarla.

Capítulo 3

Koren llegó al palacio temprano para encontrarse con un silencio aterrorizante. Se preguntaba donde estaban todos, al darse cuenta que no se oían los sonidos de rutina. Apagados estaban el vaivén de los pies de las sirvientas, o sus risitas tontas entre sus chismes cotidianos. Koren empezó a correr hasta la torre de la reina con un temor en su corazón, al pensar que a lo mejor la comitiva de la reina ya había partido sin ella. Ella sintió un gran alivio al acercarse a la oficina de la reina y escuchar voces. Una vez entró se sintió mucho mejor y se unió al grupo que estaba sentado charlando, compuesto por Lenna, Pumzi y Talma.

"Buenos días, Koren. ¿Lista para el viaje?" Le preguntó Talma amistosamente.

"Sí, estoy muy ansiosa. Es la primera vez que salgo del palacio. Mi padre ayer me dijo que fuera a visitar los pegasos antes del viaje para que no se asustaran conmigo. No sé si tendré tiempo de hacerlo."

"Muy bien. Sólo ten mucho cuidado con lo que les dices, por que les encanta hacer maldades." Le dijo Pumzi.

"Yo nunca me he acercado mucho a un Pegaso, siempre me da hambre." Añadió Talma riéndose a carcajadas, dejando a las otras boquiabiertas, por las implicaciones de sus palabras.

"Ah bueno, tú le das miedo a cualquiera, acaso tu raza no se come la mayoría de las bestias mágicas." Le recordó Pumzi, a lo que Talma encogió los hombros y respondió;

"Yo soy vegetariana." En ese momento sintieron el eco de una multitud de pasos que se acercaban a la oficina.

"¡El rey!" Exclamo Pumzi con ojos grandes de emoción. Koren se irguió enseguida para mirar hacia la puerta, ya que nunca había visto al monarca. La figura altiva y elegante del rey de Bandah, apareció al umbral de la puerta trayendo consigo su aire de dignidad y realeza. La reina se paró inmediatamente de su asiento para darle una cálida sonrisa a su esposo. Koren quedó boquiabierta al ver el semblante del rey Papo.

El rey era alto, de tez dorada, cabello brilloso y ondulado de color marrón oscuro que caía en sus anchos hombros. Papo vestía su uniforme militar real, de terciopelo negro con diseños en plata, también llevaba una capa negra que fluía como si fuera una sombra, todo acompañado de unas botas de cuero negro acentuadas con el sello real de Bandah. Koren pensó que jamás vería a un hombre tan hermoso otra vez en su vida ya que el rey tenía, al igual que su esposa, una belleza inigualable. El rey le devolvió la sonrisa a su esposa, dirigiéndose apresurado hacia ella, una vez frente a la reina cayó en una rodilla para saludarla.

"Su majestad, aquí estoy, junto a mi comitiva, a su servicio. Tan pronto usted de la orden partiremos hacia Cyrus." Al rey hablar Koren cayó en cuenta que junto al rey habían entrado al menos unos diez hombres, que al igual que el rey permanecían en una rodilla, pero mirando hacia el suelo.

"Mi querido esposo, levántate. Que se dé la orden de partida al medio día." Le dijo la reina, mientras lo miraba dulcemente. El rey tomó la mano de su esposa y la besó tiernamente, sus ojos se encontraron con los de ella y en ese instante todos en el lugar lograron sentir la eléctrica pasión que estremecía el corazón de los monarcas. Los miembros de la comitiva del rey permanecieron estóicamente quietos, pero una de las damas presentes dejó escapar un suspiro. El rey se irguió para marcharse, pero su esposa se lo impidió al darle un fuerte abrazo, susurrándole algo inaudible al oído, que hizo que el rey perdiera su compostura y la besara apasionado. Koren se volteó sonrojada para ver la reacción de las demás, quienes también se sonrojaban y sonreían ante tan desenfrenada demostración de amor. Altea permanecía cercana a la reina con una enorme sonrisa plasmada en su cara, al ver que los monarcas a pesar de ser los reyes de Bandah, ante todo, eran cautivos del poder del amor.

Después de aquel acto, el rey se volteó para saludar a las Damas, inclinando su cabeza, para finalmente partir de la oficina. Los hombres de su comitiva permanecieron quietos hasta que el rey pasó entre ellos, luego se fueron parando uno a uno ordenadamente para seguirle.

"Créanme, si hubiese sabido que él era así desde un principio no me hubiese resistido tanto a ser reina." Comentó la reina jocosamente, una vez que la comitiva del rey había partido definitivamente. Las otras damas se rieron a unísono con la reina, como si ya fueran partícipes de toda la historia.

"Bueno, ya escucharon, partimos al medio día, como el viaje es largo y hemos decidido movilizarnos en Pegasos, haremos parada en la noche, en Albah. Nos quedaremos allí en el panteón de las ninfas, la demi-diosa Arkana va a dar una cena en nuestro honor. En realidad ésta es la razón de ir en pegasos, el viaje es tan hermoso…" Todas aplaudieron ante el anuncio, lo que hizo a Koren realizar que juzgando por la reacción de las demás, éstas ya habían visitado Albah antes, quedando encantadas. La más feliz de todas era Marussa quien no esperaba la hora de ver a su reino natal y sonreía contentísima.

"Koren, como recién te has unido a nosotras, me tomé la libertad de pedirle a Altea que organizara tus preparativos de viaje. Estoy segura que quedarás satisfecha con lo que ha pedido para tí." Le informó Violeta.

"Muchas gracias, su majestad. Altea." Dijo Koren bajando su cabeza reverentemente ante ambas. Luego de como una hora más de plática, la reina despidió a sus damas para que hicieran sus últimos arreglos antes de partir. Koren corrió hasta la cocina real para poder ver y despedirse de su madre. Ella conocía la cocina como la palma de su mano, era un sitio ruidoso, lleno de vapores y olores intensos. Los cocineros corrían de un lado a otro coordinando los preparativos para las diferentes comidas diarias de los diferentes sectores del palacio real. Flora era la cocinera mayor, quien organizaba a los demás, también siendo personalmente ella quien preparaba u ordenaba los preparativos de la comida del rey y la reina. Koren corría por los pasillos entre cocineros y comestibles, como tantas veces lo hizo en su niñez. Pasaba junto al área de la confección de panadería y tomaba una que otra golosina sin que el repostero se diera cuenta, por que sino le gritaría obscenidades. Luego, caminaba por frente de los grandes hornos, al costado de hileras de calderos burbujeantes, hasta llegar a la cocina principal donde estaba su madre. La cocina real también era casi una academia de cocina, los mejores cocineros de Bandah hacían rotaciones en ella para deleitar del gusto de la realeza y enseñar a otros sus nuevas técnicas culinarias. Koren estaba muy orgullosa de que su madre era la cocinera más envidiada y venerada del reino, pues el rey la había escogido personalmente para servirle.

Flora estaba detrás de un hermoso caldero de cobre del cual un delicado aroma de leche dulce brotaba entre hilachos de humo. Su rostro estaba sonrojado por el calor del fuego, su cabello escondido debajo de un pañuelo plateado y su traje llevaba como insignias alguna que otra salpicadura de alimentos.

"¡Mamá, aquí estoy!" Koren asustó a su madre premeditadamente, quien por poco arroja el cucharón que llevaba en la mano hacia el techo.

"¡Koren! Te he dicho que no me andes asustando, un día de estos se me va a virar la sopa encima. Ah, ya veo que te robaste unas galletitas, también te he dicho que no hagas eso, sabes que al Señor Obreu no le gusta." Le regañó su madre bastante molesta.

“ Sí, pero es que son tan ricos… Mmm...” Flora le dió un beso a su hija en la mejilla mientras se volteaba nuevamente a atender la sopa en el caldero.

“¿Qué cocinas?” Le preguntó Koren inhalando el fabuloso aroma de la sopa.

“Es una sopa para el rey, ya mismo la puedes probar. Él a veces se pone un poco nervioso antes de viajar en pegasos y ésta sopita es muy calmante.” Contestó Flora.

“He visto al rey hoy por primera vez.¡Qué guapo!” Dijo Koren dejando escapar un suspiro.

“Sí, verdad. Recuerdo como ahora la primera vez que lo ví, yo estaba jovencita y había empezado a trabajar aquí como cocinera. No sé como, pero él llego hasta aquí, creo que estaba buscando un lugar donde esconderse de tanto trabajo. Le dije, que se sentara en una esquina que le iba a preparar algo para que se calmara, y así lo hice, fue esta misma sopa. Desde ese día me hizo su cocinera, hubieras visto la rabieta que se hechó el cocinero mayor, pero ni modo, tuvo que obedecer la voluntad del rey.” Dijo Flora encogiéndose de hombros.

“¿Y qué tiene la sopa adentro?”

“Es muy sencilla, tiene leche de las vacas de las planicies, que es reconocida por sus propiedades curativas. Un poco de mantequilla con canela y azúcar, sal perfumada del reino de las sirenas, harina del trigo de Polaris y un puñado de pétalos de la flor mágica de Treste.” Flora compartió con su hija los ingredientes de la sopa como si fuesen los hermosos sonetos de un poema de amor. Le sirvió un poco de sopa en una taza de cerámica, donde el líquido blando y oloroso, despedía hilitos de vapor. Koren se acercó la taza cuidadosamente a su boca y lo primero que la envolvió fué el olor abrumador de la leche calda, dulce, cocida… De aire libre, hierba fresca y el calor del sol. Al llevarse finalmente la bebida a la boca, sintió como si se hubiese transportado a su hogar, estando sentada frente al fuego en una noche tranquila de otoño, el liquido espeso entró a su cuerpo como un hálito de ensueño que la hizo cerrar sus ojos brevemente y sonreír. Una calma entro en su alma y miró a su madre con ojos de adoración.

"Mamá, esto es estupendo, por qué no me lo habías dado a probar antes." Le recriminó Koren.

"Nunca se me ocurrió, siempre te he visto tan feliz." Dijo su madre riendo.

"Bueno, estoy aquí para despedirme. Partimos al medio día." Le informó Koren.

"Lo sé, el rey me ofreció viajar con la comitiva, pero yo estoy muy vieja ya para estos asuntos, nunca he sido mucho de viajar. Además, esas cuestiones de diplomacia siempre me ponen nerviosa."

"Debiste haber ido, así podríamos estar juntas." Le dijo Koren.

"No creas, la comitiva del rey es tan grande como la de la reina, hubiéramos estado en lugares muy distintos en cada momento. Además, tu padre no se ha estado sintiendo bien, no lo quiero dejar solo."

"¿Qué le pasa a papá?" Preguntó Koren preocupada.

"No sé, creo que ya el tiempo lo esta alcanzando. Ha estado teniendo unas pesadillas muy extrañas, nunca quiere hablar de ellas…Pero no temas, por su herencia de elfo, vivirá mucho, mucho más… más que yo."

"No digas esas cosas." Koren se arrojó a abrazar a su madre como si el pensamiento de nunca tener a su madre fuese una aberración total.

"Mira, vete ya, por que yo tengo que mandar esto al rey. Además, si te sigues tardando en irte a lo mejor lo pienso bien y decido que te quedes." Le advirtió Flora a su hija, abrazándola con fuerza. Koren posó la taza vacía en la mesa y tras despedirse de su madre una y otra vez, regresó al palacio en dirección de la oficina de la reina. Una vez allí, se sentó junto a Marussa y Lenna, quienes leían en silencio.

"¿Y las demás?" Preguntó Koren con curiosidad. Las otras dos levantaron su vista casi al mismo tiempo, sonriendo para darle la bienvenida.

"No han llegado aún, ni siquiera la reina está lista, pero aún es temprano. ¿Y tú? ¿Por qué no te has cambiado?" Le preguntó Marussa.

"¿Cambiado por qué?" Respondió Koren asustada.

"En tu vestimenta de viaje, está en tu apartamento." Le informó Lenna.

"Este…nadie me lo dijo." Titubeó Koren al escuchar la información.

"Pues, más te vale que avances, por que entones sí que no llegarás a tiempo." Le dijo Marussa.

Koren se levantó de la silla de un salto y se apresuró a salir del lugar. ¿Cómo se suponía que ella hubiese sabido esas minucias?, se preguntó a sí misma. De momento se sintió un poco molesta debido a que nadie le había avisado estos pormenores de antemano. Koren empezó a correr casi perdiendo el aliento ya que el tramo hacia su apartamento era largo, sabía que en lo que llegaba y regresaba de un lado a otro, pasaría demasiado tiempo… la tendrían que esperar en los establos de los Pegasos. Su corazón palpitaba desesperado en su pecho, si tan sólo pudiese volar hasta su apartamento, todo sería tan fácil. En ese instante, para su gran sorpresa, su cuerpo se elevó en el aire y se disparó como una flecha hacia delante. Koren estuvo casi a punto de golpearse en la cabeza con el techo, pero sin pensarlo decidió aprovechar aquella magia inesperada, sólo enfocándose en llegar a su apartamento. En un abrir y cerrar de ojos la entrada de su apartamento se apareció ante ella, le fué casi increíble pensar que lo había logrado, se sintió muy complacida consigo misma. Un gran orgullo se apoderó de ella al reconocer que sí, en verdad, podía ser capaz de utilizar magia poderosa a su favor. Entró corriendo al suntuoso apartamento que ni siquiera había tenido la oportunidad de explorar, corriendo hasta finalmente llegar a su salón de moda donde el armario estaba abierto. Dentro del armario estaba un hermoso vestido anaranjado adornado con finos detalles rojos, junto con unas hermosas zapatillas doradas incrustadas de rubíes. Koren se despojó de su ropa de inmediato y se puso el vestido de viaje sin tardarse más. Antes de marcharse se detuvo un momento para admirarse frente al espejo, sorprendida y satisfecha con su imagen, al igual que con la talla del vestido. Koren pasó a otras habitaciones a ver si había algo más, pero no encontró nada que le llamara la atención.

Una vez más, en el umbral de la puerta, cerró sus ojos para tratar de repetir la hazaña que había llevado a cabo hace poco. Pensó en volar, en la oficina de la reina, en ir como flecha, en la livianez que sintió su cuerpo cuando flotaba rápidamente por el espacio. Ella sintió de súbito como si la hubiesen empujado a un abismo, veía las paredes pasar en un santiamén, reconocía algún que otro lugar, cuando de repente vió la entrada a la oficina. Ya estaba a punto de llegar, por lo que redujo su velocidad, cuando de la nada, una luz cegadora la hizo caer del aire de un cantazo. Koren dejó escapar un grito de dolor al aterrizar descontrolada en el concreto de piedra.

"¡Koren!" Gritó Altea asustada al ver lo sucedido y corrió a su lado a socorrerla. Koren intentó levantarse pero estaba aturdida por la caída, con un intenso dolor en varias partes de su cuerpo, por lo que se aferró a Altea buscando apoyo.

"¿Que pasó?" Preguntó Koren aún desorientada.

"Válgame… Niña, he sido yo. Parecías una bola de fuego y pensé que algo se había adentrado para atacar a la reina. Jamás pensé que serias tú, usualmente sólo los magos dedicados pueden volar de tal manera… Y usualmente consiguen hacerlo con apoyo de magia un poco cuestionable…" Le dijo Altea. Koren trató de ponerse en pié y dar paso, pero gimió de dolor al hacerlo, ambas miraron hacia el suelo para darse cuenta con horror que el tobillo derecho de Koren estaba contorsionado de una mala manera. Era obvio a plena vista que su pierna estaba rota.

"¡Oh no! ¿Qué voy a hacer?" Exclamó Koren horrorizada.

"Como que, ¿qué vas a hacer? Si puedes volar de ese modo puedes curarte. ¡Hazlo!" Le ordenó Altea.

"Pero yo ni siquiera sé cómo fué eso de que volé así, esta fué la primera vez." Respondió Koren mientras su llanto ahogaba su voz. La conmoción hizo llegar a las otras que preocupadas corrieron hasta las voces procedentes de la entrada. La Reina Violeta se hizo paso entre las demás para ver que era lo que estaba pasando.

"¡Koren!¿Qué ha pasado?" Exclamó la reina horrorizada al ver la niña aferrada a Altea sufriendo de dolor, con su pierna rota al descubierto.

"Ha sido mi culpa su majestad. Ella venía rápidamente hacia acá volando…¡Volando! Y le he atacado, pensé que era otra cosa…de milagro ha sobrevivido." Explicó Altea con culpabilidad, encogiéndose de hombros.

"¿Pero qué esperas? ¡Arregla su pierna de inmediato!" Le ordenó la reina firmemente, mientras se acomodaba cerca de Koren para ver si tenía algún otro golpe.

"Pero… es que estoy tratando que ella lo haga sola." Titubeó Altea sin hacer caso a la orden.

"¡Que barbaridad! No me importa lo que le quieras enseñar, sólo la estas torturando." La reina empujó a Altea hacia a un lado con su fuerte brazo, poniendo su cuerpo cercano al de Koren. Koren sintió como si en ese instante el dolor nunca hubiese existido, que todo se lo había imaginado. Luego, la reina se inclinó, alzó el vestido de Koren para poder ver su pierna y levemente tocarla. Un frío indescriptible pasó de los dedos de la reina hacia la piel de Koren, quien pensó que su pierna se estaba congelando, dejó soltar un grito de dolor sin poder aguantarse, grito que estremeció a las demás presentes. A pesar de su intensidad, tan pronto como empezó el dolor, tan pronto desapareció. Koren miró su pierna entre las lágrimas que le quedaban, sorprendida de que ésta había regresado a su forma original, la afirmó tentativamente sobre el suelo, dándose cuenta que estaba como si nada le hubiese pasado. La reina abrazó nuevamente a Koren brindándole una sonrisa cariñosa, le besó la frente y, con un dulce gesto, le trató de arreglar su cabello.

"Es mejor enseñar con amor… que con pena." Diciendo estas palabras la reina dió el asunto por terminado, regresando a su oficina seguida por las silenciosas damas. Koren y Altea permanecieron en el pasillo sin decirse nada, mirándose a los ojos.

"Lo siento, ella tiene razón." Altea pidió disculpas.

"Está bien." Le dijo Koren un poco resentida. Ella miró nuevamente su pierna recién curada, luego a Altea. Altea no dijo más nada, partiendo hacia la oficina seguida por Koren. Una vez allí, Koren casi no podía prestar atención a las minucias del viaje, por que aún estaba pensando en lo que la reina había hecho hacía unos instantes. Ella miraba a la reina con una nueva curiosidad. ¿Cuanta magia tendría la reina? ¿Qué otras cosas podría hacer? ¿Dónde habrá aprendido? ¿Cuándo? Se preguntaba Koren. Ella sabía que la reina era humana, así que ella tendría que haber aprendido magia por años, pero cómo lo habría logrado, si no estaba hace tanto tiempo en el palacio. ¿Sería que en verdad de algún modo le habrían dado la magia fácilmente al ser reina? Koren encontró esta ultima pregunta fascinante, por que si a alguna persona le daban magia para hacerla poderosa, que pasaría si se la daban a una persona que ya tenía magia. El sonido tenue de unas campanas en una torre cercana, sacó a Koren de sus cavilaciones.

"Ya es hora." Declaró la reina. Violeta se levantó de su silla, por primera vez Koren notando su hermoso vestido color rojo vivo, con detalles en anaranjado, que casi parecía una obra de arte. La reina caminó hacia la salida, seguida de inmediato por Altea y Talma que andaban en pareja. Luego les siguieron Kloe y Marussa, seguidas por Lenna y Anari. Sólo quedaban Koren y Pumzi quienes se juntaron sin demora en su lugar, tan obvio, en la procesión. Finalmente, con gran ceremonia, llegaron a la antesala del primer piso de la torre donde les esperaba un pequeño ejército de guardias Amazonas.

Las mujeres dejaban notar su descendencia debido a su estatura, su musculatura y el intenso verde de sus ojos y cabellos. Koren observó como la intimidante comitiva de unas cien mujeres llevaba lanzas de fuego en la mano, un arco de flechas en la espalda, del cual se veía su cordón atravesado en su pecho y otras armas. Sus enormes flechas protuberaban de un canasto especial que guindaba de sus caderas, mientras que un afilado puñal se posaba heladamente en la parte exterior de sus botas de cuero.

La vestimenta de las Amazonas en esta ocasión era sencilla, llevaban unas cortas túnicas de algodón blanco, el cabello adornado y amarrado con lianas de bosque delgadas, un cinturón y botas de cuero reforzadas con malla de acero liviano. En perfecta armonía todas se voltearon a arrodillarse frente a la reina. Una de las amazonas, quien Koren supuso debía ser la capitana, pues llevaba el símbolo de la reina de Bandah en una pequeña corona en su ceño, se acercó a la reina llevando un cetro completamente negro como el ébano. La mujer se postró reverentemente frente a la reina quien aceptó el cetro en silencio. Acto seguido, la Reina Violeta, golpeó el suelo con el cetro creando un estallido que hizo temblar el salón. La capitana se irguió, regresando a su lugar frente de las demás Amazonas, quienes a su vez se irguieron y se voltearon para empezar a marchar en unísono comenzando la procesión.

La comitiva continuó en pié hasta los establos reales donde ya el rey, y su propia comitiva, esperaban listos la llegada de la reina. La comitiva del rey era aún más grande, ya que había por lo menos un ejercito de quinientos guardias, los caballeros del rey y otros dignatarios. Todos hicieron reverencia a la reina y a su comitiva al divisarlas. Koren estaba tan impresionada ante las ceremonias que ni siquiera se acordó de que ella aún no había escogido un Pegaso. Unos pajes jóvenes sacaron los Pegasos de los establos de uno a uno poniéndolos en fila, presentando siete en total, uno para cada una de las damas que lo necesitaría. Koren notó que Altea ya tenía su escoba en manos lista para emprender viaje y sólo esperaba que los demás estuvieran listos, mientras que Talma se estaba alejando hacia la plaza en frente de los establos. Talma extendió sus brazos haciendo que una llama de fuego azul intenso que brotaba de sus pies, la empezara a consumir, creciendo en tamaño y brillantez. Koren se asustó al ver lo que estaba pasando, se quedó inmóvil esperando a ver que sucedería, ya que nadie parecía sorprenderse. El fuego continuó creciendo y creciendo en estatura hasta que la figura de Talma desapareció por completo en su interior. Ya cuando el fuego parecía el doble de alto del edificio de los establos, de repente, de entre las llamas surgió un enorme dragón negro y elegante, pero petrificante. Koren tragó seco del terror que le causó la visión de la criatura, más aún sabiendo que ese temible dragón no era otro que su amiga Talma. Unas alas parecidas a las de un gigante murciélago se extendieron de la espalda de Talma y con un movimiento sutil zumbaron a la dragona hacia el firmamento. Todos los miembros de las comitivas reales trataron de permanecer en pie debido a la ventolera que esto creó, pero alguno que otro cayó al suelo tras perder el balance. Talma permaneció dando vueltas en el aire, entonces Altea tomó su escoba, trepándose en ella con una sonrisa. La bruja salió disparada como una flecha a unirse a Talma, los delicados encajes de su traje dando fuetazos en el viento.

Unas enormes carrozas empezaron a llegar haladas de unas hermosas aves blancas que parecían cisnes gigantes, de un plumaje azulado parecido a los destellos del mar. Los soldados del rey procedieron a montarse en las carrozas hasta que quedaron llenas, con una seña del capitán las aves alzaron vuelo sin esfuerzo alguno, emprendiendo su rumbo hacia el sur. Después de los soldados, partió el rey con sus caballeros, menos dos de ellos que también se convirtieron en dragones. Koren no quedó tan impresionada con esos dragones ya que no eran del tamaño de Talma, pensando que, posiblemente, al igual que otras especies la hembra solía ser la más grande. Una vez había partido toda la comitiva del rey, la reina se dirigió a su Pegaso y se montó con mucha gracia. Las damas hicieron lo mismo. Koren hizo según las demás, pero cuando llegó cerca al Pegaso, una ola de miedo le recorrió el cuerpo. El Pegaso le pareció el triple del tamaño de un caballo de granja, su corpulento cuerpo blanco casi cegaba la vista, mientras que las enormes alas parecían interminables.

"No tengas miedo." Una voz profunda le habló. Koren buscó por todas partes al dueño de la voz, petrificada por el miedo.

"Mi nombre es Zaur, soy tu Pegaso, tu padre me ha escogido para tí." El Pegaso se volteó a mirar fijamente a Koren, moviendo su cabeza como si estuviese asintiendo. Ella lo miró asombrada sin poder decir palabra.

"Anda, usa el escalón atado al asiento para treparte en mi espalda." Urgió la voz. Koren hizo caso sin titubear más, subió por el costado del ala hasta llegar a un asiento en medio del espacioso lomo. Una vez sentada en el cómodo asiento pudo mirar a su alrededor, viendo con orgullo la impresionante comitiva de la Reina de Bandah. Al ver que todas las damas estaban sentadas en sus montas, la reina alzó su cetro visiblemente para dar la orden de partida a todo el resto de su comitiva. Las amazonas procedieron a montarse en carrozas también, partiendo hacia su primera parada antes que la reina y sus damas. Después que las carrozas se perdieron entre las nubes, la reina subió en su Pegaso a unirse con Talma y Altea que observaban todo desde arriba. Koren cerró sus ojos cuando Zaur estiró sus alas, sintió como Zaur contrajo su cuerpo y de un impulso quedó en el aire. Koren no podía dejar de aferrarse aterrada a las bridas que cercaban al enorme cuello del ecuestre.

"Pronto estaremos en pleno vuelo, será muy placentero y puedes abrir tus ojos, es muy hermoso acá arriba." Le dijo Zaur amablemente. Koren se preguntó como era posible que él pudiera comunicarse con ella… ¿Acaso no era como un caballo?

"¿Un caballo dices? No me ofendas, yo soy una criatura mágica, nuestra raza es muy antigua. Puedes comunicarte conmigo con tu pensar, no es tan difícil." Le dijo Zaur jocosamente.

Después de lo que pareció una eternidad, Zaur le indicó a Koren que ya podía abrir los ojos para observar el paisaje.

Koren estaba dudosa de hacerlo ya que finalmente estaba cómoda en el tranquilo vuelo, disfrutando del viento frío en su rostro y el olor a humedad de las nubes. Al abrir los ojos vió justo al frente de ella a Altea, quien le saludaba con la mano efusivamente. Un poco más adelante Talma se veía ante la reina, mientras que las demás damas estaban atrás una al lado de la otra. Koren se fijó que Marussa estaba a su lado izquierdo, Pumzi a su derecha. Koren miró hacia atrás y vió muchas carrozas más siguiéndolas, tantas que parecían una bandada de extrañas aves. No se acordaba de ningún momento en su existencia en que haya mirado al firmamento y visto algo parecido. Luego, buscando valentía, miró hacia abajo, pero al ver la tierra pequeña y distante, tembló de miedo. Koren pudo ver montañas y colinas, el tope de los árboles, pequeñas aldeas llenas de casitas (que le parecían de muñecas) y sembrados. Los ríos parecían serpientes plateadas, las carreteras hileras torcidas, pero lo más que le asombró fueron los lagos, pues le parecieron espejos de mano. Koren posó su rostro cerca del cuello de Zaur para observar mejor el paisaje, disfrutando del calor que desprendía su piel. Después de un rato, la acción mecedora del vuelo del Pegaso le sirvió de somnífero, quedándose profundamente dormida. Koren no sabía por cuanto tiempo se había quedado dormida, pero al abrir sus ojos se dió cuenta que ya casi era el atardecer.

“¡Qué bien que te despiertas, dormilona! Ya era hora.” Le dijo Zaur amistosamente.

“¿Dónde estamos?” Pensó Koren tratando de futilmente ubicarse.

“Ya casi estamos llegando. Queda un corto tramo para llegar al panteón de Arkana.” Le respondió Zaur.

“¡Oh no! Quiere decir que ya pasamos la ciudad de Albah, yo estaba loca por verla.” Exclamó Koren decepcionada.

“Cuando regresemos.”

“¿Cuánto tiempo dormí?” Inquirió Koren dejando escapar un bostezo.

“Unas tres horas.”

“Al menos así se me hizo el viaje más corto.” Confesó Koren con alivio.

“Si miras hacia abajo, empezarás a ver algunas de las aldeas y templos de las ninfas. Son muy coloridas, entre todos los paisajes éste es uno de mis favoritos, siempre las comparo con nidos. Pronto, también verás el palacio de la Demi-diosa en la distancia, justo allí en medio del bosque.” Koren se entretuvo mirando el paisaje hasta que al fin logró ubicar el edificio en forma de panteón. El panteón era una estructura larga y rectangular con una enorme cúpula de cristal en el centro, su color era de un rojo intenso como la sangre y tenia un maravilloso arco de oro marcando su entrada.

"¡Es hermoso!" Declaró Koren ante la visión. Desde el aire también pudo notar que parte de la comitiva del rey ya había aterrizado en los predios del panteón y estaba organizada nuevamente esperando a los demás. Talma descendió, al igual que Altea, seguidas por la reina. Koren se agarró de la crin del Pegaso cerrando sus ojos, sin saber como sería el aterrizaje, pero quedó asombrada con la facilidad con que la criatura planeó en una serie de cortas vueltas hasta pisar tierra firme. Zaur llegó hasta su lugar galopando suavemente y permaneció quieto como los demás. Los portones de oro del panteón se abrieron lentamente y un grupo de hermosas mujeres, de largos cabellos, tocando instrumentos musicales, salieron a darles la bienvenida. Entre ellas estaba una mujer que sobrepasaba la belleza de todas las demás, su piel resplandecía como si fuese una vela andante, su cabello era castaño con tonos rojizos y sus ojos eran castaño oscuro, delineados por unas abundantes pestañas. Sus carnosos labios rojos llevaban una alucinante sonrisa y ella cargaba un hermoso ramo de flores en sus delicadas manos. Un apretado aroma a tierra fresca y sándalo se entrelazó con la brisa, haciendo que el espíritu de los viajeros se elevara automáticamente. La mujer traía puesto un vestido azul casi transparente que fluía con su andar descalzo. Por cada paso que daba, las semillas de la tierra se despertaban a sus pies y flores brotaban a su alrededor. La Reina Violeta sonrió y caminó hasta la Demi-diosa, quien le entregó las flores que llevaba en la mano.

“Bienvenidos todos a mi hogar.” La reina se postró ante la Demi-diosa al escuchar las palabras, agradeciendo la bienvenida.

“Gracias por darnos alojamiento y tantas atenciones.” Respondió Violeta con una amistosa sonrisa en sus labios. La Demi-diosa le dió la mano a Violeta para ayudarla a pararse y juntas fueron hacia la comitiva del rey. El Rey Papo saludó a Arkana con formalidad, luego tomó la mano de su esposa, para entonces dirigirse hacia la entrada del panteón. Koren estaba incierta de cual serían las formalidades que debía segur, así que miró a las demás para hacer lo que ellas hicieran. Las damas caminaron detrás de la reina, seguidas después por los caballeros del rey. Koren se percató al mirar a su alrededor que los soldados, las amazonas y los dignatarios fueron dirigidos hacia otro edificio cercano, que aunque igual de majestuoso, no era de igual tamaño al que los reyes entraban.

Lo primero que arropó a los visitantes al entrar al pantcón fue un intenso olor a tierra fresca, salpicado del sudor de las numerosas plantas que brotaban de las paredes. Una imponente fuente sonora desprendía un puro aroma de agua, dulce y refrescante, igual al que se encuentra en el corazón de un riachuelo. Ninfas sonrientes de todos los aspectos y edades, les salían a su paso para llenar el camino de pétalos de flores, o untarles ungüentos aromáticos en las manos. Koren miraba fascinada tratando de espiar cada detalle pero sin poder lograrlo, el lugar era como un asalto violento a todos los sentidos. Llegaron a una enorme terraza con piso de mármol blanco, que tenía en el centro una larga mesa de madera llena de bandejas de frutas, vegetales y otros alimentos. Koren se sorprendió con el comedor ya que en vez de sillas, había por todas partes cojines multicolores donde tomarían asiento los invitados.

En la parte trasera del lugar había una tarima elevada donde un coro de ninfas cantaba acompañadas de pequeñas mandolinas plateadas. Arkana tomó asiento en un cojín de color azul intenso, haciéndole seña a los demás para que hicieran lo mismo. El rey y la reina se sentaron juntos, dejando que los demás escogieran su lugar en la mesa a su gusto. Koren aprovechó la oportunidad para sentarse en una esquina lejana de los invitados de honor, para así poder ver a todos los demás mejor, en especial a los caballeros del rey. Ella estaba cautivada con la apariencia de ellos, ya que no había visto antes un conjunto de hombres tan apuestos y majestuosos. Los jóvenes que Koren había conocido, mientras crecía en los predios del palacio, le parecieron simples e inmaduros en ese instante.

Las ninfas empezaron a servir el banquete, comenzando con una excelente sopa de alcachofas y especias. Plato tras plato de comida seguía llegando de las afanosas manos de las delicadas ninfas, quienes saltaban alegremente de un lado a otro demostrando su emoción. El olor de la comida era abrumante y cada bocado que Koren probaba le parecía un ensueño. Se sonrió a sí misma pensando que su madre tal vez era medio ninfa, ya que tenía un toque mágico par ala cocina. Justo cuando pensaba esto, unas ninfas de tez azul y labios púrpura, llegaron con unas bandejas de oro humeantes, repletas de vegetales perfumados. Koren se deleitó en la simpleza del plato, maravillándose también, por el hecho de que ninguna confección estaba compuesta de animal alguno. A cada segundo se hacia miles de notas mentales para contarle todo aquello a su madre una vez regresara al palacio.

"Querida Violeta, debes visitarnos más a menudo. La última vez que estuviste aquí fue cuando me trajeron la Espada Dorada." Comentó Arkana sonriente.

"Tienes toda la razón, debo venir más a menudo. La vida palacial no es tan placida como la del panteón…" Le respondió Violeta acompañándola en su risa.

"Cualquiera diría, que la tengo maltratada." Se quejó el rey, refiriéndose a su esposa.

"Recuerdo muy bien esa temporada aquí, la pasamos muy bien junto a los reyes de Astra." Continuó Arkana.

"Sí, estoy de acuerdo. Espero que los veamos pronto." Añadió Papo mientras tomaba de su copa de vino.

"Así será. Saben que no puedo divulgar el futuro, pero la próxima vez que los vean será por una buena noticia." Les dijo Arkana con voz tierna, pero un poco tenue. El rey y la reina sonrieron como si fuesen cómplices de un secreto.

"Pues celebremos para que así sea." El Rey Papo levantó su copa invitando a todos a brindar. Le comitiva alzó sus copas y luego de un trago del delicioso vino dulce, aplaudieron para celebrar a los reyes de Bandah. Koren se unió a la celebración, pero le molestó un poco tanta adulación por los reyes. Ella pensó que sólo gozaban de esa admiración por que el destino le puso a sus pies el trono... ¿Pero qué otra cosa habían hecho para merecerse tanto honor? Nada. Ella nunca había conocido los particulares de la vidas de un monarca, pero el asunto le pareció un tanto ridículo. Koren se dió cuenta que los ojos de Arkana se posaron en ella, ocurriéndosele que era muy posible que la Demi-diosa pudiera saber sus pensamientos. Su instinto le hizo poner su mente en blanco, tal así como en los instantes oscuros en que el sueño se posa en la mente.

"Ten cuidado." La voz de Arkana se abrió paso en la oscuridad de la mente de Koren. Las dos se miraron fijamente, Koren un poco molesta por que la Demi-diosa había logrado meterse en su cabeza y la Demi-diosa triunfante. Arkana sonrió nuevamente a los invitados que la rodeaban, dejando a Koren en paz, luego alzó su copa para beber con los demás. La conexión que hubo entre ella y

Koren se había desecho, pero dejó a la niña un poco sorprendida de que había sucedido del todo. Aunque Arkana había leído su pensamiento, Koren no se avergonzaba de lo que le había pasado por la mente. Ella estaba segura que algunos de los otros también cuestionarían el por qué de las cosas, de vez en cuando, al igual que ella. Las conversaciones siguieron animadamente alrededor de la mesa y Koren hizo plática corta con una ninfa muy diminuta que le explicaba que en el templo de Arkana no se comía carne por respeto a los animales. La noche llegó tibia y serena, poco a poco las ninfas quedaron rendidas en todos los rincones, algunas acurrucadas con las otras entre cojines. Koren dejó escapar un bostezo que atrajo a una ninfa envejecida.

"Estas cansada, ven conmigo te mostraré los aposentos de los invitados." La voz de la anciana era melódica y dulce. Koren la siguió fuera de la terraza hasta llegar a una recámara donde había una gran cama redonda. Pumzi y Lenna ya estaban durmiendo entre sábanas suaves, sumergidas en dulces sueños. Koren se dejó caer en la suavidad de la cama sintiendo el calor tenue de un misterioso fuego invisible. Antes de que siquiera pudiera pensar, el sueño la cautivó de inmediato.

Koren despertó temprano en la mañana al sentir un refrescante olor a lluvia. Miró hacia fuera de la ventana, para darse cuenta que el día estaba soleado y que el olor de lluvia que había sentido tuvo que haber llegado a ella por arte de magia. Tratando de levantarse de la cama, se dió cuenta que su cabeza había estado posada sobre el brazo extendido de Marussa, quien aun dormía. Sin hacer mucho ruido para no despertar a las que aun dormían, se levantó de la cama y salió de la recamara sin rumbo alguno. Decidió explorar un poco el panteón, despreocupada, ya que sabia que en algún momento una ninfa la interrumpiría para llevarla al área del desayuno. Ella caminó un poco pasando por un hermoso claro que la llevó directamente a un lago cristalino rodeado de hermosos jardines. No pudo resistir la tentación de sumergir sus pies en el agua y respirar el fabuloso aroma de los jazmines. Cerró sus ojos para saborear el momento, exhalando intensamente. Unas risas la arrancaron bruscamente de su paz.

"Si quieres puedes entrar al agua." De entre unas enormes y hermosas plantas acuáticas, emergió Arkana seguida de unas cinco jóvenes ninfas.

"No, gracias, sólo quería remojarme los pies." Contestó Koren algo incómoda.

"Este lago pertenece a estas ninfas acuáticas, ellas se deleitan en dar baños a los que le visitan." Sonrió Arkana tratando de convencerla a que entrara al agua.

"No, está bien." Reiteró Koren, quien se sintió un poco más incómoda, al ver que todas las presentes estaban completamente desnudas. Ella sentía una curiosidad natural de observar el cuerpo de las ninfas, pero se sintió avergonzada de ello, por lo que permaneció cabizbaja.

"No tienes por que avergonzarte. El cuerpo es parte de la naturaleza, la naturaleza es buena." Le sonrió Arkana. Koren le devolvió la sonrisa alzando su vista, esta vez sin vergüenza alguna, ante los cuerpos desnudos de las demás.

"Su panteón es hermoso, he visto los jardines y es como vivir en el paraíso." Comentó Koren a la Demi-diosa, quien estaba sentada con la mitad de su cuerpo sumergido, mientras las ninfas procedían a untarle aceites en el cuerpo, a la vez que frotaban su piel con plantas perfumadas.

"Gracias. Para mí es mi paraíso, para las criaturas cercanas también. Aquí soy feliz." Arkana miró a su alrededor con orgullo, apreciando la escena.

"Siento mucho lo que pasó anoche en la mesa." Declaró Koren acerca del incidente en que Arkana leyó su mente.

"Está bien. Me alegro que estés al tanto de todo y que no tengas miedo de hablar las cosas sin titubeo. Sólo te dí el consejo de que tengas cuidado… Todas nuestras acciones han sido y serán engendradas por nuestros pensares. Muchas cosas que pensamos están compuestas de nuestros sentires, desafortunadamente, en verdad son los pensamientos los que nos traicionan." Arkana habló con su dulce voz, mientras una ninfa peinaba su cabello mojado.

“Pero es normal sentir cosas buenas y malas, además, yo tan sólo soy una niña.” Le contestó Koren tratando de defenderse.

“Algún día serás una mujer, así que no pienses de esa manera. No importa en la etapa de la vida en que estés siempre serás tú. ¿Por qué crees que sentir cosas buenas y malas es normal?” Le preguntó Arkana para escuchar su respuesta.

“No sé. Como usted dijo, todo es parte de la naturaleza, lo bueno y lo malo. ¿Acaso no es la muerte un evento natural?” Inquirió Koren.

“Eres muy astuta… Pero fallas en asumir que la muerte es mala.” Rió Arkana. Koren permaneció callada, mirando hacia el suelo nuevamente, resentida de que la Demi-diosa se burlara de ella.

“Koren, hay que ver mas allá de las cosas. Eres muy joven y tienes mucho poder a tu alcance, espero que el amor venza tus dudas…” Con estas palabras enigmáticas, Arkana se sumergió bajo el agua una vez más, lo que causó que el agua hiciera un espectáculo de fuentes y que las plantas se estremecieran. Koren se levantó y regresó al panteón, pensando en las palabras de Arkana. ¿A que dudas se habría referido? ¿Le habría dicho algo acerca de algún evento futuro que ella estaba por descubrir? ¿Qué dudas? ¡¿Qué amor?! Cuando estaba llegando al panteón, Marussa la vió y se unió a ella.

"¿Has visto a mi madre en el lago?"

"¿Arkana es tu madre?" Exclamó Koren asombrada, ya que ellas no se parecían en nada.

"Sí. Pensé que lo sabías." Le dijo Marussa encogiéndose de hombros.

"No sabía nada. Técnicamente, acabo de conocerlas a ambas, pero ni siquiera lo oí mencionar ayer. Está en el lago aseándose, he hablado un poco con ella." Dijo Koren casualmente.

"Qué bien, pero todos estamos listos para el desayuno y ella se está tardando demasiado." Explicó Marussa un poco exasperada.

"Yo creo que ya estaba terminando." Koren le dijo mientras caminaba nuevamente dirigiéndose hacia la gran terraza donde habían cenado la noche anterior. La mesa parecía un puesto de un mercado, estaba repleta de frutas frescas y olorosos néctares. Los reyes de Bandah platicaban animadamente entre sí, al igual que los demás. Koren se fijó que Anari conversaba con entusiasmo con uno de los apuestos caballeros del rey, al igual que Talma con un joven dragón. Pumzi estaba sentada entre Lenna y una ninfa quienes reían escandalosamente. Por otro lado, Kloe hablaba en voz baja con Altea y unos caballeros del rey, con aire de intensidad. Marussa, por su parte, platicaba con las ninfas inquiriendo información de todo lo que había pasado en su ausencia. Koren se sintió como si no perteneciera al grupo, deseó en ese instante regresar a Bandah, a su casa, a su familia. Ella buscó un lugar donde sentarse, una ninfa le trajo de inmediato una pequeña bandeja llena de sabrosos panecillos y fruta.

Arkana entró al salón envuelta en la gloria de su luminiscencia, radiando energía a su alrededor. Con gran ceremonia se sentó a la mesa y invitó a todos a consumir el desayuno.

"Perdonen mi tardanza, tenía algo muy importante que hacer… Estaba tratando de cambiar el futuro." Arkana sonrío ante su declaración lo que causó que sus huéspedes se rieran, ya que todos sabían que, irónicamente, ella estaba prohibida de hacer eso. Koren fué la única que no sonrío, se preguntó por que Arkana habría dicho eso, ya que era muy probable que tuviese algo que ver con ella. Los enigmas de la Demi-diosa le cayeron muy pesados y pensó que tal vez ya estos seres deberían ser obsoletos. Una vez más sintió la mirada de Arkana posarse en ella, pero en vez de sorprenderse, Koren alzó su copa y le sonrío abiertamente. Arkana le devolvió la mirada sin emoción alguna, finalmente alzando su copa también y asintiendo con su cabeza. Los demás ni siquiera se percataron de esta secreta interacción, ya que estaban deleitándose del animado desayuno. Una vez más, el grupo disfrutó de la buena compañía y el alimento, sin pensar en el resto del viaje que les esperaba.

"¿Cuándo crees que partiremos?" Preguntó Koren a una ninfa que estaba cercana.

"Arkana, nos ha dicho que será después del desayuno." Ella le respondió. En efecto, no pasó mucho tiempo después del desayuno, para que la ceremonia de partida comenzara. Nuevamente, la comitiva real llevó a cabo los minuciosos protocolos hasta partir en rumbo a Cyrus, lo que a Koren le pareció una aburrida pérdida de tiempo. Koren se sintió contenta de haber partido finalmente de aquel lugar quimérico que le había hecho sentir un poco incómoda. Zaur le dió una calurosa bienvenida y empezó a relatarle de sus experiencias en los pastizales cercanos al panteón, donde había observado miles de unicornios salvajes.

"¿Qué tiene de especial la Espada Dorada?" Le interrumpió Koren.

"¿Por qué preguntas?" Respondió Zaur cauteloso.

"Nada, sólo curiosidad, Arkana la mencionó mientras estuvimos allí."

"¡Jum! Me sorprende… no se habla de ella nunca. A menos de que…" Zaur añadió.

"¿A menos de qué? ¡Por qué no dices algo y ya!" Le dijo Koren algo impaciente.

"Es una larga historia… Muchos años atrás, más de los que te puedas imaginar, se hizo un encanto eterno. La Espada Dorada es parte de este encanto, por que la persona que la posea vendría siendo la más poderosa de nuestro mundo. Usualmente, los reinos la cuidan por un siglo antes de pasarla al otro. De ese modo, nadie puede decir que la posee por completo."

"Oh. ¿Y eso que tiene que ver con Arkana?"

"Los dioses no pueden inmiscuirse en asuntos banales. La espada no debe estar en el panteón…Y si la mencionó puede ser una advertencia…" Explicó Zaur.

"A lo mejor como ella tan sólo es una Demi-diosa, no le aplican las mismas leyes y puede manipular eventos futuros." Sugirió Koren, pero el Pegaso permaneció en silencio.

Koren volvió a posar su cabeza en la magnífice crin de Zaur para disfrutar del calmante vaivén de su aleteo, observando también la belleza del paisaje que quedaba atrás bajo su vuelo. Luego de una hora más, Koren pudo ver a lo lejos, que la comitiva se acercaba a una gran muralla de enormes árboles de estatura sin igual. La corona de los árboles se perdía entre las nubes del firmamento y parecía que aquella semejante pared sería impenetrable.

"Estamos llegando a Cyrus." Le comentó Zaur.

"¿Dónde está? ¿Por dónde se entra? Sólo parece que si seguimos directo, vamos a chocar con esos árboles." Le dijo Koren un poco ansiosa.

"Cuando nos acerquemos te darás cuenta que no es un muro sólido, al contrario, lo más bello que tiene la ciudad de Cyrus es que está viva."

Koren vió como los que iban delante de ella se desaparecieron dentro del follaje de las gigantescas ramas. Al ir acercándose más, Koren pudo ver con facilidad que debido al tamaño de los árboles era fácil pasearse entre ellos. En uno que otro lugar Koren empezó a ver viviendas encaramadas en los árboles, había casas y edificios de todos los tamaños, todas construidas una forma circular muy similar, que las hacía parte de las ramas en que se posaban. En cada otro lugar había gente agrupada que curiosamente observaba la llegada de los reyes de Bandah, saludando con sus manos la gran comitiva, dándoles la bienvenida. Koren les saludaba de vuelta al pasar, apreciando sus sonrisas y los pétalos de flores que arrojaban al aire para recibir los viajeros.

"Esta parte que estás viendo se llama Cyrus Alto. Éstas ciudades están en la parte superior de los árboles de Cyro, de donde viene el nombre del Virreinato. Más cerca de la tierra se encuentra Cyrus Bajo, que es otro conglomerado de hermosas ciudades, donde se practica la agronomía. Es la tierra más fértil del planeta. También están allí los grandes pantanos en el borde Norte y algún que otro sistema de cavernas." Zaur comentó.

"Este lugar es fantástico, parece ser más grande que toda Bandah." Exclamó Koren impresionada.

"Sí, es mayor que Bandah y un reino más antiguo, pero no muy ambicioso. Sus habitantes son muy tranquilos, disfrutan de los frutos de la tierra y de la energía positiva que desprenden los árboles. Si cierras los ojos y respiras profundo, sentirás el aroma de los Cyros." Zaur le indicó. Koren hizo caso, cerrando sus ojos para sentir el fresco olor a humedad de las gigantescas hojas, del olor a madera dulce y la suavidad del aire. Pudo imaginarse que era una ardilla en el bosque abrazando cariñosamente el tronco refrescante de un Cyro, pensamiento que la hizo sonreír alegremente. Al abrir sus ojos, se dió cuenta que entre las ramas, una bandada de pájaros gigantes pasaron cerca. Esos pájaros eran parecidos a los que halaban las carrozas reales, al observarlos mejor se dió cuenta que también tenían jinetes.

"Ya me dí cuenta que la gente usa las aves para transportarse, se ve muy divertido." Exclamó Koren.

"Sí, esas aves son parte del bosque, son dóciles pero algo estúpidas." Declaró Zaur con desdén.

"¡Parece que tienes celos!" Le dijo Koren bromeando.

Zaur permaneció callado y empezó a descender un poco. Koren notó de inmediato que delante de ellos apareció un árbol gigantesco, su tronco era tan grande que en él había sido tallado en su totalidad un impresionante castillo. Este árbol estaba en el corazón de Cyrus Alto, su diámetro era casi difícil de saber, ya que era hogar de semejante edifico como el palacio real de Cyrus. Koren vió como la comitiva real ya se estaba asentando frente al enorme jardín que precedía las hermosas puertas del castillo, cuales estaban abiertas dando la bienvenida a todos. Zaur aterrizó nuevamente en el lugar indicado junto a las otras damas, en perfecta sincronía. En ese instante sonaron unas trompetas, que acompañaron la aparición entre las puertas de un grupo de soldados vestidos de azul y con adornos de plumas en sus escudos. Estos se hicieron a un lado para flanquear a los monarcas de Cyrus quienes aparecieron con hermosos trajes de telas en azul cielo. Koren pudo observar que entre todos los que los recibían, la Virreina a pesar de su majestuosidad, se veía claramente tensa. El Virrey sonreía amablemente, pero parecía cansado, haciendo los gestos de bienvenida como un autómata. Los monarcas no parecían estar tan viejos como para querer retirase, pensó Koren al verlos.

La Reina Violeta se desmontó elegantemente de su Pegaso y se dirigió hacia la pareja real, quienes se arrodillaron ante la monarca tomados de la mano, cabizbajos. Violeta alzó su cetro para que todos lo vieran, después lo posó en el suelo levemente. Un enorme estallido brotó del cetro haciendo que una mágica ráfaga de viento casi le volara las coronas a los virreyes de Cyrus. Koren sonrío pensando que aquel gesto de poder tan ceremonioso era un poco complicado y no servía nada más que para humillar a los que se encontraran en su proximidad.

“Virreyes de Cyrus, en nombre del reino de Bandah acepto su invitación.” Una vez más las trompetas sonaron con una canción de triunfo, los virreyes se irguieron y el Rey

Papo se unió a la Reina Violeta. El Virrey tomó la mano de la Reina Violeta y la Virreina hizo igual con el Rey Papo, para guiarles hacia el palacio. La comitiva de la Reina Violeta precedió a la del Rey Papo y nuevamente los soldados y otros fueron escoltados hacia otra sección del palacio. Koren continuó la procesión con la inquietud de ver el palacio por dentro, ya que parecía un castillo de fantasía. Los sueños de Koren se hicieron materiales al ver que, como lo había pensado, el palacio estaba hecho completamente de madera, tallado en sumo detalle de las entrañas del dadivoso árbol. El piso tenía la madera tan pulida que parecía un plácido lago castaño, las paredes tenían minuciosos tallados en la madera, unos enormes candelabros de madera se mecían en los cavernosos techos para dar una luz sosegada. Por todas partes había estatuas de alabastro, ébano, roble y otras maderas en formas de majestuosas aves. Hermosas plantas trepadoras forraban las paredes aquí y allá, de donde surgían de vez en cuando majestuosas fuentes, o estatuas de una madera tan blanca como el mármol.

Los Virreyes les llevaron a un gran salón donde un festín generoso les esperaba. Los siervos amablemente acomodaban los invitados e inmediatamente llenaban las copas de un vino rosado y refrescante. Unas doncellas apresuradas ofrecían toallas calientes para el aseo de los viajeros y otra ronda de doncellas servía la comida que aún estaba humeante. En la parte atrás del lugar un joven apuesto permanecía parado observando todo en silencio, complacido hasta ese instante con la bienvenida a los reyes. Una vez que todos se habían acomodado en los lugares indicados, el Virrey de Cyrus se levantó de su asiento para oficialmente darle la bienvenida al joven, quien parecía un poco nervioso.

"Sus majestades, les presento a mi hijo menor el Príncipe Atle." El joven se acercó a la mesa con seriedad y se arrodilló frente a la Reina Violeta quien le permitió erguirse, el joven procedió a saludar al Rey Papo con una reverencia. Después de las cortesías, se dirigió a un lugar vacío al lado derecho de su padre y se unió a la comida. Koren lo miró con disimulo, para esconder su curiosidad, ya que nunca había visto un verdadero príncipe tan de cerca. Atle, tenía el cabello marrón y los ojos verdes, su piel era un poco pálida, pero era de buena constitución. El príncipe le pareció demasiado austero para su edad, aunque a pesar de toda su elegancia y compostura, se notaba aún la redondez de su rostro traicionando así su juventud. No había pasado una media hora cuando se sintió un tumulto en el pasillo y las puertas del salón se abrieron de un súbito golpe.

En el umbral de la puerta, se apareció la figura de un joven parecido al príncipe Atle, pero este era más altivo, con piel bronceada y fuego en la mirada.

"Me siento ofendido de que hayan empezado el festín sin mí." Exclamó el joven mientras se acercó a la mesa altaneramente. Los Virreyes de Cyrus se levantaron de sus asientos rápidamente, pero permanecieron sin hablar. El joven fué directamente hasta la Reina Violeta y se arrodilló frente a ella con un gesto de reverencia muy dramatizado.

"Su majestad, Alteza, Diosa...Permítame presentarme, soy el Príncipe Orión, primogénito de los Virreyes de Cyrus y heredero al trono."

"Puedes levantarte... aunque lo harías sin que yo te lo permitiera. ¿No te parece? Además, serías sólo heredero al trono si tu padre muriese de súbito, pero ha decidido abdicar al trono. Debido a eso, los protocolos son muy diferentes." Le dijo la reina altivamente y sin rodeos, mirándolo fijamente sin expresión alguna en su rostro. El joven príncipe se paró sin decir más, caminó hasta donde estaba su hermano menor y agarrándolo por el hombro lo sacó de su silla. El joven Atle evitó un mal rato moviéndose a otro lugar cercano, pero su acción no evitó que la tensión aumentara en la mesa. Un silencio tenso cayó en el lugar, como una nube negra que lleva dentro de sí la amenaza de la tormenta.

"Muy bien, ya que estamos todos aquí, pues prosigamos con la comida." Proclamó el Virrey Plutarco con voz afligida, tratando de evitar la mirada ofensiva de su hijo mayor quien lo incomodaba con su proximidad.

La Reina Violeta prosiguió la conversación que llevaba con la Virreina Juli, pero ya la dinámica en la mesa había tomado un nuevo giro, no tan placentero, debido a la llegada de Orión. Koren lo observó asombrada de su belleza, no había otra palabra que le hiciera justicia, ella contemplaba su cara tan viril e imponente, por primera vez en su vida sintiendo que su corazón palpitaba desesperadamente y su cara se encendía. Ella no perdía la oportunidad de observarlo cada vez que podía, para absorber cada detalle de aquella criatura tan vislumbrante. El cabello de Orión era castaño con destellos rojizos, de sedosas ondulaciones que llevaba hasta los hombros, sus ojos eran verdes como las hojas de los Cyros, intensos, como el animal que anda al acecho. Orión tenia la quijada fuerte, labios carnosos y ese brillo de masculinidad en plena luz de vida que agobia a los ojos que le viesen. Koren estaba perdida en sus cavilaciones, mientras espiaba como el príncipe movía sus labios al hablar, como demostraba su bella sonrisa un poco cínica al dirigirse a la reina. En el momento que Orión, de repente, miró hacia donde estaba Koren y le sonrió, ella se sonrojó al darse cuenta que había sido agarrada tan vergonzosamente en su acto de admiración.

"En honor a los reyes de Bandah, la Academia de Artes y Baile hará una presentación para su entretenimiento." El Virrey Plutarco anunció mientras un grupo de bailarines se presentaba en una tarima en la parte posterior del salón. Una hermosa música de flautas y tambores retumbó para darles vida a los cuerpos bien formados de los artistas. Koren trataba de fijarse en la exquisita coreografía y los movimientos fluidos de los bailarines, pero de vez en cuando robaba una ojeada a Orión quien parecía estar entretenido con el espectáculo. Ella pudo darse cuenta que los Virreyes y el príncipe Atle observaban el acto sin apreciarlo mucho, de vez en cuando se miraban los unos a los otros incómodamente evitando la mirada defiante que de vez en cuando Orión les prestaba. Los aplausos de los presentes le indicaron a Koren que la presentación había terminado. El Virrey Plutarco se levantó de su asiento y se dirigió a los invitados.

"Espero que haya sido de su agrado. Una vez más, les damos una calurosa bienvenida a Cyrus y les deseamos un buen descanso hasta mañana." Las doncellas nuevamente regresaron apresuradas para retirar los platos y ofrecer un tónico caliente. Orión vació su copa en un instante y se paró de su silla evitando las formalidades.

"Mis queridos reyes de Bandah, que tengan dulces sueños." Hizo una leve reverencia y sin decir más, partió.

"Su majestad, perdone a mi hijo. Es muy joven y la llegada de ustedes lo tomó por sorpresa." Suplicó la Virreina indignada. Violeta le sonrió.

"Mi querida Juli, cada cual es responsable por sus acciones."

Poco a poco se fué apagando la plática y el Virrey dió la orden de enseñar a los invitados sus aposentos para que pudieran retirarse. Koren se sentía cansada y estaba loca por llegar a una cama, casi no tenía fuerzas de unirse a la plática entre las damas. Inevitablemente, el tema que se discutía, era el del príncipe que logró poner en frío las festividades del día.

"Es el hombre más bello que he visto en mi vida, que pena que sea tan altanero." Exclamó Anari dejando escapar un suspiro.

"Yo daría lo que fuera por tener un beso de su boca." Declaró Lenna dejando escapar unas risitas coquetas.

"¡Y yo también!" Añadió Palea sonrojándose.

"Mira que son tontas, se dejan llevar por una carita linda." Se burló de ellas Kloe.

"No puedes negar que el muchacho esta para morirse." Añadió Altea con seriedad. Koren no hizo caso a las habladurías, por que sabía que estaban hablando de Orión, la imposibilidad más grande de su vida. ¿Sería posible quedar perdidamente enamorada de una persona con tan sólo verla? Se preguntaba a sí misma.

"Sí, está guapísimo." La voz de Violeta hizo que todas saltaran del susto, ya que no sabían que ella las escuchaba.

"¡Qué susto! ¿De dónde salió usted?" Le preguntó Anari sorprendida.

"Fuí a despedirme de Papo, cree que es mejor que estemos en habitaciones separadas, así ustedes podrán protegerme mejor…Es más difícil atacarnos a los dos cuando estamos separados… Está un poco preocupado por que ha visto lo abierto que es Orión con sus intenciones, no se sabe de qué es capaz." Les comentó Violeta.

"Sí, a la verdad que el muchacho se ha presentado asertivo." Añadió Talma, mientras Altea afirmaba con su cabeza.

"Es tan joven, que pena..." Suspiró Marussa.

"Nada, no sean tan pesimistas, si el chico sabe lo que le conviene, se ajusta pronto y se deja de mañas." Comentó Pumzi.

"Eso espero." Dijo Violeta seriamente.

Llegaron a un gran dormitorio que tenía una cama gigantesca para la reina y cinco camas más moderadas en cada lado. Todas tenían unas hermosas cortinas de seda colgadas como cenefas para dar privacidad y filtrar la luz. Koren esperó que las otras escogieran sus camas tocándole una que estaba junto a un hermoso cuadro que ilustraba un cazador en una pradera. Ella se fijaba en el cuadro y se deleitó al ver que el cazador no era otro más que el Príncipe Orión, rodeado de sus perros de caza, con su brazo extendido llevando un arco de madera del cual probablemente había surgido una flecha fatal. Koren se aseó, se puso su ropa de dormir, regresando a caer rendida en la cama, no sin antes pensar una vez más en el rostro de Orión antes de ceder al sueño.

El canto de unas aves despertó a Koren en la mañana, la luz del nuevo amanecer entraba en hileras por las ventanas junto al frío vespertino. Ella abrió sus cortinas y se encontró que las demás, incluso la reina, aún dormían. Koren decidió salir a una terraza que había visto el día anterior a disfrutar de la mañana y tal vez encontrar algún sirviente que le ofreciera algo de comer. Al salir de la recámara se encontró con unas damas de espera en unas cómodas, en una abierta antesala, que se habían quedado dormidas frente al calor de una pequeña hoguera. Los pasos de la niña hicieron que las mujeres se sentaran derechas de un salto e inmediatamente fueron hacia ella.

"Buenos días, Dama Koren, ¿podemos ofrecerle algo?" Dijo una de las mujeres atentamente.

"Sí, deseo el desayuno en la terraza. Si acaso se despertara alguna otra dama, por favor les dejan saber donde estoy." Les indicó Koren.

"Sí. Permítame darle la sugerencia de que se ponga usted una capa por que hace mucho frío afuera." Le dijo la mujer.

"Está bien, pero creo que no he traído una… ¿tendrían una disponible?" Les preguntó Koren. Una de las mujeres asintió con la cabeza, saliendo apresurada por un pasillo, regresando en corto tiempo con una hermosa capa azul.

"Aquí tiene, Mali le encenderá una hoguera en la terraza mientras yo le traigo el desayuno." Diciendo esto, la mujer partió y Koren siguió a la otra sierva a la terraza, quien en un santiamén había creado un hermoso fuego rosado en un pequeño horno exterior. Koren se envolvió en la capa que a pesar de ser grande era muy liviana y calurosa, se sentó en una banca a observar el hermoso follaje y las ramas entrelazadas del árbol. Un pequeño jardín de flores blancas se extendía como una alfombra en el suelo, rodeado de una hilera de hermosas fuentes que brotaban sonoros chorros de agua fresca. Las aves chirriaban alegremente anunciando la llegada del día, aleteando apresuradamente de una rama a otra, comentando entre sí animadamente para el deleite de Koren. Ella estaba tan envuelta en la maravilla que se desenvolvía a su alrededor, que no se dió cuenta que ya no estaba sola en la terraza.

"Buenos Días." Una voz intensa y masculina hizo que Koren saltara del susto, haciéndola voltear y ver, para su asombro, al Príncipe Orión. Éste llevaba una bandeja en sus manos, la cual posó delicadamente en una mesita cercana.

"Me he tomado la libertad de traerle yo mismo el desayuno." Le explicó el joven con una sonrisa.

"Gracias." Fué lo único que logró decir Koren, haciendo un esfuerzo sobre humano para no perder la compostura. Ella sentía que sus piernas temblaban, pero aún así logró esconderlas bajo la capa para que Orión no se diera cuenta.

"Espero no molestar. Este es uno de mis lugares favoritos, aunque un poco lejos de mi torre." Platicó Orión casualmente tomando un sorbo de una tisana fragrante, mientras se sentaba junto a Koren. Ella trataba de pensar qué podría decir que no pareciera infantil, seguramente el príncipe sólo la veía como una niñita, pero ella sintió unas inmensas ganas de que él la percibiera como una mujer.

"No molesta usted para nada su alteza, al contrario, su compañía me es grata." Le dijo Koren de la manera más seria que pudo.

"No pude evitar en darme cuenta de que no me sacabas los ojos de encima anoche." Le dijo Orión mirándola a los ojos. En este instante, Koren se sonrojó y perdió su compostura, ya que no se esperaba un enfrentamiento tan abierto de parte del joven.

"Lo siento, su alteza, no fué mi intención incomodarle. Yo nunca había visto un príncipe." Trató de explicar Koren cabizbaja.

"No te sientas mal, no me ofendiste. Estoy acostumbrado a muchas clases de miradas, ojalá y todas fueran así..." Dijo Orión con su tersa voz masculina. Koren se sintió que iba a explotar de emoción, no podía creer, que el príncipe de sus sueños era de carne y hueso, que estaba a su lado hablándole.

"¿Tú sabes por qué estamos aquí?" Preguntó Koren seriamente, aunque arrepintiéndose de inmediato de haberlo dicho.

"Sí, lo sé. Está bien que hables abiertamente conmigo. Ya nadie lo hace. Me he convertido en la vergüenza del reino desde que decidí no quedarme callado ante la injusticia que se lleva en mi contra." Orión tragó una vez más de su taza y observó fijamente a Koren con sus intensos ojos verdes.

"¿Injusticia?" Preguntó Koren insegura de que quería hablar con Orión acerca del tema.

"Mi padre favorece a mi hermano menor, por que se le parece más en su carácter y piensa que por esto merece el trono. Le gusta leer acerca del gobierno, la legislatura, cosas que en realidad son ideaciones de cómo gobernar… en vez de tener experiencia práctica." Orión habló un poco airado.

"Pero… el pueblo ha sido el que ha escogido." Dijo Koren con timidez, sin dejarse callar por la presencia de Orión.

"Ah… el pueblo. El pueblo no se compone de más que unos granjeros ignorantes que no saben lo que les conviene. Mientras mi padre estuvo enfermo, yo tomé riendas del gobierno y con mi esfuerzo pudimos canalizar el río del costado Norte para dar mejor irrigación a la parte Sur de Cyrus. Claro, algún que otro paisano perdió sus tierras en el proceso pero todo fué para el bien general."

"¿Qué sucedió cuando su padre se mejoró?" Inquirió Koren con curiosidad.

"Mi padre mandó a destruir el canal. Le devolvió la tierra a los paisanos y declaró que el Sur debe fomentar el uso de los recursos que tiene." Se burló Orión de esta idea.

"Bueno, pero a lo mejor tiene razón." Ofreció Koren.

“No, lo que pasa es que mi padre es muy conservador, es de la opinión de que Cyrus ha funcionado bien durante milenios, que no hay necesidad de hacer innovaciones.” Le explicó Orión.

“Oh.” Fué lo único que Koren logró decir ya que no sabía que más ofrecer. Todo el asunto le parecía muy complicado y se sintió mal por Orión ya que pudo darse cuenta de que se sentía alienado.

“No quiero importunarte más con estas cosas, mi intención no fue venir aquí a discutir esto contigo… tal vez eres muy joven para entender.” Se disculpó el príncipe, haciendo que Koren se indignara.

“No te creas que eres mucho mayor que yo, me llevas si acaso unos cinco años, seré un poco más joven pero no tonta, puedo pensar al igual que todos y la reina me ha acogido en su grupo de damas.” Le dijo Koren airada.

“Perdón, tienes razón. No debes ser una persona común y corriente si estás en la comitiva de la reina de Bandah.” Admitió Orión, más para sí que para ella.

“Soy muy poderosa.” Declaró Koren mirándolo fijamente. Sabía bien que esto era casi una mentira, ya que ella tan sólo había experimentado con su magia recientemente, pero su deseo de impresionar a Orión fué más grande que su razón. El príncipe la miró en silencio de nuevo y sonrió.

“No lo dudo.” Fueron las palabras de Orión. Un silencio amistoso quedó entre ellos mientras recorrían el paisaje con sus miradas.

“No vayas a la sala de audiencia.” Declaró Orión casi haciendo sus palabras una orden.

“¿Por qué?” Preguntó Koren un poco nerviosa. Los pasos de una sierva los interrumpió, pero la mujer se alejó bruscamente sin decir palabra al verlos en la terraza.

“Pronto vendrán a buscarte.” Observó Orión.

“Lo sé.”

“No estoy aquí por casualidad.” Confesó Orión sin mirarla, Koren podía apreciar así su perfil cincelado.

“¿No?” Preguntó Koren por que no sabía que decir.

“Ayer… cuando te ví, sentí tus ojos quemándome. Me perturbé al pensar que eres tan solo una chica…no sé que me esta pasando, estuve la noche despierto…pero algún día serás mujer…” Orión se volteó a mirarla a los ojos, dejándola sin respiración.

“Algún día serás mi reina… Te lo juro.”

Orión pronunció estas palabras con su pecho apretado de emoción, como aquellos que se entregan por completo al destino por que no les queda otro remedio. Sus ojos brillaban como esmeraldas de fuego que denotaban una pasión que Koren aún no entendía. Ella sintió que las palabras se marcaron en su alma como un sello de lava que talló el amor pautado en su corazón. Su vida ya no sería la misma de ahora en adelante, el tiempo sería una burla irónica que estaba entre ella y el amor de su príncipe encantado. Orión se paró y besó la tierna mano de Koren cerrando sus ojos para reprimir una lágrima, era su gesto de despedida ante la mujer que no estaba aún lista para él. El roce de los labios carnosos y tibios de Orión hizo que la piel de Koren se electrificara, ella quería abrazarle, no quería despedirse de él, no quería que el futuro llegara con su futileza. ¿Qué le pasaría a Orión en su lucha por el reino? ¿Esperaría por ella? A ella no le importó nada, ni la realidad ni las dudas, en ese momento le entregó su corazón de niña, de mujer, de vieja. Orión sería el único hombre en su vida y de eso no había duda en su ser. Ella lo vió partir con su paso firme y ágil, él se volteó una última vez y le sonrió con el brillo en los ojos, que sólo el amor puede brindar. Koren entendió en ese instante que sí era posible amar una persona así por que sí, sin razón, sin palabras, sin tiempo, sólo con un misterioso lazo que une y ahorca, cual sólo se suelta al lado de aquel a quien uno ama.

Koren permaneció sentada, esperando en algún momento despertar de aquel sueño. El beso de Orión le estaba quemando la mano, la conversación entre ellos le recorría la mente, una y otra vez. Ella sería su reina… ese pensamiento inquietante la llenaba de emoción y miedo. Koren oyó voces acercarse y se volteó para darse cuenta que la reina y las otras se acercaban apresuradamente.

"La sirvienta nos ha dicho que estabas aquí y hemos visto a Orión salir de aquí, ¿estás bien?" Le preguntó la reina de inmediato.

"Sí, estoy bien, sólo se topó conmigo por que suele venir aquí a menudo, según dijo." Explicó Koren serenamente.

"¿No te ha dicho más nada?" Inquirió la reina un poco asombrada.

"En realidad no." Respondió Koren encogiéndose de hombros y tratando de ocultar sus verdaderos sentimientos.

"Hay que tener cuidado… no me sorprendería que Orión tratara de buscar aliadas dentro de mi comitiva." Comentó la reina a todas.

"¿Cómo así?" Dijo Koren algo inquieta.

"Obvio, Orión conoce sus encantos… Cualquiera de ustedes podría ser un eslabón seguro hasta mí. Si Orión lograra ponerme en peligro, podría tener más ventaja en la situación." Añadió Violeta. Las palabras de Violeta cayeron como pesados puñales en la mente de Koren, ya que lograron despertar la duda. Sin embargo, la duda que surgió en su mente se evaporó tan pronto como llegó, ya que, ella podía sentir en su corazón que Orión había sido sincero con ella. Las otras damas la miraban con curiosidad, tal vez con un poco de envidia por haber estado tan cerca del enigmático joven.

"Es mejor que ya empecemos nuestro día, tenemos que ir al salón de audiencia de los virreyes, donde estaremos discutiendo oficialmente el problema de la sucesión al trono. Es importante que no se queden dormidas, sé que estos procedimientos son largos y tediosos, pero uno nunca sabe que se puede aprender." Les indicó Violeta. Las damas la siguieron hacia el dormitorio donde se pondrían sus vestimentas oficiales para luego ir a la audiencia. Koren las seguía llena de nervios ya que sabía que Orión le había dado una advertencia, sabía muy bien también, que su deber era decirle la verdad a la reina, pero estaría traicionando la primara muestra de fé que le había encargado su príncipe.

"¡Que suerte tienes, haber podido estar al lado de Orión, cuéntanos todo!" Exclamó Lenna en voz ahogada para que las otras no se dieran cuenta, pero Anari se apretó al otro costado de Koren con la intención de unirse al chisme.

"Pues, no me dijo mucho, pero sus ojos son casi indescriptibles, su voz...es como si te pusiera en un trance. Tenía una capa que le bañaba la espalda y un exquisito olor al musgo, fresco y dulce, como el que salpica la tundra. Es más, como si hubiesen comprimido todos los mejores olores y visuales de la tundra y los hubiesen hecho criatura. Yo por poco me muero, las piernas me temblaban por que al principio estaba asustadísima, pero después me dí cuenta que no había nada que temer." Les dijo Koren en voz baja casi sin poder contener la emoción de poder compartir con alguien su admiración por Orión.

Una vez en la recámara les esperaban las mucamas con sus vestimentas y les ayudaron a cambiarse de atuendo. El vestido oficial de las damas era de terciopelo negro con delicados bordados plateados, una pequeña armadura les cubría el pecho y el abdomen, mientras que llevaban una elegante capa de una fina y delicada malla plateada. Sobre sus ceños se posaban delicadas y delgadas tiaras que llevaban el símbolo del reino de Bandah. La reina empezó la procesión hacia la antesala de la sala de audiencias donde la comitiva se uniría con la del Rey Papo. El rey estaba también en sus galas de monarca absoluto y se veía como una visión de ensueño, al igual que sus distinguidos caballeros. Todos continuaron hacia la sala de audiencia donde ya les esperaban los Virreyes de Cyrus y demás.

La sala de audiencia era un gigantesco anfiteatro, en una extremidad estaba la tarima donde estaba una gran mesa y los tronos de los Virreyes, cuales fueron cedidos a los reyes de Bandah. El Virrey Plutarco y la Virreina Juli se sentaron en unos tronos adyacentes desde los cuales podían ver la audiencia al igual que los reyes. Frente a los monarcas y dando cara a la audiencia también se encontraban sentados los caballeros y las damas de los respectivos reinos. Unas dos sillas adornadas exquisitamente resaltaban al estar vacías, posadas en frente a los reyes pero de espalda a los delegados. Después de esto, empezaba una sección que encaraba a los reyes y estaba constituida por los delegados de las regiones de Cyrus, eran como unos cien en total. Al final del anfiteatro había unas enormes puertas guardadas por soldados que por el momento permanecían abiertas.

Los reyes ya estaban en su lugar al igual que todos los demás, cuando una trompeta anunció la llegada del Príncipe Atle, quien con mucha austeridad ocupó una de las sillas vacías. Una vez más la trompeta sonó, ésta vez anunciando los pasos firmes y elegantes del Príncipe Orión. El corazón de Koren empezó a saltar como una liebre en el campo abierto, cuando vió que se sentó en el otro asiento vacío lo miró disimuladamente, pero en vez de ver los ojos brillantes que esperaba, se encontró con el rostro frío de una estatua. Koren no sabía en dónde posar su vista, toda la comitiva real estaba enfrentando a los príncipes, quienes trataban de sobrellevar su predicamento con dignidad. La voz de un hombre vestido con atuendo oficial de Cyrus, resonó por todo el lugar anunciando el inicio de la sesión. Se les dió la bienvenida a los reyes de Bandah y se hicieron todas las introducciones interminables, e innecesarias, habidas y por haber.

"Estamos aquí reunidos en el asunto de la sucesión al trono de Cyrus. Es el deseo del Virrey Plutarco de abdicar al trono y cederle su lugar a su hijo el Príncipe Atle, favorecido por el Virrey y los delegados presentes." Al decir esto los delegados dijeron un "Sí" en unísono que reverberó por el anfiteatro.

"Una objeción ha sido levantada por el Príncipe Orión, reclamando ser heredero por tradición al trono, tras ser el hijo mayor de la pareja real." Añadió el señor.

"Díganos cuál es el protocolo hasta este entonces." Le dijo el Rey Papo.

"Esta situación ha sido nueva para nosotros, por eso hemos requerido su intervención. Las tradiciones de Cyrus son las mismas de Bandah, si el rey muere su trono pasa a una heredera, de no haber alguna, entonces el trono pertenece al primogénito. En caso de que el rey abdique al trono, y no tiene hijas, puede escoger su sucesor. En el pasado, todos los que han estado envueltos en tal situación han aceptado su destino sin quejas." Terminó el señor de contestar al rey, con pesadez dirigida al Príncipe Orión.

"Príncipe Orión, que dice acerca de estas afirmaciones." Le preguntó Papo a Orión, quien se levantó de su silla para dirigirse al rey.

"Su majestad, desde una temprana edad, por cualidad de primogénito, he estado preparado para asumir el trono. Mi preparatoria ha sido enfocada en teorías gubernamentales, militares y legislativas. La abdicación de mi padre ha venido de sorpresa para mí, y más aún el que haya escogido a mi hermano menor para el trono, debido a su inexperiencia y poco carácter." Contestó Orión con voz firme.

"Cuando hablas de inexperiencia, podrías decir más a lo que te refieres, por que ustedes son más o menos de la misma edad y ambos han crecido en el palacio." Le dijo el rey.

"Su majestad, mi hermano el Príncipe Atle, se pasa el día metido en sus libros de gobierno. Sin embargo, yo he asistido a todos los consejos generales de la gobernación y he tenido contacto con la mayoría de estos delegados aquí presentes, cuando llevo a cabo cualquier mandado en nombre del Virrey de Cyrus. También, conozco todas las regiones de Cyrus, ya que me dedico a visitarlas frecuentemente para asegurarme de su bienestar." Respondió Orión.

"Por favor, el representante de los delegados, que se presente ante mí." Pidió el Rey Papo. Un hombre muy gordo y vestido con el traje oficial de Cyrus se presentó ante el rey y después de dar una reverencia se quedó parado junto a la tarima del anfiteatro.

"¿Qué dice usted acerca de las alegaciones del Príncipe Orión.?" Inquirió el rey.

"Su majestad, en nombre de los delegados aquí presentes, permítame dirigirme a usted. El Príncipe Orión ha estado presente en los consejos, pero cuando lo ha estado, ha interrumpido con sus ideas de innovación innecesarias. El príncipe se cree que nada más por que una idea se le entre a la cabeza tenemos que todos acogerla y llevarla a cabo, sin importar las consecuencias en su ejecución. Un ejemplo ha sido, que mientras el Virrey estaba indispuesto, el Príncipe

Orión decidió construir una canalización inapropiada en las regiones agrónomas de Cyrus, lo que dejó a muchos súbditos sin tierra y enriqueció a muchas de sus amistades. Un sistema que era usado libremente por la sección agrícola, pasó a ser sólo de unos cuantos que no tardaron en sacar provecho y cobrar exorbitantemente por su uso. Para completar, algunos delegados le han hecho pedidos para sus locales a el Príncipe, y éste se los hace llegar al Virrey a su antojo. No cabe duda, de que el Príncipe Orión conoce todas las regiones, ya que hasta se rumora que ha hecho amistades entre razas cuestionables." Exclamó el hombre indignado. Un murmullo arrollador de voces entrelazadas recorrió entre la audiencia, hasta desvanecerse cuando el rey pidió orden con un gesto de su mano.

"Nos concentraremos en hechos y no en rumores, pero si algo así fuera verdad, que diría el Príncipe en su defensa." El Rey Papo se dirigió a Orión.

"Su majestad, puede que haya algunas razas indeseables, pero eso no significa que no sean súbditos del reino de Cyrus. Referente al canal, sí es cierto que se limitó el uso del agua y algunos dueños estaban cobrando, pero ese cobro fué para sufragar los costos de la infraestructura del sistema, estructura que logró aumentar a el triple al área total de agricultura, creando más oportunidades para los granjeros. " Dijo Orión mientras un silencio tenso se posó entre los presentes.

“Creo que en esta instancia se han dejado ver los puntos de vista generales de todos los involucrados. Pero no ha habido ni tan sólo una prueba contundente que indique que la sucesión del trono, según pautada por el Virrey Plutarco, no se deba llevar a cabo. En nombre de la democracia y la tradición de escuchar los deseos del pueblo, todos a favor de nombrar al Príncipe Atle a la sucesión de la corona favor de erguirse.” La Reina Violeta habló desde su trono después de un corto silencio en la sala. Al decir esto, la mayoría de la audiencia dejó sus asientos, dejando saber su opinión ante la decisión.

“Príncipe Orión, en luz de que el respaldo de la delegación de las regiones de Cyrus, cae a favor de el Príncipe Atle, no hay razón de extender esta audiencia. El Virrey ha escogido al Príncipe Atle como sucesor, al igual que sus súbditos, por esta razón, no damos favor a su reclamo al trono. La reina y soberana de Bandah, dará la decisión final.” Le dijo el rey firmemente. Orión permaneció inmóvil, pero su rostro pareció perder todo el color.

“El reino de Bandah concluye que, en nombre de la justicia y el favor de los deseos del pueblo, le da su autorización al Virrey Plutarco de ceder el trono al Príncipe Atle y que este será reconocido como monarca del reino de Cyrus y sus divisiones ante la corte real de Bandah.” Exclamó la Reina Violeta con autoridad en la voz. La audiencia irrumpió en aplausos y gritos de: ¡Que vivan los reyes de Bandah! Ante todo el tumulto el príncipe Orión se levantó de súbito de su silla sin seguir ningún protocolo y se dirigió hacia la salida.

Un silencio arrollador se posó nuevamente entre los miembros de la audiencia quienes quedaron boquiabiertos ante la falta de decoro del joven príncipe. Unos segundos más tarde, se oyeron estruendosos pasos por todas partes, y un poco confusos, todos los presentes se voltearon hacia las enormes puertas para ver la silueta del príncipe en el umbral de la puerta que regresaba con una gran espada en la mano seguido por un horroroso ejército de troles y lagartunos. El ataque tomó a todos por sorpresa y gritos de horror se escucharon por todas partes, seguidos por gritos de dolor y muerte bajo los ataques de los invasores. Muchos de los delegados estaban desarmados ya que no esperaban un ataque en el palacio y sucumbieron sin poder defenderse, los soldados trataban de detener el flujo de enemigos que acaparaban las puertas sin dejar escapar a nadie, parecía un rió de criaturas nefastas desbordándose en el anfiteatro. El Rey Papo saltó de su trono espada en mano y con sus caballeros empezó a batallar, mientras ordenaba a todos que protegieran la reina a toda costa. El Virrey Plutarco, llevó a la Reina y Virreina a una parte apartada en la parte posterior de la tarima, antes de unirse al combate.

"¡Quédense junto a mí!" Violeta gritó para que sus damas se quedaran con ella, aunque sabía que no sería por mucho tiempo, ya que los soldados no daban a basto y se acercaba el combate a ellas.

"Su majestad, pido permiso para unirme en batalla." Kloe se arrodilló frente a ella.

"Concedido." Le dijo Violeta tocando cariñosamente su frente. Kloe se volteó y corrió casi con desesperación a atacar salvajemente a unos cuatro o cinco troles. Ella era como un animal de la jungla, atacaba con sus manos, sus piernas, su espada, puñales, sin dejar ileso a cualquiera que se le pusiera de frente.

"Su majestad, pido permiso de entrar en batalla." Talma se arrodilló frente a la reina.

"Concedido." Violeta también le tocó la frente y la vió partir. Koren esperaba que Talma se convirtiera en dragón pero no fué así, ella entró en batalla sin arma alguna. Un trol saltó hacia ella, quien lo recibió con un golpe tan intenso que su puño atravesó el pecho de la criatura. Ella botaba fuego por la boca y la nariz, con sus manos despedazaba al enemigo, arrancándole extremidades, o cabezas, como si ellos fuesen muñecos de papel. Pero, mientras mas enemigos caían, mas parecían llegar, el anfiteatro se había convertido en una grotesca escena de muerte y violencia.

"Su majestad le pedimos permiso para entrar en batalla." Marussa y Palea se acercaron a Violeta con caras de seriedad, en sus manos empuñando unas lanzas de fuego.

"Concedido." Ambas mujeres se dirigieron a la batalla junto a las otras y con gran destreza despachaban a los que se impusieran en su camino.

"¿Por qué las deja ir?" Le preguntó la Virreina Juli preocupada ante la violencia en que eran partícipes las damas.

"Me lo han pedido, el protocolo dice que las damas pueden ir al combate si así lo desean y yo no se lo puedo impedir." Le explicó Violeta un poco aturdida.

"¿Por qué Talma no se hace dragón y acaba con todos?" Exclamó Koren indignada.

"No puede hacerlo, por que sería demasiado grande y podría hacerle daño a algún inocente. La situación está muy confusa." Le explicó Altea.

"Su majestad pido permiso para entrar en batalla." Dijo la pequeña voz de Pumzi. La reina permaneció en silencio, pero resignándose le concedió el permiso y también le toco la frente tiernamente. En ese momento una transformación horrorosa tomó forma en Pumzi, quien para sorpresa de todas dejó de ser una hermosa duendecita. Pumzi dejó salir garras afiladas de sus manos, su cabello se erizó y su rostro se oscureció como si fuese un diablillo. Fue su boca lo que se hizo más aterrorizante, ya que sus dientes se convirtieron en miles de afilados colmillos. Ella corrió a batalla y saltó hacia el primer trol que encontró, quien quedó sorprendido por el ataque, ya que no podía ver que era lo que lo atacaba.

Pumzi escalaba al trol, como una ardilla en un árbol, mientras dejaba a sus paso dolorosas heridas creadas por sus garras, una vez estaba cerca del cuello del trol lo mordió de tal manera que casi quedó degollado.

"Su majestad le pido permiso para entrar en batalla. Sé que estamos acorraladas y no veo escapatoria, así que voy a tener que luchar. Hay demasiada magia y no creo que podamos teleportarnos de aquí fácilmente. Es más, creo que no debe usar magia del todo en este momento, delataría su ubicación." Le indicó Altea con voz de oficio, no de amistad.

"No dejaré a Papo solo." La reina habló mientras que sus ojos buscaban al rey en medio de la batalla.

"Su majestad." Altea imploró nuevamente.

La reina asintió y le concedió el permiso, pero Altea se fué sin que la reina la pudiese despedir, ya que los enemigos se estaban acercando. Koren veía la batalla entre lágrimas, se abrazaba fuertemente a las que quedaban, tratando de cerrar sus ojos para que imágenes tan atroces no se le imprimieran en la mente. Era la primera vez que Koren veía la sangre correr, oía los gritos de dolor a su alrededor y el agudo chillar de las espadas. Vió como Altea disparaba unas bolas de fuego azul contra sus contrincantes, quienes perecían incinerados. Trató de buscar con su vista a Orión en el tumulto, pero era casi imposible ver más allá de las luchas en frente de ella. En ese momento, fue interrumpida, cuando la reina Violeta repentinamente empezó a vomitar.

"Oh... ¿Qué está pasando?" Exclamó la Virreina Juli petrificada.

"¡Ha sido envenenada!" Gritó Lenna al ver como la reina continuaba devolviendo violentamente, mientras caía de rodillas al suelo.

"Imposible. Tenemos que hacer algo, su majestad... ¿Qué le sucede?" Le gritaba Anari sobre el estruendoso ruido de la batalla. La reina no pudo contestar y sin poder reponer su compostura se desmayó. Las damas presentes y la Virreina gritaron de horror, sin saber qué hacer, ya que sería imposible contactar a Altea, o a cualquier otra persona. Koren miró a todas partes buscando una salida, pero parecían estar rodeadas de paredes.

"Su majestad... ¿qué hay detrás de estas paredes?" Le preguntó Koren a la virreina con una idea en mente.

"Pues, detrás de aquella y aquella está el pasillo, detrás de aquella esta la antesala." Le señaló la virreina un poco confundida. Koren se acercó a la pared más cercana, ya que pensó que daba igual a donde saliera, el único recurso que tenían en ese momento para salvarse era derrumbar la pared para escapar. Su corazón palpitaba desenfrenado, deseando haber tenido instrucción mágica, observó la pared fijamente. En su mente estaba recordando las palabras de Altea, de que tenía que desear algo fuertemente para hacerlo realidad.

Deseo que esta pared explote, se dijo a sí misma. Ella permaneció allí como si nada y la pared no cedió.

"¡La reina!" Anari exclamó al ver que Violeta volvía en sí. La reina miró a su alrededor aturdida y al tratar de levantarse se desplomó al suelo nuevamente. Koren la vió caer y una furia se apoderó de ella, se volteó hacia la pared y le ordenó: "¡Fuera de mi camino!" Una sección de la pared explotó mandando pedazos de madera por todas partes, pero abriendo una salida para ellas. Lenna y Anari se apresuraron a ayudar a la reina a escapar seguidas de la Virreina Juli. La Reina Violeta casi ni podía caminar por lo que las otras le asistieron, casi arrastrándola.

"Su majestad, ¿A dónde podemos llevarla?" Le dijo Koren a la virreina.

"Llevémosla a mi torre, de allí mandaremos aviso para que envíen refuerzos hacia la sala de audiencias." Dijo la virreina mientras dirigía el grupo hacia su torre.

"No podemos tardarnos tanto, si la llevamos a la torre, y después enviamos refuerzos, ya los troles habrán acabado con todos, debemos sonar la alarma de inmediato." Le dijo Koren angustiada.

"No me cuestiones niña, yo estoy al mando." Le dijo la virreina cortantemente.

"¡No! No lo acepto." Koren se detuvo, haciendo que Anari y Lenna hicieran lo mismo, mientras ambas sostenían a la reina en pié. La Virreina Juli miró a Koren con rabia, casi desprecio.

"Niña malcriada… y pensar que mi hijo esta loco por ti. No hemos planeado esto desde hace tanto tiempo para que tu arruines nuestros planes." Le gritó la virreina.

"¡Usted envenenó a la reina!" La acusó Koren furiosa.

"¡No, a la reina, qué se yo que le pasa! Pero fuí yo quien le dió acceso al ejército de mi adorado hijo para que se deshiciera de su padre. Todo hubiera salido bien de no ser por que tú sacaste a Violeta de ahí." Contestó Juli furiosa. La Reina Violeta trató de erguirse, pero su intento fué en vano. Lenna y Anari la sostenían angustiadas sin saber que hacer.

"Nos has traicionado." Dijo la reina con voz débil.

"No, ustedes han traicionado a mi primogénito. Él es el verdadero heredero al trono." Le gritó la virreina.

"¿Dime qué me hiciste?" Le exigió Violeta.

"Yo no sé a que te refieres, no te hemos hecho nada. Pero ojalá y te mueras por haberle negado el trono a mi hijo." Espetó Juli escupiendo odio, acto seguido, con todas sus fuerzas pateó a la reina haciéndola redoblarse de dolor. Anari y Lenna no tuvieron tiempo de esquivar el inesperado ataque, por lo que perdieron el balance cayendo todas derrumbadas al suelo.

"¡Atle también es tu hijo!" Exclamó Anari indignada.

"¡Ya me tienen harta!" Gritó la virreina, mientras sacaba un puñal de su cinturón. La Reina Violeta intentó retarla pero otra ola de vómitos la hizo caer de rodillas al suelo nuevamente.

"Que asco." Dijo la virreina fríamente cuando se dirigió a la reina para apuñalarla. Lenna y Anari pusieron sus cuerpos ante la virreina para proteger a Violeta del ataque, lo cual enfureció a Juli ciegamente y empezó a apuñalarlas despiadadamente. Ella atacaba ciegamente sus brazos, sus espaldas, sus hombros y todas forcejeaban aguantando el dolor, mientras la sangre corría. Koren agarraba el vestido de la virreina, sus brazos, sus hombros, tratando de detener el ataque a como de lugar. En una ocasión, Koren logró subirse a espaldas de la virreina lo que la hizo dar algunos pasos hacia atrás, alejándose de las damas y la reina. Juli logró zafarse de Koren arrojándola al suelo y la pateó en la cara violentamente antes de voltearse a resumir su ataque. Koren estaba aturdida y su nariz brotaba sangre como una mórbida fuente caliente, aunque logró ver que la virreina agarró a Anari por el pelo para sacarla del medio, mientras que Lenna aguantaba la reina quien nuevamente vomitaba en el suelo. Otra vez al ataque, Koren agarró por la espalda a la Virreina Juli como pudo, con toda su voluntad logró alejarla unos pasos de las otras y apretándose al cuerpo de la mujer enfurecida pensó en fuego. ¡FUEGO! Unas llamas inesperadas arroparon a la virreina quien comenzó a gritar cuando las llamas empezaron a consumirla.

"¿Qué hacemos ahora?" Preguntó Anari aterrorizada.

"Lenna tienes que llevar a la reina a la recámara y escóndela en cualquier armario, Anari corre a buscar ayuda de los guardias y dile lo que está pasando. Yo iré a buscar a Altea, ella sabrá que hacer con la reina." Les dijo Koren.

"Koren, me salvaste la vida…" Logró decir la reina casi sin aliento. Koren no permaneció en el lugar para decir más, ya que sabía que el tiempo estaba en su contra. Ella no tan sólo quería avisar a Altea la condición de la reina, pero también quería ver si aún Orión estaba con vida. No le importaba saber que él estaba detrás de todo aquello, lo único que sabía era que lo amaba y que quería que estuviera vivo. Corrió apresurada, con el corazón latiéndole pesadamente, entrando por el mismo lugar en la pared por donde habían huido hace unos instantes.

La batalla ante sus ojos era una horrible imagen de violencia donde la sangre era una bruma siniestra que flotaba entre los cuerpos cansados y adoloridos. Aún los refuerzos no habían llegado, ya que a pesar de que se sentía como si hubiese pasado una eternidad, la batalla no llevaba tanto tiempo en pié, su intensidad era como una vorágine infernal. Koren pudo ver que muchos cuerpos inertes eran pisoteados por los que aún luchaban, algún que otro lagartuno se deleitaba en saciarse de carne humana sin importarle la pelea. Los troles atacaban a quien pudiesen, hasta a miembros de su clase si les era posible. Koren trataba de hallar a Altea y a Orión entre la multitud, pero no podía localizarlos. Ella se acercó un poco más a la batalla, escondida detrás de uno de los asientos tirados, para poder ver mejor. Una mano delicada y familiar yacía ensangrentada entre unos cuerpos muertos que Koren pudo divisar. Se arrastró y trató de halar la mano, dándose cuenta que las lágrimas que le brotaban desenfrenadas casi no la dejaban ver, con sus piernas empujó los cuerpos inertes hacia un lado hasta lograr encontrar el cadáver de Palea. Koren se le arrojó encima para abrazarla y gritar de dolor, no podía creer que estuviese muerta, ella jamás pensó que ninguna de las damas no sobreviviría la batalla. Una gran cortadura casi separaba la cabeza de Palea de su delicado cuerpo, del cual una sangre púrpura y brillante ya no brotaba más. Unas manos grandes agarraron a Koren por la espalda y la alzaron al aire, ella cayó al suelo de un golpe que le sacó la respiración. Un trol se dirigía hacia ella con intención de destrozarla con una maciza espada. Koren quedó pasmada del miedo ante los ojos rabiosos y brotados de la bestia, sin poder defenderse.

"¡No!" El grito de Orión hizo reaccionar a Koren y dispararle al trol una bola de fuego, quien empezó a gritar al sentir el intenso calor consumir su piel. Orión seguía corriendo hacia ella espada en mano para defenderla, pero casi al llegar sucumbió ante una bola de fuego que le cayó directamente por manos de Altea.

"¡Orión!" Koren gritó con todas sus fuerzas, al presenciar el ataque, viendo como Orión cayó desplomado al suelo entre horrorosas llamas azules. Koren deseó con todas sus fuerzas parar el tiempo para que el fuego no lo calcinara, ese pensamiento hizo que de su pecho brotara una esfera de luz brillante que pulsó fuertemente en el anfiteatro en un segundo, dejando a todos inconcientes. Corrió hacia Orión y le posó las manos en el pecho, cerrando sus ojos y con todas sus ansias deseando que el fuego azul que lo consumía, la consumiera a ella. Ella quería dar su vida por él, pero no fué necesario, el fuego azul lo abandonó para subirle a ella por los brazos, quemándole la piel sin quitarle la vida. Koren se acercó queriendo acariciar su frente, pero sus quemaduras se lo impidieron.

"Dime que estas vivo. No quiero que mueras por mí." Le rogaba Koren sollozando.

"Koren, estás bien… No quería que nada te pasara, mi madre iba a protegerte…" Le dijo Orión aún adolorido, aunque ya que el fuego mágico no estaba sobre él, sólo tenía una herida sangrante en el pecho.

"Tengo que sacarte de aquí, estás herido. Si te quedas, te desangrarás. No sé por cuanto tiempo más todos estarán inconcientes." Le dijo Koren ansiosa, mientras trataba de halarlo.

"No podrás conmigo, vete. No quiero vivir en desgracia, es mejor que muera aquí." Le dijo Orión.

"Jamás... Me prometiste ser mi rey." Koren cerró los ojos y pensó en Zaur, su Pegaso. Una voz familiar le respondió: "Koren, ¿dónde estás? Han sonado la alarma... vamos de camino."

"Zaur ven búscame al anfiteatro, antes que los demás. Hay una entrada en la pared al final del pasillo del costado izquierdo" Le rogó Koren. En unos minutos Zaur había llegado, al lugar exacto que Koren le indicó. El Pegaso se sorprendió al ver a todos los cuerpos tirados en el suelo.

"No están muertos, creo que están inconscientes, pero no por mucho tiempo." Le explicó Koren. Zaur se acercó a ellos y se arrodilló ante Koren para dejarla subir.

"No iré contigo, quiero que lleves a este hombre a un lugar seguro, necesita atención médica." Le dijo Koren.

"Ese es el Príncipe Orión, no puedes ayudarlo a escapar, ha atentado contra el reino, si se enteran que lo ayudaste serás culpada de traición. Yo también seré culpable." Le advirtió Zaur.

"Pues es una orden, tú eres mi Pegaso y yo soy de la comitiva real...Por favor, morirá si no lo ayudas. Hazlo por mí, llévalo a Bandah, donde mi padre." Le suplicó Koren arrodillándose frente a él.

"No sobrevivirá el viaje." Respondió Zaur.

"No tenemos tiempo de discutir, tienes que salir de aquí, después decidiré."

"Está bien… lo esconderé en los establos. Ven tan pronto como puedas. Parece que su herida necesita atención, pero no urgente, creo que estará bien unas horas." Le dijo Zaur mientras Koren ayudaba a Orión a subirse al lomo del Pegaso. Uno que otro cuerpo empezaba a recobrar el movimiento y Koren urgió a Zaur a que se marchara. Koren les siguió hasta el pasillo y les vió marchar con el corazón apretado, después se dirigió corriendo a la recámara de la reina donde ya estaban algunos soldados presentes y unas mucamas.

"Su majestad, ¿cómo esta?" Le preguntó Koren a la reina al llegar a su lado. Violeta estaba postrada en la cama.

"¿Dónde está Altea?" Fué la respuesta de Violeta.

"Todavía en batalla, recién han llegado los refuerzos." Le informó Koren mientras empezó a llorar.

"¿Qué ha sucedido?" Preguntó la reina preocupada, presintiendo que Koren le traía malas noticias. Koren permaneció callada con temor de agitar a la reina con lo que tenía que contarle.

"Te ordeno que me digas." Exigió la reina.

"Su majestad, Palea ha muerto en batalla, es lo único que sé hasta ahora." Le respondió Koren entre sollozos. La reina comenzó a llorar, al mismo tiempo que Anari y Lenna se unieron al llanto al escuchar la noticia, abrazándose una a la otra para darse apoyo. Una mucama se acercó a Koren para guiarla hasta el baño, con el fin de ayudarla en el aseo. Ella se dejó llevar como una autómata ya que pensaba que no podía aguantar más. La mujer le quitó la ropa ensangrentada y sucia, dejándola reposar en una enorme bañera de agua caliente, gracias a piedras encendidas que posaba dentro del agua. Otra mucama trajo una poción que logró poner en el rostro y brazos de Koren, para aliviarle sus heridas, luego se marchó.

"¿Qué le pasó a la virreina?" Inquirió Koren acordándose con terror de que si ella estaba muerta no sabría dónde pedir ayuda para Orión.

"La Virreina Juli, está en su torre, delirando."

"Tienes que llevarme a verla." Le ordenó Koren, mientras agarraba la mano de la sierva con fuerza.

"No puedo hacer eso, hay una escolta de soldados en guardia, por que la virreina ha llevado a cabo traición contra la corona real y si no muere será condenada a muerte." Le explicó la mujer tratando de liberarse de la niña.

"Dame tu ropa, te lo ordeno. Si dices algo… te prenderé en fuego." Le amenazó Koren desesperada con una mirada fulminante. La mujer se quitó sus ropas y tomó unas que estaban cerca, Koren le ordenó que se quedara en su lugar hasta que ella regresara, luego salió del baño apresurada. Sin hacer caso a más nada, corrió hasta la torre de la virreina según le iban indicando el camino los soldados, hasta que llegó a una recamara guardada por un grupo de guardias.

"Vengo a cuidar la virreina." Les dijo Koren inventándose lo primero que se le ocurrió, mientras pretendía timidez ocultando su rostro con su cabello.

"Hace un instante que acaba de salir la curandera, no nos dijo que mandaría a nadie." Contestó uno de los hombres.

"A mí me mandaron a hacerle compañía." Les dijo ella inocentemente encogiéndose de hombros y cabizbaja, tratando a como de lugar de ocultar su rostro desfigurado y su nariz rota. Los hombres decidieron dejarla pasar ya que tenía la vestimenta oficial del palacio y era tan sólo una niña. La recámara de la virreina estaba tranquila, excepto por los gemidos de dolor que intermitentemente ocupaban el espacio. Koren se acercó a la mujer, quien parecía estar moribunda debido a las severas quemaduras de su piel.

"¿Quién anda allí?" Preguntó la virreina débilmente, ya que sus ojos estaban vendados.

"Orión necesita ayuda." Dijo Koren apresurada.

"Mi hijo, mi hijo..." Gemía la mujer de dolor clamando a Orión.

"Ha sido herido en batalla, está escondido en el establo. No sé como curarlo." Explicó Koren.

"¡Tú! ¡Desgraciada, que haces aquí! Te reconozco la voz, ¡maldita!" Le dijo la virreina entre dientes aunque sobresaltada.

"Yo sólo estoy aquí por Orión, espero que usted se muera pronto." Contestó Koren disgustada.

"Enviaré a la curandera al establo, pero él tiene que huir del reino, lo enviarán al calabozo... será condenado a muerte." Dijo Juli empezando a llorar, resignándose a la situación.

"Él estará bien." Le aseguró Koren, acto seguido se marchó de la recámara.

"No quiere mi compañía." Les dijo a los soldados al salir y se fué apresuradamente sin esperar respuesta. Koren regresó al baño, donde la mucama la esperaba con ojos sospechosos, a la cual le devolvió su vestimenta. Koren regresó a la recámara de la reina y se sentó callada en una esquina esperando noticias sobre la batalla. Lenna se acercó a ella y le dió un fuerte abrazo.

"¿Estás un poco más relajada?" Le preguntó Lenna.

"Sí, estoy mejor. ¿Qué otra novedad ha llegado?" Preguntó Koren un poco desganada, ya que tanta tensión la tenía exhausta.

"Los refuerzos al fin llegaron al lugar, casi todos los delegados perdieron la vida, al igual que unos caballeros del rey, ya sabes que Palea ha muerto, a Kloe le arrancaron un brazo, pero vivirá."

"¡Que horror!" Exclamó Koren.

"Además la virreina recién ha fallecido, acaba de llegar la noticia, se comenta que Orión también, ya que encontraron su espada en el campo de batalla, pero no más rastro de él. Altea piensa que tú lo mataste." Le explicó Lenna.

"¿Yo?" Koren exclamó asustada, pero no dijo más nada, pues tal vez era mejor que todos pensaran que Orión había muerto y así no lo buscarían más. Ella recordó como Altea habría visto a Koren despedir aquella esfera de luz inexplicable, teniendo que haber pensado que era en defensa propia.

"¿Y la reina? ¿Ya la ha visto Altea?" Continuó Koren.

"Sí, ya ha venido cuando estabas en el baño. La razón por que la reina se puso tan mala fué por que está esperando un hijo y parece que la tensión la hizo indisponerse tanto." Le dijo Lenna muy entusiasmada aunque con pesadez.

"Por lo menos tenemos una buena noticia." Le dijo Koren tranquilamente. Altea se acercó a ellas, aún llevaba las vestimentas sucias de la batalla, lo cual hizo a Koren irrumpir en llanto una vez más.

"Lo siento, debes estar aturdida con tanta fealdad, pobre niña, las cosas que has visto hoy no te las merecías ver. Sólo quería saber como te sentías y agradecerte mil veces haber tenido el valor de salvar la reina. Todo el reino de Bandah está en deuda contigo. Ya sabemos que la virreina estaba en conjunto con Orión para asegurarle el trono y quién sabe que hubiese sucedido si tu no hubieras ayudado a Violeta a escapar." Le dijo la bruja con agradecimiento.

"Sólo hice mi deber." Respondió Koren con humildad.

"Por qué no comes algo y descansas, debido a las circunstancias, estos próximos días van a ser largos. Mañana, haremos los ritos para los muertos, incluyendo a la virreina. Ella no tendrá ceremonia real sino que será despedida como los demás. Después, el próximo día coronaremos a Atle, para poner fin a esta pesadilla y poder regresar a Bandah." Le informó Altea sentándose en el suelo, vencida.

"¿Y Palea?" Inquirió Koren con tristeza.

"Los nuestros serán enviados a Bandah en la madrugada, una carroza especial los llevará sin demora para que sus cuerpos sean preparados para las hogueras ceremoniales." Añadió Altea y se incorporó añadiendo:

"Voy a cambiarme, las veo pronto."

"Yo quiero un poco de aire fresco, ¿crees que pueda salir al jardín?" Le preguntó Koren antes de que se marchara.

"No creo que haya problema alguno, el palacio y sus alrededores están asegurados ahora. Sólo ten cuidado… aunque sé que puedes protegerte bien." Le dijo Altea con una sonrisa cansada y partió.

"Parece que está tan agobiada, no puedo creer todo lo que ha pasado. No sé si podré dormir esta noche, sólo puedo escuchar los horribles sonidos de la batalla. Tampoco sé qué haré al ver la cama de Palea vacía al costado de la mía." Lenna empezó nuevamente a llorar, Koren la abrazó pero no pudo mantenerse a su lado para darle apoyo, ya que su alma estaba entumecida por tanto dolor. Se levantó y excusándose, dirigiéndose al único lugar en el cual quería estar, al lado de su príncipe.

El camino hacia el establo estaba bien guardado, se veían soldados patrullando todo el palacio y sus alrededores. Koren caminó sigilosamente sin atraer atención, sabiendo que como portaba vestimenta real de Bandah, no sería cuestionada por ninguno de los soldados, pero era mejor no llamar la atención de nadie. Llegó a los establos y buscó sin cesar hasta encontrar a Zaur. No quiso avisarle abiertamente que estaba allí para que los otros pegasos no estuvieran al tanto de la conversación.

"Zaur, soy yo." Le dijo Koren en un susurro. El Pegaso se acercó a ella y pateó el suelo, mientras apuntaba con su cabeza a la parte trasera de su enorme establo. En la parte posterior del establo se encontraba una montaña de heno, donde Koren supuso estaba escondido Orión. Ella se acercó y llamó su nombre lo más audible que pudo sin alertar a los demás.

"Orión, es Koren. Dime que estás bien." El heno empezó a moverse y de entre las doradas espigas apareció el cuerpo de Orión.

"Estoy casi bien, una curandera me ha encontrado. Me ha dicho que mi madre ha muerto." Dijo Orión casi sin aliento, sintiendo aún el dolor de las heridas que su cuerpo recibió.

"Sí, ha muerto. Mañana le harán lo ritos de muerte."

"Tengo que verla, ha sido mi culpa que haya muerto." Las palabras de Orión demostraron su intenso pesar.

"No puedes, te atraparían... Tienes una oportunidad de escapar esta noche. En la madrugada, enviarán los cuerpos de los fallecidos hacia Bandah, tu debes partir con ellos. No te puedes quedar en Cyrus." Le advirtió Koren, tratando de ser lo más breve posible.

"¿Cómo lo haré?" Inquirió Orión desganado.

"Regresaré esta noche con información, te lo prometo." Koren apretó la mano de su príncipe y le miró a sus ojos, pero en vez de ver la intensidad de antes en ellos, estos permanecían lejanos, casi sin vida. Ella partió del establo después de ayudar a Orión a esconderse entre el heno nuevamente. Zaur la escoltó hacia la salida y nuevamente pateó el suelo, pero esta vez con más fuerza.

“Tengo que ayudarlo.” Declaró Koren desafiante y partió. Al llegar nuevamente a la recámara se encontró que el rey y su comitiva estaban de visita. El rey y los caballeros aún no habían podido cambiar sus vestimentas, parecían que habían salido del infierno. Koren se dió cuenta que al menos tres de los caballeros no estaban presentes. El Rey Papo estaba arrodillado al lado de la cama donde yacía su esposa, apretándole su mano tiernamente, mientras su mirada de adulación se posaba solamente en ella.

“Ya hemos puesto todo en orden. Los cuerpos están envueltos, están reposando para ser puestos en la carroza esta noche.” Le dijo el rey con pesar.

“Ah, mi querido rey, éste ha sido un día inesperado y nefasto. Demos gracias, que hemos salido con nuestras vidas.” Sollozó la reina.

“Por favor trata de calmarte, no es bueno para la criatura en tu vientre. Hagámosle pensar que viene a un mundo lleno de amor y esperanza.” El rey besó la delicada mano de la reina.

“No me dejes sola, mandaré a las damas a otro lugar, no quiero estar nunca más sin tí.” Le dijo la reina arrojándosele en brazos.

“Así será.” El rey la abrazó con fuerza, mientras su semblante encontraba la calma en manos de su amada. Altea salió de la habitación, posiblemente a hacer los arreglos para acomodar al rey en la recámara y buscar nuevos aposentos para los caballeros y damas. Koren salió al pasillo, pensando en cómo llegaría a saber el lugar donde estaban los cuerpos guardados. Anari, Talma y Marussa salieron de la habitación y se dirigieron a una terraza cercana, donde estaban Pumzi, Lenna y Kloe. Koren se dirigió hacia ellas y se sentó junto al grupo en silencio. Ella no pudo dejar de darse cuenta que Kloe estaba recostada en un camastro mirando calmadamente hacia el claro cielo azul, mientras su mano derecha acariciaba su hombro izquierdo, desde el cual ya no surgía un brazo musculoso. Una cicatriz grotesca e intensamente roja relucía bajo la claridad del día, Koren sintió asco y pena simultáneamente ante esa imagen. El grupo permaneció en silencio, interrumpido de vez en cuando con el susurro del viento entre las hojas, o el cantar de los pájaros.

"Palea no debió a unirse a la batalla, era la que menos había practicado artes militares, ella sólo quería estar en la cocina." Comentó Marussa rompiendo el silencio.

"Fué su decisión, ella ha muerto con honor." Le respondió Talma.

"Honor. ¿Qué es eso? Ella no está menos muerta que un lagartuno." Le espetó Marussa.

"Tienes razón, pero el lagartuno murió para saciar su sed de batalla y ansias de carne humana. Palea murió para defender los inocentes." Agregó Pumzi a la discusión.

"No discutan más, los hechos de hoy fueron inesperados. Nadie sabe que va a pasar en esas circunstancias, hay que tomar una decisión en el momento y cada cual escoge su destino." Les dijo Kloe sin apartar la vista del firmamento. La demás permanecieron calladas, no estando dispuestas a añadir nada que contrariara a las otras.

"Yo no creo que el cuerpo de Palea debe estar con los otros en el cobertizo, deberíamos exigir que su cuerpo esté con nosotras hasta que la carroza parta." Dijo Marussa.

"Por favor, no le des más pesar a la reina. Palea ya ha partido, lo que queda atrás es un vestigio de lo que fué. Yo quiero recordarla como la última vez que la ví, con su ímpetu intacto y su delicada gracia. No quiero verla tiesa y sin vida." Dijo Anari a punto de llorar.

"Lo siento." Dijo Marussa arrepentida de haber vuelto a tocar el tema. Koren se levantó.

"Creo que voy a dar otra vuelta por el palacio, he estado inquieta con tantos acontecimientos." Le dijo a las otras. Koren no esperó a escuchar respuesta alguna por parte de las presentes y partió en seguida hacia el palacio. Caminó sin rumbo, absorta en sus pensamientos, hasta que sin darse cuenta llegó una vez más a los establos, donde se dirigió a Zaur.

"Soy yo otra vez, lo único nuevo que he escuchado es que tienen a los cuerpos en un cobertizo, ¿pero no sé cuál?"

Dijo Koren a Orión quien ascendía de su escondite a ver quien había llegado.

"Debes identificarte mejor. Creo que sé cual es el cobertizo a que te refieres, la curandera ha regresado y me ha dejado un frasco de sangre de dragón que me ha recobrado la fuerza. Sé que el efecto se desvanecerá eventualmente, pero creo que tendré la suficiente magia para cambiar mi apariencia y pasar desapercibido por el palacio hasta el cobertizo." Le informó Orión, sentándose junto a ella. Koren casi no podía mirarlo por que aún estaba nerviosa al estar en su presencia, apenas pudiendo contener su emoción.

"He pensado que una vez llegues a Bandah debes salir de los predios del palacio y esconderte en el bosque. Pide ayuda a cualquiera para que te enseñe el camino al riachuelo que colinda el castillo, si lo sigues hasta su fin, hay un sistema de cavernas en las cuales puedes encontrar refugio. Allí puedo buscarte tan pronto cuando regrese a Bandah." Le sugirió Koren tímidamente.

"¿Qué hubiese sido de mí si jamás te hubiese conocido? Haré según me dices, ya que no tengo otra salida. No era mi intención salir con vida de aquel lugar si me negaban el reino y el plan no salía como lo habíamos pensado. Mi madre y yo pensábamos matar a todos los presentes, principalmente a los reyes, para que el reino en su totalidad pasara a Astra. Una vez esto sucediera, los reyes de Astra me darían la sucesión automáticamente a Cyrus, ya que no habría quién lo evitara… Con ésta sangre de dragón podré estar en forma unos cuantos días, después veremos a ver que sucede." Suspiró Orión inseguro de su destino.

"No pierdas la esperanza. Haré todo lo que pueda para que estés bien… ya tenemos las mismas culpas..." Le dijo Koren mirándolo a los ojos, sabiendo al igual que él que un futuro juntos sería una eventualidad casi imposible.

Orión se había convertido en un traidor de la corona y sería juzgado por sus crímenes en el momento que se le aprendiera, seguramente condenado a muerte. Koren jamás podría amarlo abiertamente ya que ella estaba al servicio de la reina, haciendo de su amor una aberración absoluta. Este conocimiento flotaba en el subconsciente de ambos, pero aún así el amor atravesado les unía con fuerza en tan inesperada situación. Orión apretó la mano de la chica tiernamente.

"Eres muy joven, a lo mejor no sabes lo que te conviene y no puedo hacerte esto. Hoy te sientes de un modo, pero quién sabe que sentirás en unos años…Es mejor que le des tu corazón a otro quien pueda saber envolverlo en sus manos cuando esté maduro."

"No me trates así tan sólo por mi edad, no soy una persona sin sentir o pensar. Si no hubiese sido por esta "niña" no estarías aquí. ¿Cuando estaría bien que te quisiera? ¿Mañana? ¿Pasado mañana? ¿En diez años? ¿Por qué es que un niño puede subir al trono y gobernar un reino cuando muere un monarca, pero no puede mandar su corazón?" Le dijo Koren indignada.

"Lo siento… No quise herir tus sentimientos, sólo quería que supieras que te entendería si después de un tiempo miras hacia atrás y te arrepientes de haberme ayudado."

"No me arrepiento de nada." Koren dijo desafiante, no tan sólo hacia él, pero también hacia las vicisitudes que se les habían enfrentado. Orión sonrió tiernamente sin saber como responder ante tanto fuego en la mirada de Koren. Ella se acercó más a él para poder sentir el calor de su cuerpo, su olor, su ropa. Ambos sabían que estaban envueltos en una incertidumbre irremediable, que tal vez pasarían muchas cosas, o mucho tiempo, antes de estar juntos de nuevo. Aún así, ambos se miraban con sonrisas de esperanza un poco tímidas, como si entre ellos ya se hubiese forjado el lazo misterioso del amor verdadero.

"Tengo que regresar al palacio, te juro que lo primero que haré cuando regrese será buscarte." Koren interrumpió el silencio.

"Koren, quiero que sepas que me arrepiento. No pensé que todo esto saldría tan mal, pensé que podríamos matar a mi padre y a los reyes sin cobrarle la vida a tantos inocentes. Lo he perdido todo, mi madre ha muerto, viviré en el destierro…" Fueron las únicas palabras que Orión pudo decir antes de ahogar su voz en su pena.

"No hay nada más que hacer, más que salir adelante. Ya aprendiste que no se hacen cosas, buenas o malas, si te arrepientes después. Eso me lo dijo mi mama." Orión se paró para despedirla, ella se le echó encima en un desesperado abrazo.

"Nos veremos pronto." Le susurró Orión al oído. Koren levantó su cara húmeda de llanto para mirar nuevamente la esencia del bosque escondida en los ojos de Orión. Él se perdió en el turquesa efervescente de los ojos de ella, para después depositar tiernamente un beso suave y delicado en los pétalos de sus labios rosados.

Capítulo 4

Koren se despertó temprano con el hermoso cantar de los pájaros como lo había hecho la mañana anterior. Pensó por un instante que a lo mejor se había levantado de una pesadilla extraña, pero algo en su interior le decía que las imágenes que se le estaban posando en la mente eran reales. Recordó los horribles eventos del día anterior que culminaron con la dolorosa despedida de su príncipe, Orión. Koren miró a su alrededor y se dió cuenta que algunas de las damas ya estaban en pié, tomando el desayuno en silencio en una terraza vecina a la habitación. Una mujer se apareció de repente para traerle una bata de baño, indicándole que sería su ayudante en el aseo.

"¿Todas las demás están despiertas?" Preguntó Koren.

"No, la Dama Marussa aún descansa. El resto está tomando el desayuno, excepto la Dama Altea, quien ha ido a estar con la reina."

"¿Por qué? ¿Le ha pasado algo?" Inquirió Koren ansiosa.

"No, es que tiene su preñez muy turbulenta. No aguanta alimento alguno." Respondió la mujer mientras ayudaba a Koren a deslizarse en el agua caliente de una hermosa tina de madera.

"Oh." Koren dejó que el agua la relajara y disfrutaba el rico aroma de los aceites de jazmín que habían sido añadidos al agua. La sierva le lavaba el cuerpo con una pequeña esponja que le revivía la piel, haciéndole recordar los cuidos de su madre, lo que a su vez le causó un triste apretón en el pecho. Una vez terminado el baño Koren se vistió para unirse con sus amigas en la terraza. Ella se unió al callado grupo con la pesadez de un sentimiento de culpa, sabiendo que guardaba un enorme secreto en su corazón que no podía compartir con nadie. Sus pensamientos se tornaron hacia Orión, ¿qué habría sucedido, habría logrado escapar? Si lo hubieran atrapado sería el fin de ambos, por que sabrían que él no habría sobrevivido sin la ayuda de alguien en el palacio. ¿Sería Orión capaz de traicionarla? Koren sintió como el color le abandonaba el rostro y pensó en regresar a la habitación, cuando en ese instante las demás se dieron cuenta de su presencia.

"Hola, buenos días." Le dijo Lenna amistosamente, mientras que un sentimiento de alivio la hizo sonreír un poco.

"Buenos días a todas." Les dijo Koren y las demás la saludaron.

"Encontrarás que nuestro grupo esta un poco desmoralizado hoy, pero no es para menos." Le dijo Pumzi.

"Lo sé, yo también estoy deprimida, no veo el momento de regresar a casa." Respondió Koren.

"Todas estamos en lo mismo. Espero que nunca tengamos que volver a este lugar." Añadió Lenna, lo que atrajo algunas miradas de enfado de las otras.

"Este lugar no ha sido responsable de nada, el único responsable fué ese desalmado de Orión. Ojalá y su espíritu esté deambulando y miserable por la tierra." Habló Talma con un poco de rabia en su voz. Koren se sintió incómoda por que sabía que las demás no la perdonarían si supieran que ella había ayudado a Orión de algún modo. El silencio cayó sobre ellas nuevamente y Koren decidió permanecer callada para dejar que la tensión se disipara un poco. Una sierva se les unió después de un largo rato para darle la señal de que las ceremonias de duelo estaban por empezar. Las damas regresaron a la habitación para vestirse con los tradicionales trajes blancos que significaban el principio de la vida espiritual de los muertos. Una vez preparadas hicieron procesión hasta la recámara de la reina quien parecía estar muy pálida e indispuesta, pero aún así se unía a los ritos. Koren estaba un poco emocionada por la ocasión ya que nunca había asistido a un rito de muerte.

La reina y sus damas llegaron hasta un gran campo abierto donde se había hecho un pequeño templo, en el cual se encontraban sentadas unas diez sacerdotisas desnudas, excepto por una capa fina de tela blanca que ondulaba con la tenue brisa. Sus largos cabellos estaban sueltos y sus pies embarrados de fango que se agrietaba al secarse al aire. En el medio del campo se posaba una hoguera gigantesca que aun permanecía sin lumbre, pero esperaba tranquila el momento en que su fuego interior consumiría los cuerpos fallecidos. En la cercanía de la hoguera se había construido un cobertizo donde habían unas pequeñas carrozas haladas por unas aves muy parecidas a los avestruces, de las cuales colgaba lo que parecía ser una camilla de madera. Una trompeta dió la señal del comienzo de los ritos y una pequeña multitud caminó hacia el campo, en la cual se podían divisar pequeños grupos, que eran discernibles por sus colores y vestimentas.

Las sacerdotisas empezaron a cantar desde su templo, sus voces dulces y sencillas parecían preñar el aire en el campo abierto, mientras que una a la otra se ponían en los cuellos guirnaldas de hermosas flores coloridas. Ellas alzaron sus manos al aire y de ellas brotaron unas llamas de color negro intenso con las cuales procedieron a encender unas antorchas que estaban a su alcance. Koren quedó un poco incómoda al ver el color de las llamas, era como si éstas fueran un vacío inexplicable que engullía con su calor.

Las mujeres caminaron en grupo hacia la hoguera y cada una posó su antorcha en su costado haciendo que esta finalmente despertara como una gigantesca bola de fuego negro del cual un humo vislumbrante surgía.

El primero en moverse fué el Virrey de Cyrus quien se unió a su hijo Atle para encaminarse al cobertizo donde estaban las carrozas. Una de ellas ya había sido preparada para el ritual, ya que un cuerpo cubierto en gasa blanca se posaba en la camilla posterior. Atle y su padre caminaron hacia la hoguera seguidos por la carroza, y sin más ceremonia, entregaron el cuerpo a las sacerdotisas quienes entre ellas lo arrojaron en las llamas. El fuego empezó a tornarse de muchos colores y finalmente la imagen de la Virreina Juli apareció entre las llamas. Ella estaba pálida y parecía que lloraba, se acercó hacia su esposo e hijo extendiendo sus brazos suplicante, les dijo algo que sólo ellos pudieron escuchar y se volvió para esfumarse en las llamas nuevamente. El Virrey Plutarco y el Príncipe Atle partieron para sentarse en un lugar preparado para ellos junto a los reyes de Bandah. Otra carroza más se acercó con otro cuerpo y otra familia, proceso que se volvió a repetir durante toda la mañana hasta que docenas de cuerpos fueron cremados en la hoguera. Algunas familias despedían a los suyos en silencio, mientras que otros lloraban amargamente. Koren no pudo abstenerse de pensar en Orión mientras veía el dolor que su ambición había causado.

Luego de una pauta de los ritos, para que los reyes comieran y llegaran más familias para despedir los suyos, las ceremonias concluyeron tarde en la noche. Koren estaba exhausta y había llorado mucho, ya que algunas veces el llanto de un niño, clamando a su madre o padre que le miraba añorante desde las llamas, le apretaba el corazón. La Reina Violeta se excusaba de vez en cuando para vomitar en un profundo plato de oro que le era presentado por una sierva, quien sin duda tenía la peor tarea entre los demás. Hacia el fin de las ceremonias la reina parecía tan pálida como las imágenes de los muertos que se aparecían en las llamas negras. Una vez que todos los cadáveres fueron calcinados, las sacerdotisas empezaron a cantar nuevamente, esta vez acercándose cada vez más y más a la hoguera. Koren las miraba hipnotizada con su canción, pero horrorizada por su obvia intención de unirse a la hoguera, ella casi dejó un grito escapar al ver que las mujeres caminaban plácidamente y desaparecían entre las llamas. Koren miró a su alrededor alarmada ante el aparente suicidio, asombrándose al ver que todos los demás no habían hecho gesto alguno ante semejante acto de destrucción. Ella volvió los ojos al fuego y algo impactante sucedió, las llamas se extinguieron de súbito, como si nunca hubiesen existido. En el centro de la hoguera estaban las mujeres tomadas de la mano formando un circulo, posadas sobre las brasas que aún brillaban con una extraña luz negra. Sus pies no parecían sentir nada, protegidos por el fango tornado en barro sobre su piel. Ellas salieron, aún tomadas de la mano, de la hoguera extinguida y regresaron a su templo donde les esperaban unas bandejas llenas de frutas y jarras llenas de vino dulce. La Reina Violeta fué la primera en dar la seña de partida, ayudada por Altea y Talma partió de los predios hacia el palacio, donde el rey se le unió para retirarse a su habitación.

"La reina se veía muy mal, crees que será malo que nos vayamos mañana." Comentó Anari a las demás.

"Altea cree que es mejor que la reina regrese a Bandah para que esté al cuidado de las brujas y la partera. Yo creo que es lo mejor también, ella quiere estar en su hogar." Le informó Kloe.

"Yo no pensé que tener un hijo fuera un asunto tan horrible." Añadió Marussa.

"Siempre es diferente." Le respondió Kloe.

"Yo espero que sea una niña para que Violeta no tenga que pasar por esto otra vez." Comentó Pumzi.

"No importa lo que sea, claro una niña es preferible, pero Violeta siempre ha dicho que quiere tener una familia grande." Comentó Kloe.

"Yo tuve una familia demasiado grande, tengo muchas hermanas." Dijo Lenna sonriente.

"Ah bueno, es por que ustedes las hadas se aparecen de cualquier cosa. Si se abre un capullo, sale una hadita, si brilla una estrella, otra, si nace un infante, otra más… Así cualquiera." Se burló Pumzi. Las demás se unieron a la risa mientras Lenna se entrompaba disgustada.

"No sean así, el milagro de la vida es bonito a cómo de lugar." Les dijo Koren defendiendo a Lenna quien le sonrió agradecida.

"Ustedes no tienen sentido del humor." Indicó Marussa. El grupo finalmente llegó a la recámara y cada cual se fué con una de las sirvientas disponibles, quienes les esperaban para atenderlas en el aseo. Koren llegó a su cómoda cama, dejándose perder entre su suavidad, cerró sus ojos con el fin de borrar las imágenes de los muertos entre el fuego y tratando de conciliar el sueño. Las estrellas y las lunas brillaban en su esplendor, más bien fue observándolas a ellas desde su lecho, que Koren al fin pudo quedarse dormida.

Koren despertó con el ajetreo de las demás damas moviéndose por todo el cuarto en un furor. Se dió cuenta que todas estaban organizando sus pertenencias para que fuesen empacadas, ya que en la tarde partirían todos directo a Bandah. El viaje sería en dragones esta vez, lo que tomaría tan sólo unas horas, pues estos eran más eficientes voladores que las aves y los pegasos. Koren estaba ansiosa de llegar a Bandah, pero a la misma vez sentía un recelo, ya que entonces tendría que encarar a Orión. Koren no sabía si él la estaría esperando en el lugar indicado, en qué condición se encontraría y si se habría enterado de su parte en la muerte de la virreina. Tampoco sabia cómo se sentiría al verlo después de haber visto tanto dolor causado por él, aunque sí recordó lo arrepentido que él había estado la última vez que se vieron. Koren también hubiese deseado hablar con Zaur y darle las gracias por su lealtad, se había sentido muy a gusto con el Pegaso, con tan sólo pensar en el áspero lomo de un dragón, viajar de ese modo le estaba pareciendo una mala idea.

Las damas se reunieron para ir hacia la recámara de la reina ya que aún quedaba un asunto pendiente, la coronación de Atle. En vez de hacerse una ceremonia suntuosa como era la tradición, el príncipe seria coronado con simpleza en una breve audiencia con los reyes de Bandah. Los planes habían cambiado debido a la condición tan delicada de la reina y su deseo de partir de inmediato. El Virrey Plutarco aceptó esta propuesta amablemente, ya que no estaba con deseos de ceremonias debido a la muerte de su esposa, quien aunque murió como una traidora era a fin de cuentas su amada. La audiencia tomaría lugar en la oficina del Virrey Plutarco, atestiguada por los delegados que sobrevivieron el ataque y los reyes de Bandah con sus respectivas comitivas.

La oficina era muy hermosa con unos gigantescos estantes de madera repletos de libros y documentos, estatuas de maravillosas aves y tapices con estampas coloridas del bosque. Los presentes tomaron asiento, sin nada de ceremonia el Rey y la Reina se acercaron al Virrey Plutarco, quien les entregó su corona serenamente. El Príncipe Atle se acercó entonces para que los monarcas colocaran la corona en su cabeza.

"Está ante ustedes el nuevo Virrey de Cyrus, Atle." Indicó la reina, tocándole con su cetro los hombros y el ceño. Unos delegados se acercaron para colocar en la espalda del príncipe una hermosa capa, compuesta de diminutas plumas de picaflor morado, que resplandecía elegantemente en todo su esplendor. El nuevo Virrey saludó a todos con una tímida sonrisa y se arrodilló frente a los reyes de Bandah para besar sus manos, luego se irguió para abrazar a su padre con ojos un poco llorosos. El viejo virrey miró a su hijo con orgullo y pena, deseando que su esposa hubiese estado presente para presenciar aquel honor, aunque sabiendo que la traición de Juli fue demasiado fuerte para todos. Los delegados le entregaron a Atle los sellos del reino de Cyrus Alto y Bajo, como era la tradición. La Reina Violeta le dió las felicitaciones una vez más al nuevo virrey y anunció su partida, el Rey Papo hizo lo mismo queriendo acompañar a su cónyuge. Las damas y caballeros partieron con los reyes, dirigiéndose a sus recámaras respectivas para continuar con los preparativos de partida.

"Pienso que fué una coronación muy bonita a pesar de ser tan simple. Atle parecía muy regal y dispuesto a aceptar su nuevo papel de virrey." Comentó Anari.

"Sí, me imagino que estaría pensando. Haber tenido que aceptar una corona, a pesar de haber perdido la mitad de su familia." Añadió Kloe.

"Ah, pero se veía también muy apuesto. Le estuve sonriendo todo el tiempo a ver si me miraba, pero creo que es muy tímido." Compartió Lenna.

"Ay, Lenna, sólo a tí se te ocurre. Además, el pobre chico no tiene mente para esas cosas en este momento. Ya mañana tendrá que empezar a reponer a los delegados y escoger los apropiados, usualmente eso toma tiempo… El virrey está tomando el mando de un virreinato peligrosamente inestable." Le señaló Kloe.

"Yo quedé vislumbrada por la capa de plumas que le pusieron." Comentó Anari alejándose de los temas serios.

"Sí, muy hermosa." Afirmó Pumzi. El resto del día se desenvolvió lentamente entre pláticas y paseos por los jardines. Finalmente, la comitiva real salió hasta el mismo campo donde se llevaron a cabo los actos fúnebres, donde esperaba lista para partir una flotilla de dragones para llevarlos de regreso a Bandah. Esta vez no hubo ceremonia pomposa, ni música de celebración, la comitiva tenía un aura sombrío que se acentuaba más debido a la frágil figura de la reina. Violeta caminaba lentamente hacia el lugar donde un gigantesco dragón negro, que era Talma, le esperaba casi acostado en el suelo para que ella se pudiese subir sin el más mínimo esfuerzo. El rey se subió a uno un poco más pequeño, de un intenso color verde, que estaba cercano. Los demás dragones fueron ocupados en toda su capacidad, a veces cargando unos cincuenta pasajeros en su lomo. Los más grandes estaban cargando con todas las pertenencias de la comitiva y los soldados restantes. Koren se subió al lomo de un dragón gris con las demás damas, excepto Altea que siempre viajaba aparte y quien a diferencia de su llegada no tenia una escoba en mano, sino que volaría sin impedimentos para llegar al mismo tiempo que los dragones.

La reina dió la señal de partida al alzar su cetro y su dragón se elevó en un segundo, seguido por el dragón del rey. Koren apretó con sus manos los arneses de cuero que la atrapaban al lomo del dragón, estaba un poco insegura de la solidez de su asiento ya que era muy sencillo para su parecer. Los dragones tenían una inmensa correa de cuero y metal alrededor de su cuello, del cual muchas sogas de cuero estaban amarradas a una plataforma, también de cuero, que era como una capa gigantesca sobre el lomo del dragón. En esta larga capa, asegurados con sogas gruesas a las patas de la bestia, se encontraban asientos de cuero para los pasajeros. El dragón se agachó para coger impulso y con un fuerte aletazo emprendió vuelo. Koren apretó sus ojos esperando un terrible despegue, pero en un segundo ya estaban en el firmamento y volaban plácidamente. Ella no podía creer lo calmado que era el viaje, el dragón aleteaba pero sus movimiento elegantes eran imperceptibles, además de que como por arte de magia el viento casi ni les tocaba. La única manera de darse cuenta con la velocidad en que viajaban era echar un vistazo a la tierra que pasaba por debajo como un borrón de colores. Una que otra vez el dragón dejaba escapar una llamarada de fuego de su boca o nariz, que desintegraba las nubes al toparse con ellas, haciendo que una tibia llovizna cayera en los rostros de los pasajeros. Koren quedó deleitada por esto, ya que era como tener una pausa refrescante ante la resequedad del viento.

El viaje no pareció tomar mucho tiempo, aunque ya casi estaba acabando el día. Koren vió a lo lejos, el contorno del castillo flanqueado por el bosque. El corazón de la chica empezó a palpitar con ansiedad, por que sabía que a lo mejor Orión la esperaba en el frío silencio de una cueva en los predios del castillo. El dragón empezó su descenso, el cual fué como dejar caer una pluma en el aire, ya que con mucha destreza la criatura posó su gigantesco cuerpo levemente sobre el suelo. La Reina Violeta esperaba a las damas para retirarse de una vez al palacio, mientras que el rey le acompañaba. Talma se convirtió otra vez en su forma humana después de haber sido despojada de los arneses y aparatos de vuelo. Altea llegó como en medio de una bruma con su cabello desaliñado, aterrizando a unos pasos de la reina y Talma. Koren siguió a las demás apresurada mientras unos soldados guiaban al dragón hacia el área de los establos de los pegasos.

"De ahora en adelante, el rey estará alojado en mi torre. Ya no tendrán libre acceso a mis recámaras, Altea será mi dama de compañía. Ella les dará instrucciones de mi parte, verán algunos de los caballeros entrar y salir según tienen que atender asuntos con el rey, pero creo que todo lo demás será igual. No se sientan aisladas, tienen el mismo acceso a mí que siempre." Les dijo la reina con una sonrisa débil.

"Espero que pronto se sienta mejor, su majestad." Le dijo Anari con lágrimas en los ojos.

"No llores, estaré bien. Las brujas me atenderán, al igual que la partera. Si no hay más que decir, creo que es hora de retirarnos." Les aseguró Violeta.

"¿Su majestad?" Koren se sorprendió ante oír su voz. Violeta se volteó a verla.

"¿Sí?"

"Este… Yo quisiera permiso para pasar unos días en mi casa, con mi mamá." Dijo Koren sin mirar a la reina a los ojos.

"No tienes por que avergonzarte de tu pedido, es normal que siendo tan pequeña necesites el calor de tu madre, después de haber pasado por tan horrible experiencia.

Puedes estar con tu madre cuanto tiempo lo desees, pero no dejes de hacer tu trabajo en el palacio, ese es tu deber." Le informó la reina.

"Sí, su majestad, así lo haré. Vendré todas las mañanas a hacer mi oficio. Sólo quiero unos días de descanso." La reina acarició el rostro de Koren con dulzura y le sonrió, volteándose nuevamente para entrar al palacio. Koren continuó tras la comitiva sintiendo una extraña pesadez en su ser, se sintió tan culpable por tener que inventar tantos cuentos para ocultar la verdad. Al llegar a la plaza emprendió el camino a su hogar despidiéndose de las demás y deseándoles unas buenas noches. Ella no caminó mucho hasta darse cuenta que unas figuras muy conocidas estaban a la orilla del sendero. Koren corrió hacia los brazos abiertos de su madre, que acogedoramente le apretaban con ansias, su padre prosiguió a envolverlas a ambas en un abrazo también.

"Mi adorada, hemos sabido lo que ha pasado en Cyrus… ¡que atrocidad! Mi niña, tan inocente, has vivido algo tan horrible." Sollozó Flora con dolor.

"Yo me quiero ir a casa." Le pidió Koren a sus padres logrando desprenderse de ellos. Los tres siguieron el rumbo hacia su hogar, mientras que de vez en cuando la nariz congestionada de mocos de Flora, se hacía sentir en el silencio. Koren logró divisar su casa a lo lejos y sintió un enorme alivio, pero su corazón dió un salto al notar mas allá el sendero que llevaba al riachuelo y a las cuevas. Flora entró primero y sentó a su hija en el lugar mas cercano al fuego, dándole de inmediato una suculenta sopita en una copa humeante. Lorean se sentó en un cómodo asiento al lado de su hija, para disfrutar del calor de la chimenea.

"Gracias mamá, la sopita esta deliciosa, pero si no les molesta quiero irme ya a la cama."

"Sí, hija... por supuesto." Koren no dijo más nada y se adentró al corazón de su hogar, no con la intención de ir a su recámara, sino con la intención de ir a la bodega. Buscó entre la oscuridad algunos comestibles, que puso en un saco de raso pequeño que estaba colgado de la pared. Después de haber agarrado una hogaza de pan, jalea, queso, carne seca, unas manzanas y una botella de vino dulce, salió apresurada hasta su cuarto donde escondió las cosas bajo su cama. Luego, regresó a la sala de baño para buscar en los armarios si había algo que pudiese usar para ayudar a Orión, aunque no sabía en que condiciones estaba.

"¿Qué buscas hija?" Su madre la sorprendió con la cabeza metida en un botiquín.

"Es que... tuve una herida y pues... ¿no hay por casualidad sangre de dragón?" Dijo Koren titubeando.

"¡Qué barbaridad! ¿Qué clase de herida tienes?" Exclamó Flora asustada.

"No… Ya está bien, fué una quemadura mágica, pero en el palacio me dieron un té con gotas de dragón y me hizo sentir muy bien." Explicó Koren.

"Te puedo hacer un té de tilo dulce, la sangre de dragón es un remedio muy potente y demasiado caro como para tenerlo por ahí. Yo sólo he visto los frascos de lejos en el laboratorio del palacio. Mañana mismo hablaré con Altea para que haga algo acerca de tu herida." Dijo Flora.

"¡No! No, mamá, por favor. Estoy bien, en serio, sólo pensé que era un remedio común, pero si es así, un tececito tuyo es suficiente." Le dijo Koren con voz de suplica mientras agarraba su brazo.

"Está bien, pero si te veo extraña, iré al palacio sin demora." Le dijo su madre seriamente.

Koren se fue hasta su habitación sin decir nada más, cerrando la puerta tras de sí para tener un poco de privacidad, ya que no quería que su madre le viera la cara de preocupación que tenía. Ella pensaba una y otra vez en Orión… La incertidumbre de su paradero y bienestar hacían que su corazón latiera ansiosamente, cundido por la angustia y el temor al futuro. ¿Qué podría hacer ella con Orión? ¿Cómo podría ayudarle? ¿Estaría aún vivo? Ella sintió un poco de alivio al pensar que la última vez que lo había visto él tenía bastante sangre de dragón para que le durara un buen tiempo, además, él era un hombre fuerte y valiente que no se daría por vencido ante nada. ¿Pero eso era bueno? ¿Qué planes tendría él ahora? ¿Regresaría a Cyrus? ¿Se quedaría en Bandah? Esas preguntas sin respuesta daban vueltas y vueltas en su mente, hasta que sin darse cuenta la arrullaron en su sueño hasta la mañana siguiente.

El día comenzó con una hilera de luz solar entrando por la ventana y acariciando tibiamente la piel de Koren. Ella abrió los ojos de súbito al darse cuenta en qué forma se había quedado dormida, ni siquiera se había cambiado la ropa del día anterior. Los ojos turquesas de ella posaron su vista de inmediato en el bosque vecino que a lo mejor escondía en su interior al hombre que le quitaba el sueño. Ella se preparó lo más rápido que pudo y corrió a la cocina donde se topó con su madre.

"Buenos días, mamá."

"Buenos días, ya mismo voy al palacio, tu padre salió temprano. Quería saber si mejor prefieres que me quede aquí contigo." Le ofreció Flora sonriente.

"No, de verdad, estoy bien. Sólo quería estar unos días en casa, voy a dar un paseo al bosque y después tendré que ir al palacio a trabajar. Regresaré en la tarde…" Le dijo Koren como si nada, tratando de encubrir los nervios que le estaban recorriendo el cuerpo.

"Está bien, pero sabes dónde buscarme si me necesitas. Para lo que sea, si necesitas hablar de algo, o que te prepare cualquier cosa, sólo pídemelo."

“Gracias mamá. Ah… ¿sabes? Con la emoción de la llegada se me olvidó decirte un secreto, pero te advierto que no puedes decir nada.” Dijo Koren con tono de complicidad.

“Anda dime.”

“La reina esta esperando un hijo.” Exclamó Koren. Doña Flora dejó escapar un grito de exclamación ante la sorpresa.

“¡Ya era hora! Ojalá y que sea una hermosa niña.” Dijo Flora sonriente.

“Lo único es que la pobre reina la está pasando muy mal, está muy afligida, Altea la acompaña en todo momento.”

“Eso suele suceder, pero qué bueno que ya vendrá un heredero al trono, ya era hora de que el palacio escuchara los pequeños pasos de principitos. Hacen falta tan buenas noticias después de lo sucedido tan reciente. Bueno, me voy, que me imagino que Altea me estará buscando para hacerle una dieta especial a la reina.” Doña Flora depositó un beso en la frente de su hija y partió.

Koren la despidió desde el umbral de la puerta y tan pronto vió su figura desaparecer de vista corrió a su cuarto a buscar las cosas para irse de inmediato al bosque. Al salir afuera ella se percató que la mañana estaba fría, así que regreso a la casa en busca de una manta caliente y un cojín. Koren decidió no llevar más nada, ya que primero quería cerciorarse de que Orión estaba en la cueva. El camino le parecía interminable, primero tenía que recorrer una gran parte del bosque hasta toparse con el riachuelo, que cantaba cristalino entre las piedras y las plantas. La entrada de la cueva mayor estaba escondida entre un denso follaje en la parte más ancha del cuerpo de agua, dónde se hacía un pequeño estante de agua clara. Koren trató de buscar pistas que dieran algún indicio de que Orión había estado allí, pero todo parecía tal y como siempre había estado. Ella se acercó para adentrarse a la boca de la cueva, pero como ya lo había hecho antes en varias ocasiones, no se le hizo tan difícil. La cueva estaba fría, oscura y parecía desocupada. Un intenso olor a humedad flotaba en el aire, el ruido del río se amplificaba en la bóveda de la pequeña cueva, mientras que unos chirridos extraños salían de los recovecos de la parte superior de la cueva.

"¿Orión?" Preguntó Koren en voz baja, casi temiendo que su voz hiciera algo terrible en aquel lugar.

"Koren." Una voz débil surgió desde el corazón de la cueva.

"¿Dónde estás?" Dijo Koren tratando de ver en la oscuridad. Caminó hacia delante, frustrada con su inhabilidad de ver, cuando puso su mano hacia el frente y le ordenó que le diera luz. Una luz blanca surgió de la palma de su mano e iluminó el interior de la cueva. Orión estaba recostado en el suelo en posición fetal, la miraba con los ojos casi cerrados como si la luz hiciera que le dolieran los ojos. Koren corrió hacia él, para abrazarlo, pero él sólo pudo dejar escapar un gemido de dolor.

"¿Qué sucede? ¿Por qué estás así? Pensé que tendrías sangre de dragón por un buen tiempo." Preguntó Koren asustada al verlo tan pálido.

" Cuando estuve llegando a Bandah me di cuenta que tendría que arrojarme de la carroza antes de aterrizar, para que me tapara la bruma del amanecer. Logré ver el castillo de lejos, así que calculé mi salto para caer a un lugar cercano al bosque, estaba la carroza en descenso y pude ver el bosque al costado de los palacios así que me lancé al vacío. La caída fue horrible, me rompí las piernas…estoy vivo de milagro. Logré tomar alguna de la sangre de dragón que llevaba, así restoré mi magia para poder curarme los huesos. Fue entonces que me dí cuenta que la caída me había roto el envase de la sangre de dragón, así que la he perdido. Otra vez estoy en las garras de los estragos de la herida mágica que me propinó la bruja." Gimió Orión.

"Pero si tu cuerpo está bien, ¿cómo es que esa herida no se sana?" Le dijo Koren incrédula.

"Es magia negra… la intención de la bruja fue matarme, la magia negra destruye en niveles que nunca se comprenderán. De suerte, tú lograste absorber casi toda la magia, tu intención fué salvarme y todos los actos buenos conllevan magia blanca, que probablemente logró balancear el poder destructivo de la otra… pero aún así algo logró tocarme. Eso es suficiente para que la magia negra viva en mi cuerpo queriendo matarme sin poder hacerlo." Trató de explicar Orión.

"Que horrible, estarás torturado siempre… Hoy iré al palacio a buscar sangre de dragón… te juro que haré lo que pueda para que estés bien." Koren le dijo mientras las lágrimas le inundaron la vista. Orión sacó fuerzas para poder sentarse y abrazarla.

"Gracias por ayudarme, sé que todo ha sido mi culpa, pero ya que estás a mi lado sé que estaré bien." Koren alzó su mirada para observar las hermosas facciones de Orión, que a pesar de estar pálido y con un poco de barba, lo hacían ver más vulnerable haciendo que ella lo amara más. Ella buscó en su saco la manta y la posó en los hombros de Orión, quien la recibió con gratitud inmensa. Los comestibles que había traído también llegaron al estómago del joven como una bendición.

"Creo que debes salir afuera a coger aire libre, si quieres yo te ayudo a salir. No te preocupes de ser visto, todos creen que has muerto, además, usualmente esta parte del rió esta desolada."

"¿Creen que estoy muerto, de verdad?" Repitió Orión incrédulo.

"Todos piensan que yo te maté. Altea no sabía que mi intención fue salvarte, pensó que yo te iba a atacar también, pensó que con su ataque y el mío, te desintegraste." Explicó Koren mientras lo ayudaba a salir de la cueva.

"Fantástico, ahora nadie sospechara de mí, podré usar otro nombre, otra apariencia y vivir mi vida de nuevo. Claro, necesito sangre de dragón…" Se dijo para sí Orión en voz alta.

"¿A dónde irás?" Le preguntó Koren con un nudo en la garganta.

"No puedo vivir en una cueva toda mi vida, tendré que ir a alguna región del norte." Le explicó Orión suplicante.

"Sé que tienes razón. Yo no pensé que sería de otra manera… te ayudaré en todo lo que pueda." Dijo Koren cabizbaja.

"Te prometo que vendré por tí… Ahora no es el momento." Dijo Orión tiernamente. Koren no se atrevió a preguntarle cuál sería el momento adecuado, cuándo una relación entre ellos podría hacerse realidad.

"Tengo que ir al palacio, después de mis quehaceres, buscaré sangre de dragón y regresaré con más alimento. Voy a buscar leña para hacerte un fuego."

"¿Por qué no haces un fuego mágico?" Inquirió Orión casualmente.

"No he sido honesta contigo… Empecé a trabajar con la reina poco antes de haber viajado a Cyrus. Mi vida antes era muy sencilla, recorría por este bosque y jugaba con los demás niños en los predios del castillo. No sé casi nada de magia, todo lo que hecho ha sido por instinto." Confesó Koren con aplomo.

"Pues no te ha ido nada mal, no cabe duda de que tienes mucho poder. Imagínate de lo que serías capaz si supieras que hacer, mientras me recupero yo te puedo enseñar algunas cosas de magia. Fuí el mejor de mi clase." Le informó Orión orgulloso de sí mismo. Juntos regresaron a la cueva donde Orión escogió un lugar para encender un fuego mágico.

"Primero tienes que poner un perímetro, por que así te ayuda visualmente a enfocarte, hazte de parecer que estas piedras en círculo son la base de tu hoguera, ahora piensa en las llamas...fuertes, calientes, luminosas." Indicó Orión. Koren miró fijamente al lugar que Orión le había señalado, pensando en fuego, mucho fuego, pero nada pasaba. Estaba llena de frustración ante unos intentos estériles, cuando se dió cuenta que Orión estaba esforzándose por mantenerse parado, casi a punto de tiritar ante la frialdad de la cueva. El único deseo que ella tuvo en ese entonces fue el de mantenerlo a él caliente, quería como nunca hacer un fuego perfecto de llamas vibrantes. Una llama brotó de un salto entre las piedras ante los ojos asombrados de Koren, para finalmente convertirse en un exquisito fuego que desprendía un calor delicioso y no botaba humo. Orión le sonrió, luego se dirigió a un lugar donde reposar con la manta y el cojín que Koren le había traído.

"Volveré en la tarde, o tan pronto como tenga la sangre." Le informó Koren.

"No vengas tan a menudo, ven mañana, no levantes sospechas. Un día mas, un día menos, ¿que más da?" Le sonrió Orión encogiéndose de hombros.

"Estás loco." Le contestó Koren sonriente antes de partir.

El camino hacia el palacio se le hizo corto por que estaba sumida en su pensamiento. Su madre le había dicho que en el laboratorio había sangre de dragón, pero ella no sabía donde estaba el laboratorio. Koren decidió terminar con su trabajo de la mañana para poder concentrarse en buscar el laboratorio, fue cuando casi estaba terminando la mañana que finalmente se le ocurrió una idea. La luz de la ventana mágica de la biblioteca estaba apagada como Koren había sospechado, ya que casi nadie buscaba libros a esa hora. Acercándose, enseño su collar al aire, cuando una luz apareció en la ventana.

"Bienvenida Koren." Dijo la voz sin dejar que Koren hablase.

"Gracias, necesito un mapa del palacio, que me enseñe dónde está el laboratorio. Quiero el libro más reciente. Ah, también un solo libro que contenga el mejor método de utilizar la magia… También un libro que tenga información acerca de los dragones." Según Koren iba hablando unas luces surgían de la ventana, ella las tomó en seguida.

"Muchas gracias." Dijo ella en voz alta sin saber a quien agradecer. Ella buscó nuevamente el mismo asiento tan cómodo que había usado la última vez que estuvo en aquel lugar, con la esperanza de que nuevamente se materializaran unos postres y un té. Al sentarse suspiró profundamente para tratar de enfocarse, las luces se tornaron en libros y ella los posó en su regazo para empezar a leer. El primer libro que buscó fué el que tenía los planos del castillo, allí pudo ver que cada palacio tenia su propio laboratorio, el más grande estando localizado en el palacio de los reyes junto al área del hospital. Ese laboratorio sería el adecuado para ella emprender su búsqueda, ya que ella tenía acceso ilimitado a esa parte del castillo, además, ya que estaba viendo el mapa sabía justo por donde ir para llegar sin que la vieran. El segundo libro que leyó fué el de los dragones, estuvo leyendo absorta el tomo, ya que toda la información era fascinante. En cada ocasión pensaba en Talma, el único dragón que ella conocía cercanamente. El último libro que leyó, era un pequeño manual que parecía escrito para niños, tenía las páginas amarillas y un olor extraño. El libro estaba titulado, 'Principios Fundamentales de la Magia', pero no tenía el nombre del autor. Koren leyó la primera página:

‘Principios Fundamentales de la Magia’

1. Todos los seres están llenos de magia.
2. La imaginación es imprescindible para hacer magia, al igual que la intención.
3. La magia dentro de tí atrae la magia fuera de tí.
4. Sólo la persona misma es capaz de liberar su capacidad mágica.
5. La magia no es un misterio, es un fenómeno natural.
6. Romper con las creencias ayuda a derrotar los limites mágicos. “Creer es limitar las posibilidades.”
7. Hay que practicar la magia hasta que sea un acto ordinario, para que sea un acto extraordinario.
8. La magia para hacer el bien es mas poderosa que la magia para hacer el mal.
9. La magia debe respetar el orden natural de las cosas.
10. La magia significa tener afinidad con la vida y el universo.

Detuvo su lectura al darse cuenta que ya había pasado mucho tiempo leyendo, decidió devolver el libro de los dragones y el castillo, pero se echó al bolsillo el manual de magia, que aunque no le pareció impresionante, le pareció práctico. Ella corrió por los desolados pasillos del palacio, sabiendo que era la hora del té y la mayoría de los habitantes del palacio estarían disfrutándolo. El mapa le había indicado que el laboratorio estaba en la parte principal del palacio, en el primer piso subterráneo, justo adyacente al área del hospital. Ella miraba de vez en cuando a su alrededor para fijarse si alguien se había dado cuenta de su presencia, pero no parecía haber más nadie en los corredores del palacio en ese momento. Al llegar al área del hospital escuchó unas voces femeninas, que procedían de una antesala, se asomó por la esquina del pasillo logrando ver un grupo de curanderas que platicaban amistosamente mientras tomaban el té. A pesar de que el piso estaba localizado bajo tierra, en el trasfondo había una enorme ventana que arrojaba una luz de sol veraniego, acompañada de una refrescante brisa. Koren cerró sus ojos aterrorizada con el prospecto de ser descubierta tan pronto, no sabía que hacer. La brisa que entraba por la ventana le dió una idea… pensó lo más intensamente que pudo en una ráfaga de frío invernal. La ventana se estremeció al dejar entrar una ventolera enojada, cundida de fríos copos de nieve. Las curanderas saltaron de sus asientos asustadas, corriendo hacia la ventana para cerrarla. Koren aprovechó la distracción para correr lo más rápido que pudo hacia el laboratorio, aún con el miedo de toparse con alguien más.

La entrada al laboratorio estaba abierta, dejando ver un espacioso lugar donde había múltiples hileras de estantes, repletos de frascos llenos de substancias de diferentes colores. En algún lugar en el trasfondo se oía el chirrido extraño de una que otra criatura que vivía en las jaulas del laboratorio. Koren no quiso ver nada a pesar de la curiosidad que le atrapaba, su única misión era encontrar la sangre de dragón sin ser descubierta… lo antes posible. Corrió por los pasillos cuidándose de no toparse con nadie, aunque parecía que el lugar estaba desierto. Los frascos estaban meticulosamente organizados y clasificados según sus nombres y propiedades. La frustración la estaba invadiendo, no lograba reconocer ninguna de las sustancias en los frascos, merodeando llegó al final de una hilera de estantes. Esta hilera se distinguía de las demás pues había un gran armario de cristal muy elaborado, repleto de frascos de extraños diseños. En la parte anterior de un anaquel que estaba justo a su altura, logró ver un hermoso frasco de cristal incrustado con gemas preciosas que tenía una cinta dorada en la cual se podían observar las letras, sangre de dragón. Koren no pudo contener una sonrisa.

El armario no parecía tener una puerta fija cual abrir, todos sus paneles de cristal parecían fundidos entre sí. Koren observaba cada recoveco buscando una manera de sacar el frasco, hasta que se le hizo obvio que la única manera de extraerlo sería mediante el uso de la magia. La frustración se estaba apoderando de ella nuevamente, pensaba con ansiedad en qué tendría que pensar para sacar el frasco, lo único que le pasaba por la mente era su deseo de ayudar a Orión. “Necesito salvar a alguien…”, suspiró ella en voz baja hacia el armario, mientras que acercó su mano al cristal deseando poder agarrar el frasco. Para su sorpresa el cristal cedió ante su mano como si se abriera una cortina de agua, hasta que finalmente sus dedos atraparon el envase deseado. Ella alejó su mano del armario con la incertidumbre del miedo que la tenía a punto de desmayarse, aún así el frasco seguía en su mano y el cristal se volvió a convertir en un duro panel al ella extraerlo. Su corazón palpitaba con tanta fuerza que ella temía que iba a explotar en su pecho, corrió un vez más hacia la salida principal, sin importarle quien estaba cerca. Se detuvo a observar si las curanderas aún estaban en la sala, pero éstas se habían ido, probablemente a un lugar más cómodo. Koren corrió por los pasillos con la jubilosa emoción de triunfo apretada en su pecho, lo único que quería ver otra vez era la sonrisa magnética de Orión y el bronceado de su piel. A la salida del palacio se topó con Lenna, quien la miraba curiosa ante su estado de exaltación.

"Oye, fuí a buscarte esta mañana, me encontré con tu madre y me dijo que ibas al bosque, fuí hasta tu casa pero no logré verte."

"Oh, es que… no fuí al bosque después de todo, fuí a los establos, con mi papá. Ya no me gusta mucho el bosque, me parece muy aburrido." Mintió Koren. Lenna la observó frunciendo el ceño.

"¿Estás bien? Te notas un poco rara. ¿Qué llevas ahí?" Inquirió Lenna.

"¿Ésto? Oh, no es nada… es algo que mi mamá le pidió al botanista para hacer un té especial. Y no me pasa nada, es que mi mamá procura esto de urgencia y estaba corriendo, así que ya me tengo que ir." Dijo Koren alejándose de Lenna apresurada.

"Si quieres te acompaño, no tengo más nada que hacer. Las demás siempre me tratan como a una tonta." Ofreció Lenna siguiendo a Koren.

"¡No! No… por que después me quiero ir a mi casa a descansar, pero a lo mejor mañana podemos hacer algo, ¿te parece?" Le respondió Koren alejándose con rapidez para huir de Lenna. El hada se quedó con la palabra en la boca, un poco extrañada del comportamiento de Koren, pero se sintió derrotada y prosiguió su camino para buscar que hacer. El pasillo se hacía interminable ante la ansiedad de Koren, lo único en que pensaba era en llegar a donde estaba Orión. No se daba cuenta del intenso olor a rosas que flotaba del jardín, del canto de las fuentes, ni del sol brillante. Nada. El mundo se había convertido en un sólo semblante, el que había sido forjado por la vida, en la cara de un príncipe desterrado.

El bosque vibraba lleno de vida y ruidos, sus habitantes correteaban al sentir pasos acercarse, dando la impresión de que el bosque estaba habitado por criaturas fantasmales que observaban desde un lugar seguro al que se adentrara en su territorio. El río estaba claro, seguía su sendero mientras cantaba, repicando su ritmo en las piedras. Koren detuvo su marcha momentáneamente para removerse sus delicadas zapatillas, entró a la orilla del río sonriendo al sentir la helada caricia del agua, luego siguió andando con cuidado sobre las piedras hasta llegar al pozo ante la entrada de la cueva. Ella salió del agua para entrar secretivamente a la cueva, con el fin de darle alivio al pesar de su amado, una vez adentro se dió cuenta que el fuego mágico aún permanecía idéntico que cuando se había marchado.

"¡Hola!" Se anunció Koren medio exaltada y medio insegura.

"Deberías tocar antes de entrar… ni siquiera me he arreglado." Le dijo Orión en tono jocoso, con voz débil. Koren se acercó a él de inmediato, arrodillándose a su lado, para ofrecerle la botella en su mano. El joven abrió sus ojos enormemente, deleitándose ante la sorpresa de ver el tónico que le recuperaría las fuerzas.

"Eres maravillosa." Suspiró Orión, mientras que Koren se sonrojaba violentamente ante el halago y la admiración de Orión. Él no se tardó en abrir el delicado frasco, entró su meñique en la apertura del envase para remojarlo en la sangre, después de sacar tan sólo una luminosa gota, se puso el dedo en la boca. El cambio fué instantáneo, el color regresó a la piel de Orión milagrosamente, su cuerpo nuevamente radiaba energía varonil y la vida volvió a brillar en sus ojos. Koren lo miró una vez más abrumada entre el estupor del amor, observarlo era como tener al frente las fantasías de siglos de romance plasmados en un lienzo de carne.

"Gracias." Orión se acercó a ella y le besó la mejilla, dejándola aturdida. Él se levantó, estirando su cuerpo, sintiéndolo vivo nuevamente. Orión salió de la cueva, seguido por Koren, dió un respiro profundo de aire fresco y sin pensarlo más se arrojó al agua fría del pozo para nadar con abandono.

"Ven, Koren." Le dijo Orión haciéndole señas para que entrara al agua. Ella sonrió y se quitó su vestido sin titubear quedándose en su ropa interior solamente, para también arrojarse al agua. El pozo estaba helado, pero a los jóvenes que se salpicaban agua, nadaban, o jugaban, no les parecía nada mal. Al rato ambos salieron tiritando de frío, a sentarse en las piedras que aún retenían un poco del calor del sol. Ella le robaba vistazos de vez en cuando sin poder creer que todo era real, sorprendida con qué tumbos la vida le había llevado a ambos a estar en ese preciso momento el uno con el otro.

"Entremos, te estás poniendo violeta, el fuego que me hiciste la otra vez sigue ardiendo con perfección en la cueva. Allí nos podremos calentar mejor." Le dijo Orión sonriente, mientras salió a la carrera, seguido por ella quien reía a carcajadas. Una vez adentro ambos se sentaron junto al fuego, Orión buscó los restos del queso y el pan para compartirlos con ella.

"No gracias, cómetelos tú, no te traje más nada. No podré volver hasta mañana, así que eso te tiene que durar." Le dijo Koren avergonzada de que no tuviera más que ofrecerle en ese momento.

"Ah, no te preocupes por mí, ya que estoy bien puedo cazar y buscar comida en el bosque, recuerda que yo crecí en uno." Dijo él mientras se arrojaba un pedazo de pan a la boca.

"¿Y ahora qué vas a hacer?" Preguntó Koren inevitablemente tras un breve silencio entre ellos.

"No voy a irme todavía, no tengo prisa. Estaré aquí un tiempo en lo que pienso en un plan. Tal vez regrese a Cyrus, tal vez vaya al mar… Antes de que todo esto sucediera tenía una misión en mente y a lo mejor termino de hacerla." Respondió él, encogiéndose de hombros.

"¿Que misión?"

"En el reino de las sirenas, existe una isla en el mar donde hay un templo, en ese templo hay una caracola. Pero no es una caracola cualquiera, es la Caracola de Ossida. El que la tenga será una persona afortunada, esa caracola tiene el poder mágico del mar. De un sólo soplo puede tumbar batallones de soldados, como una marejada mágica que arrasa con todo. También puede hacer que el agua tome la forma que uno quiera y así comandarla." Explicó Orión exaltado de emoción según hablaba, con sus ojos bien abiertos y sus manos haciendo gestos de olas gigantescas.

"Pero de qué te sirve ahora… ya tu hermano es el rey, no tienes ejército." Le recriminó ella. Orión permaneció callado sin mirarla a los ojos.

"¿Qué tienes en mente? ¿Matar a tu hermano? Los reyes de Bandah jamás te reconocerían como rey. No sigas dejando atrás tanto dolor por tu ambición, yo estuve en los funerales, ví como tu padre y tu hermano despedían a tu mamá en el fuego negro. Niños se quedaron sin padres, sin madres, sin hermanos, ¿eso es lo que sigues buscando?" Le dijo Koren airada.

"No me mires así, nada salió como lo había planeado, no fué mi intención de que hubiesen tantas muertes. Tú no entiendes, eres una niña, a veces hay que luchar por lo que más quieres de maneras inimaginables." Le dijo el defensivamente.

"Deja de estar llamándome niña, a estas alturas es más que un pésimo insulto. Yo seré una niña, pero sé que aunque uno quiera mucho algo, no es razón suficiente para quitarle la vida a otros. Aunque esa no haya sido tu intención, el riesgo siempre estaba ahí presente, pude haber muerto yo también." Le contestó ella indignada.

"No te hagas la inocente, sé que fuiste tu quien mató a mi madre. Además, yo traté de advertirte." Espetó Orión.

"Hice mi deber...Tu madre trató de matar a la reina, además eso qué tiene que ver con todo lo demás, tú quieres buscar una caracola saben los dioses con qué fin." Koren se defendió.

"No quiero discutir contigo... si te sientes de esa manera, pues me iré pronto y no sabrás más de mí."

"No, no es eso... sólo quiero que recapacites. Puedes empezar de nuevo tu vida, todos piensan que estás muerto." Suplicó ella.

"¿Y hacer qué? Ponerme a pescar, cazar… tener un negocio en alguna parte. Tarde o temprano alguien pudiera reconocerme. Koren, yo soy un príncipe, crecí siendo una persona diferente a los demás, cada cual tiene su lugar en el mundo y el mío es el de soberano." Le explicó él con un tono de súplica en la voz.

"Entonces, llévame contigo. Aquí sólo soy una sirvienta más para la reina."

"No te puedes ir conmigo, estás muy joven y tú no eres alguien que pase desapercibido fácilmente. Todos te estarán buscando, lo que me pondrá en riesgo, una vida de trotamundos no es para alguien como tú. Habrá noches que tendré que estar en lugares indeseables y no quiero exponerte a eso. Pero te juro, que si tú me amas, regresaré a verte cuantas veces pueda, hasta el día que pueda arrancarte de este lugar y hacerte mi reina… aunque tenga que derrumbar a todo el reino de Bandah." Orión le agarró las manos firmemente entre las suyas , mirándola a los ojos, abriéndole su alma para que ella pudiera ver dentro y ver por sí misma el amor que él sentía por ella.

"No me dejes." Koren suplicó una vez más, perdiendo la compostura y rompiendo en sollozos. Orión se acercó más a ella para arroparla entre sus brazos, él contenía su deseo de besarla por que era una niña adolescente, mientras que ella contenía su deseo de besarlo por que no sabía como hacerlo.

"Quiero que te dediques a estudiar la magia, serás más dotada que la mejor bruja." Orión habló para romper el silencio, tratando de ahogar la pena en su voz.

"¿Cómo crees que mi vida va a ser normal de ahora en adelante?" Dijo ella.

"Tienes toda la razón… ya hemos visto y hecho cosas que entrelazan nuestros destinos más que a cualquier otra persona, entre nosotros ya existe mucha lealtad. Por la misma razón que me salvaste la vida…Por esa razón, es que volveré a ti." Orión trató de consolarla.

"Claro, te vas y me dejas, a esperar el día en que te aparezcas, si te apareces…" Le dijo ella cortante.

"No hay de otra manera. Te prometo que volveré." Estas fueron las últimas palabras que con pesadez salieron de los labios de Orión, antes que el silencio les volviera a hacer compañía. Koren se levantó para ir hasta la salida de la cueva, una vez allí se volteó para verlo una vez más sentado frente al fuego, para grabar su mirada en su mente… ya que algo le decía que no lo volvería a ver por mucho tiempo. Orión la miraba con ternura, tratando de sonreír para aliviar aquel pesar que ambos tendrían que sobrellevar desde ese momento en adelante. Las partidas nunca son fáciles, pero cuando están cundidas de incertidumbre se hacen más dolorosas que una corona de espinas. Koren partió sin saber qué decir, con el corazón apretado y el alma en llanto. El camino a su casa se le hizo corto por que ella corrió hasta más no poder para alejarse de una situación que estaba fuera de su madurez. Doña Flora no estaba en la casa, ni tampoco Lorean, así que ella se encerró en su habitación para dar rienda suelta al río de llanto que con furia quería salir de su interior. En aquel estado la sorprendió el sueño, exhausta de sollozar, con su cuerpo aún temblando de emoción, de rabia, de impotencia.

La mañana llego sombría, como si indicara un presagio nefasto para Koren. Ella salió de su habitación, aún sorprendida de haber dormido tanto, pero agradecida por no haber tenido que compartir una velada con sus padres en la que tendría que pretender que no le pasaba nada. Los demás habitantes de la casa aún dormían, por lo que ella aprovechó para salir desapercibida hacia el bosque. Un temor le recorría las venas, la sensación de un vacío que se avecinaba, le golpeaba el pecho de tal modo que pensaba que le arrancaría el aliento. Los ruidos del bosque parecían como siniestras carcajadas, el río que usualmente era como una fuente de cristal, se deslizaba como una serpiente gris con el reflejo de la bruma espesa, que aún no se despejaba del bosque. Una vez llegando a la cueva, con nueva energía, corrió con más ahínco para llegar lo más rápido posible a su interior. Koren se acercó a la entrada de la cueva, dónde con tan sólo notar la ausencia del fuego, supo que lo que ella tanto había temido se había hecho realidad. Orión se había marchado sin dejar rastro alguno, como si su estadía en aquel lugar hubiese sido un abrir y cerrar de ojos imaginarios. Ella se desplomó al suelo de rodillas, desencadenando la furia de sus lágrimas y el sentir de impotencia, tal vez un poco de odio hacia él, por haberla abandonado. Una enorme pesadez descendió sobre ella. Alguna parte de su ser trataba de entender que fue mejor para ambos que él se hubiese ido, pero una gran parte de ella se estremecía con el dolor del amor truncado, entrelazado con la ilusión perdida. Una vez más, aquel lugar, sería tan sólo un lugar en el medio del bosque, ya no escondería en su seno los ojos verdes e intensos del hombre más hermoso del mundo.

Koren no supo cuanto tiempo permaneció postrada en la cueva, pero algo le decía que ya era hora de regresar a su casa, o al castillo, o a cualquier lugar que la alejara de allí. El bosque ya se había despojado de su bruma matutina, el sol entraba en hileras entre las hojas, el aire refrescaba todo con su esencia de pureza. En vez de ir a su casa prosiguió al castillo, pues tan sólo pensar que tenía que ver a sus padres le causó pesar, ya que ellos sabrían que algo andaba mal y tratarían de hacerla hablar. Ella no quería hablar con nadie, le agobiaba pensar que tendría que mentir una y otra vez, ya que jamás podría hablar con sinceridad sobre aquello que escondía cómo el más infinito de sus secretos, su relación con Orión.

El palacio ya estaba en pleno apogeo, lleno de vida, le pareció tan irónica la manera en que la vida se desenvuelve a pesar de los pesares de la gente. Los trabajadores que la veían pasar le saludaban con respeto, las mujeres le sonreían mientras pasaban apresuradas para hacer sus quehaceres, ella les respondía con una sonrisa vacía que pasaba desapercibida. Una vez en el palacio subió a la oficina de la reina sabiendo que encontraría allí a Altea para avisarle que ya regresaba al palacio otra vez. Al entrar se encontró que el resto de las otras damas estaban allí también.

"¡Koren! Nos tenías asustadas. Convoqué una sesión esta mañana y fueron a buscarte a tu casa pero no estabas." Le dijo Altea aliviada de verla, pero un poco molesta.

"Lo siento, fuí a caminar al bosque temprano y me olvidé de la hora. Cómo pensé que era tarde seguí directo hacia acá sin parar en la casa." Koren ofreció una disculpa.

"Está bien, pero cuando terminemos aquí ve a ver a tu madre que estaba preocupada." Le advirtió Altea, antes de dirigirse a todas.

"Como saben, Violeta sigue indispuesta, yo estoy a cargo. Quiero que todas las mañanas nos reunamos aquí como antes, creo que es mejor tratar de llevar un poco de normalidad otra vez. Eso sí, no va a ser lo mismo que antes sin Palea, pero hay que continuar adelante. Debido a que el rey y la reina han decidido unir sus aposentos en esta torre, los caballeros tendrán acceso a la torre cuando necesiten buscar al rey, así que por favor no pierdan la compostura cuando les pase por el lado uno de esos galanes. De hecho, Marussa, por favor evita abrumarlos por que si se pierden en la torre será muy vergonzoso." Exclamó Altea riéndose. Las mujeres se miraron con complicidad y risas entre sí. La única que quedo sin inmutarse fué Koren ya que sentía para sí que el único hombre que tenía su interés era Orión.

"Algo más, me he enterado que este fin de semana es la celebración de nacimiento de Koren, así que como hemos pasado tantas penas creo que una celebración está en orden." Anunció Altea con emoción, mientras Koren, sorprendida, permaneció callada. Todas las demás presentes aplaudieron con alegría al prospecto de una festividad, hasta Kloe, que solía ser la más seria del grupo se unió a la algarabía. Después de ese instante Koren no recordó que sucedió, pero los planes estaban viento en popa para su celebración, tendría que invitar a sus padres y amigos cercanos. Una vez terminada la reunión, Koren estaba sumida en su pensamiento, cavilando en lo extraños que habían sido los días desde su llegada al palacio. Sus pensamientos se tornaron hacia la simplicidad que hubo en su vida en el pasado, cuando se levantaba a jugar por el bosque, después se encontraba con sus amigos en el parque del castillo, para hacer travesuras, correr y jugar hasta entrada la noche.

La imagen de una niña de su edad se posó en su mente como una memoria inventada, pero era muy real, la imagen pertenecía a su amiga de la infancia Omira. Ella sabía donde estaría Omira en ese momento, en su mente podía ver las estampas rutinarias como si fueran un largometraje. Los jóvenes estarían corriendo con sus ropas sucias y sus zapatos de cuero desgarrados entre los pasillos del mercado y las murallas del castillo. En un arrebato de nostalgia ella se dirigió con prisa, corriendo entre los recovecos de los predios del castillo, hasta el lugar que sabía encontraría a sus amigos de antaño. Justo como la había previsto había un grupo de niños que jugaban con algarabía, tratando de atraparse el uno a los otros. Koren se acercó a ellos sin decir palabra. Los observaba con envidia, pensando en todas las cosas que ellos podían hacer y que ya no serían lo mismo para ella. Ninguno de ellos había visto un cuerpo destrozado en batalla, ninguno tendría que ponerse una vestimenta pesada y agobiante, ninguno tendría que pensar en amores insólitos.

"¡Koren!" Una de las niñas detuvo su carrera al notar la presencia de Koren y se dirigió hacia ella con los brazos abiertos. Koren reaccionó instintivamente y se echó hacia atrás para esquivar el abrazo, ya que notó que la niña estaba llena de polvo y tierra. La niña se detuvo abochornada al darse cuenta de su apariencia, pero sonrió como quiera denotando alegría por ver a la amiga que había extrañado.

"Hola, Omira. Quise venir a verte." Fue lo único que logró decir Koren mientras el resto del grupo se acercaba a su alrededor para observarla, un poco deslumbrados por la vestimenta y el porte de la que en otrora fue su compañera de juegos.

"¿Quieres jugar con nosotros?" Le preguntó uno de los jóvenes con un tono de burla.

"No… tengo mejores cosas que hacer. Sólo vine a saludar a Omira." Les dijo Koren con un nuevo tono de arrogancia tratando de encubrir su descontento, ya que lo que más quería hacer era irse a jugar con ellos. Omira sonrió y miró a los otros con orgullo, sintiéndose muy especial de ser amiga de una persona del palacio, en especial alguien tan allegado a la reina.

"¿Necesitas una sirvienta?" Preguntó otra de las niñas en el grupo con tono de burla, causando las risas de los demás y haciendo que Omira se sonrojara.

"Parece que algunos han perdido los modales, pero yo no hago caso de tales pequeñeces. Si algo he aprendido en el palacio es a lidiar con plebeyos." Dijo Koren de manera condescendiente, incitando a los jóvenes a sentirse insultados. Una de las jóvenes presentes, se posó frente al grupo y mirando a Koren con desdén alzó su mano con un leve gesto. Este gesto, para sorpresa de Koren fue uno lleno de magia, que aunque no muy fuerte, muy efectiva. Koren sintió la tierra escaparse bajo sus pies, en un segundo estaba aterrizando de espaldas en el suelo. Omira corrió hacia su lado, ayudándola a sentarse y torpemente tratando de limpiar el polvo de los delicados encajes en el vestido de su amiga. Koren se levantó furiosa, empujando a Omira hacia un lado, sin pensar antes de reaccionar, alzó su mano en un gesto similar al de la joven haciendo que una luz brillante surgiera de ella. Un grito de horror paralizó a todos en su lugar, los niños corrieron en todas direcciones al darse cuenta que la ropa de la joven se estaba incendiando. La joven gritaba con dolor mientras se pegaba a manotazos por todo el cuerpo para tratar de extinguir las llamas. Unos niños regresaron con unos hombres que habían estado trabajando cerca, que al ver la escena corrieron a buscar baldes de agua.

"Koren, haz que se apague el fuego… ¡haz algo!" Gritaba Omira desesperada, pero Koren parecía haberse quedado inmóvil observando el efecto de su magia. Una pequeña multitud se estaba acercando aprisa para ayudar, la joven se había derrumbado al suelo entre desgarradores gritos, prontamente viéndose inundada con chorros de agua que no lograban disipar las llamas. La algarabía y los gritos de la joven, hicieron que llegaran los soldados, uno de ellos regresó de inmediato al palacio a buscar ayuda. Otro de los soldados presentes alzó su mano al cielo dejando escapar una lumbre brillante y de color rojo que se quedó flotando justo arriba de la escena, mientras que otro soldado trataba en vano de usar su magia para apagar las incandescentes llamas.

"¿Qué sucede?" La voz omnipotente y autoritaria de Altea apareció de la nada, lo que hizo que la gente se apartara del cuerpo convulsante de la joven, quien gemía agudamente. Altea corrió hacia ella, posó sus manos en su cuerpo en llamas pero no logró apagar el fuego, con una mirada horrorizada buscó entre la muchedumbre al posible autor de semejante magia. Sus ojos se posaron en Koren quien permanecía observando todo suspendida en un trance. Omira salió de la multitud para dirigirse a Altea.

"¡Ella fue!" Le dijo señalando a Koren.

"¡Koren! ¡Sólo tú puedes hacerlo parar! ¡Hazlo!" Le ordenó Altea haciendo que Koren volviera en sí. Ella hizo un leve gesto de su mano, logrando que con la misma rapidez que todo había sucedido, volviera a terminar. El fuego se extinguió como un suspiro tenue, aunque la joven sollozaba tirada en el suelo, ni su ropa ni su cuerpo tenían indicio alguno de quemaduras. Muchos de los presentes observaban incrédulos, tapándose las bocas, o evitando el llanto. Altea ayudó a la joven a levantarse a pesar de que su cuerpo aún temblaba de terror.

"Llévenla al hospital del palacio." Altea ordenó a los soldados aún presentes. Los adultos que permanecían allí, se empezaron a marchar mandando a sus casas a los niños que estaban en el área. Omira se acercó a Koren como para despedirse, pero sólo encontró rechazo por parte de la que una vez fue su amiga de la infancia. Koren la empujó hacia atrás con un gesto de odio, ya que estaba molesta por que Omira la había traicionado al delatarla ante Altea. Omira sostuvo su balance, sorprendida por el gesto de repudio, pero se marchó sin decir nada más con su cabeza tristemente colgada.

"No sé que decir." Dijo Altea al acercarse a Koren.

"Yo sólo me defendí, ella usó magia en mi contra." Koren trató de explicar.

"Eso no fue en defensa… fué un gesto de tortura severa. Lo que más me da miedo es que uses tanta magia de tal manera. Yo no sé si podremos enseñarte lo que necesitas en la academia de magia, pero sólo podemos guiarte. De mañana en adelante, te reportarás a clase después del mediodía. No creo que valga la pena esperar más para educarte en los asuntos de magia."

"Lo siento Altea, después de que hice la magia me quedé como paralizada, no podía creer que yo hubiese hecho eso." Dijo Koren sintiendo remordimiento.

"Cada uno de nuestros actos en una enseñanza, hoy has perdido y has ganado algo. Ruega que no se te olvide. Creo que por ahora será mejor que permanezcas recluida en el palacio por un tiempo, hasta que este evento se disipe de la mente de los presentes. No vaya a ser que exijan que te castiguemos de alguna forma." Altea le informó mientras se dirigía de vuelta al palacio.

"¿Castigo? ¿Cómo qué?" Le preguntó Koren algo asustada.

"Usar magia negra es un crimen, se te haría un juicio para darte un merecido castigo. En este momento, creo que sería demasiado para tí, ya que eres tan joven y no has sido versada en las artes mágicas. Esperemos que los demás crean esto también, dejen todo como está y asuman que fué sólo un juego de niños fuera de control."

A su llegada al palacio Koren no encontró indicio alguno de que se había corrido la voz acerca del suceso reciente. Ella caminó hacia el jardín más cercano en el salón de las fuentes, donde el delicioso aroma de las rosas y el sonido arrullante del agua le daban un poco de sosiego. Se sentó en un lugar tranquilo donde se sumió en su pensamiento, que inevitablemente se tornó hacia el suceso ocurrido de la tarde. Ella pensó, que contrario a lo que le había dicho a Altea, en realidad parte de sí misma sí sabía lo que hacía. Fué totalmente su intención hacer que la joven sufriera, que rodara por el suelo… humillada. Ella se sintió orgullosa de sí misma al darse cuenta de que ni siquiera Altea pudo deshacer lo que ella había hecho, la bruja más poderosa del reino de Bandah no era mejor que ella. La imagen de Omira saltó a su mente. Un sentimiento de rencor envolvió su corazón, seguido por un inmenso sentimiento de pena. Ella sabía que la relación que ellas habían tenido en alguna ocasión había sido irreparablemente zarpada. Un vacío se adueñó de ella, mientras las lágrimas brotaron poco a poco de sus ojos, pensando en la soledad que estaba experimentando. No podía creer que en menos de un día había perdido a su amiga de la infancia y a su único amor. De ésta manera y a tan temprana edad, fue que Koren aprendió a conocer la soledad, cual se hacía sentir más en los momentos de llanto no compartidos. Estaba tan aturdida entre lágrimas que no sintió cuando alguien se acercó.

"Buenas tardes." Una voz masculina la hizo saltar y tragarse sus pesares rápidamente, tratando de no ser vista en ese estado, se limpió sus lágrimas antes de voltearse a ver el dueño de la voz intrusa.

"Buenas tardes." Respondió Koren fingiendo una sonrisa.

"¿Te molesta si te acompaño? Hace poco que llegué al palacio… Para completar ahora estamos en otra área nueva, por lo que se me ha hecho un poco lento conocer gente. ¿Estás bien?" Le dijo el joven.

"Bienvenido, yo también empecé hace poco. Pero, creo que te ví antes con los demás caballeros. Y sí, estoy bien, son cosas de chicas…" Le dijo ella tímidamente, aceptando un pañuelo que Kanek le entregaba.

"Pues soy el más joven de los caballeros, al igual que tú eres la más joven de las damas…ves ya tenemos algo en común. Sé quien tú eres, salvaste la reina. Yo me llamo Kanek, vengo de Astra." Le dijo ofreciendo su mano.

"Me llamo Koren, nací y crecí en Bandah. Aquí mismo en el castillo, mi madre es la cocinera de los reyes y mi padre cuida los establos." Ella igual extendió su mano para encontrar el firme apretón de la mano callosa del joven.

"Mis padres son jefes militares en Astra, mi madre es experta en artes marciales y mi padre es general del ejército."

"Que familia violenta, cómo es posible que no te hayan incluido en sus rangos." Le dijo Koren jocosamente.

"Bueno, estoy aquí por que le dije a mis padres que quería ver otras tierras, mi padre le platicó mis ilusiones a un amigo, que le dijo a otro y que te imaginas, el rey de Bandah me ofreció un puesto en su corte. Tuve que demostrar mis destrezas, un asunto algo ridículo, pero aquí me tienes." Explicó Kanek sonriente.

"Pues me alegro, ¿y cómo es Astra?" Le preguntó Koren con curiosidad.

"Es muy diferente a aquí, mucho más frío y blanco. Hay muchas ciudades en las nubes, las casas son como orbes, tenemos un gigantesco bosque encantado cercano al castillo, no sé… es casi difícil describirlo con tan sólo palabras. Aunque ambos reinos se fundaron a la misma vez, en mi parecer, Astra tiene un estilo más futurista, cuando yo llegue aquí, todo me pareció muy rústico. Claro, no lo es, pero son estilos bien distintos."

"Suena interesante, algún día me gustaría salir del castillo, a lo mejor me arriesgo a visitar tu reino." Respondió Koren.

"A lo mejor, ese día que vayas yo te puedo acompañar." Ofreció Kanek con una enorme sonrisa, la cual Koren recibió sonrojada. Ambos permanecieron callados mirando hacia diferentes rincones, tratando de buscar un lugar donde posar la vista que no fuera el uno u el otro.

"Creo que ya es hora de que me reporte al rey, pero si no me equivoco te veré pronto." Kanek rompió el silencio.

"Sí, eso espero, me dió gusto tener con quien hablar." Koren se levantó para ofrecer su tersa mano, la cual Kanek besó con reverencia. Kanek partió dándole una última sonrisa y un gesto de despedida con su mano, mientras su largo y ágil cuerpo se movía con certeza entre el jardín. Koren se volvió a sentar dejando su mirada perderse de nuevo en el firmamento. El único pensamiento que inevitablemente llenó su mente fué la imagen de Orión, quien estaría muy lejos de ella haciendo sabe qué, tratando de sobrevivir, o perseguir sus sueños de poder...

Ella sintió su alma entristecerse por la torpitud del poder, pensó en la reina con sus elegantes vestidos y su mirada tierna, en el rey con su andar austero. Ellos llegaron al poder de suerte, con el título en la sangre, pero sin ni siquiera merecerlo. Entonces se le ocurrió que también de ese modo Orión había querido poseerlo, aunque por lo menos ahora estaba luchando por una posición en el mundo, con bien o mal, Orión estaba tomando riendas de su destino. Ella recordó el énfasis que su madre le había puesto al concepto de que las personas eran las arquitectas de su destino, que si algo se quería, era el deber de buscarlo. Koren sólo pudo pensar en los cuerpos que vió destrozados en batalla, en la sangre como bruma espesa flotando en el aire, armas y voces entrelazadas en gritos. Se preguntó a sí misma si ese era el destino programado para esas personas, o si fué Orión el que truncó los planes que habrían escogidos para sí. Unos vivieron y otros no, entonces… lo que estaba por pasar, ¿pasaría?

Una pregunta inevitable se formuló en su cabeza, ¿qué quería ella más que nada en la vida? La respuesta fue única y absoluta, Orión. Ella sintió un poco de miedo al realizar esto, por la terrible sensación de que ella estaba posando su felicidad en manos de un hombre que no la quería más a ella que a un trono. El saber este hecho no le importó nada por que ella lo quería de todos modos, con esa sensación apretada de angustia que le causaba el amor obstinado. Otro pensamiento más siniestro se formó en su mente, esta vez con la pregunta de hasta dónde sería ella capaz de llegar por Orión. Una vez más la respuesta fué firme, ella sería capaz de llegar hasta donde fuera, hacer lo que fuera, con tal de estar con su amor. Koren se levantó del banco con una pesadez extraña, casi sin saber entender todos los compromisos que hacía su alma para acaparar la inmensidad de su lealtad hacia su ser amado. Ella se dirigió a su apartamento buscando el solaz de sus pertenencias, le pidió a la mucama que le preparara el baño y le trajera la cena al cuarto. Le indicó a la sierva que dejara la comida en su mesa de noche y se retirara del servicio hasta el otro día por que estaba muy agotada. Koren se afligió mientras tomaba la cena al acordarse de que no había ido a donde su madre a decirle que estaba bien, por si acaso ella se había enterado de los sucesos del día. La imagen de una Doña Flora sonriente se posó en su mente, pero ella la echó a un lado convenciéndose de que tenía que dejar sus ataduras maternales para crecer de una vez y prepararse para lo que trajera el futuro.

Al día siguiente Koren se levantó con más animo y se dirigió a la oficina para buscar a Altea, ya que quería saber a dónde debía reportarse para su instrucción mágica. Altea estaba sentada en el escritorio de la reina ojeando una gran muralla de papeles en frente de ella, fruncía su ceño mientras murmuraba entre dientes.

"Con permiso." Koren avisó su llegada tratando de no sobresaltar demasiado a Altea. La bruja alzó la vista y le sonrió, indicándole que tomara asiento.

"Ah, buenos días, te felicito… todos los papeles que llegan de la biblioteca son exquisitos, desafortunadamente yo no puedo leer tan rápido como Violeta. Has hecho un buen trabajo. Sí, te dije que hoy empezarías tus clases, después del medio día por favor ve a la Academia Real, preséntate al ala Este del edificio. Allí veras una inmensa sala donde te espera tu profesor de magia. Me hubiese gustado ser yo quien te diera clases, pero ya ves que como están las cosas…Se llama Erasmus, él es quien se encarga de los principiantes, tienes que hablarle muy claro por que le falta un oído." Le informó Altea.

"¿Le falta un oído?" Preguntó Koren incrédula.

"Sí, lo guardó muy bien por si algún día se quedaba sordo del otro, para tener un repuesto, pero se le olvidó dónde lo puso. Al menos eso es lo que él dice…" Respondió Altea casualmente y regresó a los papeles, dándole a entender a la niña que ya podía marcharse.

Koren se levantó sin hacer mucho ruido, pensando en el extraño dato de información que había recibido, luego se dirigió a la biblioteca a hacer sus quehaceres. La mañana se fué rápida gracias a los miles de papeles que le esperaban para ser archivados, o sumariados, para mandárselos a la reina. Una voz sin dueño le hizo saber que era el medio día, entonces después de haber comido un poco de sopa de papas y queso que había aparecido sobre su escritorio, se dirigió a la Academia Real llena de emoción.

Ella llevaba el paso ligero, estaba muy emocionada de finalmente poder aprender a canalizar las fuerzas que habitaban dentro de ella. La Academia Real era un gigantesco palacio con múltiples ventanas que esparcían la luz por todas las aulas y salones. Las paredes del edificio estaban hechas de un relumbrante mármol dorado que desprendía un calor más visual que textil. En el edificio principal habían tres gigantescas puertas llenas de inscripciones en una lengua antigua que Koren no supo descifrar. Ella se preguntó cómo sería capaz de abrir alguna de tan macizas puertas, pero al posar su mano en una de ellas, la puerta que ella escogió cedió sin presión alguna. Koren quedó asombrada por el silencio que había en aquel lugar a pesar de que había una multitud de gente en un eterno vaivén. Un enorme letrero de letras doradas indicaba que a su lado derecho estaba el

Ala Este del palacio y al izquierdo el Ala Oeste. Ella siguió a un grupo de jóvenes que platicaban en un susurro animado mientras se dirigían al ala Este.

El Ala Este estaba precedida por un espacioso salón donde había un grupo de unos cien jóvenes charlando entre sí, unos parecían de la misma edad de Koren, otros un poco más viejos. Al verla pasar, los jóvenes se hacían a un lado y le hacían una reverencia debido a su rango en el palacio, lo que hizo que su presencia se distinguiera más de lo que ella hubiese deseado. Ella llegó a un lugar cerca de una ventana donde había una banqueta y se sentó a esperar, ya que su vestimenta le estaba causando fatiga entre tanto cuerpo caliente. Se hizo una nota mental para de ahora en adelante, ponerse sus trajes más livianos al salir del palacio.

Koren se sintió un poco decepcionada al ver tantos jóvenes, ya que había pensado que tendría clases personales con un mago. Una brisa fresca recorrió por el lugar refrescando el ambiente y depositando un rico olor a bosque que tuvo un efecto calmante en los presentes.

"Bienvenidos." Una voz rasposa anuncio desde el fondo del salón, el grupo se volteó como pudo para buscar la persona que les había hablado.

"Haremos las cosas mas fáciles y nos dividiremos en grupos, preferiblemente por edad. Los jóvenes que tengan hasta quince años por favor pasar a la parte posterior del salón. Los que tengan de dieciséis a veinticinco pasen a la parte anterior, los demás quédense en el centro. Yo me llamo Erasmus y soy el mago a cargo de los principiantes, si tienen alguna pregunta esperen un momento y pronto tendrán la oportunidad de hacerla. El Primer grupo del fondo por favor continúe por esta puerta hacia el primer piso, el segundo grupo diríjase hasta las escaleras y suba al segundo piso, el grupo del centro suba las escaleras y llegue hasta el tercer piso. Una vez en sus respectivos pisos conocerán a sus profesores de magia y comenzaran con lo básico, suerte a todos. ¡Otra vez bienvenidos!" Erasmus desapareció tan pronto como había llegado, lo que causó una momentánea sensación de caos, ya que los grupos ansiosos de llegar a sus destinos parecían hormigas desorientadas.

Koren permaneció observando todo con paciencia en lo que se marchaba la gran parte de la multitud, no le parecía tener que luchar por un lugar en la parte anterior del grupo si todos llegarían al mismo lugar. Finalmente, ella se levantó para seguir al grupo al cual pertenecía, entraron por una hermosa puerta de cristal rojo que los llevaba a otro salón repleto de acojinadas sillas. Allí estaba Erasmus esperándolos tras de un podio, listo para hablarles. Una vez estaban todos los alumnos acomodados él les brindó una sonrisa que delató sus dientes afilados indicando que era un dragón. Koren lo observó entonces con más detalle, dándose cuenta que Erasmus estaba cubierto de pies a cabeza. Él llevaba desde el cuello una corta túnica de terciopelo negro, que le caía sobre pantalones de cuero del mismo color, sus manos estaban cubiertas por guantes y su cabeza cubierta por una espesa maleza de cabello blanco transparente. Koren notó la ausencia de su oreja izquierda.

"Han sido escogidos por su afinidad a la magia y lo primero que les puedo decir es que no les enseñaremos nada. Sólo ustedes son conocedores de los poderes que poseen, lo único que haremos es guiarles para que puedan descubrir su potencial y tratar de que su magia sea un evento que haga una diferencia en el mundo." Los jóvenes aplaudieron entusiasmados.

"En sus asientos está un manual revisado con los temas que cubriremos en sus lecciones, nuestro deber es explorar la magia y agrandarla. Lo primero que pediré de ustedes es que tomen un corto momento para pensar…de uno a uno les indicaré que suban al podio para demostrarme un acto de magia, o que traten al menos de hacer uno. Obviamente, tiene que ser algo apto para un aula escolar… Les haré aviso de cuando es momento de comenzar." Erasmus recibió con alegría la ola de algarabía que surgió de los jóvenes y con un gesto de su mano pidió el silencio, inclinó su cabeza dando indicio que el ejercicio había comenzado. Koren miró a su alrededor y vió a los demás concentrados, unos mirando hacia el techo, otros apretando sus párpados con sus manos como si esto extraería las ideas de su mente. Ella pensaba y pensaba en qué hacer, pero no se le ocurría nada. Lo más que deseaba en ese momento era poder demostrarles a todos de algún modo que ella estaba llena de magia, que ni siquiera Altea había podido más que ella.

“Muy bien comencemos.” Ordenó Erasmus, lo que hizo sobresaltar a Koren, ya que su mente había vagado por los recovecos del salón sin haber encontrado una idea práctica. Erasmus apuntó con su dedo largo a un joven en el centro del salón , indicándole que sería el primero. El joven de unos catorce años pareció incendiarse de vergüenza, pero se irguió con valentía dirigiéndose al podio. Una vez allí se paró junto a Erasmus, donde pareció muy diminuto a su lado.

“Muy bien, ¿cuál es tu nombre?” Preguntó Erasmus amistosamente.

“Otes de Pandea y Munz.” Respondió el joven tensamente.

“Has tu magia, Otes.” El joven miró a Erasmus un poco indeciso, pero finalmente alzó la palma de su mano de donde brotó una hermosa rosa blanca.

“Excelente, hijo, que hermosa manifestación has hecho. Toma asiento, el próximo… eres tú.” Erasmus apuntó esta vez a otro joven en frente del salón. Una vez más se repitió la presentación del alumno, acto seguido el chico hizo que una ráfaga de viento recorriera por el salón. Koren estaba sorprendida de todas las cosas que los otros podían hacer, se estaba sintiendo horrible por dentro al saber que cuando fuese su turno ella no sabría que hacer. Sabía my bien que sus únicas incursiones de magia habían sido sin premeditación alguna y algo peligrosas.

“¡Ahora tú!” Exclamó Erasmus finalmente dirigiéndose a Koren. Con pesadez en los pies y entre un mar de curiosas miradas, debido a su posición en la corte y su belleza, llegó al podio sin saber que hacer.

"¿Su nombre?" Preguntó Erasmus, tal vez por cortesía, por que ya tenía que saber quien era debido al emblema de la reina en su vestimenta.

"Mi nombre es Koren de Lorean y Flora." Contestó Koren sintiendo un estruendo en su corazón.

"Muy bien, demuéstranos tu acto." Koren miró hacia los rostros de los otros estudiantes que se posaban fijamente en ella, abrió sus labios para hablar, pero su voz le falló. Se sintió humillada de tal manera que las lágrimas amenazaban con brotar de sus ojos. Erasmus la miró alzando sus cejas con un gesto de espera.

"Tengo que decirle algo." Dijo Koren con voz quebrantada, casi inaudible. Erasmus, que no podía oír muy bien se percató de que algo andaba mal y acercó su oreja buena a los labios de Koren en un gesto que hizo reír a los demás presentes. Koren estaba a punto de decirle a Erasmus que no sabía usar su magia, pero en vez de hacerlo, otras palabras salieron de su boca inesperadamente.

"Tu oreja estaba dentro de un diamante en la cueva perdida de Muzka, donde dormiste por doscientos años cuanto te abandonó tu amor y cuando te la quitaste para no oír mas su voz." Koren susurró al oído de Erasmus, sin que más nadie pudiera oír sus palabras. Misteriosamente, un diamante estaba posado en la pequeña mano de la chica, pero no había nada en su interior, ella agarró la temblorosa mano de Erasmus, posando el diamante ahí sin que nadie lo notara. Erasmus se llevó su otra mano instintivamente a su oreja izquierda para darse cuenta de que después de tantos años su apéndice había regresado a su lugar. Erasmus se alejó de Koren de un salto, lo que hizo que alguno que otro estudiante saltara también. Debido a que nadie sabía de la ausencia de la oreja de Erasmus, nadie tampoco notó su llegada, muchos empezaron a mirarse entre sí preguntándose que era lo que estaba pasando y sospechando que la niña del palacio no tenía magia.

"Este, bien, pues…regreso en un instante. Usted puede tomar asiento." Dijo Erasmus casi balbuceando, Koren regresó a su lugar. Una joven que estaba cercana se acercó a ella sonriente.

"No te sientas mal, a algunos les toma un tiempo lograr hacer magia."

"Ah… Sí, gracias." Respondió Koren permaneciendo sin mirar a los demás, fijando su mirada hacia el paisaje más allá de las ventanas. Erasmus regresó al salón pareciendo un poco afligido, casi como si hubiese perdido la calma. El se volvió a parar tras el podio para dirigirse a los jóvenes.

"Muy bien, um… continuemos con los actos de magia, a ver, tú no habías tenido una oportunidad, adelante." Una joven del grupo subió al podio para demostrar como lograba que un chorrito de agua surgiera de su mano. Uno a uno los estudiantes hicieron procesión hasta que el ultimo tomó asiento después de haber hecho que su piel se tornara de un intenso color verde.

“Sin haberlo pensado, ya han pasado uno de los primeros ejercicios básicos, el fin de que ustedes subieran a este podio, no era ver sus habilidades mágicas, sino ver su valentía. El valor es uno de los fundamentos de la magia, ya que esta directamente conectado con la seguridad en sí mismo. La magia tiene que ser certera, pues se puede perder la guardia y la fuerza, haciendo que un hechizo quede a medias. En ciertas ocasiones esto podría tener horribles consecuencias. No puedo dejar de recalcar la importancia de tener fé en sus capacidades, la única persona que dicta lo que puede hacer, es sí misma. ¿Una pregunta?” Erasmus pausó para aceptar la pregunta de una joven.

“Pero, y que pasa si alguien tiene más poder que uno, digo no todo el mundo puede hacer lo mismo.”

“Sí, tienes razón. No todos tenemos las mismas aptitudes, pero parte de estar seguro de sí mismo es reconocer cuál es tu fuerte, pronto haremos ejercicios para ayudar a cada uno a buscar su fuerte y desarrollar sus destrezas basado en ello. Aunque parezca que un mago es más débil que otro, si tiene una agudeza mental más rápida, o sabe dominar sus fuerzas apropiadamente, esto hace un balance en un enfrentamiento.” Contestó Erasmus y prosiguió.

“Bien, al final del salón hay un cesto lleno de piedras, cada uno puede coger una, estas piedras son todas iguales y están neutralizadas de sus poderes mágicos. El papel de las piedras es de ser su cuaderno de clases ya que les asistirán a practicar los ejercicios. Algunos de ustedes se aburrirán con los ejercicios básicos, pero háganlos de todos modos, con el fin de desarrollar las destrezas básicas. Obviamente, no se puede construir una casa sin su cimiento, cuando se practican las cosas mucho se logra que formen parte natural de nuestros actos, como lo debe ser la magia." Con su mano les dió la señal a los estudiantes para que se levantaran y tomaran sus piedras.

Koren sintió como si la estuviesen observando, buscó a su alrededor pero los demás jóvenes parecían estar enfocados en buscar una piedra y regresar a sus asientos. Ella se volvió de repente y encontró la mirada de Erasmus posada sobre sí, al hacer contacto, Erasmus volvió su vista a otra parte del salón como si hubiese sido atrapado cometiendo un crimen. Koren agarró una piedra y regresó a su asiento esperando las próximas instrucciones. Erasmus esperó a que todos los estudiantes estuviesen en su lugar antes de continuar.

"Ya que todos tienen su piedras, pónganlas en su mano predilecta, se les hará más conveniente enfocar su energía en una mano que estar decidiendo a última hora con qué expresarse. Claro, con el tiempo esto no hará ninguna diferencia. Ahora, tomen la piedra firmemente, cierren sus ojos si así lo desean y piensen en su primera manifestación mágica. Los que no hayan tenido ninguna manifestación mágica concéntrense en algo que les dé mucha satisfacción, ya sea leer, correr, cocinar, las nubes, lo que sea. La piedra tomará la forma de la fuerza elemental en cada uno. Lo único que significa esto es que es posible canalizar una fuerza primordial para nuestro uso, no que es la única que poseemos. ¡Recuerden, no hay limites! Esto son sólo ejercicios de práctica." Erasmus bajó del podio y empezó a dar vueltas por el salón con sus manos tras la espalda, observando los intentos de los alumnos al apretar sus piedras. Una joven saltó de su asiento cuando su piedra se convirtió en un riachuelo de agua cristalina empapándola de pies a cabeza.

"Tú tienes el poder del agua. Acuérdate de esto, ya que será tu fuerte. El agua es un poderosos elemento ya que da vida y destrucción." Le dijo Erasmus mientras hacía que el agua se convirtiera nuevamente en piedra. Otro joven empezó a luchar con una planta que había brotado de su piedra y quería atraparlo.

"Tú tienes el poder de la vegetación, los árboles y plantas son tus amigos, te podrás comunicar fácilmente con ellos." Le dijo Erasmus mientras que hacía que la planta se encogiera hasta que la piedra tomó su forma original. Poco a poco más poderes surgieron, algunos hasta repetidos, Erasmus tuvo que correr de un lugar a otro evitando que una que otra criatura incontrolable se escapara por el lugar.

"Los de ustedes que logren ver una imagen de si mismos, no se preocupen, no son narcisistas, esa es la manifestación de la habilidad dc ver el futuro, o de leer las mentes de otras criaturas." Explicó Erasmus mientras continuaba su paso entre los estudiantes.

Koren apretaba su piedra tratando de pensar en cuál fué la primera vez que logró hacer magia, sin duda alguna había sido en el palacio, la vez que incendió el vestido de la reina. La piedra empezó a calentarse en su mano, fuego pensó Koren, mientras observaba como la piedra se tornaba de un intenso color anaranjado. Una llama blanca brotó de su piedra como una ráfaga de viento cálido que incendió la manga de su vestido, también se dió cuenta de que a pesar de su intensidad, el fuego no le hacía daño alguno. Erasmus corrió hacia ella al ver la inmensa llamarada, que amenazaba con acaparar el salón. Apagando el fuego, finalmente, cuando logró conseguir que la piedra regresara a su forma normal.

"Fuego de Dragón, ¿cómo es posible?" Dijo Erasmus sin percatarse que los demás lo estaban oyendo hablar. El miró a Koren fijamente, tratando de buscar en sus ojos alguna información, pero nada se le presentó en la mente.

"Niña, nunca en mi vida había visto a alguien como tú. Altea me dijo que estabas llena de magia, pero esto es increíble. Tendrás que practicar tus ejercicios aparte, no quiero que nadie resulte herido. Ven a mi estudio después de la cena, podré dedicarte una o dos horas en la noche, creo que esto será más que suficiente. Si gustas, puedes regresar al palacio, pero si te quedas aquí, es sólo como observante." Le dijo Erasmus con un tono amable.

Koren se irguió de su asiento y dejó la piedra en la mano de Erasmus quien tuvo que dejarla caer por que aún estaba caliente. Él hizo que un chorro de agua saliera de la nada y cayera sobre la piedra para enfriarla, haciendo una breve vaporización del agua. Ella continuó su partida, esta vez con la cabeza muy en alto pues ya había quedado como un hecho ante todos que ella tenía poder, mucho poder. Se deleitó al notar las miradas de admiración y respeto que se posaban en ella, ya no habría duda de que ella era más que una cara hermosa.

Koren regresó al palacio y decidió darle una visita a su madre ya que le había parecido una eternidad que no la veía. Al adentrarse por la cocina sonreía con todo aquel ambiente tan acogedor, los sonidos de los calderos, los chismerios de los cocineros, los cuchillos zumbando en las tablas de cortar. Ella pasó por el área de la repostería y cómo era de costumbre, agarró sin permiso una que otra delicia. El repostero, se volteó a ver quien estaba metiendo las manos en las bandejas y frunció el ceño al verla.

"Tú otra vez, le he dicho a tu madre que no me agrada que vengas y agarres lo que te plazca en mi estación. Esto no es un establo, es una cocina real." Le dijo el hombre con el rostro enrojecido.

"Señor, le ruego que tenga más cautela al hablarme, recuerde que yo soy una dama al servicio de la reina, su impertinencia podría costarle su trabajo." Koren le informó saboreando un bocado de su pastelillo. El hombre apretó sus labios y parecía que iba a reventar de furia, pero se inclinó de todos modos en acto de reverencia ante un miembro de la realeza.

"Además, estos postres saben horribles, están quemados." Dijo Koren calmadamente. El repostero, al oír estas palabras se irguió incrédulo de lo que acababa de escuchar, ofendido de que ella hubiese proclamado semejante ofensa a sus confecciones. El corrió a mirar por sí mismo sus obras de arte culinarias para confirmar que estaban en el mismo estado en que las había visto hace unos segundos, pero para su sorpresa, bandeja tras bandeja de postre parecía que tuviese pedazos de carbón.

"Imposible, estaban todas bien hace un segundo, estuve trabajando toda la noche." Gritó el hombre a punto de desmayarse ante el desastre.

"Pues parece que le queda más trabajo." Dijo Koren sonriente y se marchó hacia la cocina de su madre. Ella podía escuchar mientras se alejaba los aullidos de incredulidad del repostero, mientras arrojaba las bandejas por todas partes, gritándole a sus asistentes para que vinieran de inmediato.

Doña Flora quien estaba tranquila cortando unos filetes de un hermoso pez dorado alzó su cabeza al escuchar el escándalo, sólo para encontrarse con su hija en frente.

"¡Koren! Mi amor, dónde has estado metida. ¿Ya te olvidaste que tienes una madre?" Le dijo ella, posando su cuchillo en la mesa y dirigiéndose a su hija para abrazarla. Koren se echó hacia atrás al ver a su madre llena de sangre y otras cosas, repudiando su abrazo.

"¡Mamá! ¡Me vas a ensuciar la ropa.!" Koren le llamó la atención.

"Sí, tienes razón. Qué es todo ese ruido que sale de allá, espero que no tengas nada que ver con eso."

“No, yo nada que ver. Ese cocinero está loco.” Dijo Koren inocentemente.

“No digas eso, el pobre ha estado pasándola muy mal estos últimos días, su hijo menor esta muriéndose por que sufrió un accidente de trabajo hace poco.” Le informó Flora.

“Mientras menos de ellos, mejor.” Replicó Koren, mientras tomaba asiento en un taburete.

“¡Qué cosas dices niña!. A ver, por qué mejor no me pones al día con tus cosas.” Flora volvió a su lugar de trabajo, para continuar tallando el pez. Koren le hizo un breve relato de sus últimas ocurrencias, editando algún que otro evento. Le informó que en las noches tomaría clases con Erasmus y por eso ya no se le haría posible ir más a menudo a la casa.

“También, pasado mañana habrá un festejo por mi aniversario de nacimiento en el palacio.” Le informó Koren exaltada.

“Pero todos los años lo celebramos en la casa, en familia, recuerda que yo te hago un pastel de fresas del bosque, tu favorito.” Le dijo su madre un poco ofendida de no haber sido consultada acerca del evento antes.

“¡Ay mamá! Van a hacer un baile en mi honor, todos los cortesanos estarán ahí, los caballeros, las damas…¡los reyes! Será una fiesta tan hermosa, además, Anari me diseñará un vestido especial para mí.” Le dijo Koren llena de emoción.

“Nadie nos había dicho nada.” Le informó su madre con aplomo.

"Oh. A lo mejor Altea no ha tenido tiempo de hacerlo, ella lo está planeando todo. Creo que ha estado un poco aturdida tomando riendas de la oficina de la reina." Ambas permanecieron en silencio por un momento. Koren se quedó pensando en la posibilidad de que sus padres no hubiesen sido invitados a la fiesta, pero sorpresivamente ésto no le molestó en lo absoluto. La imagen de su madre gorda, de cara rojiza y vestida con una túnica llamativa, le dió grima, al igual que la de su padre, vestido con sus ropas de cuero antiguas. Ellos no podrían más que avergonzarla ante todos los demás con sus pintas de plebeyos. Koren pensó que a lo mejor Altea no los quería allí por esa razón, lo que le sorprendió, ya que Altea siempre se enorgullecía de ser justa y equitativa.

Koren permaneció junto a su madre por unas horas antes de tener que irse para asistir al banquete con las damas y caballeros que había sido planeado para esa noche. La cena pautada sería la primera vez que los caballeros y damas se conocerían formalmente y en un contexto social. Ya que hasta ese entonces llevaban vidas separadas al estar junto a los reyes en sus respectivas torres.

"Yo había visto los caballeros antes, conocí al más joven de ellos hace poco en el jardín. Pero esta noche tendremos la oportunidad de socializar un poco más con todos, aunque a mí me da igual, todos se ven demasiado serios como para poder tener una conversación con ellos." Comentó Koren.

"No te dejes llevar por las apariencias, ni modo que vayan andar por ahí como si fueran los bufones del rey. Ellos tienen encomiendas muy serias, viajan a todas partes en nombre del rey, deben tener buena reputación. Imagínate si llegara un caballero borracho a un reino, en nombre del rey, ¡que desastre! Aunque no lo creas, ha pasado…" Le dijo Flora afirmando con su cabeza ante la incredulidad de Koren.

"Un borracho, ¿y que pasó?"

"¿Cómo que, qué paso? Al calabozo, creo que aún esta ahí… todavía borracho." Flora dejó escapar una carcajada al pensar en ello.

Koren estuvo un rato más platicando con su madre, hasta darse cuenta que ya debía ir a buscar a Erasmus, pues se le había pasado la hora de la cena. Regresó al Ala Este de la Academia Real, donde estaba todo muy callado, reinando una paz de ultratumba que la niña encontró incómodo. Miró a todas partes, tratando de ver si Erasmus aparecería de la nada, o si debía esperar allí. Los pasos firmes de Erasmus le dejaron saber que no estaba sola, así que se volteó a verlo.

"Ah, ahí estas. No sabía a que hora cenas así que estuve pendiente desde hace un rato. Vamos a mi estudio, es más cómodo para mí." Él le dijo dirigiéndola una vez más hacia el área de los salones de clase. Una vez allí el le ofreció asiento frente a un antiguo escritorio, tras el cual él se acomodó.

"En realidad no sé qué voy a hacer contigo, me imagino que lo que te falta es solamente descubrir como usar tu magia a tu antojo y el resto sucederá por si solo. Estuve buscando información acerca de tu magia y en realidad han sido muy pocos los casos documentados de humanos con Fuego de Dragón. Puedo concluir que uno de tus padres es un elfo." Le dijo Erasmus.

"Sí, mi papá. Nadie lo sabe." Respondió ella.

"Ni lo sabrán, por que es mejor que nadie sepa tampoco que el es medio dragón. Hay algunos que son de la opinión de que ciertas mezclas entre razas son ofensivas. Algunos dragones son muy particulares en mantener la pureza de su raza, ya que son de la opinión de que para tener tanto poder hay que tener mucha sabiduría. En su opinión los humanos no son candidatos perfectos para poseer los poderes de los dragones debido a su inteligencia y mortalidad limitada. Pero, en asuntos de corazón nadie se mete…Así que si uno de tus abuelos fué dragón, pues quién es quién para juzgar." Erasmus sonrió.

"A lo mejor fue un dragón obligado a obedecer." Ofreció Koren tratando de excusar a sus antepasados, no por que estuviese de acuerdo con la ideología de la pureza de los dragones, sino por pensar que pudo haber existido otra razón mas cínica.

"Sabes demasiado, pero tienes razón, alguien buscando que sus descendientes tuviesen poder pudo haber esclavizado un dragón para procrearse. Pero no creas, esclavizar un dragón no es tan fácil. Hasta un dragón menor de edad puede defenderse bastante."

“Sí, pero un dragón usualmente se esclaviza antes de que cumpla sus cinco años, por que aún no pueden controlar sus poderes.” Le dijo Koren.

“¿Cómo es que sabes eso?” Le preguntó Erasmus observándola fijamente.

“Lo he leído en la biblioteca donde trabajo, cualquier persona lo puede leer.” Contestó ella.

“Estás equivocada. Sólo personas con el sello real tienen acceso a esa biblioteca y sus secretos. Eso tenlo en mente siempre, por que será tu deber proteger toda esa información a cómo de lugar. Una persona con las intenciones indebidas podría hacerse de poderes inimaginables si tuviese acceso a esos libros.” Le informó Erasmus y añadió;

“Imagínate que horrible acto, el someter a un niño, sea dragón o humano a la esclavitud.¡Quién sería capaz de arrancarle el corazón a un niño!” Exclamó Erasmus de tal manera que Koren casi saltó de su asiento.

“Lo siento, no quise asustarte. Mejor comencemos con nuestra lección sino se nos va la noche en nada.” Advirtió Erasmus, más bien para sí que para ella. Después de esa conversación el resto del tiempo se fué rápido, ya que Koren mostró ser adepta para las lecciones básicas que le enseñaba Erasmus. A la hora de la despedida, Koren ya había logrado tener un buen magisterio de sus habilidades, ya que una vez que afirmó en su mente que su magia era como una herramienta, pudo usarla a su antojo.

“No hay secretos para la magia, como te diste cuenta. Sólo hay que despojar la mente de todas nuestras creencias y limitaciones para poder acoger la idea de que la magia esta en nuestro interior siempre.” Con estas palabras Erasmus despidió a Koren, quien saltaba de alegría hacia su apartamento en la torre a pesar de estar muy cansada. Ella pensaba en lo que recién había descubierto, que su padre, el hombre tan sencillo, que se pasaba el día en los establos cuidando bestias tenía poderes secretos. Una inmensa curiosidad se apoderó de ella, pensando una y otra vez en quienes habrán sido sus abuelos. Su padre nunca hablaba de su familia, de su pasado, siempre permanecía callado, todo lo que ella sabía lo había escuchado casualmente por boca de su madre. Ella sabía que lo mejor sería preguntarle a su padre de una vez por todas y conocer sus ancestros. Al llegar a su apartamento se dió un corto baño y se quedó dormida de inmediato al caer en la cama, sin poder resistir el sueño.

Al amanecer del otro día Koren se despertó con ansias de hablar con su padre. Ella pensó que él estaría temprano como de costumbre en los establos, pero su encuentro tendría que esperar hasta que ella cumpliera sus oficios de la mañana. Además, estaba segura que Anari querría verla en algún punto para que se midiera su vestido de gala para esa noche. El palacio ya estaba vibrando con el despertar de sus habitantes, en el pasillo Koren se encontró con Lenna quien llevaba unas hermosas florecillas violetas en sus manos.

“Koren, hacía tiempo que no hablábamos. Sé que no había surgido la oportunidad, pero mira, justo estoy organizando las decoraciones y música para esta noche. Además, felicidades, me enteré por Marussa anoche en la cena que estás estudiando magia, nada más y nada menos que con Erasmus. Dicen que es el dragón más viejo que existe.” Le confió Lenna agitando sus delicadas alas con emoción.

“Sí, es muy sabio, tengo mucha suerte de que sea mi mentor. Gracias por las flores, son hermosas, nunca las había visto. Estoy tan emocionada por el baile de esta noche que casi no puedo pensar en otra cosa. ¿Tú crees que la reina asistirá?” Comentó Koren.

“Por supuesto, si la pobre casi no sale de sus aposentos. Hace unos días le llevamos un concierto de sirenas para animarla, pero sigue delicada. La partera dice que algunas mujeres se afligen así al principio de su gravedad, pero espera que Violeta se mejore pronto. Yo también espero que se mejore, ya me hace tanta falta la rutina de antes, estamos todas deambulando por el palacio. Excepto Talma que está ocupada.” Comentó Lenna casi sin parar a tomar aliento.

“¿Ocupada con qué?” Inquirió Koren sólo por mantener la conversación.

“Ah, claro, tu no lo sabías. Talma tiene una hija y recientemente empezó a echar fuego. Los sirvientes se niegan a subir a su apartamento, que esta parcialmente calcinado, así que ella se pasa el día acompañando a la niña en lo que aprende a controlarse."

"Oh. No sabía nada." Koren se quedó pensativa digiriendo la información. Ella sabía que las dragonas sin pareja automáticamente sacaban crías cada veinticinco años y que estos retoños permanecían con sus madres hasta cumplir los cinco años. Después de ese periodo los dragoncitos en control de sus poderes eran liberados a su suerte en un bosque encantado para que forjaran su destino.

"Deberías visitarlas un día de estos, la niña es muy linda y Talma siempre está contenta de hablar con alguien. Es más, Erasmus va muy a menudo para practicar con ella cómo controlar su fuego." Le dijo Lenna.

"Sí, creo que así lo haré. Ahora tengo que irme a la biblioteca. No quiero atrasarme con los sumarios, vaya tarea que me echaste encima." Le dijo Koren sonriente.

"Mejor tú que yo." Lenna sonrió una vez más y se despidió de Koren para seguir con los preparativos de la fiesta. Koren continuó hacia la biblioteca donde pasó las siguientes horas, para luego correr a los establos a buscar su padre. Ella lo encontró sentado junto a dos unicornios que comían frutas frescas de un cesto de paja.

"¡Papá!" Exclamó Koren al ver la lánguida figura de su padre. La cara de Lorean se iluminó y se irguió para darle un fuerte abrazo a su hija.

“¡Hija! Has estado perdida, si no es por las cosas que me cuenta tu madre, pensaría que te habías esfumado.” Los unicornios alzaron sus hermosas cabezas dejando que el viento acariciara los sedosos hilos plateados de su crin. Las bestias dejaron de comer y se marcharon del lugar en dirección al bosque al ver que no estaban solos con su amigo.

“Lo siento, he estado haciendo muchas cosas últimamente. ¿Sabes que estoy estudiando clases de magia con Erasmus?” Preguntó Koren.

“Sí, algo me comentó tu madre. ¿Cómo te ha ido?” Le preguntó a su vez Lorean algo extraño.

“Pues, imagínate que tengo Fuego de Dragón.” Koren decidió anunciarle la noticia a su padre sin titubeos, sabiendo que él entendería el significado de lo que ella había dicho.

“Ya sabes entonces.”

“Sí. Pero quiero saber más. Quiero que me digas que cosas puedes hacer tú, quiero saber de mis abuelos.” Le exigió Koren.

“Está bien. Tengo que decirte antes que nada, que es muy importante que nadie descubra tus antepasados. Algunos dragones te perseguirían hasta matarte ya que piensan que ninguna otra criatura merece los poderes de los dragones. He perdido todos mis hermanos de esa manera, tus tíos y tías, éramos cuatro en total. Todas sus familias también fueron erradicadas, yo me escapé por ser el menor y parecer mas elfo que dragón, mi madre nunca habló de mi existencia a nadie. Cuando era muy pequeño, mi madre me dejó al cuido de una familia humana que me acogió como a un verdadero hijo. Yo vivía cerca de mis padres a quienes visitaba frecuentemente con el pretexto de cuidar sus bestias, tenían un hermoso castillo en las afueras de la ciudad de Bosia. Ellos fueron perseguidos hasta sus últimos días, mi padre era un feroz guerrero, pero había perdido su inmortalidad con el fin de permanecer con mi madre. Ellos decidieron dejar este mundo, unirse al universo…pero antes de hacerlo, me trajeron al castillo de Bandah, donde siempre seré protegido." Le dijo Lorean con un rastro de tristeza en su voz.

"¿Por qué siempre serás protegido aquí?" Preguntó Koren.

"Por que soy miembro de la realeza de los dragones, aunque ellos no lo acepten. Esto también posa problemas para los humanos gobernantes, ya que la realeza de los dragones supersede a cualquier otra, incluyendo a los elfos. Pero, ya han pasado tantos años que nadie se acuerda de mí, de mi familia. Yo lo prefiero de esta manera." Le explicó Lorean. Koren miraba fijamente a su padre asombrada de lo que acababa de escuchar.

"¡Papá! ¡¿Tú podrías ser el rey?!" Le gritó Koren a punto de estallar, su mente un derroche de revelaciones incontrolables. Aquella información no sólo le hacia ver a su padre de otra manera, pero también a si misma, ella era una verdadera princesa.

"Yo no quiero ser el rey, nunca lo he querido. Vivo una vida muy feliz, aquí en los establos, en mi acogedora casa con la mujer que amo y mi hija, tú. Ya no tengo miedo de que me maten, finalmente puedo disfrutar de una vida sosegada, tranquila. No me hace falta nada de riquezas ni poder." Le explicó su padre.

"Pero, ¿puedes convertirte en dragón? ¿Botar fuego por la boca? ¿Hacer Magia?"

"Sí, a todos. ¡Pero escúchame! Yo soy Lorean, el que cuida las bestias, no soy ni un dragón, ni un mago, nada. Y tú, eres Koren. La niña de belleza sin igual que creció en una cabaña en el bosque." Le dijo su padre enfáticamente.

"¿Quienes eran mis abuelos?" Inquirió Koren sin querer que su padre abandonara su platica.

"Mi padre se llamaba Arund-Dena, provenía de una de las más antiguas familias reales de los dragones. Era el príncipe heredero de la familia Arund, pero una vez en el bosque conoció a una elfa llamada Oma. Ellos se enamoraron perdidamente el uno del otro, lo que causó furor entre las dos razas, ya que todas querían preservar su pureza. Además, Arund-Dena se negó a tomar el trono, haciendo que guerras se destaran entre las familias reales de los dragones, cuales trataban de establecer control total sobre la tierra. Los dragones quedaron decimados, muchos perdieron interés en asuntos políticos, mientras que otros hibernaron, tal vez para siempre. Arund-Dena sabía que había la posibilidad, aunque remota, de que fuese sometido y esclavizado, por lo que le pidió a Oma que le arrancara el corazón. Mi madre accedió y siempre lo tuvo en un lugar secreto, para cuidarlo de enemigos. De ese modo Arund-Dena se hizo mortal, pero no le importó por que pertenecía sólo a ella, estuvieron juntos hasta el final." Lorean terminó su relato casi ahogado en lágrimas por la memoria de sus padres.

"Lo siento papá, no quería hacerte sufrir." Le dijo Koren abrazándolo.

"Sólo quiero que entiendas, que hay ocasiones en que el pasado es mejor que siga en ese estado. Si alguna vez alguien supiera la verdad, yo no sé si podría defenderte, ni defenderme, los dragones son criaturas de enorme e incomprensible poder. Buenos o malos. Quiero que mi vida continúe según ha sido por las ultimas décadas, tranquila y sosegada." Le dijo Lorean suplicante, cómo queriendo darle a entender a su hija que no denunciara sus antepasados.

"No te preocupes papá, nuestro secreto estará seguro conmigo, a mí tampoco me atrae la idea de que venga un dragón a hacerme añicos." Koren trató de darle un poco de ligereza a la situación. Lorean se levantó de su lugar y con un golpe al suelo trató de limpiar sus botas, lo que resultó en que una pequeña nube de polvo los atrapara.

"¡Papá!¿Qué haces? ¡Me vas a arruinar el vestido!" Exclamó Koren molesta.

"Lo siento, es mejor que te vayas por que tengo que atender las bestias. Además, tu tienes que descansar para esta noche. Tu madre me ha dicho de la gran fiesta en tu honor. Altea fue a avisarnos esta mañana así que allá te veremos."

"¡Qué bien! Ya verán que lindo vestido me han preparado. Lenna ha conseguido unas flores maravillosas y la música será fantástica, creo que han traído sirenas." Koren le contó a su padre con emoción, le dió un fuerte abrazo y se marchó al palacio. En el camino decidió visitar la biblioteca y tratar de encontrar más información acerca de su familia.

"¡Hola!" La voz varonil de Kanek la hizo casi saltar.

"¡Kanek! Me asustaste. Me dirigía hacia el palacio." Dijo ella reponiéndose de la impresión.

"Te acompaño, estoy tan aburrido, que no encuentro que hacer. Lo único malo de los tiempos de paz es que para gente como yo, el ocio se hace muy pesado." Le explicó Kanek haciendo referencia a su porte militar.

"Pero me imagino que tienes que ayudar al rey de algún modo, acaso no es cierto que los caballeros, deben asistir a los concilios legislativos para poder estar al día de los asuntos políticos del reino."

"Sí, pero no es obligatorio. Además, siempre me entero de lo que está pasando por cualquiera de los otros. Yo soy el más joven así que casi nunca me preguntan lo que opino, además, Aken es siempre el que está con el rey. Ustedes las damas se encargan de todo el palacio, es más, tienen más poder ejecutivo que cualquiera de nosotros. Los caballeros sólo sirven para pelear y proteger al rey." Le explicó Kanek casualmente mientras caminaba junto a ella.

"Suena aburrido." Comentó Koren.

"Ah, todos los palacios son iguales. En Astra es la misma situación. De vez en cuando me escapo hacia Bandah, esa ciudad es interesante, me gusta su mercado, su arquitectura."

"Nunca he ido a Bandah." Le informó Koren.

"¡No! Cuando quieras pídele permiso a Altea para que vayas, dile que yo te acompaño y no habrá problema. Además, ya cumples trece años, estás grandecita. Ya me enteré de tu fiesta esta noche." Le dijo Kanek con tono de burla.

"Eso no es nada gracioso." Le dijo Koren sonrojándose.

"Tienes razón, no es nada gracioso. Esta noche me pondré mis mejores galas por tí." Koren no contestó nada, se mantuvo cabizbaja sonriendo con timidez. Sin haberse dado cuenta ambos habían caminado hacia el jardín del palacio, donde ella decidió abandonar su plan de ir a la biblioteca ya que temía que Kanek la quisiera acompañar.

"Sabes, en un par de días iré a Bandah, es en serio mi deseo de que vayas conmigo." Le dijo Kanek con un poco de timidez.

"Está bien. Hablaré con Altea. Creo que ahora debo irme, voy a tratar de descansar un poco antes de que empiece todo."

"Sí, nos veremos ahí. Espero al menos que me concedas unas piezas de baile." Kanek anunció con su enorme sonrisa. Koren se la devolvió y lo vió marcharse animado. Ella sintió por un momento una confusión interna inexplicable. Sin entender sus sentimientos, se sintió feliz de haber conseguido a un amigo, de tener a alguien con quien charlar que no fuese del mismo grupo de las damas, eso ya le aburría. Pensó que Kanek le ofrecería una distracción agradable de todos los sucesos recientes. Una vez llegó a su apartamento se encontró con un grupo de sirvientas que arreglaban las habitaciones con coloridas flores y guirnaldas, dándose también de cuenta que su alfombra había sido reemplazada por una suave capa de delicada grama cubierta de hermosas flores silvestres. Las mujeres se voltearon a recibirla con una sonrisa en sus caras.

"Buen día, Doncella Koren."

"Buen día, gracias por poner mi aposento tan hermoso."

"La Doncella Anari le espera en su atelier cuando tenga una oportunidad." Le informó una de las mujeres. Koren decidió partir hacia el atelier de Anari en vez de permanecer ahí mientras las mujeres preparaban todo. Le pareció extraño que las sirvientas fuesen tan adeptas a la magia como cualquier miembro de la comitiva real. Aunque después realizó que debía ser de ese modo ya que había tanto que hacer en el castillo para mantenerlo de forma tan majestuosa. Koren caminó sin prisa por los anchos pasillos, descendiendo por los escalones de mármol hasta llegar al tercer piso. Una vez allí se dió cuenta que había mucha actividad proveniente del salón de modas, veía como mujeres entraban y salían apresuradas llevando en sus brazos enormes rollos de tela. En la distancia pudo notar que las canchas de juego estaban vacías, pero las anchas puertas del teatro estaban abiertas de par en par, en su interior se divisaba una banda que practicaba una hermosa melodía en violines. Ella no se detuvo más para observar menudeces, se marchó para buscar a Anari.

Una vez en el interior del salón de modas, pudo ver los majestuosos vestidos que ya estaban en pie. Los colores de la noche serian turquesa y dorado. Koren se dirigió hacia un hermoso vestido de falda ancha, con exquisitos bordados decorados con perlas e hilos de oro, de un color turquesa vibrante donde delicados bordados del mismo color hacían un relieve parecido al oleaje del mar.

"Me alegro que estés aquí, quiero saber si te gusta tu vestido." Le dijo Anari apareciendo de la nada.

"¿Es éste?" Le preguntó Koren exaltada.

"Qué tonterías dices, ese es de la reina. El tuyo esta acá, ven y sígueme." Koren siguió a Anari hasta otro vestido cercano, que a pesar de ser muy hermoso, no tenía tantos detalles como el otro.

"¿Qué piensas?" Le preguntó Anari orgullosa de su creación.

"Es muy hermoso." Koren respondió fingiendo emoción, ya que en verdad estaba un poco molesta de que siempre los mejores trajes eran para la reina, en especial en la noche donde ella sería la persona de honor.

"Escogí los colores pensando en el color de tus ojos." Le informó Anari.

"Gracias, jamás había soñado en tener un vestido así." Le dijo Koren agradecida a pesar de su sentir.

"Que bien, haré que lo lleven a tus aposentos para que puedas prepararte a tiempo, estaremos listos para empezar con el baile en la media tarde. Van a venir muchos invitados, creo que hasta los reyes de Astra." Le informó Anari.

"¿De verdad? ¿Para mi fiesta?" Respondió Koren sorprendida.

"¡Sí! Todos los virreyes y reyes están invitados, claro, aunque es la costumbre de mandar las invitaciones a todos para todas las celebraciones reales en Bandah."

"Oh." La voz de Koren reflejó su desencanto, pero sonrió de todos modos sabiendo que por lo menos conocería las personas más importantes de todos los reinos.

Koren estaba en su recámara leyendo cuando una sirvienta la interrumpió de súbito.

"¡Doncella Koren! ¡Los invitados ya están llegando! ¡Venga pronto! Están aterrizando los dragones de Nubis." La mujer casi había perdido la respiración de la emoción, Koren se levantó sin decir nada y la siguió sin saber a dónde. Ella supo que se dirigían al observatorio de la torre, ya que la mujer corría hacia arriba por las interminables escaleras. Una vez en el área del observatorio, se dirigieron a una terraza de la cual se veían claramente los predios de los establos. Allí se pudo observar una impresionante comitiva de brujas y dragones, donde una anciana de hermosos cabellos largos y blancos, descendía de un majestuoso dragón, también blanco.

"Esa es la reina de Nubis." Le susurró la mujer a Koren.

"Es muy elegante, pero parece que es muy vieja."

"Sí, se rumora que tiene siglos, es una elfa, así que para verse así tiene que ser casi tan vieja como el tiempo." Ambas rieron con un poco de burla.

"¿Cómo es que no hay más nadie aquí arriba?" Comentó Koren mirando a su alrededor, incrédula de que nadie más quería ver tan impresionante espectáculo.

"Ah, ya todos han visto las mismas procesiones antes, como tú has llegado recién al palacio quise que vieras esto, pero puedes regresar a tus aposentos si te aburres. A mí nunca me cansa…" Le respondió la mujer mientras observaba la escena que se desenrollaba en la distancia. Justo en ese momento los dragones estaban tomando forma humana y se unían a la comitiva, algo que impresionó a Koren.

"No, me gusta esto. Esa reina tiene que ser muy poderosa para tener tantos dragones. ¿Serán sus esclavos?" Inquirió Koren más bien para sí que para su acompañante.

"¡Qué atrocidad! ¡Qué cosas dice Doncella Koren! Los dragones están allí por que lo desean, todos son libres de hacer lo que les plazca, esclavizar dragones es un horrible acto." Le dijo la mujer con mucho énfasis en las últimas palabras.

"Lo siento, no quise ofenderte, es que me pareció tan extraño que criaturas tan poderosas estuviesen bajo el mando de otras que no lo son tanto." Se disculpó Koren.

"No tienes por qué disculparte, estas cosas se aprenden, más vale tarde que nunca. Ten mucho cuidado con lo que dices, por que hay dragones por todas partes y es sentido común no caer en desgracia con ellos. Además, los dragones no son sirvientes de otras razas, son sus amigos, ellos han visto lo que su ambición por el poder les hizo en el pasado. Los dragones prefieren permanecer tranquilos, en posiciones que no sean complicadas." Le explicó la mujer lo mejor que pudo. El sonido de unos estrepitosos cuernos surgió de la distancia anunciando la llegada de otra comitiva, pero en vez de montar dragones ésta venía en las enormes espaldas de gigantescos bisontes.

"Mira, esos son los de la Amazonia, el virreinato de Yesen, en Astra. Esa mujer tan musculosa es la reina, Ylana." La mujer explicó señalando a una mujer de largo cabello verde, con una visiblemente corpulenta figura, quien cargaba en uno de sus brazos un enorme arco plateado.

"Es mejor que me vaya a vestir quiero estar lista cuando me toque entrar al salón de recibimiento." Dijo Koren.

"No te preocupes, tienes mucho tiempo, faltan demasiadas comitivas como para que la fiesta vaya a empezar… por largo rato."

"No importa, quiero estar sola." Le dijo Koren volteándose para marcharse sin esperar una respuesta de la mujer. En realidad no quería ver cuando llegara la comitiva de Cyrus, ya que tenía miedo a perder su compostura ante los recuerdos que sin duda la atraparían. En vez de ser Orión quien llegaba como virrey de Cyrus, lo sería su hermano Atle, algo que le parecía insoportable.

Al llegar a su apartamento se dedicó a no pensar en Orión, refugiándose en los menesteres de su atuendo. A su lado estaba la campanilla de plata que tocaba para llamar al servicio, pero la dejó en su lugar ya que no quería estar con nadie en ese momento. Ella se miraba en el espejo, perdida en su cara aún tan tierna, notando su piel como sedoso terciopelo, observando el turquesa tan feroz de sus ojos, buscando en algún rincón reconocer su alma. La niña hubiese preferido que su destino estuviese escrito en su rostro para que ya no hubiese incertidumbre. ¿Sería ella algún día una reina como se lo había prometido Orión? Reina… La palabra daba vueltas en su mente como un sigiloso suspiro, sabiendo que ella tenía más derecho al trono de Bandah que la corriente ocupante. Ya nunca tendría que conformarse con un vestido inferior, ya nunca tendría que obedecer las reglas… sino hacerlas, sería admirada y escuchada por todos. Al fin y al cabo, ella era parte de una de las razas más poderosas, su sangre de dragón le daba la ventaja sobre cualquier elfo e humano. Ella cerró sus ojos mientras estos erráticos pensares poblaban su mente. Algo en su interior se despertaba de un sueño oscuro, revolcándose en su interior como una bestia agitada. Abrió sus ojos frente a su reflejo para descubrir que el sosiego de su mirada la había abandonado para siempre, reemplazado por el intenso calor de la ambición. Sería reina… con o sin Orión. No sabía como lo haría, ni cuándo, pero tenía que ser de una manera menos brutal que la que otros habían tratado de usar al usurpar cualquier reino en el pasado. Ella se prometió que sería la única persona que con su intelecto sería capaz de conseguir un trono… sin tener que denunciar su herencia dragonea. Su mente se iluminó al recordar que en su poder estaban todos los secretos de la biblioteca real, lugar que estaba lleno de libros que de algún modo le darían la respuesta. Una vez afirmó sus deseos a sí misma, se sintió mas calmada, como se sienten aquellos que por fin han encontrado la respuesta que tanto buscaban. Le dió la bienvenida a la Koren que llevaría a cabo estas tareas sin mirar atrás, sin miedo…

Ya estaba preparada para el momento en que la llamarían para la recepción de los invitados y el baile… los que algún día ella oficiara para todos. Koren sonrió al pensar en la corona de Bandah posada en su cabeza, en lo bien que estaría el reino bajo su control…Estas ideas ya no le parecían extrañas sino que más se arraigaban en su cabeza, sin juicios, ni dudas. En ese entonces cuando fuera reina, podría buscar a su amado Orión y darle el perdón real, luego hacerlo su esposo. Sus mejillas se sonrojaron al pensar que al fin se darían los besos que se tenían guardados, pensaba en las caricias que tendrían que descubrir los caminos de sus pieles, o las palabras que finalmente darían fé de su amor. Koren se sintió avergonzada de tener aquellos sentires, sabía que era tan sólo una jovencita, pero se convenció de que no era nada malo ceder a las fantasías en secreto.

La tarde pareció esfumarse en la nada, no pasó mucho tiempo cuando dos sirvientas llegaron a avisarle que fuera a la oficina de la reina, de donde partirían al gran salón. Ella se irguió fingiendo estar calmada, ya que estaba con el corazón palpitándole estruendorosamente en su pecho, con la emoción de su primer baile formal. Sus pies se alzaron levemente del suelo para darle más rapidez a sus pasos, haciendo que las fluidas telas de su vestido flotaran como una delicada bruma. En el pasillo se encontró con Pumzi quien parecía una exquisita muñeca debido a sus elegantes vestimentas y estatura.

"Oye, ten mucho cuidado, ¡estás muy a prisa!" Le advirtió Pumzi sonriente.

"Lo siento, es la emoción. Estoy loca por que empiece todo." Sonrió Koren.

"Me imagino, a mi me encantan todas estas producciones. Hacía tiempo que no te veía, me hacen faltas nuestras reuniones matutinas, espero que resuman pronto." Comentó la enana.

"Sí y no. Me gusta la libertad de tener tanto tiempo libre para mí, por que si lo piensas bien, la vida del palacio es algo sosa."

"¡Já! Ya te aburres de esta vida, yo llevo aquí muchos más años que tú y todavía estoy fascinada con todo. Tienes que buscar como mantenerte ocupada, yo me entretengo en los jardines y de vez en cuando me voy de viajes. Recientemente estuve en Albah con Marussa, fué estupendo. A lo mejor podemos irnos todas de viaje." Sugirió Pumzi luego de considerar la idea.

"A lo mejor." Dijo Koren mientras entraban en unísono a la oficina de la reina. Una vez allí se encontraron con la mayoría de las damas esperando, sólo Altea y la reina estaban ausentes.

Koren se fijó en la similitud de los vestidos que todas portaban, dándose cuenta que el suyo no resaltaba en lo absoluto de los demás. Este descubrimiento le molestó en cantidad, ya que pensó que al menos algo la diferenciaría de las otras en su festejo. Todo cambiaría una vez ella fuera reina, nadie jamás podría quitarle el centro de atención, se dijo con convicción. Una pequeña sensación de vergüenza y culpa se le adentró en su cuerpo repentinamente, pero ella expulsó ese sentir de inmediato al saber que nadie podía saber lo que ella estaba pensando. No pasó mucho tiempo, cuando finalmente Altea apareció acompañada de la reina, interrumpiendo la plática entre las damas. Koren se sorprendió al ver a la reina ya que su constitución se veía afligida, su piel estaba pálida y su cuerpo lánguido a pesar de que no había cambio visible en su cintura.

Todas las presentes corrieron emocionadas a recibir a Violeta, incluyendo a Koren, quien se unió a ellas en la bienvenida a pesar de su recelo.

"¡Su majestad! ¡Qué bueno que está de animo para asistir a la fiesta!" Exclamó Pumzi.

"Saben que no me hubiera perdido la celebración de nacimiento de Koren. No se si permaneceré mucho tiempo en el baile, pero al menos estaré presente un rato." Dijo la reina con voz suave. Koren pudo notar que la reina hacía un gran esfuerzo por mantenerse animada y se preguntó para sí que estaría sucediendo, si acaso había algo más que no le estaban diciendo a nadie. A pesar de su obvia palidez la reina se veía absolutamente hermosa en su vestido, para completar, su fragilidad acentuada le daba también un aura etéreo que hacia parecer que ella fuera una visión celeste.

"Mi querida Koren, hoy cumples trece años de vida, esta etapa a la cual llegas es una de las mas difíciles, pues estos años marcan la transición de niña a mujer. A veces, te sentirás frustrada por que estás en el limbo entre el mundo de los adultos y los niños, uno no dándote crédito por tus ideas y el otro aburriéndote. Lo único que te puedo decir es que seas paciente, la vida es un proceso, todas las acciones que aceptes tomar te formarán en la persona que serás en tu adultez. No pierdas tu ilusión de niña, pero tampoco te pierdas en ella, por que el mundo es diferente a como pensamos, lleno de desaires inesperados. Tú tienes la ventaja de que tienes un poder enorme dentro de tí, que espero usarás para el bien de todos." Violeta hablaba tiernamente mientras tomaba la mano de Koren entre las suyas, sus hermosos ojos plateados fijándose en los de la joven. Las demás damas se acercaron, algunas con lágrimas en los ojos, enternecidas por la nostalgia de sus propios años pasados. Marussa le dió un abrazo a Koren, arropándola con su aroma de Gardenia y sus fuertes brazos de ébano. Talma le siguió después, luego Pumzi, quien se elevó al aire para alcanzarla, seguida de Lenna y Anari. Kloe se acercó al final y con el brazo que le quedaba la apretó fuertemente mientras sonreía. Altea fué la última, con una gran sonrisa en su rostro, le dió un abrazo a la vez que le entregaba una pequeña cajita de madera.

“Felicidades.” La reina le dijo contenta cuando Koren aceptó el regalo que le entregaba Altea. Ella abrió la pequeña cajita llena de emoción, para encontrar que dentro de ella estaba un hermoso brazalete de piedras brillantes que resplandecían como mil estrellas luminosas. La chica casi perdió el aliento al ver la prenda pues sus ojos jamás habían captado belleza semejante.

“¡Gracias! No había visto algo tan hermoso en mi vida.” Exclamó Koren mientras que la reina le ayudaba a ponerse su hermoso brazalete alrededor de su delicada muñeca. Todas las demás sonreían ante la escena y platicaban entre sí con alegría recordando celebraciones pasadas en las que estuvieron presentes.

“Creo que es hora que hagamos nuestra aparición en el gran salón. Los huéspedes ya han sido llevados allá y están todos preparados para celebrar.” Altea interrumpió el coloquio para anunciar la partida hacia la fiesta. La reina esperó a que las damas hicieran formación tras de ella como de costumbre para empezar la procesión hacia el gran salón. La única diferencia esta vez, fué que la reina le indicó a Koren que ocupara el lugar de Altea a su mano derecha para que caminara con ella. Altea caminó al otro lado de la reina, ya que le daría apoyo físico a la reina en su andar. Una vez que cada cual estaba en su lugar, empezaron su ceremoniosa caminata salpicada de risas y murmullos, hacia la fiesta.

Al llegar al gran salón todas pausaron ante los pajes para ser anunciadas formalmente, aunque era muy obvio quienes eran.

Koren sintió que su corazón saltaba en su pecho de emoción, al ver la majestuosidad del salón, repleto de gente importante y hermosas decoraciones. Su vista encontró a sus padres que estaban de invitados especiales en una mesa cercana a los tronos de los reyes, se sorprendió bastante cuando vió a su madre vestida como toda una dama y a su padre vestido elegantemente. Doña Flora llevaba un vestido de color marrón que acentuaba el tono de su piel y su cabello había sido trenzado con delicadeza, mientras que Lorean vestía atuendos de cuero negro con detalles plateados. Koren se dió cuenta que su padre tenia un porte muy majestuoso, detalle que usualmente escondía con sus ropas de trabajador de establo. En ese momento su herencia de elfo era difícil de esconder, hasta se podía ver algo más ahí que nadie sabría lo que era, excepto Koren. Ella se sintió orgullosa de verlo, al mismo tiempo dándose cuenta que él tenía mas sangre real que cualquier otro en aquel salón. Dejando a un lado esos pensamientos, ella miró a su alrededor absorbiendo el iluminado de colores que brotaba de candelabros de cristal, que parecían flotar en el techo. La procesión tomó su lugar en el salón, la reina se sentó en su imponente trono al lado del rey, mientras que las damas se sentaron en una mesa cercana al costado izquierdo de la reina y de frente a todos los invitados. Después de cada cual estar sentada comenzaron las formalidades de la fiestas, en cuales cada virrey se acercaba a saludar los reyes con sus respectivas comitivas y obsequiar algo a Koren.

La comitiva que más impresionó a Koren provino de Astra, del reino de Yesen. Koren había justo recibido un hermoso tapiz del reino de Polaris, cuando se empezaron a escuchar unos tambores. Los tambores repicaban con tonos de percusión intensos y potentes, clamando la atención de todos en el gran salón. Unas veinte amazonas surgieron a la vista en formación perfecta, iban en cinco filas de cuatro, cada una cargando un tambor de diferente tamaño y sonido. Las mujeres tocaban un hermoso ritmo de guerra, aunque aturdecedor a los oídos, pues cada golpe hacía que la gente quedara electrificada. A mitad de canción, el grupo se partió por la mitad y otras veinte mujeres surgieron con sus armas de guerra en formación de dos hileras. Los movimientos del pelotón eran precisos e intensos, las mujeres que llegaron alzaron sus armas, unos arcos grandes y sólidos, cuales apuntaron directo a Koren y los demás. Koren abrió sus ojos horrorizada al ver las filosas puntas de las flechas y se le escapó un grito al darse cuenta que las mujeres soltaron las flechas. Ella cerró sus ojos esperando el flechazo certero que le quitaría la vida, pero un abrumante olor a jazmines le intoxicó sus sentidos haciéndola reaccionar. Al abrir sus ojos, una nueva comitiva estaba frente a ella, a sus pies habían caído las flechas cuales por arte de magia se habían convertido en fabulosos ramos de grandes y delicados jazmines. Las mujeres frente a ella la dejaron boquiabierta, todas eran hermosas a su modo, robustas y de gran estatura. En el grupo había viejas, jóvenes, niñas, madres, infantes, pero aún siendo tan diferentes, todas parecían hermanas. El color del cabello mas común de las amazonas era un verde oscuro que brillaba como las hojas del bosque, alguna que otra lo tenía rojo como las hojas de otoño y otras marrón como el tronco de los árboles. Las viejas resaltaban por su cabello blanco puro que llevaban en nudillos largos y trenzas que como lianas recorrían sus cuerpos. La vestimenta de las amazonas era sencilla, usaban túnicas de delicado cuero que parecían hojas en color y forma, otras llevaban túnicas de fibras de lino natural. Las guerreras se destacaban por que su pecho sólo estaba cubierto por una sencilla túnica de un metal liviano, pero sin duda muy fuerte, con unos pantalones de cuero color verde musgoso y guantes de cuero que ayudaban a agarrar con más firmeza la empuñadura de sus arcos.

Koren apreciaba todo aquello con esmero ya que nunca se había imaginado la existencia de semejante grupo. La reina de las amazonas surgió del grupo inconfundible y llena de realeza, su estatura además de ser imponente dejaba ver cada músculo bien afinado en su sólida constitución. La reina tenía un hermoso cabello verde que se enrollaba en trencitas por todo su cuerpo como una planta trepadora, llevaba una simple corona de oro sobre su ceño que hacía par con su piel dorada, sobre su pecho sólo llevaba un hermoso collar de oro y piedras minerales que además de ser sencillo hacía lucir los contornos de los senos ensanchados de la reina. Koren se llevó una gran sorpresa al ver que la Reina Ylana llevaba en sus brazos una pequeña infante, quien se aferraba al pecho descubierto de su progenitora. El resto de la vestimenta de la reina amazona era como el de las guerreras, pero ésta llevaba colgando de su cintura una daga de oro que resplandecía con su letalidad. Una joven amazona estaba al lado de la reina y llevaba una tiara de oro indicando que era parte de la realeza, posiblemente una hermana de Ylana. La joven cargaba una pequeña jaula de madera en la cual había un pequeño animal.

La reina amazona le hizo unos gestos a la joven que Koren no entendió, aunque acto seguido la joven se acercó y le ofreció la jaula a Koren.

"Es su regalo." Ofreció la reina con una voz que le pareció a Koren muy melodiosa.

"Ella es mi hermana Cirya, es sordomuda. Es un honor para nosotros entregarle como mascota este felino, animal oriundo de nuestras tierras. Estas criaturas son muy preciadas por su alta inteligencia, sus destrezas de rastreo, ferocidad y lealtad." Continuó hablando la soberana mientras Cirya sacaba de la jaula lo que parecía ser tan sólo un peludito gatito inofensivo. Al sentirse liberado el felino estiró sus patas y rugió con inesperada potencia. Cirya se acercó a Koren, colocándole el pequeño animal en sus brazos, quien sin titubear se trepó al hombro de Koren donde permaneció quieto y ronroneando. Koren le echó un vistazo a su nueva mascota apreciando su hermoso cabello blanco con manchas marrones, que culminaba en una peluda cola color café.

"Ahora eres su dueña y te ha aceptado." Le dijo Ylana sonriente. La reina hizo una leve señal con su mano, haciendo que los tambores una vez más cobraran vida. La comitiva se organizó nuevamente en hileras preparándose para partir, fué entonces que Koren notó la presencia casi secretiva de los hombres amazonas. Los hombres eran de alta estatura y corpulentos, igual que las mujeres, pero ninguno llevaba ropa de guerrero, sino que vestían simples atuendos de gamuza.

Una vez terminaron las ceremonias y obsequios, el baile comenzó sin demora para el deleite de los asistentes. Las mesas estaban repletas de comida y delicias que serían imposibles probar en una sola noche, brujas muy cordiales repartían bebidas burbujeantes y de vez en cuando diminutas hadas del tamaño de cícadas volaban sobre los constituyentes esparciendo zumo de euforia. El zumo caía como una sutil llovizna de brillo, que al tocar la piel de las gentes les hacía sentir los besos de un sol de primavera. Koren estaba a gusto caminando entre todos con su mascota al hombro mientras pensaba para sí que nombre ponerle a su gata. Koren logró ver entre la multitud a Kanek dirigiéndose hacia ella con una sonrisa en su rostro, por un instante sintió ganas de huirle sin saber por qué, pero no pudo hacer nada más que esperarle.

"¡Te ves más hermosa que nunca! Estaba curioso de ver este animalito que te han traído las salvajes." Le dijo Kanek jocosamente, mientras alzó su mano para acariciar la mascota de

Koren, quien sorpresivamente sacó unas impresionantes garras muy afiladas y las zarpó hacia él.

"Creo que no le has caído muy bien con eso de estar llamando a las amazonas salvajes. ¿No crees que es muy hermosa? Tiene el pelaje bien sedoso..." Comentó Koren mientras bajaba la gata de su hombro para tomarla en brazos tiernamente, el animalito se quedó tranquilo, pero observando con cautela los movimientos de Kanek.

"Creo que le voy a poner Neroli, por que ese nombre me ha sonado tan lindo y exótico desde la primera vez que lo escuché." Kanek sonrió tratando de hacerle buen humor a la felina, quien poco a poco empezó a bajar su guardia y empezó a mirar sus alrededores.

"Neroli es un excelente nombre. ¿Tu piensas que dejaría que bailaras conmigo?" Kanek le sonrió más abiertamente y le extendió su mano para que ella lo acompañase a la pista de baile.

"Ah, yo nunca he bailado en realidad." Respondió Koren un poco intimidada.

"No importa, siempre hay una primera vez y como ya quedó claro que somos amigos, puedes estar en confianza." Kanek no esperó una respuesta, sino que llevó su mano hacia la de Koren, quien aún se acariciaba el pelaje de Neroli. La gata le enseñó sus colmillos y puso sus orejas hacia atrás.

"Está bien Neroli, es mi fiesta más me vale que baile. No vale la pena estar añorando cosas que jamás van a suceder..." Koren dijo dejando a Kanek un poco confundido con sus palabras, pero a la vez alegre de que ella aceptó su invitación. Koren había dicho eso ya que en su mente había tenido la reprensible idea de que en algún momento, en alguna esquina, encontraría a su amado príncipe haciéndole señas para decirle que había arriesgado todo por estar en su fiesta. Junto a ella. Aunque el pasar de las horas, le había demostrado tristemente que esa ideación no se haría jamás realidad. Orión estaba lejos de ella.

Una vez entre la multitud danzante, el crujir de las telas rozándose, el reír de la gente y el son de la música, Koren se entregó a la diversión del evento dejando a un lado ese sentir de cóngoja que le había fruncido el ceño minutos antes. La noche se hizo corta cuando finalmente sonó la campana de la torre indicando las dos de la madrugada. A esa hora ya los reyes se habían retirado y poco a poco los invitados estaban haciendo lo mismo. Koren sentía un poco de dolor en sus pies por lo que se retiró sola a un balcón aislado, después de haberse despedido de sus padres, mientras Neroli ronroneaba en su regazo. Ella miraba embelezada la hermosura del firmamento oscuro bordado de diminutas estrellas. Una vez más sucumbió a el deseo de ver a su príncipe Orión, se imaginaba sus ojos verdes y se enfadó consigo misma al darse cuenta que la memoria de ese rostro amado se le estaba disolviendo poco a poco. Repitió el nombre de él para sus adentros miles de veces como si con ello lograra prender el fogón de su corazón con más fuerza, tratando de revivir la llama de los recuerdos. Sus labios no aguantaron más y dejaron escapar su nombre: Orión. Esa sola palabra fué una mágica proclamación de amor, inesperada y angustiosa, que viajó desde su corazón entrelazándose con en el viento hasta un lugar lejano dónde aterrizó en la mente aturdida de un príncipe quebrantado. Orión se encontraba en una isla en medio de un mar tempestuoso, como tantas veces encarando la muerte. Partícipe en una misión fracasada, en la cual había tratado de obtener una caracola mágica, que no logró arrancarle a su cerbero. El príncipe abrió los ojos reconociendo el arrullador sonido como la voz melodiosa de Koren, sintió sin duda nuevos deseos de vivir, por que sabía que alguien en la distancia lo necesitaba…lo amaba.

Capítulo 5

Después del gran evento de celebración de su cumpleaños los días pasaban sin mucha novedad. Koren se encontró pasando más y más horas de su día en compañía de Kanek, hecho que no sabía si le molestaba, o no. Un hermoso día soleado, él la sorprendió enviándole la noticia con su mucama, de que ya había hecho preparativos de antemano para ir juntos a la ciudad de Bandah. Altea le confirmó la noticia cuando la vió en la oficina de la reina, con lo que parecía ser una sonrisa muy extraña, la cual se hizo más evidente al ser acompañada por las miradas pícaras de las otras damas. La Reina Violeta le pidió mediante Altea a Koren, que fuese a su aposento a visitarla antes de partir a la ciudad, ya que la reina no podía estar andando mucho por el castillo debido a su preñez avanzada. Koren se sorprendió mucho de este pedido, ya que se había acostumbrado a no ver la reina del todo.

"Querida Koren, te haré el cuento corto…por muchas bocas me ha llegado el pedido de que te deje salir del palacio a la ciudad de Bandah con uno de los caballeros del rey. Usualmente, tratamos que los miembros de la corte íntima de los reyes no se junten, pero yo no creo en esas cosas. Me parece muy bien que hagas amistad con Kanek, es más pienso que es una buena relación para ti." Le dijo la reina mientras tomaba sorbos de su té. Koren empezó a abrir la boca para explicarle que entre ella y Kanek no había una relación que no fuese amistad, pero decidió quedarse callada no fuera a ser que se quedara sin salir del palacio.

"Sólo somos amigos." Finalmente dijo Koren.

"Lo sé, lo único que te digo es que me parece bien que compartan, eso es todo." Contestó Violeta con la misma sonrisita que Koren había visto antes en la cara de Altea.

Salió de la habitación un poco molesta por la situación, sin entender por qué estaba causando tanto furor, o por que todas las mujeres se ponían tan emocionadas tan sólo por un indicio de amistad. Lo que Koren no entendía era que, para las otras damas viviendo solas y sin parejas en ese momento, el concepto de conocer a alguien y enamorarse era muy apreciable. Altea la estaba esperando en el pasillo después de su audiencia con la reina y caminó con ella haciendo plática mundana hasta la salida del palacio, donde estaba Kanek esperándola. Koren quedó boquiabierta cuando vió a Kanek, la persona frente a ella parecía un extraño. Él estaba vestido con su uniforme de Caballero del Rey, la parte superior de su vestimenta era una elegante chaqueta militar de cuero negro adornada con bordados plateados, que llevaba la cresta de Bandah en su pecho. Los pantalones que vestía también eran de cuero negro con bordados de plata, que se encontraban con unas hermosas botas de cabalgar justo debajo de la rodilla. El negro de su ropa resaltaba el ébano de sus ojos y su cabello, la plata de los acentos le resaltaba el bronceado de su piel. Kanek estaba parado sonriente al lado de dos hermosos pegasos, uno que Koren reconoció era el suyo, Zaur.

"Bueno, que disfruten de la ciudad." Declaró Altea risueña, rompiendo el silencio que se había establecido entre todos. Sin decir otra palabra se volteó y desapareció de vista.

"¡Vaya sorpresa! Tanta pompa y circunstancia para un viaje a la ciudad." Exclamó Koren sonriéndole a Kanek por primera vez desde su llegada. Él dejó escapar una gran exhalación y sonrió también.

"No sabes todo lo que he tenido que prometer para que te dejaran ir conmigo. No te quepa la menor duda que te defenderé hasta morir." Declaró Kanek con un gesto exagerado de galantía.

"Zaur, me alegro verte." Koren se dirigió al Pegaso quien la saludó afablemente con un excitado movimiento de su hocico.

El viaje a Bandah fué muy corto, tal vez una media hora de vuelo. Los jinetes se entretenían mientras miraban el mundo pasar bajo sus pies, lleno de verdor y belleza. Koren pudo darse cuenta de cuando se estaban acercando a la ciudad, ya que se empezaron a ver más viviendas, luego más edificios y finalmente la impotente muralla que cercaba la ciudad. Los pegasos descendieron suavemente cerca de la entrada a la pared en medio de una concurrida avenida, repleta de caballos, carruajes, carretas y otras bestias de carga. Al verlos llegar, la multitud paró su actividad de súbito para poder echar un vistazo a los emisarios del castillo. Los presentes tardaron poco en reconocer los símbolos reales en los vestuarios de Koren y Kanek, lo cual causó furor pues todos querían acercarse a verlos más de cerca. Hombres, mujeres y niños se acercaban curiosos, sólo para detenerse repentinamente cuando cayeron en cuenta que estaban frente a una de las damas de la reina, lo que les hizo caer en una reverencia de cortesía automáticamente. Koren se sonrojó un poco avergonzada de todo aquel ritual, sin poder creer que las reverencias eran para ella, pero se sintió muy importante en ese instante. Los que lograron acercarse, a su vez, quedaron pasmados al ver a Koren, ya que probablemente no esperaban ver a un ser de tan impresionante belleza. La gente había oído hablar de que una de las doncellas de la reina era la joven más bella del reino, pero al verla en persona quedaron anonadados. Kanek dirigió su Pegaso hasta la gran entrada de la ciudad para seguir su jornada, ya que la gente no se estaba moviendo, su gesto hizo que la gente despertara de su trance y se quitaran del camino, regresando a sus quehaceres.

Les dieron paso, pero sin quitarle la vista de encima a Koren en ningún momento, mientras que los niños corrían a cada esquina anunciando lo que habían visto. Una vez se regó la noticia, todos querían ver la hermosa doncella, lo que creó un revuelo en todas partes. Koren bajó su cabeza instintivamente para evitar que se viera su rostro, pero Zaur dió un salto y le dijo:

"Tu no tienes por qué esconderte, eres quien eres, allá ellos que no saben que hacer."

Kanek posicionó su Pegaso lo más cerca que pudo de Zaur, para mantener el mismo paso.

"Creo que has causado una conmoción, ya se calmará todo en un momento. Tienes que entender que probablemente eres lo más bello que verán en su vida." Le sonrió Kanek.

"Muy chistoso. Sí… espero que se les quite la novedad pronto, por que esto no va a ser divertido si nos están mirando como que somos de otro mundo."

"Es que sí somos de otro mundo, probablemente ninguno de ellos ha entrado al castillo." Le dijo Kanek.

"Sí, tienes razón. Recuerdo cuando vivía en el bosque con mis padres, siempre me maravillaba del castillo y su gente. Y pensar que ahora se me hace tan ordinario." Comentó Koren mientras le sonreía a la gente al pasar. Muchos le devolvían el saludo afablemente con sus manos mientras sonreían.

"Ya pronto llegaremos al cuartel de la ciudad, allí podemos dejar los pegasos y seguir a pié. Aunque no sé si es buena idea con esa ropa que llevas." Le dijo Kanek observando la vestimenta de su acompañante. Ella llevaba puesto un hermoso traje de seda gris, con encajes azul del color del cielo, que más bien parecía un traje de gala que de diario.

"Pues esto es lo que suelo utilizar ahora, nosotras las damas tenemos que andar bien vestidas, sino que sería de la vida de Anari. Se pasa inventando modas para cada hora del día, para cada temporada. A veces me pongo a pensar en la cantidad de telas que se consumen en el palacio y creo que están apoyando una industria completa." Comentó Koren sonriente.

"A nosotros nos tocan pocos atuendos como caballeros… tenemos el traje de diario que ya has visto, este que llevo puesto que es de salir, el traje de gala, que me lo puse en tu celebración. Y el traje de entierro." Le comentó Kanek.

"¿Traje de entierro? ¿De qué hablas?" Preguntó Koren incrédula.

"Sí, tradicionalmente cuando uno se hace caballero del rey, te explican que ese oficio conlleva un alto riesgo de muerte, y que cuando un caballero se muere tiene que llevar puesto un atuendo especial."

"¡Ja! Ni siquiera muerto te dejan escoger lo que te pongas. ¿Y ya lo has visto?"

"¡Cómo crees! Sólo he visto el diseño, lo hacen a la medida cuando se muere uno."

"Oh."

Finalmente llegaron al cuartel de la ciudad después de haberse abierto camino entrelazándose entre los otros medios de transporte para dejar atrás la algarabía de la entrada. Kanek saludó cortésmente al guardia de la entrada, quien de inmediato le hizo un saludo formal bajando su cabeza brevemente. Otro guardia cercano corrió apresuradamente hacia ellos para asistirlos con sus montas. Kanek le dió una mirada cortante al joven, deslizándose de su Pegaso para dejarle saber que no necesitaba su asistencia. El joven soldado dió la vuelta apresurado para entonces tratar de ayudar a Koren. Sin embargo, al verla quedo boquiabierto e inmovilizado, luego con dedos temblorosos le extendió la mano para ayudarla a desmontarse. Kanek se paró al lado del guardia dándole un leve empujón para sacarlo del medio, para poder ayudar a Koren a desmontarse. Koren se río de la absurdez del asunto y decidió desmontarse sola. Zaur inclinó sus patas delanteras como ya lo había hecho antes y ella se desmontó en un segundo mientras los hombres hacían sus galanterías.

"Ya estoy aquí, vamos." Declaró Koren mirando a los dos jóvenes triunfante. Kanek le espetó una mirada de disgusto al joven soldado, quien captando problemas se alejo rápidamente sin decir palabra.

"Perdona, nada inspira más a los hombres, que lucirse ante una mujer bella."

"Pero que tonterías dices… Aunque sí creo que los hombres deben tratar a las mujeres con delicadeza, no por que seamos débiles ni nada de eso, sino por que eso demuestra que nos ven como algo especial." Explicó Koren.

"Yo te veo como algo muy especial." Declaró Kanek mirando hacia la distancia y sonrojándose. Koren se hizo la que no escuchó el comentario, pero una alarma sonó en su mente, pensando que tal vez las cosas con Kanek estaban cambiando.

Salieron del cuartel para pasar un largo rato paseándose por las calles, los mercados y las plazas de la ciudad. Koren estaba fascinada con cada recoveco de la ciudad, sus edificios curados por el tiempo, sus calles de adoquines negros que parecían las escamas de una serpiente y el movimiento de los habitantes que le daban vida. En cada lugar la gente se paraba a observarlos, de vez en cuando se les acercaba alguien a presentarle un ramo de flores a Koren, quien gustosa los recibía y se los iba regalando a otras personas mientras caminaba.

"¿Tienes hambre?" Le preguntó Kanek cuando estaban acercándose a la plaza.

"Sí, mucha. ¿Dónde iremos?"

"Pues tú dime, usualmente yo voy al cuartel a comer por que la comida es gratis, pero no creo que te guste lo que sirven ahí. Es muy básico."

"¿Cómo? ¡Has venido aquí tantas veces y sólo vas a comer al cuartel!"

"Pero para qué hacer el gasto, si en el palacio como a diario, cómo si fuera un rey."

"Tienes un buen punto, pero no la razón. Parte de estar fuera del castillo es experimentar lo que hacen los demás. En mi casa mi mamá cocina fabuloso y he comido mucho en el castillo, pero tengo curiosidad, comamos lo que come la gente en la calle. Ví unos puestos de comida cerca de la plaza, podemos hacer parada allí." Le dijo Koren.

"Bien, hagamos eso, pero que conste que yo te dejé elegir."

Ambos caminaron hasta la plaza principal donde había mucha actividad, algunos estaban sentados en mesitas escuchando unos músicos, otros leían la prensa, otros platicaban con amistades y otros disfrutaban su almuerzo al aire libre. Unos valientes platicaban al lado de la enorme fuente de mármol en forma de árbol, que estaba justo al centro de la plaza a pesar del rugir del agua. Los niños correteaban desenfrenados por todas partes, repartiendo sus risas y gritos por doquier. Koren se dirigió a un pequeño puesto donde había pan y carnes asadas, que desprendía un olor exquisito atrayendo a bastantes personas. Aunque al darse cuenta de su llegada, los que estaban esperando por ser atendidos se echaron a un lado para dejarla pasar, lo que a ella no le molestó en lo absoluto.

"¿Qué tienen?" Le preguntó al cocinero.

"Tenemos ave, búfalo y pez. Todo se sirve con un pedazo de pan y hojas frescas." Le contestó titubeante el hombre.

"Suena estupendo, deseo un servicio del búfalo por favor, el plato más grande que tenga."

"¿Y para el señor?" Preguntó el cocinero.

" Lo mismo. Y una cerveza." Sonrió Kanek.

"Para la dama… ¿de tomar?" Le preguntó el cocinero sin atreverse a mirarla a los ojos.

"Un zumo de bayas, por favor." El cocinero se volteó a poner toda la comida en orden. Koren sacó de su bolsillo unas monedas para pagar el almuerzo, pero Kanek le hizo un gesto de negativa.

"Ni te creas que vas a pagar, eso me lo dejas a mí… además, no creo que ese hombre haya visto una de esas monedas en su vida."

"¿Por qué? Las traje del castillo, Altea me las dió." Preguntó Koren un poco confusa.

"No es por que no tengan valor, sino por que tienen demasiado. Para conseguir una de esas yo creo que este hombre tendría que trabajar día y noche por varios años." Le explico Kanek al oído. Koren se quedó pensando en esto, dándose cuenta que en realidad ella no tenía concepto alguno del dinero y su valor, ya que nunca había tenido necesidad de usarlo. Otro cocinero empezó a traerles su orden, entregándole a Koren un plato de metal lleno hasta el borde de comida y su zumo en un vaso de madera. Luego regresó con la comida de Kanek y su cerveza en un largo vaso de cristal. Kanek le extendió unas monedas y el hombre le devolvió una sonrisa, obviamente complacido con el pago.

"No quiero cambio." Le dijo Kanek antes de voltearse.

Koren lo siguió hasta unas mesas adyacentes al puesto, dónde se sentaron a comer y platicar placenteramente. Koren se sintió libre por primera vez en mucho tiempo, fascinada con la vida cotidiana de la ciudad. El resto del día se evaporó en la nada, Koren se sintió tan contenta que cuando Kanek le sonrió, ella le devolvió la misma sonrisa de complicidad. Una sonrisa sincera, placentera y llena de amistad.

El regreso al castillo fue bajo el manto de la noche, sin ningún contratiempo, los jinetes se desmontaron en el establo, dónde Lorean les recibió para poder guardar las bestias en su lugar indicado. Kanek se presentó a Lorean formalmente, aunque se habían visto en varias ocasiones en el palacio. Después de una amable plática entre el joven y el viejo, Lorean le pidió a Kanek que acompañara a su hija algún día a la casita del bosque para cenar con la familia. Koren le dió un abrazo fuerte a su padre, le contó un poco de su día y se despidió de él con la promesa de regresar luego a contarle más cosas. Kanek caminó con ella hasta el palacio dónde una vez se acercaron a la entrada, Altea apareció misteriosamente de la nada, para recibirles sonrientes. Todos se dieron las buenas noches cortésmente, minimizando la charla, esto le apeteció a Koren ya que llegó extenuada de su expedición a la ciudad. De camino a sus aposentos le comentó algunas cosas a Altea, quien escuchaba encantada y se decía a sí misma que hacía tiempo no salía del castillo, ya era hora de hacerlo. Una vez en su habitación Koren cayó rendida en su cama sin hacer caso a las mucamas, a la tina de agua caliente, o al té que le esperaba en su mesita de noche.

Los días siguientes se esfumaron en la ansiedad del parto inminente de la reina, el castillo entero parecía haberse quedado estancado esperando el suceso. Koren y Kanek aprovecharon la desatención de las formalidades para irse de paseo a diario a diferentes lugares en los predios del castillo. Koren le enseñó la cabaña dónde se había criado junto a sus padres, algunas partes del río, el bosque, pero no le divulgó nunca el secreto de la cueva, ya que pensó que era mejor si sólo ella supiera de su existencia. Ambos jóvenes caminaban animadamente por el claro del bosque cuando de momento Kanek paró y le hizo un gesto a Koren para que se detuviera.

"¿Qué sucede?" Le preguntó Koren en voz baja un poco alarmada.

"Hay un olor extraño en el aire, creo que no estamos solos." Le dijo Kanek mientras con sus ojos rastreaba sus alrededores.

"No me huele a nada. Tal vez un poco a quemado."

"Exacto. No vemos humo, ni fuego, sólo algo más puede tener ese olor…un dragón." Le dijo Kanek mientras continuaba su búsqueda.

"¡Mira! Allí, en los arbustos." Koren le dirigió la mirada a Kanek hacia unos arbustos que parecían haber sido levemente quemados.

"¿Quién anda allí? ¡Somos enviados de los reyes! ¡Descúbrase!" Kanek gritó la orden tomando una posición defensiva. Koren se incorporó amenazante por que sabía que Kanek no tendría ninguna protección ante un dragón, pero ella sí. Sin pensarlo dos veces ella formó una bola de fuego en sus manos para dejarle entender al visitante que ella también era dragón. Los arbustos se movieron un poco y luego se abrieron para dejar ver una criatura muy singular. Era una niña de piel blanca como las perlas, calva y con enormes ojos rojos que parecían centellear lumbres. La niña sólo llevaba de atuendo un trajecito simple de mallas de metal.

"¡Kalani! ¡¿Qué haces fuera del castillo?!" Le gritó Koren asombrada.

"¡Si tu madre se entera que estás acá afuera le va a dar un ataque! ¡Es muy peligroso para tí estar fuera!" Le regañó Koren ante su silencio.

"¿Ustedes se conocen?" Le preguntó Kanek a Koren asombrado del intercambio de palabras.

"Sí, ella es la hija de Talma. Pero se supone que esté en su torre por que todavía no tiene control de sus poderes, no ha madurado." Le dijo Koren a Kanek.

"Por favor no se lo digan a mamá, es que ya estoy tan cansada de estar encerrada." Le suplicó Kalani a los jóvenes.

"Es que eres un peligro Kalani, para tí y para otros. También te corres muchos riesgos estando fuera." Le dijo Koren en tomo reprochante.

"Lo sé, lo sé, pero que puedo hacer…No pensé que me encontraría a nadie en el bosque." Kalani se encogió de hombros y sonrió.

"Quédate con nosotros, regresaremos juntos al palacio. Kanek tendrá que irse atrás, acaso no se te vaya a escapar una bocanada de fuego y lo vayas a hacer cenizas." Sonrió Koren.

"¿Y tú qué?" Le preguntó Kalani.

"Esto es un secreto que los dos deben guardar… yo tengo sangre de dragón. Cómo todos sabemos, no hay mitad dragón, ni cuarto de dragón…eres dragón, o no. Yo lo soy. Así que saben que esto me pone también en riesgo a mí por que mi línea no es pura." Confesó Koren.

"¡No me habías dicho nada!" Exclamó Kanek sorprendido.

"¡Es un secreto Kanek! Pero sí creo que te lo iba a decir."

"¿De verdad? ¿Me lo ibas a decir?" Le preguntó Kanek complacido con esta información.

"¿Entonces puedes visitarme más a menudo?" Kalani preguntó emocionada.

"No. Los demás se darían cuenta. ¡Es un secreto!" Exclamó Koren un poco frustrada, mientras todos caminaban y platicaban animadamente en conjunto por el bosque.

"Esto no está nada mal. Podemos hacer nuestro propio grupito y encontrarnos aquí de vez en cuando." Ofreció Kalani tímidamente.

"Sí, tienes razón, deberíamos hacer eso." Agregó Koren sonriente.

"Después que me prometan que no me van a calcinar." Kanek añadió con un gesto de gravedad exagerada.

"Es mejor que estemos cerca del castillo, si suenan las campanas es que la reina va a dar a luz y yo tengo que estar allí." Les informó Koren.

"Tienes suerte de poder presenciar el nacimiento de un bebé humano." Comentó Kalani con un aire de ilusión.

"Yo escuché que es un asunto muy asqueroso…" Comentó Kanek riéndose.

"Yo creo que va a ser una niña. El Rey Papo le dará una reina fuerte e inteligente a Bandah." Declaró él con su pecho enaltecido, cambiando el tema.

"Es un niño." Le dijo Kalani haciéndole burla.

"¿Tú qué sabes?" Le preguntó Kanek a Kalani con voz ofendida.

"Hay muchos que ya saben el sexo del bebe, pero esta prohibido divulgarlo, pues ya tu sabes que muchos estarían muy enfadados si es un niño."

"Entonces es niño." Declaró Kanek in poco asombrado.

"No sé. Sólo lo dije por molestarte." Le dijo Kalani en tono de burla, lo que hizo que todos se rieran un buen rato.

Los tres caminaron lentamente hacia el castillo dónde cada cual tomó su rumbo. Koren siguió hacia la torre de la reina un poco apesadumbrada, pensando en que el castillo era más bien como una prisión para todos los que laboraban en él. Ella se cuestionó su estado de servidumbre con la reina, ya que era tan joven y tal vez hubiese sido mejor estar en la cabaña del bosque pudiendo ir a cualquier lugar a su antojo. Sintiéndose de esa manera decidió ir donde su padre para tratar de dialogar con alguien un poco. Lorean se encontraba como siempre en los establos, esta vez en la parte posterior tratando de curarle una pata a un minotauro. La enorme bestia gemía fuertemente de dolor mientras que Lorean le cocía una herida abierta en una de sus grotescas patas. Ella se disgustó de aquella escena, ya que le pareció atroz que una semejante criatura pudiese tener un cuerpo humanístico y una cabeza de bestia. Koren no se hizo presente y decidió marcharse para no interrumpir a su padre en su tremenda tarea. Se puso a caminar sin rumbo cuando se dió cuenta, que sin querer, nuevamente se encontraba en el bosque. Una vez allí le dió por seguir el sendero hasta la cueva, ya estaba casi cerca de la entrada secreta cuando se dió cuenta que una figura yacía a la orilla del río. Ella corrió apresurada hasta la persona para auxiliarle, pues era obvio que estaba postrada con la mitad de su cuerpo metida al agua, inmóvil.

"¿Señor? ¿Señor?" Koren lo movió para hacerlo responder, pero el hombre sólo dejo escapar un gemido. Ella lo sacó del agua sin esfuerzo ya que el hombre estaba emaciado, sus ropas estaban rotas al igual que sus botas, su cabello estaba sucio y engreñado. El rostro del hombre estaba cubierto de tierra, suciedad y una barba impenetrable. El hombre abrió sus labios partidos de entre su barba sucia para tratar de hablar y no pudo. Koren lo sentó a la orilla del río y trató de acomodarlo como pudo.

"Señor, se ve muy mal. Debe venir conmigo al castillo, allí podrán ofrecerle ayuda, yo lo llevaré." Le ofreció Koren mientras con su magia lo empezó a levitar. El hombre reaccionó agitado ante las palabras de Koren, agarrándole el brazo con su mano esquelética, mientras le indicaba que no con su cabeza enfáticamente. Una vez más el hombre trató de hablar pero no pudo, fué entonces cuando finalmente abrió sus ojos. Koren sintió que el mundo se le desvanecía bajo sus pies, un derroche de emociones le sofocaron la voz, al ver el verde intenso de aquellos ojos. Lágrimas empezaron a brotar escuálidas de los ojos de Orión, al mismo tiempo que Koren se le arrojó encima para abrazarlo, protegerlo, tocarlo. Ella no podía creer que él estaba ahí, frente a ella. Koren se arrodilló al lado de Orión, le acariciaba el rostro sucio con amor desmesurado. Orión sonreía débilmente y una vez más cerró sus luceros cayendo en un profundo estado de coma. Koren trató de hacerlo responder pero no logró nada, sabía que su estado estaba muy delicado. Su corazón latía estruendosamente con el miedo profundo de que este podría ser el fin de su amado. Sus pensamientos volaban desenfrenados y erráticos por su mente, buscando qué hacer en ese momento. Ella sabía que no podía llevarlo al palacio, tendría que curarlo ella misma, pues no dejaría de ninguna manera de luchar por salvarlo.

Koren abrió la entrada secreta de la cueva con un simple gesto de su mano, tomando en sus brazos a Orión cual si fuese una paloma herida, llevándolo hasta adentro. Se agradeció por no haberle contado a Kanek de la existencia de la cueva, lo que le hizo pensar en lo afortunado que había sido Orión de que sólo ella lo hubiese descubierto. De tan sólo pensar que hace un corto tiempo estuvieron en el bosque cerca de Orión, se le erizaban los pelos. Pero ya estaba a salvo con ella…una vez más la cueva secreta sería el lugar perfecto donde ella podría cuidar a su amor. Estrenando su magia en plenitud, en un instante logró formar una habitación agradable con una hermosa fogata que calentaba el lugar placenteramente. Trató de que la habitación fuese lo más masculina posible, también lo más agradable, para que cuando Orión volviese en sí pudiera quedarse un tiempo con ella… o tal vez para siempre. Ella sabía que esto era un concepto muy abstracto para ambos, y bajo las circunstancias era imposible saber que sucedería. También sabía que no era el momento adecuado para estar perdiendo tiempo en pensar esas cosas, pero no podía evitarlo ya que ahora él estaba ahí con ella, había regreso a su lado y eso era lo más importante del mundo.

Koren le preparó un baño caliente a Orión, perfumado de lavanda y manzanilla, con la intención de por lo menos hacer su cuerpo entrar en calor. Lo tomó entre sus brazos una vez más…

Sin poder aguantarse lo apretó contra su pecho incrédula de tenerlo tan cerca, sintiendo su cuerpo desvanecido por la falta de cuido, pero no le importó nada. Koren empezó a desvestir a Orión tiernamente; primero le quitó las botas de cuero que estaban rotas y desgastadas, dejando ver unos pies ensangrentados y llenos de ampollas supurantes. Éstas no eran las botas ni los pies de un príncipe, sino las de un hombre que había vivido muchos pesares arduos. Ella prosiguió a quitarle los trapos que quedaban en su espalda, vestigios de una chaqueta de lana que ya en realidad no servía para mucho, su camisa de algodón estaba también en igual estado, deshaciéndose en hilos. Koren quedó horrorizada al ver el torso de Orión, lleno de lesiones, llagas, cicatrices y con una flaqueza tan cruel que su piel parecía un velo sobre sus huesos. En sus largos brazos los músculos yacían desinflados, esporádicamente cubiertos por unos tatuajes que ella no había visto antes. Koren no podía descifrar los símbolos en los tatuajes, pero algo le decía que eran marcas poco reconocidas.

Las lágrimas casi ni la dejaban ver, el dolor que sentía en su corazón se hacía más insoportable, al igual que el temor de que tal vez no podría salvarlo esta vez. Posó sus dedos temblorosos sobre la soga que él llevaba por cinturón para desenredarlo y se sintió estremecer por que se dió cuenta que por primera vez vería un hombre desnudo. Se regañó a sí misma, por que tenía que concentrase en lo que hacía, tenía que lavarlo bien para ver si tenía alguna herida grave. Le quitó sus pantalones sonrojándose inevitablemente, casi con miedo a mirar, pero no se fijó en más nada que en el hecho de que el resto de su cuerpo estaba en el mismo estado que su torso. Las largas piernas de Orión habían perdido su musculatura, para completar, uno de sus muslos llevaba una larga herida que estaba infectada y supurante. Koren trató de no fijarse en el resto de la anatomía de Orión ya que tal vez le gustaría estudiarla bajo otras circunstancias… Sin perder ni un segundo lo tomó en sus brazos, llevándolo hasta el agua caliente, donde lo sumergió hasta el cuello. Una vez allí lo frotó rigurosamente con una esponja de mar que apareció gracias a ella, de la nada, para sacarle el sucio incrustado en su piel. Koren calentó su mano mágicamente, pasándola sobre el rostro de Orión para desaparecer su barba, exponiendo su piel nuevamente. También trató lo más que pudo de cortar su cabello de manera hábil, pero el pelo de Orión estaba demasiado maltratado y con animalillos, así que se lo quitó todo. El agua finalmente se aclaró después de tres cambios por parte de ella. Koren lo sacó del agua con gentileza por que en ese momento lo veía tan frágil que pensaba que era un papel de arroz que se disolvería en sus manos. Lo envolvió en una manta de lana que lo mantendría caliente, colocándolo en una suave litera cerca de las llamas azules de la fogata. Ella se sentó junto a él tomándolo de la mano, llorando por que no sabía que tendría que hacer ahora. Orión estaba inconsciente, pero ella no quería dejarlo solo en lo que regresaba al palacio para que no la buscaran. De momento, Koren pensó en Neroli su fiel felina, se concentró lo más que pudo para dejarle saber dónde estaba, dándole la orden de que viniera lo más pronto posible. No pasó mucho tiempo, cuando sintió un extraño maullido en las afueras de la cueva, Koren abrió un poco la cobertura que había creado en la parte exterior de la cueva para que Neroli pudiese entrar. La gata entró como un celaje y se posó a su lado, sin importarle que no estaban solas.

"Neroli, es muy importante que te quedes aquí. Tengo que ir al palacio y aparentar retirarme antes de poder regresar a cuidar a este hombre. Este es Orión, mi pareja. Es tu amo también y quiero que lo cuides igual que a mí." La gata dió un leve maullido y de un salto se posó en la litera al lado de Orión, donde se acomodó tranquilamente.

"Si se empezara a despertar, comunícate conmigo." Le ordenó Koren mientras salía apresurada de la cueva. Una vez fuera se dió cuenta que había oscurecido un poco, ya Altea estaría empezando a preocuparse por que ella no estaba en el palacio, aunque no era su forma favorita de transportarse decidió volar hasta el castillo para avanzar. Una vez estaba en la entrada del palacio corrió hasta el jardín donde se topó con Pumzi.

"¡Oh, hola! Estoy buscando a Altea por que no me ha visto y me temo que se preocupe por que no estoy aquí." Dijo Koren casi sin aliento.

"Niña, pero no tenías que apresurarte tanto, estás que te desmayas. Altea está cerca del cuarto de la reina, ya le están dando los dolores. Pronto tendremos que ir a la ceremonia del parto." Exclamó Pumzi emocionada.

"¿Cómo? ¿Ceremonia de parto?" Preguntó Koren un poco confundida. Sabía que iba a estar presente de algún modo cuando naciera el bebé, pero no estaba segura de cual sería su parte.

"Ya verás en su debido momento, ahora vete y busca a Altea antes de que empiece a sonar las alarmas."

Koren salió apresurada y llegó a la torre de la reina. Altea estaba caminando nerviosa por el pasillo hablándose a si misma unas cosas inaudibles.

"Altea, sólo vine a darte las buenas noches." Dijo Koren. Altea se sobresaltó y le sonrió.

"Muy bien, ya me iba a preocupar. Pero ahora tengo que empezar a prepararme mentalmente para asistir el parto. Ya es inminente… puede ocurrir en cualquier momento."

"Ya me imagino que Violeta está muy desesperada por ver a su bebé."

"Todos estamos muy emocionados, imagínate como esta el rey. Pero nada, tú vete a descansar que cuando sea el momento ya te iremos a buscar para la ceremonia de parto."

"¿Cómo que buscarme? ¿Yo tengo que estar en el parto?" Inquirió Koren preocupada.

"Pues claro, eres una dama de la reina y tienes que estar presente." Altea le informó con mucho orgullo, como si le estuviese dando las mejores noticias del mundo. Koren sintió todo menos orgullo, ya que esto significaba que tenía que estar en su apartamento toda la noche por si acaso la venían a buscar.

"¿Y cuándo tú crees que nos toca ir?" Preguntó Koren fingiendo curiosidad.

"Uno nunca sabe, los niños llegan cuando quieren, es un proceso natural que no se debe interrumpir a menos que sea absolutamente necesario. Puede llegar hoy, o tal vez en unos días."

"Oh, está bien. Es que yo quería pasar algunas noches en mi casita en el bosque. ¿Crees que si dejo a Neroli en mi apartamento ella me podría buscar a la cabaña si es necesario?" Preguntó Koren tratando desesperadamente de buscar una manera de no tener que estar en el palacio a toda hora.

"Pues claro, les diré a las mucamas que si no estás, que hagan que te busque Neroli." Altea le dió un abrazo y se esfumó de vista, obviamente con la mente en otras cosas.

Koren se felicitó por su lucidez mental en el momento, acto seguido dirigiéndose a la enfermería del palacio. El lugar estaba muy alborotado por que las brujas, enfermeras, médicos y curanderos estaban preparándose para atender a la reina si fuese necesario. Ella sabía que no podría pasar desapercibida por el lugar así que decidió transformar su vestido a uno parecido al que llevaban los enfermos, una simple batola de lino color natural. Con el fin de cambiar su apariencia hizo que su cabello se tornara marrón y lo recogió en una colita. Se dirigió de inmediato al área común y camino lo más sigilosamente que pudo, tratando de casi hacerse invisible, lo que de hecho logró hacer sin saberlo, ya que nadie pudo verla. Koren buscó por toda el área de los medicamentos, sabía que necesitaba sangre de dragón pura, sólo eso podría salvar a Orión en ese instante. Ella buscó entre los frascos después de haber logrado abrir el gabinete de medicamentos mágicos sin problema alguno. Encontró grasa de sirenas que le serviría para darle energía a Orión, unos ungüentos para sus lesiones y heridas, además de unas pomadas para sus llagas. La sangre de dragón no se encontraba por ningún lugar, movía todos los frascos sin éxito. Pensó que probablemente se habrían llevado la sangre de dragón a la recámara de la reina para tenerla a la mano si algo grave llegara a suceder en el parto. También se le ocurrió que a lo mejor la botella que ella le había entregado a Orión hacía mucho tiempo no había sido reemplazada, ya que no era un producto que se usaba todos los días. Koren desistió de su búsqueda sabiendo que era en vano, sabía que si se seguía tardando podría ser descubierta. Se marchó apresuradamente del lugar, con pasos silenciosos salió del palacio dirigiéndose a la cueva con las cosas que había logrado llevarse de la enfermería.

Neroli seguía en el mismo lugar donde se había quedado cuando Koren partió. Todo estaba completamente igual, Orión al parecer no se había movido en lo absoluto. Koren corrió hacia él aterrorizada pensando lo peor, se le acercó poniendo su mejilla cerca de la de él, para sentir si aún respiraba. Estando en su proximidad pudo apreciar el olor que desprendía Orión, era aquel mismo olor tan familiar que la había hecho temblar desde que lo conoció. Su respiración era casi un suspiro pero aún estaba ahí, lo que hizo que Koren se sintiera un poco mejor. Ella abrió la manta desenvolviéndolo delicadamente, con mucho cuidado empezó a untarle los medicamentos en su piel. Él no reaccionó en lo absoluto, pero las lesiones finalmente se cerraron después de varias capas de ungüento, dejando atrás finas cicatrices. También sus llagas se sellaron y su herida empezó a verse mejor aunque pasaría un tiempo en lo que estaría bien del todo. Una vez más las lagrimas invadieron los ojos de Koren, eran lágrimas de pena, pero más aún de frustración. Por un momento se vió tentada a darle su sangre, a fin de cuentas ella tenía dragón en sus venas, pero sabía que esto sería un gran error por que sólo lograría condenarlo a un infierno cuando se hiciera un vampiro. Había leído libros que relataban como algunos humanos tratando de hacerse inmortales habían mezclado su sangre con la de dragón, pero lo que resultó para ellos fue una maldición, por que la inmortalidad le vino a cuestas de poder tomar sangre humana. Esto fué así por que la sangre de dragón no perecería jamás, pero la humana por su condición orgánica tenía que ser repuesta regularmente. Koren sollozaba tristemente, tratando de darle calor con su cuerpo. Le trataba de echar en la boca un caldo con grasa de sirena para ver si acaso le entraba algo al cuerpo, pero sus esfuerzos eran inútiles.

"Neroli, vete al palacio. Quédate en el apartamento y ven a buscarme si te lo piden. Te dirán que me vayas a buscar a la cabaña del bosque, pero estaré aquí." Koren finalmente pudo lograr encontrar su voz para hablarle a Neroli. La gata salió apresurada de la cueva después de haberse trepado en los hombros de Koren para darle un afectuoso saludo. Una vez más a solas Koren se sintió tan vacía y desesperada que no sabía que pensar. Trató de hacer análisis mental de sus opciones, pero todas estaban muy estrechas, tendría que conseguir sangre de dragón de algún modo. Hizo una lista mental de todos los dragones que conocía, su padre no era un dragón de sangre pura así que no podía pedirle ayuda. Erasmus haría demasiadas preguntas, al igual que Talma. Fué al pensar en Talma que le vino a la mente la imagen de Kalani. Una gran esperanza la inundó…estaba segura que Kalani le daría sangre sin hacer muchas preguntas. Ella sabía que tendría que esperar hasta la mañana para poder ir donde Kalani, sintiéndose derrotada se acomodó al lado de Orión para tratar de conciliar el sueño. No había dormido por mucho tiempo cuando se despertó sobresaltada al oír unos maullidos, que sin duda eran de Neroli. Se irguió de prisa y abrió la cobertura de la cueva para dejar entrar la gata.

"Tremenda suerte la mía. Esto es un desastre…el hombre que yo quiero está tan cerca de mí a punto de morirse y hoy mismo la reina tiene que parir, no lo puedo creer." Koren se levantó cansada con el sueño pegado, pero no le quedó otro remedio que irse al palacio, no tuvo que decirle a Neroli que hacer al marcharse. La gata nuevamente se posó cerca de Orión para velar su sueño, mientras cerraba sus ojos para agarrar el suyo.

Koren emprendió vuelo hacia el palacio aunque la sensación de volar se le hacía desagradable pues siempre el viento le pegaba en el rostro, le secaba los ojos y se sentía como si fuera un papel en contra del viento. Ella se apresuró hasta los aposentos de la reina donde las demás damas estaban medio somnolientas esperando afuera. Altea la vió y le sonrió.

"Muy bien ya estamos todas aquí, es hora de recibir esta criatura. Las brujas y las curanderas ya están adentro, sólo falta que nos preparemos para entrar." Un grito surgió de la habitación de la reina, el cual hizo que todas se sobresaltaran y despertaran por completo.

"No hay tiempo que perder. Desvístanse y pónganse estas ropas." Altea les dió a cada una, una túnica de lino extremadamente fina. Koren titubeó por un momento pero al ver que las demás tiraban sus vestimentas al suelo hasta quedarse desnudas, hizo lo mismo. Ella casi ni se atrevía a mirar a las demás, había visto demasiada desnudez en pocas horas, aunque logró ver el hermoso cuerpo de Marussa cuando ésta se acercó a ella para ayudarla a cambiarse de ropa. Las túnicas eran más bien un simbolismo por que no hacían función practica de ropa, ya que eran casi transparentes y la frialdad del pasillo las atravesaba como si nada.

"Muy bien. Ya podemos entrar." Dijo Altea cuando todas estaban vestidas con la túnica. La habitación de la reina estaba encendida con una luz tenue, calmante, como la luz que desprende el ocaso. Había un fuerte olor a salvia y menta, que se difuminaba por el lugar mediante una misteriosa brisa húmeda y calida. Las damas caminaron en silencio hasta la recámara de la reina, dónde una que otra vez se escuchaba un gemido empapado de dolor. Koren se olvidó de todo lo demás que estaba pasando en su vida con la emoción de lo que estaba a punto de suceder. Al entrar al cuarto las damas se encontraron con dos brujas y unas tres curanderas, todas completamente desnudas. Altea se les unió al costado de la cama de la reina, quien yacía en la cama de lado completamente desnuda y sudorosa. La bruja les señaló a las damas que tomaran asiento donde quisieran, mientras les dió unos ramos de unas hojas olorosas a cada una para que abanicaran el cuarto.

Koren no pudo dejar de fijarse que la bruja debía tener unos trescientos años y que sus senos tan largos como su vida se le extendían hasta el ombligo. El cuerpo de la bruja estaba estrujado de arrugas, cubierto de tatuajes tribales que parecían garabatos debido al pasar del tiempo y su cabello estaba blanco como la nieve. Lo que más le llamo la atención a la chica fué que la anciana, en vez de tener pelo blanco en sus áreas genitales, se lo había teñido de un escandaloso color púrpura. Koren pensó que era mejor sentarse en una esquina para evitar mirar las demás brujas y curanderas, ya que sus cuerpos eran todos fascinantes, pero ella no quería ser imprudente. Una de las curanderas se acercó a la reina y empezó a masajear su espalda, mientras que otra le empezó a masajear el vientre inflado. La reina se retorcía dejando escapar gemidos y gritos de dolor, mientras dejaba rastros de sangre en la cama y sus piernas.

"Papo. Traigan a Papo." Ordenó la reina entre dientes apretados.

"Majestad, no se permiten hombres en el parto." Le dijo Altea suavemente.

"¡No me importa! Soy la reina de Bandah, es una orden... ¡Búsquenlo ahora!" Gritó la reina. Koren logró ver como el vientre de la reina se contorsionaba extrañamente, haciéndola dar gritos horrorosos. Altea se volteó a una de las curanderas y le dijo algo inaudible al oído. La mujer fué donde Koren y le susurró al oído que fuese de inmediato a la torre del rey a buscar a su majestad. Koren no dudó un segundo en ponerse en pié, con mucho alivio salió lo más rápido que pudo de la habitación, corriendo por los pasillos, las escaleras, las salas... todo se le hacía interminable hasta que al fin llegó a la torre del rey. Ella entró a la sala de audiencias, sorprendiendo con su llegada estrepitosa a unos Caballeros que estaban en medio de un juego de barajas, al parecer matando el tiempo hasta que terminara el asunto del parto. Ambos hombres se irguieron al verla, ella se sintió nerviosa por que se acordó que prácticamente estaba desnuda al frente de ellos.

"Caballeros, me han enviado de urgencia. La reina desea que su majestad se presente a su aposento de inmediato." Ambos hombres dejaron lo que estaban haciendo y salieron sin decir palabra del salón. Sólo pareció que pasaron unos segundos y el rey apareció corriendo.

"¡Koren! ¿Qué ha sucedido? ¿Algo está mal?" Le preguntó el rey asustado.

"No, su majestad. Pero la reina quiere que usted esté presente." Le explicó Koren.

"Vamos." El rey corrió lo mas rápido que pudo y Koren tuvo que esforzarse para no quedarse atrás. Finalmente llegaron al aposento de la reina y el rey entró como si nada, echando a un lado a todas las mujeres para abrazar a su esposa. La reina se sentó en la cama, sus ojos estaban rojos del llanto y sus labios secos. Una bruja le trajo un vaso de agua, pero ella lo rechazó.

"Mi amor, sé fuerte. No sabes cuánto quisiera poder compartir tu dolor." Le dijo el rey con ternura en su voz, mientras que Violeta se le aferraba. El rey se sentó a su lado para sobarle el vientre, sin importarle que las mantas en la cama estuvieran ensangrentadas.

"¿Cómo está todo?" Inquirió el rey a la bruja anciana.

"Se ha hecho un poco difícil…usualmente es así la primera vez. Pero ya puedo sentir que se ha abierto el canal de la vida. Entrará en parto activo, creo que dentro de menos de una hora." Le dijo la anciana. El rey escuchó atento y besó la frente de su mujer, quien apretaba sus dientes tratando de contener sus gemidos.

"Preparen una bañera con agua caliente." Ordenó otra de las brujas, lo que hizo que las curanderas salieran corriendo en cada dirección. La reina volvió a gritar, el llanto le empapaba los ojos y las gotas de sudor eran pequeños diamantes en su cuerpo. Fue en ese momento que un plan, se le formó en la mente de Koren. Un plan posiblemente infalible, pero siniestro, tan siniestro que se asustó de que pensamientos así existieran dentro de ella. Koren miró a las demás con el miedo de que tal vez alguien pudiese descubrir lo que estaba pasando por su mente, pero todas estaban en un trance, fijándose en el parto. De momento se le había ocurrido una idea de cómo hacerse reina muy fácilmente, así podría darle el perdón a Orión y estar junto a él para siempre, pero era un plan que necesitaría tiempo, sólo un poco de tiempo… También se necesitaba que la criatura de Violeta fuera un niño. Koren se concentró en el vientre de Violeta, dónde para su sorpresa escuchó el latir de dos corazones…eran gemelos. Ella abrió sus ojos asombrada de lo que había acabado de descubrir, pero nadie parecía estar al tanto de lo que le estaba sucediendo. Se concentró con más fuerza, hasta que algo le dijo que los gemelos eran un niño y una niña. Hecho que no encajaba con el plan que ella se había formado en su mente. Una niña arruinaría todo su plan… no debía nacer. El momento decisivo de su existencia había llegado, tenía que actuar en ese momento, pues jamás se presentaría una ocasión igual. Koren cerró sus ojos y volvió a concentrarse hasta que en su mente estaba la imagen de una pequeña criatura, una pequeña que ella quería que dejara de vivir, que su corazón dejara de latir. Escuchó dos corazones… dos corazones… luego…un corazón…Koren sabía que lo había logrado. Había hecho un acto tan siniestro, tan horrible que ya de ese momento en adelante no habría marcha atrás.

"¡Ahhhh!" Gritó la anciana bruja de repente.

"¿Qué sucede?" Le exigió el rey.

"Su majestad algo está muy, muy mal, hace un momento yo sentí el corazón de dos niños…" Comenzó a explicar la bruja, pero su voz le falló. La vieja bruja susurró algo en el oído de Altea, quien de repente puso una cara de tristeza inmensurable.

"¿Qué? ¿Qué?" Gritó la reina percibiendo que algo estaba muy mal.

"Hay que inducir el parto de inmediato." Le dijo Altea sin poder decir otra palabra. Las curanderas desaparecieron por un momento y regresaron con unas tazas que le dieron a beber a la reina. Sin haber pasado unos segundos la reina se retorció con unos gritos agudos. La anciana la ayudó a ponerse en cuclillas sobre la cama para que empujara. Violeta empujó con todas sus fuerzas, una y otra vez, pero nada parecía suceder. La reina se desplomó en la cama casi apunto de desmayarse y el rey le apretaba la mano con lágrimas en sus ojos.

"Su majestad, tiene que pujar, sino vamos a perder la criatura que queda." Le dijo la bruja con voz autoritaria. Violeta irguió su cabeza para mirar fijo a la bruja quien permaneció seria. Altea y la otra bruja más joven le agarraron las piernas para ayudar a la reina a llevarse las rodillas hasta lo más cerca de su pecho, con el fin de ayudarla a pujar. El Rey también se colocó detrás de la reina para aguantarla bajo los brazos y darle una mejor posición para pujar. La reina gritó y pujó, hasta que luego de unos intentos una pequeña cabeza empezó a mostrarse. Koren miraba lo que sucedía en un trance, lágrimas empezaron a bajarle en torrentes por que sabía que ella era la culpable de que uno de los bebés estuviese muerto. La reina pariría sus hijos con arduas penas, tan sólo para que se le rompiera el corazón al ver su criatura muerta, todo por culpa de ella. Hubiese dado hasta su vida por poder darle vuelta al tiempo y no haberlo hecho, pero sabía muy bien que una vez cegada una vida ya no había nada más que hacer, ni arrepentimiento que valiera.

La anciana metió sus dedos largos entre las piernas de Violeta hacia su vientre y arrancó de allí al primer recién nacido. Se lo entregó a una curandera quien cubrió el pequeño cuerpecito con una mantilla de suave lana. Un silencio agudo se apoderó del lugar, hasta que la reina empezó a gritar amargamente por que sabía que no hubo un llanto, que el bebé estaba completamente cubierto con su frisita de lana.

"Violeta, saca fuerzas de tu alma, no has terminado…esta otra criatura que viene está con vida." Le dijo la anciana con su voz áspera. Violeta respiró profundamente y al sentir que su vientre se retorcía empezó a pujar con fuerzas inexplicables. La anciana nuevamente buscó con sus dedos la cabeza del bebé, logrando sacarlo del vientre de su madre con más facilidad. La bruja puso el infante en el pecho desnudo de su progenitora, dónde por un momento parecía que el bebe se iba a hogar, pero un buche líquido salió de su boca seguido por un llanto asertivo. Violeta sonrió y empezó a apretar a su hijito contra sí con lágrimas de emoción, pues ya tenía a uno de sus hijos a su lado, con vida. El rey se paró de la cama para ver a su hijo y besarlo, mientras se le escapaban las lágrimas de emoción. Altea regresó al lugar donde estaba el otro infante, destapándolo para observarlo junto a las otras brujas. Altea agarró el bultito inmóvil con ternura y se lo llevó a la reina.

"Era una niña. No sabemos que pasó, estaba con vida hasta unos momentos antes de que dieras a luz. Pero a veces así es la madre naturaleza, misteriosa." Altea le entregó la niña a los reyes para que pudiesen verla. Los monarcas lloraron amargamente al ver la pequeña que parecía que dormía. El niño lloraba nuevamente pidiendo atención, así que Altea alejó el cuerpecito inerte de la bebé para entregárselo a la curandera. La curandera a su vez se encargaría de dárselo a las sacerdotisas para que le hicieran las ceremonias de duelo y cremación. El rey dió la orden de que se diera la noticia de que había nacido un varón, por lo que no habría festejos grandes. La anciana bruja terminó de ayudar a que la reina pariera la placenta para dársela a la curandera, quien la llevaría a la cocina para hacer de ella un plato especial para la reina. Violeta limpiaba a su hijo con una suave lana y se lo acercaba al pecho mientras las brujas le enseñaban como darle el seno a su recién nacido. Koren se sintió tan horrible que no podía mirar aquella escena, se trató de convencer de que ella no tuvo nada que ver con la muerte de la infante, pero sabía muy dentro de sí la verdad. Lloraba desconsolada, hasta que de repente sintió unas horribles náuseas y corrió a una esquina para vomitar violentamente, lo que hizo que Altea se le acercara.

"Niña, ya haz visto demasiado… Desgraciadamente, la vida y la muerte andan de la mano. Estas cosas aunque tristes a veces suceden… debemos concentrarnos en el príncipe que nos ha llegado, hay que celebrar por su vida." Altea besó la frente de Koren y la abrazó tratando de consolarla sin imaginarse que Koren lloraba por otras razones. En ese instante una de las curanderas corrió hasta Altea, mientras Marussa y Lenna ayudaban a Koren a sentarse en un asiento cercano.

"Hay un problema, la reina se está desangrando." La mujer exclamó desesperada, Altea corrió hasta las otras brujas de inmediato. La anciana miró a Altea de forma triste, casi dejándole saber que la reina estaba sentenciada a muerte si ellas no lograban controlar la hemorragia.

"¡Pronto, busquen las tisanas y la sangre de dragón!" Altea gritó las ordenes mientras que el rey apretaba la mano de la reina, quien ya perdía el color y casi la razón. El recién nacido dormía encima del seno materno ajeno a lo que sucedía. Una de las curanderas regresó con un brebaje de hierbas en las manos y se lo empezó a dar a beber a la reina.

"¡La sangre de dragón no aparece!" Exclamó una de las mujeres que acababa de regresar. Altea se volteó iracunda hacia la mujer.

"¡Cómo que no aparece! ¡Había una botella llena! Esa sangre de dragón era muy especial, muy pura." Gritó a todas voces Altea mientras que la mujer la miraba intimidada y sin poder hablar. Talma se acercó a donde estaban ellas.

"Dále de mi sangre." Ofreció Talma. Altea la miró con cariño agradeciéndole su gesto. Talma se acercó a la reina y con uno de sus afilados dientes se hizo un pequeñísimo cortecito en el dedo, dejando caer dos gotas de sangre en los labios de Violeta. Casi de inmediato la reina empezó a recuperar el color y la anciana declaró en unos minutos que el sangrado había parado. La vieja bruja comentó entonces con tristeza que era posible que la reina ya no podría tener más hijos aunque sólo el tiempo podría dar la respuesta segura. Koren miró la escena perpleja por que sabía que sólo la sangre de dragón le devolvería a su amado, pero no sabía como conseguirla, era evidente que la que ella se había llevado hacia tiempo era la única accesible en el palacio. Koren se dió cuenta que Anari se retiró sin decir nada, también devastada por el llanto, un poco después la siguió Marussa. Decidió que sería buen momento para marcharse también. Ella caminaba con los demás y sin darse cuenta llegó a sus aposentos. Al llegar a sala de estar se sobresaltó al escuchar un ruido, pensó de inmediato que era Neroli con malas noticias.

"No te asustes soy yo..." Le dijo la melódica voz de Kalani.

"Claro que me asustaste. ¿Qué haces aquí?" Le preguntó Koren.

"Quería saber cómo fué el parto, mi madre aún no ha llegado..."

"Ha habido problemas, por qué no esperas hasta que tu madre llegue y le preguntas. Además, si saben que te has salido de tu habitación te meterás en problemas." Le dijo Koren un poco impaciente, desplomándose en una butaca cercana sólo pensando en regresar al lado de Orión.

"Por favor, te lo suplico. Nadie me ha visto venir hasta acá. ¡Ya puedo hacerme invisible!" Le explicó Kalani suplicante. Koren se quedó observándola fijamente, en su mente estaba naciendo el pensamiento obvio de que sería muy bueno si Kalani pudiera darle su sangre a Orión. Ella empezó el relato del parto de la reina como si estuviese hilando unas frases llenas de espinas. El saber que fue ella quien fulminó la vida de un inocente le hacía el pecho pesado, muy pesado.

"¡Qué horror! Que bueno que mi madre fue a su auxilio. Yo me hubiese desmayado, me sucede cada vez que veo sangre." Comentó Kalani cuando terminó de escuchar el relato de Koren. Estas últimas palabras no significaban nada para Kalani pero hicieron algo iluminarse en la mente de Koren. Una vez más una idea nefasta le llegó, acaparando todo sentido de moralidad, o emoción.

"¿Qué dices? ¿Que te desmayas al ver sangre?" Le preguntó Koren tranquilamente mientras planeaba paso a paso lo que tendría que hacer para llevar a cabo su nuevo plan. Sabía que sería una jugada peligrosa, pero ya no importaba nada… Hacia poco había cometido uno de los más horribles crímenes, otro más no la haría una peor persona.

"Sí, es la tontería más grande del mundo. Mi madre dice que se me pasará con el tiempo. Una de las sirvientas ayer dejó caer un jarro y se cortó levemente un dedo, yo fuí a ver que pasaba y al ver la sangre…¡Zas! Caí reventada al piso."

"¡Uf! Qué mal…¿y por cuánto tiempo estuviste sin conocimiento?" Le preguntó Koren inocentemente.

"¡Oh, qué sé yo! Unos segundos creo, mi madre me abofeteó hasta que desperté." Le respondió Kalani riéndose al recordar el episodio.

Koren se quedó en silencio… Sin pensarlo más, hizo que la uña de su dedo índice creciera como una garra y con un súbito zarpazo se hizo una cortada en el antebrazo. Una viruleta de líquido espeso e intensamente rojo salió a la luz, regando espesas gotas de sangre al suelo. Kalani miró a Koren sorprendida y confusa, pero sin poder contenerse cayó desplomada al suelo. Koren saltó cayendo de rodillas al lado de Kalani, respirando profundamente, mientras convertía todas sus uñas en afiladas garras. Ella había leído como esclavizar un dragón en libros, pero mientras veía el cuerpecito inerte de Kalani, sintió que tal vez era un acto imposible. Dejando atrás sus dudas, tratando de aprovechar el momento, se apresuró a subirle el trajecito de metal a Kalani. El pecho de Kalani se deprimía y llenaba rítmicamente, su piel blanca iridiscente se veía como terciopelo. Koren se concentró cómo más pudo, pensando que sus garras eran el material más fuerte, más caliente del mundo, tanto así que empezaron a dolerle las manos. Alzó su mano para coger impulso, luego la dejó caer con sus garras como sables de acero, en el pecho de Kalani. La piel de Kalani no cedió inicialmente, pero Koren frenéticamente empezó a golpearla hasta que, como si fuera un muro de carne, su mano se hizo camino hasta encontrar el corazón latiente. Todo tomó unos segundos pero a Koren le pareció una eternidad, tenía el corazón de Kalani entre sus dedos, caliente como una bola de fuego. En ese momento Kalani abrió sus ojos horrorizada ante la vileza que había descendido sobre ella, lista para defenderse sacó sus garras… pero era muy tarde. Koren le arrancó el corazón de una vez y le dió la primera orden del inicio de su vida de esclava.

"No hagas ningún ruido." Koren dijo sin sentimiento alguno. Ya no tenía nada que sentir…su alma se había hecho un pantano oscuro lleno de ansiedad, muerte y vacío. Kalani la miraba con ojos destrozados de tristeza, incrédula ante aquella traición tan vil. El hueco que estaba en el pecho de Kalani se fue cerrando lentamente hasta que se selló la piel, dejando atrás unas cicatrices parecidas a una araña asimétrica delineada en plata. Koren buscó un pequeño bolsito de tela en el cual depositó el corazoncito, que ni siquiera era más grande que una diminuta manzana. Koren metió el saquito de tela en el bolsillo escondido de su vestido, que era tan amplio que nadie jamás sospecharía que ella tenia el corazón de Kalani escondido en sus faldas. Kalani la observaba mientras unas espesas lágrimas empezaron a brotar de sus ojos como un torrente de pena.

“Deja de llorar, ya está hecho… Pronto comprenderás por qué lo hice. Sé que jamás me perdonarás, pero eres demasiado poderosa como para dejar pasar la oportunidad. Además, debiste haberle hecho caso a tu madre y quedarte en tu escondite.” Kalani permaneció muda, tratando lo más que podía de contener sus sentimientos y atragantarse las lágrimas.

“ No le dirás a nadie bajo ninguna circunstancia donde he escondido tu corazón, no pedirás ayuda, sólo harás lo que yo te digo. Si intentas tramar algo para escaparte haré que mates a todos, ¿está claro? Primero, quiero que te hagas invisible y me sigas, pasando desapercibida por todas partes.” Kalani asintió con su cabeza, aunque ambas sabían que ella obedecería.

“Ven.” Koren ordenó, viendo de seguido como Kalani desapareció. Koren salió de su apartamento y asegurándose que nadie la estaba viendo, empezó a volar a toda prisa hasta el bosque. No se detuvo hasta que llegó a la entrada de la cueva, dónde finalmente le ordenó a Kalani que se hiciera ver. La niña estaba a su lado lo que la hizo sobresaltarse, pero decidió no decir más para entrar a la cueva sin demora. Neroli abrió sus enormes ojos al percibirlas y enseñó sus colmillos al ver a Kalani.

“No te preocupes Neroli, este dragón no te hará nada.” Las recién llegadas se acercaron a Orión, quien seguía en la misma posición en que Koren lo había visto la última vez.

"Este hombre que vez aquí es el hombre de mi vida, está medio muerto y por eso estás aquí, para que lo salves… Acércate y dale unas gotas de sangre." Kalani escuchó la orden, se acercó a Orión tímidamente, entonces mordiéndose el dedo índice de su mano izquierda, cerró sus ojos para dejar dos gotas de sangre caer en los pálidos labios. Koren se sentó al lado de Orión, poniendo su cara cerca de la de él para escuchar su respiración. De repente, los pulmones de Orión se llenaron a capacidad y de una estruendosa inhalación empezaron a cobrar vida. El color empezó a volver a su faz, también el calor a su cuerpo. Koren empezó a reír de alegría al ver la transformación, sus ojos se empezaron a nublar en el momento en que él abrió los suyos. Aquellas esferas verdes que ella tanto ansiaba ver con luz volvían a brillar con intensidad.

"Mi amor." Fueron las primeras palabras que pronuncio Orión con una voz seca y áspera. Koren se le tiró encima y lo abrazó lo más fuerte que pudo, tanto así que él gimió de dolor.

"Cuidado, estás muy fuerte." Le advirtió Orión con tono de broma.

"Pensé que esta vez no iba a poder salvarte. Me tenías muy preocupada. De casualidad te descubrí en el bosque." Koren le acarició el rostro tiernamente y ambos silenciosamente se dijeron con las miradas más que las palabras jamás pudieran expresar. Neroli se sentó junto a la pareja y empezó a ronronear plácidamente. La única que estaba parada sin saber qué hacer era Kalani, quien contemplaba la escena un poco avergonzada de su presencia en ese momento. Orión se dió cuenta que no estaban solos.

"¿Quién es ella?" Le preguntó a Koren.

"Es un regalo para tí. Un dragón, pero no un dragón cualquiera... ella es un dragón blanco." Declaró Koren con satisfacción.

"¿Cómo? ¿Qué has dicho?" Volvió a preguntar Orión incrédulo al escuchar lo que Koren le acababa de contar.

"Ella es la hija de Talma, una de las damas de la reina. Talma es una dragona negra. Tengo que contarte todo... es un cuento largo. Se me presentó la oportunidad de esclavizarla y lo hice." Koren comentó encogiéndose de hombros como si lo que le hubiese dicho no fuera importante.

"¿Qué has hecho? Sabes que esclavizar un dragón es un acto muy oscuro...Has perdido tu alma...Devuélvele su corazón y sálvate, no importa que nos mate a los dos...moriremos juntos." Suplicó Orión mirando a Koren a los ojos.

"No. He hecho peores cosas...No hay quien nos salve, si acaso el uno al otro." Koren le apretó la mano con firmeza dejándole saber que el destino era el enemigo con quien batallarían juntos sin importar que derrumbaran a su paso.

"Sabes que la primera vez que te ví, supe que tú eras mi alma gemela... Esto me dió mucho miedo. Ahora, me doy cuenta que no me equivoqué, eres igual que yo." Orión le sonrío ampliamente y le besó la frente con ternura.

"Yo también soy tu esclavo… Eres más poderosa que lo que yo jamás pudiera ser." Añadió Orión mientras que también acariciaba el rostro de su amada.

"Sé que tendrás que irte pronto. Pero ahora tengo un plan, para que puedas regresar para siempre a mi lado…Pero, ¿Cuánto tiempo estuviste tirado en el río?" Le preguntó Koren cambiando el tema.

"Estuve unos tres días, medio muerto. No pensé que sobreviviría."

"Estás todo demacrado, sólo me imagino todo lo que has hecho en este tiempo. Mírate, todo huesos." Le reclamó Koren.

"Sí... Ha sido horrible. Me fuí al Norte, más allá de Stella Maris. Traté de conseguir en vano un grupo de hombres para empezar a crear un ejército, pero sin dinero no pude hacer mucho. Terminé vendiendo la sangre de dragón que tu me diste para poder pagarle a algunos mercenarios. Finalmente, trabajé en un barco, el cual me robé matando a su capitán. Ya teniendo un barco pude conseguir unos hombres para buscar la isla en donde está la Caracola de Ossida.

Después de mucho tiempo en alta mar, sufriendo de tormentas y bestias marinas, quedándome casi sin tripulación…pisamos tierra en la maldita isla. El demonio de muerte que tienen guardando la Caracola descendió sobre nuestro grupo en seguida. Evisceró a los hombres a zarpazos, les arrancaba la piel, los corazones por la boca…fué horrible. Yo luché y traté de huir como los demás, no creo que ninguno de los otros haya sobrevivido. No puedo creer que yo lo logré… pero sé que fué gracias a tí. Estaba de cara a cara con el demonio de muerte, ya tirado en el suelo esperando que las garras del demonio me descuartizaran, cuando escuché tu voz. El demonio también te escuchó y pensó que había otra persona más en la isla que se le había escapado. Al verme tan débil, al parecer decidió terminar conmigo después, para ir en búsqueda del dueño de la voz. Yo casi no podía pararme, pero me arrastré hasta la orilla del agua, no me importaba ahogarme, eso sería mejor que enfrentar el demonio otra vez. Estuve flotando por unas horas antes de perder el conocimiento, pero lo último que ví fue un rostro humano, que pensándolo bien, tuvo que haber sido una sirena quien me salvó la vida. Desperté en las orillas rocosas del área noreste de Stella Maris. Estaba hambriento, sediento... Por suerte una tribu de brujas estaban allí celebrando un ritual marino cuando me vieron. Ellas me dieron un poco de alimento y bebida, pero me dejaron otra vez a la orilla del mar, fue entonces que emprendí mi regreso hasta aquí. Viví de las limosnas que me dieron en el camino, débil debido a mi condición y sin sangre de dragón para curarme. Y pues, aquí me tienes…Un hombre roto y fracasado." Orión brotaba lágrimas casi secas, que dejaban rastros de sal en su cara.

"No, mi amor, no digas eso. Ahora los dos podemos estar juntos, ya verás." Koren le dijo mientras lo abrazaba para consolarlo.

"El plan me vino en mente hoy. No sabía que hacer para buscar sangre de dragón para tí. Estaba muy ofuscada, entonces hoy la reina dió a luz y yo estaba en el parto… Presentí que eran dos niños los que nacerían, varón y hembra. Me puse a pensar en que si la reina y el rey murieran en algún momento esa niña seria la reina. Pero, si la niña no existiera entonces el pequeño sería el rey, si sus padres murieran. Ese es el plan…Yo maté a la niña, para que sólo hubiese un heredero. Después, me desharé de los reyes para casarme con el rey niño, ya que no hay ley alguna que lo impida. Necesitaremos un ejército…Hasta que el príncipe tenga la mayoría de edad a sus dieciséis años yo seré la reina, y cuando sea adulto oficialmente, lo dejaría coronar por que entonces yo sería reina oficialmente también… En ese momento puedo matarlo, entonces tú serás el rey por que como viuda me puedo volver a casar." Koren le explicaba animadamente lo mejor que podía sus ideas casi perdiendo el aliento. Orión la observaba en silencio, pensativo.

"¿Por qué me miras así? ¿Estás molesto? ¿He hecho mal?" Koren le preguntó ansiosa.

"No. Nada de lo que dices… te miro así… por que eres tan perfecta. Comprendo tu plan y es difícil, pero una maquinación genuinamente genial. Me has dicho que has esclavizado un dragón, matado una princesa… todo en menos de un día. Después me dices este plan que defia toda convención. Me has impresionado."

"Tan pronto te recuperes tienes que irte con Kalani. Ella te ayudará en lo que sea, la estarán buscando por todas partes así que se tendrán que ir lejos. Nos mantendremos en contacto mediante de ella. Cuando amases un buen ejército déjame saber para coordinar un ataque al palacio, necesitamos una distracción. Yo me encargo de los reyes. Una vez los mate necesitaremos una sacerdotisa que me case con el príncipe. Tienes que conseguir una que este dispuesta. Ten mucho cuidado."

"Sí, sí. Entiendo. Una vez me has dicho esto, ya se me formulan las ideas en la cabeza, es fantástico. Creo que me tardaré unos dos años en conseguir el ejercito, tendré que buscar mercenarios, tal vez ogros también." Comentó Orión.

"¡¿Dos años?! ¿Tendré que esperar tanto? La vida del palacio ya me tiene hastiada. Lo único divertido que hago es pasar tiempo con Kanek, o de paseo con él a Bandah."

"El tiempo se pasara volando por que tenemos una misión. ¿Quién es ese Kanek del que hablas?" Preguntó Orión cortante.

"Es solamente un amigo, es uno de los caballeros del rey. Es joven como yo y por eso pasamos tiempo juntos, eso es todo." Koren le explicó sin ponerle importancia al asunto, pero Orión estaba tenso.

"Kalani, ya puedes hablar. Te irás con Orión y lo protegerás sobre todas las cosas. Harás lo que él te ordene como si fuesen mis órdenes, pero que nunca se te olvide que tu verdadera ama soy yo." Koren se dirigió a Kalani.

"Por qué no me das el corazón de Kalani." Le exigió Orión.

"No te creas que voy a rendirla tan fácilmente. Yo la esclavicé, es mi dragón. Que te quede claro, sólo por que soy más joven que tú no quiere decir que haré lo que se te antoje. Todavía el mundo no me ve como un adulto, lo que pienso que es un insulto por que yo soy capaz de todo, no cometas el mismo error."

"Tienes razón, no eres una niña como aparentas... Pero sabes que hasta que entres en edad no te tocaré, quiero respetarte... creo que es lo correcto." Le dijo Orión al sentirla tan cerca de sí.

"Claro, entre los inmorales siempre existe la moralidad." Koren le dijo cínicamente levantándose de su lado y sentándose en una butaca cercana.

"Aquí hay una sopa de grasa de sirenas, bébetela para que te restablezcas pronto. Mientras más rápido se alejen de aquí mejor, buscarán a Kalani por todas partes. Si Talma te encuentra te hará pedazos, te comerá...después de haberte torturado. Una vez se den cuenta que está esclavizada tendré que hacer algo y el plan se destroza."

"No puedo creer que eres así." La voz de Kalani sorprendió a todos. Koren la miró cortante, pero se quedó callada. Orión observó a Kalani por un instante mientras se erguía de la litera donde había estado en reposo.

"¿Tú por que no tienes cabello?" Inquirió Orión.

"No me gusta. Es blanco cuando crece y parezco una vieja." Respondió Kalani. Ella comprendía que se encontraba en una horrible situación, pero en cierto modo se sentía curiosa de qué cosas le esperaban fuera del palacio. Después de tantos años escondida en los aposentos de su madre, irónicamente, sería libre.

"¿Puedes cambiar tu apariencia? ¿Hacerte un poco más adulta?" Orión le volvió a preguntar.

"Sí, puedo. Mi mama me recomendó que me hiciera como niña para que los otros supieran que todavía estoy aprendiendo a controlar mis poderes. Aunque ya los domino bastante bien." Le explicó Kalani un poco más emocionada que asustada.

"Pues bien, hazte un poco más adulta, así no me creeré que soy una nana." Le pidió Orión. Kalani cerró sus ojos brevemente y en unos segundos, se transformó en una hermosa joven adolescente. Koren se levantó de su butaca para verla más de cerca, casi perdió el aliento al ver su rostro. Kalani era sin duda la criatura más bella del reino. Sus ojos rojos parecían dos gotas de sangre caídas sobre mármol blanco, su tez perlina desprendía un calor dorado que reflejaba la luz como la alborada. Los labios carmines resaltaban del óvalo de su rostro, donde sus pómulos cincelados elegantemente definían su imagen.

"No. Ella no puede estar así. ¡Mírala! Llamará la atención por todas partes." Exclamó Koren con un poco de celos.

"Tienes razón, tendremos que cubrirla." Orión se paró por primera vez desde su llegada a la cueva, sus músculos que estaban aún recuperándose temblaban un poco. Él estaba cubierto solamente por la manta de lana que lo había protegido del frío, pero muy hábilmente con un gesto de su mano, logró convertir la manta en un pantalón. Acto seguido, se hizo una camisa de algodón y una chaqueta de cuero.

"Ahhh, que bueno tener mis poderes otra vez." Expresó Orión sonriente acercándose un poco más a Kalani. Una vez más, hizo un gesto con su mano y una larga capa negra apareció de la nada y él sin ceremonia alguna se la arrojó a Kalani.

"Aquí está. Tápate." Le ordenó Orión. Kalani se puso la capa, que le tapaba todo el cuerpo, tenía una enorme capucha, la cual una vez puesta le escondía la cara.

"No. Kalani hazte un caballo. Creo que será mejor para que puedas movilizarte fácilmente." Kalani obedeció las ordenes de Koren y un hermoso corcel blanco apareció en lugar de la hermosa joven. Orión no tuvo objeción alguna al cambio.

Orión se dirigió entonces hacia Koren quien de inmediato sintió su pulso acelerarse con cada paso que él daba hacia ella. Orión se detuvo justo al frente de ella, sus cuerpos rozándose, tan cerca que ella podía sentir el aliento cálido de Orión. Él acercó su rostro al de ella, para olerla, para arrancarle el aroma de su piel y afincarlo en su ser. Ella se alzó en la punta de sus pies tratando de alcanzar la estatura de Orión, pero era imposible ya que él era un hombre alto e imponente. Finalmente, sus mejillas se encontraron, las pieles electrizándose mutuamente. Orión arropó a Koren en un abrazo íntimo y seguro.

"Te amo." La voz varonil de Orión declaró en un susurro, haciendo que el pecho de Koren se apretara. Aquel sentimiento no era un apretón de asfixia, ni de angustia, sino de la emoción indulgente que se desbordaba en su ser. El amor entre ellos era absoluto.

"Yo te amo también. Pienso en tí día y noche, hago bien y mal por tí. Me duele extrañarte, me duele saber que te vas y me dejas." Koren le dijo mientras las lágrimas empezaron a llenarle los ojos, siendo sus palabras una recriminación más que una queja.

"Lo sé. Lo mismo siento yo. Qué no daría por darle atrás al tiempo y darle el trono a Atle sin lucha. Sé que te hubiese conocido de todos modos, somos dos corazones, pero de una sola alma…eternamente. Dejando atrás mis ambiciones tu hubieses sido mi única lucha. Tenerte, esperarte, hacerte feliz." Le dijo Orión también con lágrimas en los ojos.

"¿Tú crees? No sé si todo hubiese sido igual. Pero no me importa. Ya estás en mi vida y no me importan los pormenores de tu llegada. Sólo quiero que pase el tiempo rápido para que finalmente estés conmigo. Estamos aún a tiempo… Vayámonos con Kalani, nadie podrá hacernos daño." Koren le suplicó.

"Buscarán a Kalani, te buscarán a tí. Si me encuentran me matarán, si te encuentran trataran de matarte para quitarte el corazón de Kalani, una vez que sepan la verdad, ya que relucirá tarde o temprano. Es sólo una cuestión de tiempo. Son demasiadas cosas en contra de nosotros. Tu plan es posiblemente la única opción que nos queda..." Orión la apretó más fuerte en contra de sí. Koren dejó que su llanto se desatara, feroz, amargo e intenso. Los brazos de Orión la sujetaban dándole apoyo a su cuerpo tembloroso.

"No regresare jamás. Olvídate de mí, haz tu vida sin tener que cometer más atrocidades. Te amo, pero no quiero que sea tu fin." Le dijo Orión angustiado al verla sufrir de tal modo.

"¡No!" Gritó Koren alejándose de él.

"Ya tú eres mi fin, sea como sea. Si me dejas por siempre me mataré de una vez para evitar esta angustia. Le devolveré a Kalani su corazón y que se vengue de mi como quiera." Agregó ella.

"¡No!... Sé que lo harías… pero yo soy lo peor que te pudo pasar."

"Pero ya me pasaste, y pues, esto es lo que nos toca. Decídete de una vez que vas a hacer por que no puedo soportar esta incertidumbre." Orión observaba a Koren con tristeza, su amada estaba frente a él desecha, con sus ojos sucumbiendo a la hinchazón del llanto y el pecho lleno de pena.

"Tienes razón, quien soy yo para rendirme cuando tú has hecho hasta lo inimaginable con tal de darnos una oportunidad. Perdóname, jamás, jamás te dejaré, o pediré que me dejes." Él se arrojó ante sus pies y ella se agachó para hacerlo parar nuevamente con el fin de poder abrazarlo. Sus caras se encontraron y estaban cerca, muy cerca, ella buscando el beso negado y él aguantando las ganas de dárselo. Él no podía dejar de ver la redondez de su rostro, que aunque no de niña, no era de mujer tampoco. Ella se alejó de él sin decir palabra, dejándole ver su frustración.

"Lo siento." Fué lo único que logró decir Orión.

"Creo que deben partir en la madrugada." Koren dijo sin expresión.

"Está bien, viajaremos a las planicies. Ahí espero encontrar una tribu que nos acoja. Suelen ser más secretivos y no harán muchas preguntas. Después empezaré a hacer un ejército, me tomará tiempo por que tiene que ser lo suficientemente grande para poder atacar el palacio, pero lo suficientemente pequeño para poder pasar desapercibido."

"En serio, ¿cuánto tiempo crees que te tomará?" Inquirió Koren.

"Unos dos años posiblemente. Trataré de hacerlo lo más pronto que pueda, pero no es fácil. No puedo hacer mucho alarde de Kalani por que eso llamará la atención de la milicia real. Tomará tiempo." Declaró Orión.

"Ahhh. El tiempo, que ironía. Lo único que no se puede controlar, tenemos que sufrirlo." Comentó Koren dramáticamente.

"Nos mantendremos en contacto mediante Kalani. Verás que el tiempo va a pasar pronto." Le dijo Orión tratando de consolarla un poco.

"Es fácil para tí decirlo, tú te vas y haces cosas a tu gusto. Yo caigo una vez más en la complacencia de la vida palacial. Es tan sólo una prisión muy adornada. Para los que no somos reyes, es una vida de esclavitud y servidumbre. ”

“Lo sé, ya me lo dijiste, pero no puedo hacer nada.” Le explicó el joven exasperado.

“Tienes que venir a visitarme, no dejes mucho tiempo pasar.” Le suplicó ella a su vez.

“Es muy arriesgado.”

“Podríamos encontrarnos en Bandah, yo voy con Kanek y puedo seguir haciéndolo a menudo, nadie sospecharía nada.” Sugirió Koren obstinada.

“Y este Kanek, tu amigo, qué tanto te esta dando la vuelta. Seguramente está tratando de conquistarte.”

“¿Estás celoso?” Sonrío Koren provocándolo.

“Claro. Eres bella, bellísima. Qué hombre no estaría loco por que tus ojos se posaran en él.” Contestó él agarrando su mano y besándola delicadamente.

“A lo mejor el tenga menos escrúpulos y esté dispuesto a verme como una mujer.” Le dijo Koren provocándolo aún más, sin saber que esas palabras tendrían unas consecuencias funestas. Orión no respondió a lo que ella dijo, besó su mano nuevamente y le habló seriamente.

“Tu eres mía. Eso ya lo establecimos.” Orión la miró fijamente, dejando que las palabras se clavaran en el silencio. Ambos se quedaron en su lugar hasta que finalmente Koren se puso a desaparecer algunas de las cosas que estaban en la cueva.

"Deja de hacer eso. Ven aquí." Orión le hizo seña a Koren para que viniera a su lado, juntos se sentaron en una acojinada y cómoda butaca que Orión proveyó por arte de magia. Quien quiera que los viese en ese momento apreciaría la belleza de un joven y una adolescente que estaban enamorados, sin saber que eran un conjunto que con tan corta vida, habían cometido actos muy abominables. Él la trajo hacia sí y permanecieron juntos por largo rato sin decir nada, sólo disfrutando de su proximidad. Koren podía oler el aroma de hombre que desprendía Orión, ella miraba su piel en detalle, mientras sentía su escultural cuerpo que poco a poco se restablecía, tan cerca del suyo. Ella sentía unas inmensas ganas de recorrer sus manos por aquel cuerpo tan cercano, por tocar esos vellos ondulados y gruesos en su pecho, no entendía la sensación que su cuerpo empezó a experimentar. Sentía su pulso subir, un extraño calor en su piel, en sus adentros, deseaba que él la tocara… que sintiera su piel reactiva. En el otro lado de la cueva Kalani galopaba de un lado a otro impacientemente.

"Es hora de que regrese al palacio… Ya llevo aquí mucho tiempo y pronto se darán cuenta que Kalani está ausente." Koren se irguió. Orión hizo lo mismo y amarrándola una vez más con sus brazos, la apretó contra su cuerpo para despedirse, depositándole un beso angustiado en la frente. Koren lo miró con un poco de odio, resintiendo ese abandono corporal y emocional al que estaba siendo desterrada. Sin decir otra palabra, con pasos firmes salió de la cueva sin mirar atrás, sabiendo que si lo hacía jamás podría tener la fortaleza de alejarse de él una vez más. No se dió cuenta ni de cómo llegó a su aposento, a su cama, cerró sus ojos llorando amargamente y así la agarro el sueño, desecha por dentro.

\

Capítulo 6

Koren abrió sus ojos al sentir la luz del sol asomarse por la ventana. Se tomó unos momentos en digerir todos los recuerdos de la noche anterior. Sabía que no había sido un sueño, los sucesos pasaron por su mente como imagines muy claras. El parto de la reina, el corazón de Kalani, la despedida...Orión ya estaría lejos de aquel lugar, una vez más buscando su ejército para luchar contra el destino. Ella escuchó un estruendo, voces, había mucho movimiento en el corredor. Sabía muy bien que ya se habrían dado cuenta que Kalani no estaba en el palacio. Ella llamó a Neroli, quien apareció entre las sabanas de la cama para ronronear a su lado.

"¿Qué sucede, están buscando a Kalani?" La gata maulló afirmante. Maulló acto seguido con más énfasis.

"¿Algo más?" Neroli alzaba su pata mientras maullaba, tratando de hacerla levantarse. De repente la imagen de Kanek le vino a la mente.

"¿Kanek? ¿Qué ha pasado con Kanek?" Le preguntó alarmada. La felina enseñó sus colmillos mientras bufaba. Koren saltó de la cama, sonando las campanas deseperadamente para que vinieran sus mucamas de inmediato. Las mujeres entraron después de un rato apresuradas.

"Buenos días, Dama Koren."

"¿Qué está sucediendo en el palacio? ¿Por qué hay tanto ruido?" Exigió Koren.

"Dama Koren, ha ocurrido una desgracia. El Caballero Kanek ha sido brutalmente atacado esta madrugada, ha fallecido." Las palabras de la mujer cayeron sobre Koren como mil años de desgracia, su corazón le decía de inmediato que el único autor de ese crimen pudo haber sido Orión. Había sido su acto de despedida. Ella se sintió inmensamente culpable, sabiendo que había provocado los celos de Orión adrede, aunque jamás habría pensado que nada malo le sucedería a su amigo. Koren salió en su ropa de dormir corriendo por el pasillo sin importarle nada hasta llegar a la torre del rey, derribando sin piedad a cualquiera que se interpusiera en su camino. Entró a la sala de audiencias del rey, dónde vió al grupo de caballeros en silencio, con un aire sombrío entre sus rangos. Cuando se detuvo finalmente, Koren se dió cuenta que Altea, Marussa y Anari la habían seguido hasta el lugar. Los caballeros se voltearon a verla y uno de ellos, un dragón llamado Blassa se acercó a ella.

"Dama Koren, esperábamos su visita. Es mejor que nos acompañe a la oficina del rey." El hombre de intensos ojos amarillos y cabello rojo fulminante trató de llevarla hacia delante.

"¡NO!¡NO!¡NO! ¡Entonces es cierto!... ¡¿Dónde está Kanek?!" Koren empezó a gritar desesperada, cayendo en cuenta que era verdad… su amigo había fallecido. Anari se acercó a abrazarla y consolarla pero ella no se dejó tocar.

"¡Suéltenme! ¡Quiero verlo!" Exigió ella mientras que el llanto la atrapó desprevenida.

"Qué estás diciendo niña, lo están preparando para la ceremonia." Le explicó Altea con ternura.

"¡Quiero verlo, quiero verlo!" Volvió a gritar Koren sintiendo que su cuerpo se encendía.

"¡Aléjense!" Gritó Altea al ver a Koren, haciendo que de inmediato los presentes salieran huyendo, presintiendo que algo iba a pasar. Una llamarada intensa surgió del cuerpo de Koren destruyendo todo a su paso, tumbando varias paredes y explotando los vidrios cercanos al lugar. Un temblor se sintió por el palacio alarmando a todos y haciendo que todos los planes de emergencia se pusiesen en pié. Koren cayó arrodillada al suelo, sorprendida por su poder y por el dolor que estaba sintiendo. Una realización tardía se adentró en su mente… ella también había amado a Kanek. Él representaba las cosas buenas que podía dar una relación… amistad, compañía, aventura, calma. Al cerrar los ojos sólo podía ver su sonrisa, sus ojos vibrantes. Ella trataba de pensar en otra cosa pero ni siquiera podía aludir al fantasma de Orión para contrarrestar esa pena que sentía. Los únicos caballeros dragones, Talma, Erasmus y su padre finalmente se acercaron a ella, pues sabían que eran los únicos que podrían sobrevivir un ataque de Koren. Lorean se acercó a ella y la tomó de la mano para ayudarla a levantarse, dándole un fuerte abrazo.

"Lo siento mi amor, sé cuanto el significaba para tí. No sabemos que pasó, creemos que fue atacado por un dragón…" La voz de su padre se cortó. Ella sabía muy bien lo que su padre no estaba diciendo, sabía que ya se habían dado cuenta que Kalani estaba esclavizada, que alguien le había dado la orden de atacar a Kanek. Con todo y eso, ella aún quería ver a Kanek, quería confirmar por sí misma que estaba muerto. Quería tan sólo verlo una vez más para poder despedirse de él y pedirle perdón a solas por haber sido la culpable de su muerte.

"Yo sólo quiero verlo, poder despedirme."

"No sé si podrás hacerlo, se lo llevarán para Astra para que sus padres lo despidan." Le dijo su padre con tristeza. Ella sabía que él se refería a la ceremonia donde los muertos se despedían de sus seres queridos antes de hacer su viaje a otro mundo.

"Por favor, ruéguenle al rey para que interceda..." Les pidió Koren suplicante. Blassa, el caballero dragón se acercó a ella para poder hablarle.

"Dama Koren, vayamos donde la reina, a lo mejor podremos encontrar una solución. Todos sabíamos lo mucho que él la estimaba… De hecho, él le ha heredado todo a usted, fué su deseo antes de morir."

"¿Cómo? ¿Lograron hablar con él?" Preguntó Koren un poco alarmada.

"No pudo decir mucho, estaba moribundo cuando lo encontramos. Nos dió sus últimos deseos, pero es mejor que hable usted con el rey para que él le cuente todo." Le dijo Blassa con tristeza. Altea se les unió en ese entonces, tomando a Koren por el brazo y guiándola hasta la oficina del rey. Una vez allí, se encontró con el Rey Papo y la Reina Violeta, quien tenía en sus brazos al pequeño príncipe. Al verlos allí el pecho de Koren se llenó de muchos sentimientos encontrados, luego se sentó en una silla cercana para que el temblor de sus piernas no se dejara ver. La reina caminó hacia ella y la abrazó tiernamente.

"Niña querida, lamento que has vivido tantas cosas horribles en tu vida en el palacio. Has visto más en un año que lo que otros verán en sus vidas. No puedo creer lo que ha sucedido… Nos hemos dado cuenta que Kalani está ausente, ha sido esclavizada…esto se ha hecho aparente mediante el ataque a Kanek. Sólo un dragón podría haberle infligido las heridas que tenía. La persona que lo mandó a matar le quiso dar una muerte lenta y dolorosa." Las palabras de la reina se convirtieron en látigos en los oídos de Koren, no quería escuchar más. Su llanto resumió una vez más para acompañarla en su desgracia.

"Él te amaba, nos había contado a todos que cuando llegara el momento adecuado pediría tu mano. Antes de morir nos pidió que te entregáramos su espada y ésto." El rey le informó a Koren mientras extendía su mano hacia ella. La imagen de un pequeño objeto brillante se apareció entre las lágrimas, era un hermoso anillo dorado, simple pero delicadamente elegante. Koren lo agarró con fuerza apretándolo lo más que pudo. Cómo habría sido tan ciega, Orión era un hombre peligroso, jamás debió haber mencionado a Kanek. El rey también le entregó la espada de Kanek, ligera, afilada, elegante.

"Su majestad, tengo entendido que se lo llevan a Astra. Pero yo quiero despedirme." Les dijo Koren sollozando.

"Sí, eso pensamos, pero no podemos hacer su ceremonia aquí, es tan joven que sus padres querrán verlo también. La ceremonia hace que los muertos hagan pausa en este mundo antes de seguir su rumbo hacia donde vayan, es un corto tiempo solamente. Hemos decidido que es mejor que te vayas con la comitiva que va hacia Astra. Irán algunos de los caballeros solamente, no podemos dejar el castillo sin protección, el hecho de que Kalani ha sido esclavizada es razón para estar en estado de alerta. No sabemos quién lo ha hecho ni con que razón, pero es un acto tan abominable que sólo una persona con malas intenciones tiene que haberlo llevado a cabo." La reina le informó a Koren.

"Tienes que partir de inmediato. Estamos pensando que antes del mediodía, irán todos en dragones para que lleguen más rápido. Les tomará una media hora, los dragones vuelan rápido, hay que hacerlo así por que si se aparecen por arte de magia, se vería como una falta de respeto para la familia del difunto." Koren permaneció callada, luego agarró la espada y se puso el anillo. Se fué en silencio de la habitación sin hacer reverencias ni cortesías, quería llegar a su habitación para preparar lo que se llevaría en su viaje. Ella se metió la mano al bolsillo donde estaba el corazón de Kalani y apretando firmemente susurró el nombre de Kalani.

"Escucho." La voz de Kalani llegó a su mente clara, como si ella estuviese al frente de Koren.

"Dile a Orión que no le perdono que haya matado a Kanek."

"Que tú eres de él solamente, que no se te olvide." Respondió la voz de Kalani.

"Ya pensaré como cobrárselas, se va arrepentir, díselo."

"Que no te pongas así, que cómo puedes decir semejante cosa."

"Dile, que Kanek era mi amigo, que yo no perdono que me hubiese arrancado de mi vida a la persona que me hacía la vida más colorida, quien me hacía sufrir menos el abandono que él me había impuesto." Gritó Koren.

"No quiero que me digas nada más." Añadió Koren. Continuó empacando y después se dirigió nuevamente a la torre del rey donde se fijó en el daño que había causado. Equipos de ingenieros trataban de ver como reparar los muros, las paredes y ventanas, sin contar las decoraciones que tendrían que ser repuestas. En la sala de audiencias estaban los dragones Puzo, Blassa y Talma juntos al rey, esperándola.

"Muy bien, están todos listos, ya pueden partir. Blassa y Puzo, llevaran los restos de Kanek. Talma puede llevarte a tí." Le informó el rey.

"Está bien, yo puedo volar sola." Koren dijo firmemente.

"¿Estás segura? Van a ir a velocidad máxima, ya enviamos un mensaje de antemano para que esté todo listo cuando lleguen." Inquirió el rey.

"Sí, estoy segura." Koren asintió. No estaba muy a gusto con la idea de volar, pero no podía pensar en estar cerca de Talma, no fuera a ser que en una de esas, ella presintiera el corazón de Kalani. Los cuatro se dirigieron al jardín donde yacía un ataúd de madera tallado hermosamente con todos los símbolos reales del reino de Bandah. Koren corrió hacia el féretro, ya que sabía que allí estaba Kanek. Blassa le agarró el brazo para evitar que ella pudiera abrirlo. Puzo se acercó a ellos y le sonrío comprensivamente a Koren, sus ojos rojos inundados de tristeza. Puzo había recogido su largo cabello negro-azul en una trenza larga que tenía enredada alrededor del cuello como una ingeniosa bufanda, probablemente para que su cabello estuviese recogido mediante el vuelo. Los dragones se colocaron a cada costado del ataúd y sin titubear emprendieron vuelo desapareciendo de vista en segundos .

“Vas a tener que seguirme para que no te pierdas. Aquí tienes una brújula mágica, si te pierdes dile que te lleve a Astra, pero lo mejor es que no me pierdas de vista, ¿está bien?” Le explicó Talma cariñosamente.

“Está bien.” Le respondió Koren sin poder mirarla a la cara. Talma emprendió vuelo y Koren dió un salto para levitarse. La tierra se alejó con rapidez, mientras que ella tan sólo veía el cuerpo de Talma a una corta distancia de ella en el firmamento. El viaje se hizo en un abrir y cerrar de ojos, Koren ni se dió cuenta del cambio de geografía debido a la velocidad con que volaban.

Ella empezó a notar siluetas y edificios salir de la nada entre las nubes, descendieron más, hasta que un hermoso castillo de puro mármol blanco se apareció ante ellos. Habían pasado un enorme bosque con árboles de increíble tamaño antes de llegar al castillo. Koren vió un claro verde donde estaban unos soldados en fila, tendría que ser como un pelotón de cien al menos, acompañados por unas sacerdotisas y unas personas que no parecían de pinta real. Ella asumió que ellos deberían ser los padres de Kanek. Unos soldados empezaron a sonar trompetas con un tono melódico pero triste, haciendo que una de las mujeres presentes irrumpiera en llanto. Blassa y Puzo aterrizaron como si fuesen una plumas livianas, al igual que Talma. Koren trató de aterrizar bien pero perdió el balance y rodó varias veces por la grama del claro. Unos soldados corrieron a socorrerla pero ella se levantó antes que ellos llegaran, rehusando su ayuda. Un hombre vestido de terciopelo marrón oscuro con detalles en oro, se les acercó primero.

"Soy el General Fabius Dais y Berh, bienvenidos al reino de Astra." Los demás hicieron cortesías que Koren imitó, luego siguieron al hombre, quien se unió al resto del grupo que les recibía en el claro. La mujer que lloraba se arrojó sobre el ataúd de Kanek visiblemente desconsolada. Un hombre que parecía una versión más adulta de Kanek se le acercó para alejarla del féretro y abrazarla. Se les unieron una joven bien parecida y otro joven quien de lejos parecía el doble de Kanek, sólo que un poco más adulto. Koren no le podía quitar los ojos de encima por que era como si estuviese viendo a Kanek vivo.

"Sus majestades les esperan, para comenzar la ceremonia." Les informó el General solemnemente. La comitiva continuó su rumbo por el claro hasta una pequeña colina donde había una gran fogata lista para el ritual. Los colores oficiales de Astra eran el azul turquesa y el marrón oscuro, con todos los detalles de oro, lo que hacía todo verse muy colorido y elegante a la vez. Una pareja se dirigió hasta ellos, seguida de unos hombres y mujeres, que Koren intuyó deberían ser los caballeros y damas de la corte. No podía creer que la pareja que se acercaba fuesen los reyes de

Astra por que sus vestimentas eran demasiado sencillas, parecían paisanos de Bandah.

“Bienvenidos a Astra, lamento que su visita se deba a estas circunstancias.” Les dijo la reina sin formalidades.

“Yo soy Olan, ella es la Reina Risa, esperamos que nuestro reino sea de su agrado, sin importar la brevedad de su estadía.” El rey se dirigió a ellos. Blassa, Puzo, Talma y luego Koren, se presentaron saludando con todas las formalidades.

“Ah, no es necesaria la pompa y circunstancia, en Astra tenemos el mal hábito de ignorar las formalidades.” Sonrió la reina. Koren pensó que el nombre de Risa le iba perfecto a la soberana, por que era vibrante, hermosa… casi podría describirla como refrescante. Ellos siguieron hasta la fogata, donde una de las sacerdotisas al verlos acercarse, la encendió, haciendo que una enorme llamarada de fuego negro rugiera con fuerzas. Las sacerdotisas empezaron la ceremonia y Koren quedó en un trance, no sabía que ellas decían, ni que cantaban, ni que estaba sucediendo, sus ojos estaban enfocados en las llamas negras que bailaban lentamente. Empezó a notar que las llamas se movían un poco mas rápido, mas rápido, hasta que dentro de ellas apareció la figura de Kanek. Koren saltó en pié para acercarse a él, pero alguien la detuvo.

“No toques el fuego, o te harás parte de él.” Le advirtió una de las sacerdotisas. Kanek miró a todas partes un poco aturdido y vió a su madre quien lloraba desconsolada.

“Madre no llores, estoy bien, no tengo miedo.”

“Kani, Kani, mi pequeño. ¿Cómo es que te vas tan pronto? ¿Quién ha hecho esto?” Exclamó la mujer dolorosamente.

“Ya no importa, el culpable no tenía dominio sobre sí. Al menos me llegó la muerte en manos de una amiga. Yo conocía al dragón esclavizado.” Habló Kanek claramente.

“Lo siento hijo, me vas a hacer mucha falta…pero no tengas miedo. Sigue tu camino hasta lo desconocido. Estamos siempre muy orgullosos de tí.” El padre de Kanek le habló.

“Gracias papá, no sé lo que me espera, pero no tengo miedo. Hay mucha calma aquí, mucho color, no lo puedo describir. No hay formas sólo energía, pero no siento nada. Recuerdo mi vida, pero no me llena de emoción alguna, es muy extraño.” Kanek se volteó entonces a sus hermanos, de los cuales se despidió y les dejó consejos que pensó les serían valuables. Las sacerdotisas les indicaron, que pronto deberían dejar a Kanek partir así que sería mejor que le dieran tiempo a Koren para que hablara con él ya que era la única que faltaba por hablar. Ella se acercó a dónde él estaba, su figura etérea entre las llamas, flotando entre el mundo de los vivos y el mundo de los muertos.

“Hola.” Fue lo único que logró decir Koren antes de irrumpir en llanto.

“Koren, es el único momento que tengo para poder decirte lo que siempre te quise decir, sólo que no tuve el valor. Te amo. Todo este tiempo estuve pensando en el día en que tal vez tu me hubieses devuelto una señal, para saber que tú me amabas.

Hubiese hecho hasta lo imposible por hacerte feliz." Le dijo Kanek tiernamente.

"Lo siento Kanek, es mi culpa. Nunca debí ser tu amiga. Pero eres lo mejor que me había pasado en el palacio y lamento tanto que ya no te veré. Lamento que hayas muerto para yo darme cuenta que también te quería mucho. Quién sabe que hubiera pasado si me hubieses dicho como te sentías." Le dijo Koren tratando de ahogar su llanto para poder hablar.

"Koren, no llores, si me pides que no te abandone, me haré fantasma y deambularé este mundo para estar contigo."

"No. No quiero que sepas quien soy… ni que horrible es mi alma. Ya te hice bastante daño como para condenarte a estar muerto en vida, sin poder sentir, tocar. Me odiarías."

"Qué cosas dices, amor. Tu jamás podrías hacer mal, yo he visto como sonríes, como disfrutas del sol y las flores. Por eso me enamoré de tí, no por tu belleza, por que sé que eres una buena persona. Sería tu acompañante hasta el momento en que tu pudieras acompañarme en el fuego y seguir juntos a lo desconocido." Le dijo Kanek.

"No, Kanek. Quiero que sigas tu rumbo. Yo no podría hacerte feliz, ni en vida, ni en muerte. No soy quien tu crees. Pero lo que sí te digo una y otra vez es que tú no merecías morir. Eres el hombre más maravilloso que conocí y no supe reconocerlo. Sí te amé Kanek." Las palabras salieron de su boca como un preso que al final de su condena se encuentra con la luz del día y se sorprende de que existe. Koren sabía que su verdadero amor era Orión, pero sí sabía también que amaba a Kanek como el amor tranquilo y puro que ya jamás conocería.

"Gracias por tus palabras Koren. Siempre quise oírlas salir de tu boca. Ahora, muerto ya no tengo emoción, pero sé que si la tuviera me hubiese muerto como quiera de felicidad. Así que no temas que sentiré pesar por tí, ni por la vida que se va. No siento nada, me voy tranquilo. Pero me llevo tu declaración de amor, el mejor recuerdo de esta vida. No sabes que daría por estar vivo y tocarte una vez más."

"No sigas, no aguanto esta pena." Le suplicó Koren con el alma en pedazos.

"Adiós, amor. Te deseo felicidad. Ya ví que tienes el anillo puesto. Gracias, era de mi madre. Por lo menos te ví con el puesto..." Koren gritó de dolor, incrédula del torbellino de pasiones que la estaba asfixiando, de momento la invadió un vértigo y sin poder controlarse se desmayó.

Koren volvió en sí despertando en una gran habitación con vista hacia el bosque. A su lado estaba Talma sentada en una gran butaca.

"Nos tenías muy preocupados, llevas inconsciente unas horas." Le dijo la dragona con cariño. Koren se sentó en la cama de súbito, palpándose la ropa disimuladamente para verificar que llevaba su mismo vestido puesto. Ella se alivió al darse cuenta que en efecto llevaba el mismo vestido, ya que en él estaba escondido el corazón de Kalani.

"No recuerdo nada...sólo que me desmayé."

"Tuviste suerte que una sacerdotisa estaba cerca de tí y pudo agarrarte sino ya estarías de camino con tu querido a lo desconocido."

"Oh, sí... Kanek. Ya se acabó todo, ¿verdad?" Preguntó Koren con tristeza.

"Sí, ya se fué." Talma le confirmó. Koren se tiró nuevamente a la cama, deseando ya que se le apagara esta luz de luto en su alma.

"Partiremos mañana hacia Bandah. Ya no queda más que hacer aquí. Esta noche los padres de Kanek te han invitado a su hospedería para cenar con ellos, les dije que les dejaríamos saber si estabas dispuesta."

"Está bien. Creo que sería muy rudo de mi parte si no fuera. Además, tengo algo que devolverle a la madre de Kanek."

"Muy bien se lo dejaré saber, descansa más si quieres. Yo estaré en los jardines."

"Talma. ¿Y tú? ¿Cómo estás?" Preguntó Koren evitando mirarla a la cara.

"Pues, muy mal. Pero creo que encontraremos a Kalani pronto. Eso espero, por eso quiero regresar lo antes posible para unirme a la búsqueda."

"Por supuesto." Afirmó Koren viendo como Talma salió de la habitación. Koren se levantó de la cama para observar sus alrededores, aún perturbada por su declaración de amor a Kanek. Estaba segura que el dolor la hizo decir aquello, nadie podía elevar su alma como Orión lo hacía. Se preguntaba por qué amaba tan ciegamente a Orión, qué había hecho él para merecer su amor. Por qué habría el destino escogido un amor tan tortuoso para ella, o si sería nada más que ella estaba obsesionada con la idea de amarlo. Cerró sus ojos y logró ver a Orión, sus ojos verdes intensos, su boca carnosa y perfecta... Orión era la pasión personificada, pero si estuvieran caminando en la calle de la ciudad, cómo sería entonces, se preguntaba. Se resignó al hecho de que ya eso no importaba, Kanek estaba muerto y se había llevado consigo cualquier esperanza de descubrir otros senderos hacia el amor. Ella sabía que ya había cometido actos que no la hacían merecer ningún alma pura e íntegra. Si decidiera dar marcha atrás y encontrar otro hombre que tal vez la hiciera feliz, cómo podría vivir una vida simple cuando su alma llevaba tantas cargas pesadas. Otro hombre la miraría con odio, con repudio. Ella ya no era una persona común y corriente, era una persona que había violado las leyes de la naturaleza para seguir sus ambiciones. Lo más que le chocaba era su disposición a seguir actuando de esa manera, ella nunca se había puesto a pensar en el bien o en el mal, o en qué los definía. No le importaba... el bien o el mal le parecieron opciones oportunísticas y relativas a la persona.

Koren caminó por el pasillo hasta encontrarse en un gran salón con hermosos tapices. Lo más que le extrañaba era que el palacio parecía estar vacío. Siguió buscando por todas partes hasta que al fin dió con una comitiva en un hermoso jardín, Talma y los otros dragones estaban entre ellos.

"Buenas tardes." Koren saludó al resto.

"Buenas tardes, que gusto verte por acá." Le dijo Blassa amistosamente.

"Dentro de una hora llegará la familia de Kanek a buscarte. Hemos decidido no acompañarte para que sea más intimo." Le informó Talma.

"Está bien." Koren respondió también sentándose en unos de los sillones disponibles. La plática resumió entre el resto, quienes conversaban acerca de las diferencias entre Astra y Bandah. Astra era una tierra eternamente primaveral, con mucha agricultura y lagos, mientras que Bandah era una tierra con múltiples zonas geográficas que le daban mucha diversidad climatográfica. Koren se levantó en un momento aburrida con el tema, para poder caminar en el jardín, asombrada por la inmensa variedad botánica, al igual que la mucha fauna que estaba en los predios. Diminutos colibríes, gigantes mariposas, pequeñas hadas, todos salpicaban de color el matiz de las flores quienes a su vez eran un verdadero espectro de color. Una hada casi del tamaño de un saltamontes se posó en su hombro para poner una flor en su cabello. Ella sonrió agradecida y siguió caminando sin rumbo hasta que llegó a las orillas del bosque. Estaba impactada por el verde espeso del follaje y la altura de los árboles. Sintió unas pisadas y se volteó a mirar a quién pertenecían, su corazón dió un salto por que por un momento pensó que era Kanek quien caminaba hacia ella.

"No quise asustarte, perdona. Me dijeron que estabas por aquí y he venido a buscarte para que vayas a cenar con mi familia." Le explicó el joven con una sonrisa.

"Hola. Me sobresalté un poco, pensé que eras..."

"Sí, no tienes que explicarte, mi hermano y yo solíamos decir que debimos haber sido gemelos, sólo que yo nací un poco antes. Me llamo Rómulo." El joven extendió su mano para saludar a Koren.

"Sí, el parecido es increíble."

"Andamos entonces." Koren empezó a caminar junto a él, de vez en cuando sonriéndole tímidamente cuando sus miradas se cruzaban.

"Había hablado con mi hermano hace poco, me platicó sobre tí. Todo lo que me dijo es cierto. Me había dicho que eras la joven más hermosa que jamás había visto. Yo digo lo mismo." Koren se sonrojó un poco incómoda.

"Lo siento, no quise hacerte sentir mal. A veces soy muy tonto cuando me pongo nervioso."

"Ja, ja, no te preocupes, estoy acostumbrada. La gente se queda mirando, ya no me importa." Ambos caminaron hacia el castillo, donde una vez más se reunieron con el grupo que estaba ahí antes.

"Talma, ya me retiro con Rómulo. Cuando llegue me iré a dormir para estar descansada antes del viaje." Koren les dejó saber a todos aunque se dirigió a Talma.

"Sí. Está bien, sólo déjale saber a los vigías cuando llegues, ellos me dejarán saber que estás de regreso."

"Sí. Así lo haré. Buenas noches a todos." Los demás le dieron las cortesías de despedida, entonces Koren partió con Rómulo. Los jóvenes platicaron de cosas mundanas como el clima y lo escénico del paisaje. Una vez en los establos montaron unos gigantescos caballos que los llevaron a través del castillo y por unos inmensos prados verdes hasta llegar a una gran vía de adoquines grises. Unos rótulos en la calle les dejaban saber el camino hacia la ciudad de Astra, un camino muy bien cuidado, pero poco transitado.

"¿Dónde está la gente?" Preguntó Koren con curiosidad.

"Estos caminos son raramente transitados, el castillo es un mundo aparte, me imagino que así sucede en Bandah."

"Sí, tienes razón. Además, las comitivas reales siempre llegan por el aire a la ciudad. Kanek y yo visitamos el pueblo hace poco." Comentó Koren, seguido sintiéndose incómoda por haber mencionado a Kanek.

"Qué bien. Nunca he ido a Bandah, pero creo que te gustará la ciudad de Astra. Es muy colorida… festiva. Nos estamos hospedando en las afueras de la ciudad, somos del área de Kaniba. Está ubicada al Este, donde están las planicies. Este caballo tan majestuoso que vez aquí es oriundo de esas partes, nuestras planicies son espectaculares. Nos gusta vivir anchamente para practicar nuestro negocio familiar. Mi familia ha estado en la milicia real por muchos años, de hecho yo también soy parte de ella."

"Sí, ya sabía yo que Kanek era un militar estupendo." Añadió Koren.

"Desafortunadamente no le sirvió de nada ante un dragón. Lo peor es que fué un dragón blanco. ¿Quién sobrevive un ataque así?" Koren permaneció en silencio. Lo único que podía sentir nuevamente era la rabia hacia Orión por usar a Kalani de ese modo. Ella no era tan sólo un dragón poderoso sino que también uno muy particular.

Los dragones botaban fuego según el color de su piel, por lo que el dragón blanco suelta un fuego fulminante que es blanco y nadie lo puede ver a la luz del día, dándole al dragón la ventaja de atacar durante el día. Lo mismo para el dragón negro, pues su fuego de ébano, se pierde en la noche para sorprender al enemigo quien no tiene ni la menor idea de su inminente muerte. Sólo un dragón blanco puede engendrar uno negro y viceversa, lo que hacen su rareza más valuable.

"No quiero ni pensar en sus últimos instantes de vida." Continuó diciendo Rómulo.

"Por favor hablemos de otra cosa. Kanek era muy importante para mí, pensar que conoció su fin tan vilmente, me aturde. Por lo menos no quiero llegar ante todos hecha un desastre."

"Es verdad. Lo siento. Si galopamos un poco más rápido estaremos a unos quince minutos del lugar." Al decir esto Rómulo apretó la marcha de su corcel, haciendo que el de Koren hiciese lo mismo. El hospedaje estaba en un hermoso lugar rodeado de árboles y vegetación, había venados por doquier pastando en los predios.

"Me encanta la fauna de este lugar, todo es tan perfecto."

"Gracias, Astra es un lugar maravilloso. Además, en las cercanías del castillo, existe un enorme bosque encantado, muy anciano, lleno de magia y maravillas cuales aún no terminamos de descubrir. El bosque es el alma de todo nuestro mundo."

"Maravilloso. Este lugar parece una invención de la imaginación en vez de una realidad."

"Todos los que visitan Astra suelen decir lo mismo. ¿Cómo es Bandah?"

"Yo crecí cerca del castillo, así que tampoco puedo decir mucho de cómo es Bandah, pero el castillo es muy austero, no tan florido como el de ustedes. Está hecho de piedras grises en vez de ese mármol blanco del de aquí."

"He visto muchas escenas de Bandah y me creo que es muy opaco, pero hermoso." Comentó Rómulo cortésmente.

Hicieron el resto del tramo en silencio, acercándose al hospedaje, donde la madre de Kanek les esperaba sonriente.

"Bienvenida. Me alegro que hayas aceptado nuestra invitación. Es nuestra última noche aquí, nos regresamos a Kaniba lo antes posible." La mujer platicaba guiándolos hacia la parte interior del edificio después de haber dejado sus montas en el establo cercano. La posada era muy sencilla pero elegante a la vez, todo estaba construido de una madera pálida, decorado con muchas flores de hermosos colores. En el medio del salón de recibimiento, había una enorme chimenea que desprendía un suave fuego rojizo, que calentaba el lugar. Koren se sentó en una gran mesa donde todos estaban reunidos comunalmente para comer, saludó desde su lugar a la hermana y padre de Kanek, pensando extrañamente que esa pudo haber sido su familia.

"Muy bien, quiero empezar por dar un brindis en honor a Kanek quien está de rumbo a otras aventuras." Dijo el padre de Kanek alzando su copa de vino. Todos hicieron lo mismo.

"Yo brindo por los años de felicidad que tuvo, por las veces que me abrazó y por lo orgullosa que siempre estuve de él." La madre añadió.

"Yo brindo por las veces que corrimos en los prados jugando, por las veces que con paciencia me enseñó a montar caballos y todo el trabajo que hizo por mí cuando yo estaba tratando de no hacerlo." La hermana de Kanek sonrío mientras compartía esta anécdota.

"Yo brindo por que el fué mi mejor compañero de juegos, por las muchas peleas y aventuras que emprendimos de niños en el bosque y por que siempre fué mi mejor amigo." Rómulo compartió. El silencio se posó entre ellos al tocarle a Koren hablar, pues no sabía que decir.

"Yo brindo por que en el poco tiempo que lo conocí me enseño el valor de la amistad." Fueron las únicas palabras que logró compartir. Después del brindis las meseras empezaron a traerles platos diferentes para su degustación, hasta que decidieron cual sería su cena, un rostizado de ave con vegetales que era muy sabroso al ser hecho en vino y timo. En medio de la comida Koren se sintió como si fuese observada, miró a su alrededor disimuladamente pero no pudo observar nada en particular. Hasta que en un momento logró ver una figura cerca de la chimenea, un hombre que se cubría la cara con la capucha de su capa. Supo de inmediato que tenía que ser Orión, su porte era inconfundible. Tuvo que dejar de comer por que su estomago se le hizo un nudo, platicaba con los presentes sin poder concentrarse quienes trataban de hacerla sentir bienvenida a pesar de lo extraña que estaba actuando.

Después de la cena y el postre, Koren se disculpó por querer marcharse tan pronto ya que tenía que viajar al día siguiente y quería estar descansada.

"Muchas gracias por tu compañía, si alguna vez visitas Kaniba no dejes de visitarnos." Le ofreció el padre de Kanek cortésmente.

"Gracias, lo tendré en consideración, pero viviendo en el palacio de Bandah, es raro que salgamos de ahí." Contestó Koren.

"Que tengas un buen viaje querida. Nos dió gusto conocerte." Janna, la madre de Kanek, le apretó la mano firmemente.

"De hecho… Hay algo que quiero regresarle a usted." Koren se quitó la sortija que llevaba en su dedo para dársela a la mujer.

"Oh no, no te preocupes. Es tuya. Kanek me la había pedido para tí." Le explicó la mujer sonriente.

"Lo sé. Pero creo que es una joya familiar y la puede tener Sarissa, o tal vez un día la pida Rómulo." Le dijo Koren señalando a los hermanos de Kanek.

"Además, yo tengo su espada. No hay honor más grande." Koren le dijo mientras le posaba el anillo en la palma de la mano, cerrándola acto seguido para afirmar su decisión. Janna sonrió, aceptando el anillo sin decir más.

"Buenas noches a todos. Yo puedo ir al palacio sola, ya sé como llegar." Koren se despidió.

"Cómo va a ser, yo te puedo acompañar." Se ofreció Rómulo indignado.

"No, gracias, necesito estar sola y no creo que habrá ningún problema." Rómulo y los demás se irguieron para despedirse de Koren con un beso en la mejilla. Janna la besó en la frente y le deseó lo mejor para siempre. Koren decidió marcharse de una vez para evitar empezar a llorar de nuevo y por que sabía que Orión aún la estaba observando.

Ella salió a buscar su caballo, montándose lo más rápido que pudo, con su corazón acelerado al máximo, sin saber qué era lo que la tenía tan descontrolada. Estaba segura que Orión se le aparecería en algún momento, pero ella no tenía por qué estar tan ansiosa. No pasó mucho tiempo que estaba al galope hasta que al fin una voz varonil familiar la inmovilizó.

"Te he estado observando." Dijo Orión mientras acercó su caballo al de Koren.

"Lo sé." Fué lo único que Koren dijo, volteándose a mirarlo. Al encontrarse con los intensos ojos verdes sus cuerpo empezó a temblar de emoción. No podía creer lo débil que era ante Orión, no quería parecer, ni admitir, que él ejercía tanto poder sobre su persona.

"Kalani me dijo que no quieres escucharme."

"Es cierto. Le pedí que no me dijera más de tí. ¿A qué has venido?" Le dijo Koren lo más cortante que pudo. No quería insinuarle que lo había perdonado tan fácilmente, especialmente después del día tan triste que había vivido al despedir a Kanek.

"A verte, a hablar contigo. Te seguí desde que salieron de Bandah. Volamos tras de ustedes."

"¿Qué quieres decirme que es tan importante? ¿Acaso ya no me dijiste que soy tuya? ¿Que por eso mataste a mi amigo?" Le espetó Koren con furia en la voz.

"Fué un acto de celos. Tan sólo pensar que alguien pudiese ganar tu amor, fué horrible... Que alguien pudiese atreverse a tocar tu piel, besarte...Tuve unos celos increíbles al pensar que él estaría a diario a tu lado, mientras yo ando deambulando por el mundo contigo prendado al alma." Le explicó Orión suplicante.

"Todavía no puedo perdonarte. Tú sabes todo lo que he hecho por tí, como te he entregado mi alma, sin penas, sin preguntas.

Por tí, he hecho y deshecho la tela de la vida. Y tú desvaloras mi amor con un ataque de celos."

"Lo sé. Lo sé. Soy un desastre. Me puse después a pensarlo mejor y me dí cuenta de la bajeza de mi acto. Pero no puedo darle atrás al tiempo. Por favor, no puedo seguir mi rumbo sin tu perdón. Tengo un peso, una cadena de amargura que me aprieta por que sé que te he defraudado." Orión le suplicó con tristeza en los ojos. Koren hizo hasta lo imposible por no llorar, por no darle el perdón tan fácilmente.

"No lo puedes traer otra vez… También lo mataste tan brutalmente. Cómo pudiste utilizar a Kalani de esa manera."

"No estaba pensando. No podía entrar al palacio así que la mandé a ella. Le dije que lo hiciera sufrir, pero no sabía que era lo que ella iba a hacer, siguió mis ordenes al pie de la letra." Las palabras surgían entrecortadas por la angustia.

"Véte. No quiero verte. Pareces un idiota. No estoy lista para perdonarte. Has lo que te de la gana, es lo que haces de todos modos. Yo me mantendré en contacto con Kalani." Koren dijo las palabras secamente, pegándole a su caballo levemente para que continuara su rumbo, saliendo al galope sin mirar hacia atrás. Una vez se sintió que estaba sola empezó a llorar amargamente. El aire fresco le secó las lagrimas y la revivió un poco, ella se mantuvo observando el paisaje para que el verde a su alrededor le ofreciera calma. Tenía la impresión que otro jinete estaba en el mismo camino a una distancia, pero sabía muy bien quien era y no se volteó a mirar.

La mañana estaba fresca y luminosa, los pajaritos silvestres tenían una orquesta armoniosa que se entrelazaba con las ráfagas de la brisa matutina. Koren se vistió sin prisa, evitando el servicio de las mucamas del palacio. Se colocó una vez más el cinturón secreto en que llevaba el corazón de Kalani en su cintura, con la tentación de comunicarse con ella y preguntarle por Orión, pero cambió de opinión. Salió de la habitación sin tocar la campana de servicio por que quería ver un poco más el castillo antes de irse. No tuvo oportunidad de estar sola por mucho tiempo al toparse con Blassa a mitad de camino.

"Buenos días.¿Cómo dormiste?" Le preguntó él cortésmente.

"Buenos días. Muy bien gracias, ¿y usted?"

"Bien. ¿Estás lista para el viaje?" Comentó Blassa amistosamente mientras caminaban por el pasillo.

"Sí. Es muy corto de todos modos."

"Me imagino que ya sabes que todos sabemos que eres parte dragón, después de tu exhibición en el castillo. Al parecer, de una línea muy fuerte. Eres una de nosotros y que no se te olvide, estaremos pendiente de tí." Le dijo Blassa amistosamente. Ella sabía muy bien que era un gesto muy generoso ya que algunos dragones no estaban muy a gusto con las mezclas entre razas.

"Muchas gracias. Espero que el secreto no se siga corriendo."

"No. El rey tomó precauciones para que la explosión en el castillo pasara como un acto del mismo dragón que atacó a Kanek. Queremos que ese secreto continúe, ya tu sabes por qué."

"Sí."

"Bueno, ya que regresemos al palacio, si quieres podemos encontrarnos de vez en cuando para visitar Bandah o tomar el té… si te parece, claro." Blassa sonrió, dejando ver sus dientes afilados.

"Oh, sí. Siempre estoy ocupada pero puedo hacer tiempo." Dijo Koren sin saber qué decir, dándose cuenta que Blassa a lo mejor tenía otros intereses en mente.

"He descubierto una galería de arte muy hermosa, ¿quieres verla?"

"Sí, me encantaría."

Ambos caminaron juntos hasta la galería y llegaron a un gran salón que estaba repleto de lienzos de coloridos paisajes y escenas. Había retratos en lienzo de todos los monarcas de Astra, dignatarios e imágenes de las historias del lugar.

"¡Este lugar es fantástico!... Es mucho más vivo que la galería de Bandah." Exclamó Koren mientras observaba los cuadros uno por uno.

"Muy cierto." Afirmó Blassa sonriéndole nuevamente. Koren decidió no prestar atención a sus galanterías y enfocarse en las pinturas. Ella nunca se había fijado en ninguno de los caballeros del rey, así que Blassa era completamente un extraño para ella. Pretendía mirar un cuadro pero cuando tenía lo oportunidad de pasar desapercibida, lo observaba mejor. Él no era apuesto ni joven, pero no estaba mal, aunque esto no tenía nada que ver, pues los dragones se podían transfigurar de la manera que desearan. Hecho que hacía imposible saber su edad, o apariencia verdadera. Blassa se veía de buen porte… alto, delgado, con un increíble cabello rojo como las fresas que parecía irreal. (El cual chispeaba cenizas de vez en cuando). Él tenía los ojos amarillos intensos, de esos que parecen leer la gente de una sola mirada.

"Aquí están." La voz de Talma interrumpió el silencio de la galería.

"Hola, buenos días. ¿Nos estabas buscando?" Inquirió Koren.

"Sí, la reina y el rey quieren tomar el desayuno con nosotros antes de que partamos. Así que esperamos que nos honren con su presencia pronto, ya que nos estamos muriendo de hambre." Les dijo Talma riendo.

"Perdón, se nos perdió el tiempo aquí. Tienen bellezas." Al decir lo último Blassa miró a Koren y le sonrío nuevamente. Talma les dió una mirada inquisitiva, pero Koren sólo se encogió de hombros. Todos caminaron juntos de regreso hasta el gran salón de comer y se unieron a los demás. El banquete era delicioso, repleto de frutas frescas, bayas y panadería delicada. Koren pensó que Astra era un lugar muy agradable, mucho más que Bandah. Después del desayuno se fueron un rato al jardín a tomar el té y platicar con los reyes quienes le mandaban felicitaciones a los reyes de Bandah por el nacimiento del príncipe, ellos gustosamente visitarían Bandah para hacerle los regalos de costumbre al posible heredero al trono. Talma y Koren caminaron un rato juntas para ver los jardines una vez más, lo que hacía que Koren se pusiera muy nerviosa, con la proximidad de la dragona.

"Koren, quería hablarte sobre algo." Dijo Talma, haciendo que la tensión de Koren incrementara.

"Sí, dime."

"Como te habrás dado cuenta, creo que le gustas a Blassa... No va a ser el único. Ya estás creciendo más y podrás tomar decisiones por tu cuenta, pero... Eres tan hermosa que los hombres querrán ganar tu afecto a como de lugar. Ahora estás joven, pero ellos saben que es cuestión de tiempo hasta que puedas escoger pareja, o parejas." Talma empezó a hablar.

"Pero no todos querrán ser tu pareja, algunos sólo buscan divertirse y en ciertos casos a lo mejor buscan que hagas cría. Como sería el caso con algunos de los dragones. No estoy diciendo que esa es la intención de Blassa, pero es una advertencia en general en cuanto a los dragones. Una dragona se tarda mucho en dar cría, casi cinco años. Una humana, o elfa, puede dar cría en menos de un año. La prole sigue siendo mágica, así que no se pierde mucho en la primera unión de sangre de dragón y otra raza. Tus hijos serán mágicos, independientemente de su estado mortal. Mírate a tí, eres menos que mitad de dragón y eres súper poderosa, con el tiempo lo seguirás siendo más aunque no lo creas. Muchos dragones piensan que ese es el destino de la raza, uniones entre las razas."

"Gracias por el consejo, lo tendré en mente. No estoy pensando en relaciones ahora mismo, es como que muy pronto como para pensar en esas cosas. No tan sólo lo digo por lo que pasó con Kanek, sino por que no me siento lista para estar en una relación de ningún tipo." Koren le dijo con franqueza.

"Muy bien. Me alegro que tengas las cosas claras. No quiero estar dándote lata incesante. Te quiero como si fueses una hija, ahora que no sé si tendré a mi Kalani junto a mí otra vez, pues, espero que estemos más tiempo juntas." Talma le dijo mientras le echó el brazo en la espalda. Koren se asustó pensando que Talma sentiría el corazón de Kalani, pero no dió indicación alguna de que esto hubiese sucedido. Llegaron al fin de un rato al lugar donde emprenderían vuelo hacia Bandah, encontrándose con Blassa y Puzo quienes platicaban animadamente. Los reyes estaban ahí y tenían en sus manos unos regalos para los reyes de Bandah que los viajeros entregarían a su llegada.

"¡Que tengan un buen viaje!" Los reyes se despidieron. Blassa y Puzo emprendieron vuelo lentamente mientras se despedían con la mano.

"¿Tienes el compás que te dí?" Talma le preguntó a Koren.

"Sí, todavía lo tengo. Obviamente, no lo voy a necesitar." Sonrío Koren mientras se levitaba al mismo tiempo que los otros. La tierra se alejaba poco a poco y una sensación de ligereza la atrapaba, el viento chocaba contra ella pero ella mantenía su lugar. Sus pertenencias estaban en un pequeño baúl que tenia amarrado a su espalda como solían hacerlo los dragones.

También llevaba puesto su atuendo de vuelo, que era una chaqueta y pantalones de cuero negro, con las insignias reales de Bandah en plata. Esta vez se recogió el pelo en una trenza que envolvió alrededor de su cuello, imitando nuevamente las costumbres de los dragones. Hacía tan sólo como unos diez minutos de vuelo cuando una neblina espesa le hizo tener que acercarse más a Talma para seguir la formación de vuelo. Una luz se adentró entre las nubes y ella se fijó como las siluetas de los cuerpos de Blassa y Puzo empezaron a descender velozmente.

"Nos atacan, tenemos que descender." Talma se comunicó telepáticamente con Koren, mientras disminuía su velocidad.

Koren vió como los cuerpos de los otros dragones cayeron en la tierra causando una terrible explosión y una nube de polvo. Talma corrió hasta el lugar donde estaban los cuerpos de Blassa y Puzo seguida por Koren.

"¡NO!¡NO! Pronto… Tenemos que huir de aquí. ¡Es Kalani!" Exclamó Talma mientras agarró a Koren del brazo, quien se quedó inmóvil al ver la escena frente a ella. Blassa y Puzo habían sido calcinados tan ferozmente que no quedaba rastro de sus ropas, su piel parecía cubierta de cenizas blancas que aún estaban encendidas.

"Muévete Koren, debemos regresar a Bandah lo antes posible."

"¿Por qué no volamos?" Sugirió Koren.

“Seríamos más fácil de atacar… ¿Alguna vez te has aparecido en algún lugar?”

“¿Cómo que aparecerme?” Preguntó Koren confusa.

“Viajar de un lugar a otro sólo por arte de magia. Sé que no es el momento de estar con estas lecciones, pero creo que es la única manera que nos podremos escapar. Necesito que te concentres muy fuerte en algún lugar en el castillo.” Le dijo Talma agarrándola por los hombros.

“No sé. ¿Cómo qué?” Preguntó Koren ansiosa.

“¡Piensa en tu habitación!” Le ordenó Talma.

“Está bien… la tengo en mente.”

“Cierra los ojos y concéntrate en ella lo más que puedas.” Talma dijo estas palabras pero no pudo decir más, por que sabía que ya no estaban solas. La dragona se volteó para encontrarse de frente a Kalani quien era un hermoso caballo blanco que botaba ráfagas de fuego transparente por las narices.

“Hija.” Fue lo único que logró decir Talma. Alzó sus manos para atacarla, pero no pudo. Primero, por que sabía que ella no estaba actuando por su voluntad, segundo por que los dragones no atacaban dragones esclavizados por esa misma razón y finalmente por que la amaba.

“¡Talma, escápate tú!” Le dijo Koren sin poder pensar en otra cosa en ese momento. Sabía que Kalani no le haría daño a ella, pero no sabía que intenciones Orión tenía en ese momento referente a Talma.

"Por favor, deja que mi madre viva." La voz suplicante de Kalani se infiltró en la mente de Koren.

"¿Qué te ha ordenado Orión?" Le preguntó Koren sin darse cuenta que lo había dicho en voz alta. Talma la miró confundida.

"Me pidió que matara a los dragones." Respondió Kalani.

"¿Por qué?" Exigió Koren. En ese momento Talma gritó de furia y dolor al darse cuenta que Koren estaba dialogando con Kalani, ya que la verdad de la situación le apuñaló el corazón. El grito de Talma fué una alarma para que Koren volviera a la realidad, donde juzgando por el rostro contorsionado de Talma, se sabía quien tenía el corazón de Kalani.

"Mátala." Koren dió la orden sin dejar escapar un segundo. Kalani dejó soltar una enorme bocanada de fuego transparente que atrapó a Talma como un remolino incendiario. Koren se alejó del lugar lo más rápido que pudo, aunque al voltearse a ver qué pasó, sólo logró ver el cuerpo quemado de Talma caer en pedazos en el suelo.

"Lo siento Kalani. Pero sé que ella me hubiese matado a mí." Le dijo Koren una vez más acercándose hasta donde estaba Kalani.

"Te odio, no puedo creer que me hayas hecho matar a mi madre." Gritó Kalani adolorida. Koren no la silenció por que se imaginaba el dolor que ella estaba sintiendo en ese momento.

"¿Dónde está Orión?" Preguntó Koren en voz alta.

"Aquí estoy." Orión surgió de entre los árboles.

“¿A qué se debe todo esto? Has matado estos dragones y a la madre de Kalani. Sí, tú la mataste, por que no me quedó otra opción que dar la orden para defenderme.” Le reclamó Koren furiosa.

“Vine a entregarte a Kalani. Sin tu perdón, como voy a poder seguir adelante.” Le dijo Orión destrozado.

“¿Qué voy a hacer yo con ella? No le puedo dar su corazón, ¡me va a hacer pedazos! Además, no seas tonto, no eches a perder todo lo que hemos planeado tan sólo por que estamos peleados. Eres tan malcriado… peor que un niño.” Le dijo Koren frustrada.

“Vente conmigo… Dejemos todo aquí. Nos iremos a vivir en las tierras que nadie habita, nos iremos con tribus mercantes que no preguntan nada, que no les importa nada. Viviremos allí juntos.” Le ofreció Orión arrodillándose ante ella.

“No quiero vivir como las bestias. No quiero tener que estar huyendo. Si me voy contigo ahora, perdemos la oportunidad de tener a alguien en el palacio para llevar acabo nuestro plan. Yo quiero ser reina ¿me oyes?” Le dijo Koren sin emoción.

“Por lo menos perdóname, pasará mucho tiempo antes que nos veamos y no quiero que estas sean las últimas palabras que me dices.” Orión suplicó.

“El perdón se gana. Que quede bien claro, que yo no soy tuya. Soy de mí y sólo te dejo que compartas parte de mí.” Ella respondió firmemente con tranquilidad, sintiéndose más segura de sí misma que en ningún otro momento en su vida.

"Ahora, necesito que me golpees." Continuó Koren hablando.

"¿Golpearte? ¿Por qué?" Le preguntó Orión perturbado.

"Obvio, cómo después de semejante ataque voy a aparecerme en el castillo como si nada. Además, ustedes tendrán que esconder muy bien los cuerpos, me imagino que harán una búsqueda del lugar para intentar recuperarlos. No podemos dejar que recuperen a Talma, si le hacen la ceremonia de muerte ella le dirá a todos quien tiene el corazón de Kalani." Explicó Koren un poco exasperada.

"Tienes razón. Ni siquiera se me ocurrió. Eres en verdad maravillosa." Orión le dijo mientras la miraba con inmenso cariño, sintiéndose como un tonto.

"Más te vale que te espabiles, de ahora en adelante no necesitamos errores. ¡Pues entonces que esperas, pégame!" Le ordenó Koren.

"No puedo hacer eso, dile a Kalani que te pegue." Le respondió Orión firmemente.

"Kalani, acércate. Golpéame fuerte en la cara." Ordenó Koren. Kalani se acercó sin titubear, transformándose en una mujer, entonces con mucho gusto y odio en su rostro, le dió un sólido golpe en la cara a Koren. El golpe fué tan fuerte que hizo que Koren perdiera su balance y cayera al suelo. La sangre empezó a brotar por su boca y nariz, también escupió unos dientes. El dolor era intenso, haciendo que Koren empezara a llorar, entonces alzó la vista y se dió cuenta que Kalani aún estaba parada al frente de ella con su blanca desnudez lista para darle un segundo golpe.

"Con uno basta." Koren detuvo a Kalani, quien nuevamente se transformó en un caballo y se apartó un poco del lugar.

"Espero que puedan arreglar esto en el castillo." Comentó Koren jocosamente.

"No te preocupes lo arreglan todo… Además, ni siquiera sin dientes y la cara ensangrentada te ves fea." Sonrío Orión ayudándola a levantarse.

"Es mejor que me vaya ya. Hasta luego." Koren se despidió fríamente y cuando él trato de abrazarla ella lo rechazó, dándose la vuelta y partiendo nuevamente sin mirar atrás.

"Kalani, me mantendré en contacto. Lo siento por lo de tu madre… honestamente. Quiero que tengas en cuenta que el día que Orión se haga buen amigo de una mujer me lo dejes saber. ¿Entendido?" Le ordenó Koren a Kalani.

"Sí, ama." Fue la única respuesta.

Koren buscó su compás para seguir el rumbo a Bandah entre la neblina, el modo de aparecerse en algún lugar que Talma le había sugerido le intrigaba, pero no lo suficiente para intentarlo en ese momento. Además, algunas veces lo mejor del viaje, terminaba siendo la experiencia del viaje. No se tardó mucho en llegar al castillo donde ya les esperaba a todos una pequeña comitiva. Unos caballeros, Marussa y Pumzi estaban allí, quienes se alarmaron cuando se dieron cuenta de su apariencia y la falta de los otros viajeros.

"¡Koren! ¿Qué ha sucedido? ¿Dónde están los demás?" Preguntó Marussa enfáticamente mientras le ayudaba a quitarse el baúl de la espalda.

"Nos atacaron en vuelo… Yo ví los primeros caer, entonces Talma me dijo que aterrizara, pero perdí el control. Aterricé mal y cuando recobré el conocimiento no encontré a los demás por ningún lado." Les dijo Koren fingiendo angustia.

"¡Qué atrocidad! Pronto, corran a avisarle al rey." Ordenó Marussa. Los demás caballeros salieron apresurados hacia el castillo mientras que Pumzi le tomó la mano a Koren para guiarla hasta el palacio .

"Pobre chica. No pasas de una para entrar en la otra… Tenemos que llevarla a la enfermería de inmediato, mira en que condición está." Exclamó Pumzi. Koren se dejó llevar hasta la enfermería donde allí las curanderas y brujas la agobiaron con sus cuidos. Unas le entregaron unos brebajes que le quitaron el dolor prontamente, otras le untaron unos ungüentos en la cara que hicieron que su rostro regresara a la normalidad paulatinamente. Una bruja le dió a beber una pócima que sabía a tiza, que era muy amarga.

"Es para que tengas los dientes otra vez, mañana te salen. Estarán un poco pequeños por un par de días, pero no notarás la diferencia cuando termine la semana."

"Gracias." Le dijo Koren sintiendo que la inflamación de su rostro estaba cediendo y se le hacía más fácil hablar. Una algarabía se sintió en el pasillo, Koren miró hacia el lugar, para darse cuenta que la reina se hacía paso entre todos con su niño en brazos.

"¡Koren! Querida niña, me han dicho lo sucedido." La reina se acercó donde ella y le apretó la mano tiernamente.

"No sé que pasó…nos atacaron… yo me desperté luego." Trató de explicar pero la reina la detuvo.

"Está bien, no tienes que decir nada por ahora, es mejor que descanses. Ya he mandado a buscar a tu madre. ¿Hacía cuanto tiempo habían salido de Astra cuando sucedió el ataque?"

"Unos quince minutos, no había pasado mucho tiempo."

"Gracias, me das una idea de la distancia, empezaremos a buscar por esa área. No te pregunto más nada, por que sé que tu no conoces bien el área."

"Sí, tampoco pude ver bien por que había mucha neblina. Pude llegar hasta aquí por que todavía tengo el compás que Talma me dió cuando salimos de viaje."

"Ya no hables más, estoy muy contenta de que hayas llegado con vida. Trataremos de buscar el resto." La reina partió en seguida a dar ordenes a los caballeros y militares que se habían congregado en la sala de audiencias del castillo.

"¡Hija! ¡Hija!" Los gritos desesperados de Flora alcanzaron a Koren quien se llenó de alivio al ver a su madre. Flora la abrazó fuertemente, besándole la cara.

“Me fueron a buscar a la cocina, pensé que estabas en peor estado pero ya te han repuesto muy bien.” Dijo Flora casi sin aliento.

“Ya estoy bien. Tuve suerte.” Koren se adentró más en los brazos de su madre buscando el solaz que sólo ellos le podían brindar, pero algo muy extraño le sucedía que el sosiego se le escapaba.

“Tu padre se ha ido con los demás a buscar a los otros, pero creemos que algo malo ha sucedido... El que no hayan regresado da indicios que algo no está bien.”

“No puedo creerlo… estábamos volando y de súbito una luz blanca penetró la neblina, después vi caer a Blassa y a Puzo dando tumbos en el viento.” Relató Koren.

“Hija, ya no hay más que hacer. Lo importante es que estas aquí sana y a salvo.”

“Mamá, ya no quiero vivir más en el palacio, por favor, quiero olvidarme de todo esto y regresar a la casita del bosque.” Suplicó Koren en un extraño momento de arrepentimiento.

“No seas tonta, sólo por que has tenido algunas experiencias adversas no puedes dejar tu puesto en el palacio. Además, ya entraste al servicio de la reina.” Le explicó Flora con calma.

“Sí, quieres decir que soy esclava de la reina.” Reclamó Koren furiosa.

“No hija, eres parte de la reina. De lo que ella constituye, te escogieron a tí entre muchas y has dado a demostrar que no sólo tu belleza te hace única. Tú le salvaste la vida a la reina, ¿no te acuerdas? Todos tenemos un destino y yo creo que el tuyo era estar en el palacio."

"¿Y si lo que tengo es un mal destino?" Preguntó Koren molesta con su madre.

"Cómo dices esas cosas." Su madre le sonrío tiernamente, mientras que Koren volteó su cara para que su madre no le viera el rostro.

"No quiero hablar más contigo. Estoy cansada." Le dijo Koren sin emoción en la voz.

'Hija, no te molestes conmigo. Puedes pasar algunas noches en la casita del bosque si quieres."

"No mamá, son estupideces mías. Ya es hora de que crezca y acepte lo que me ha tocado vivir." Koren respondió con amargura.

"Es mejor que descanses. Ya vendré luego a visitarte."

"¿Sabes qué? No quiero que vuelvas."

"Koren, ¿por qué te pones así? No digas eso." Le dijo su madre un poco alterada.

"Ya me oíste… ¡Vete! Si no te vas… llamaré a los guardias para que te saquen." Doña Flora se quedó boquiabierta ante las palabras tajantes de su hija, se alejó sin poder hablar, decidiendo marcharse por que a lo mejor su hija estaba muy traumada por lo que había sucedido y ya luego hablaría más con ella. La realidad era que Koren había decidido que su madre tenia razón, ella tenía un destino y no podía ser débil. Debía dejar atrás las cosas de su pasado que la hacían débil, incluyendo a su madre. Doña Flora se marchó sin imaginarse que no vería más a su hija... no hasta el día de su propia muerte.

Koren durmió un sueño incómodo, grata de que al despertar ya era el día siguiente. Pensó que probablemente le habían dado unas pócimas para hacerla dormir sin ella haberse dado cuenta. Al menos estaba aún con su ropa de vuelo, lo que le dió gran alivio, no tan sólo por que le hubiese molestado sino por que encontrarían el corazón de Kalani. No quería tener que dejar el corazón en un lugar secreto fuera de su vista, tenía miedo de que pronto se le acabaría la suerte y alguien se daría cuenta de lo que llevaba consigo.

Anari entró en la habitación sonriente al verla ya despierta.

"¡Hola! Buen día. Te ves mucho mejor que ayer. ¿Cómo te sientes?"

"Muy bien, como si nada. ¿Alguna novedad?" Preguntó Koren.

"Sí, encontraron el área donde los atacaron pero no encontraron los cuerpos. Es posible que Kalani los haya pulverizado con su fuego. Es horrible... sabemos que Talma pereció a manos de su hija, a lo mejor ella pudo haberse defendido pero..." La voz de Anari se quebró al dar la noticia.

"¡Que horror!"Exclamó Koren fingiendo sorpresa.

"Sí, tú de milagro te salvaste. El rey piensa que tu no eras el blanco del ataque sino los caballeros. Es posible que haya alguien interesado en debilitar la corte del rey y por eso están atacando los caballeros, ya que empezaron por Kanek. Talma habrá ido a ayudarles… tampoco salió con vida."

"¿En serio? Eso piensan… claro, hace sentido." Reafirmó Koren.

"Bueno, ya te he dicho las novedades. Cuando estés bien regresa a tu aposento, pero la reina ha pedido que vayas antes a verla."

"Subiré pronto."

"No hay prisa. Ella sabe que te estás recuperando." Le dijo Anari cortésmente. Koren se irguió de la cama sintiéndose muy liviana.

"Me siento muy bien. Iré a asearme, ponerme un vestido más apropiado, e iré a ver la reina."

"Se lo dejaré saber, pero como te dije, no hay prisa. Estoy muy contenta de que estés bien. En serio."

"Gracias." Le contestó Koren antes de verla partir. Después de decirle a la curandera su deseo de marcharse, se encaminó hasta su apartamento en la torre donde una hermosa sorpresa le dió la bienvenida, alguien se había tomado el tiempo de embellecer su sala de espera con hermosos ramos de flores. Neroli le saltó en su hombro para ronronearle con afecto mientras que Koren acariciaba su sedoso lomo.

"Que gusto verte a ti también." Koren tocó la campana de servicio, haciendo que de inmediato sus mucamas llegaran.

"Prepárenme el baño." Koren dió la orden y las muchachas se hicieron a la tarea con rapidez, lo que le estuvo muy cómico a ella pues podía hacerlo todo en un abrir y cerrar de ojos con sus poderes mágicos. Todas esas menudeces se le hicieron tan absurdas… Se sentó en una butaca con Neroli en su regazo contemplando la idea de que sería de estas mujeres si todos usaran su magia. Si la magia acaparara todos los instantes de la vida, sería un fracaso indisputable, ya que la gente estaría sentada inventando cosas mágicas sin uso, sin disfrutar ni siquiera los actos banales que se daban a diario. La magia le pareció una extravagancia en ese momento, algo que tal vez limitaba el verdadero placer de existir.

"Doncella Koren, todo está listo."

"De ahora en adelante soy Dama, ¿entendido?" Le aclaró Koren cortante. Ya se sentía lo suficiente madura como para adoptar un titulo más formal.

"Sí, señora." La muchacha se fué apresurada dejando a solas a Koren. Esta echó a un lado a su gata, despojándose de sus vestimentas sucias, metiéndose al agua recién perfumada con limón y miel, para relajarse un poco.

La visita a la recámara de la reina fue muy breve y casual. Violeta estaba más preocupada en su recién nacido que en el relato de los sucesos que Koren le comentaba. La reina le informó casualmente que en una semana sería la presentación formal del príncipe, pero que ya estaban en pié planes de seguridad extrema para la ceremonia. Violeta también le pidió que estuviera muy al tanto de todo en el castillo ya que estaban en modo de alerta debido a los ataques recientes. Koren regresó a la biblioteca después de su visita a la reina y allí se quedó metida el resto del día. No aceptó la invitación de ninguna de las otras damas para tomar el té, ya que en realidad se sentía ajena a todo ese mundo. No obstante, esa sensación de dejadez se quedó con ella no tan sólo en ese instante sino en los días, semanas y meses que siguieron.

Koren se refugiaba a diario en la biblioteca con su trabajo y los libros, luego empezó a asistir a las sesiones legislativas para familiarizarse con el gobierno del reino. Pensó que en preparación para el día en que ella fuese reina, sería mejor aprender a mantener un gobierno sano. De sus excursiones aprendió que el reino de Bandah se regía con una monarquía muy juiciosa en la cual las decisiones más serias eran tomadas por la reina en todo momento. El rey era el representante de la reina en la sala de legislación y estaba a cargo de tomar las decisiones menos importantes como resolver disputas entre reinos y establecer vías mercantes. Después del rey seguía en mando el Canciller Supremo quien estaba a cargo de regir las sesiones legislativas, decidiendo qué cosas pasarían a audiencia ante el rey o la reina. Los virreinatos de Bandah tenían dos delegados representándoles a cada uno, bajo orden de los virreyes de donde procedían. Estas partes de la legislación le eran muy aburridas, ya que prefería las sesiones en la tarde donde los súbditos del reino tenían la oportunidad de traer sus quejas ante el rey para ver si encontraban solución a sus problemas. Su sesión favorita fue cuando un mercante de las áreas del desierto se apareció con unas enormes bestias para demostrarle al rey que era una injusticia pagar tantos impuestos por tener las bestias de carga, ya que en sí era mucho costo mantenerlas. El rey tuvo que admitir que era injusto al escuchar al mercante, haciendo un decreto que bajaba el pago de impuestos de las bestias de carga. Justo cuando el hombre felizmente se alejaba de la sala de audiencia la bestia se tiró un pedo tan hediondo que las sesiones se tuvieron que pautar hasta el día siguiente. El rey también decretó que no se permitirían bestias en la sala de audiencias de ese momento en adelante, que tendrían que permanecer en las afueras del castillo.

La ceremonia de celebración del nacimiento del príncipe pasó casi desapercibida por Koren, quien estaba como en una nube. Recordó saludar amablemente a los reyes de Astra, también que hubo mucha opulencia y regalos maravillosos para el niño, pero todo aquello ni le importó en ese entonces por que sentía un extraño entumecimiento en sus adentros. Los reyes anunciaron al mundo el nombre del pequeño, Eligio Máximo, ante los aplausos de la congregación. Justo después de eso comenzó un baile, pero Koren se retiró a su aposento temprano, permaneciendo ahí hasta el día siguiente. Ya no sentía el mismo afán que antes, no sabía que pensar, que sentir, que hacer. Su alma estaba en un vacío incomprensible ahogándose con los actos que había perpetuado y por los que todavía le hacían falta cumplir. Lo más que le apretaba el pecho era el saber que tenía que esperar tanto tiempo para que las cosas pasaran de una vez. No dejaba de pensar en Orión en cada instante, tenía la tentación de hablarle a Kalani para preguntarle por él, pero no lo hacía por que su arrogancia se lo impedía. Sabía para sus adentros que ya le había perdonado la muerte de Kanek, pero quería hacerlo sufrir.

Los días siguieron pasando lentos, Koren siempre esperaba su fin, para tratar de tener paciencia con el próximo. Un año se esfumó entre tonterías, la única diversión en el castillo parecía ser la de estar detrás de la reina y su retoño, lo que le disgustaba a Koren desmesuradamente. Las damas de la corte estaban enamoradas del pequeño Eligio quien finalmente corría por los pasillos soltando gritos y carcajadas de alegría. Koren se comunicó finalmente con Kalani, para enterarse de la noticia de que habían hecho campamento en unas cavernas en las afueras del desierto que eran muy difíciles de encontrar. Orión se estaba haciendo de alianzas con jefes de guerra y otros mercenarios para establecer un ejército secreto. Kalani relató como estaban también viajando por todas partes haciendo tratos con razas que eran un poco cuestionables, pero que sin duda estarían dispuestas a estar en guerra tan sólo por el gusto de la destrucción. El relato también contuvo la información de que una elfa llamada Pagorah, quien estaba vendiendo armas ilegalmente, se estaba haciendo muy amiga de Orión. Koren se sintió furiosa al recibir la noticia, ordenándole a Kalani que se mantuviese pendiente en todo momento, que a la vez que viera algo más que amistad, tan sólo un indicio, que la dejara saber.

Koren cumplió sus catorce años sin decirle nada a nadie. Le pidió a la reina que no le hiciera una celebración, ni que se dijera a voces la noticia, quería estar tranquila. Doña Flora trató de buscar a su hija, pero le fue impedida su visita por orden de Koren, lo que la hizo llorar por muchas noches. Koren también excluyó a su padre de su vida, dejándole saber mediante las mucamas que estaba indispuesta, cada vez que él se presentaba a verla. Ella estaba un poco agobiada por su cumpleaños y el prospecto de que se lo celebrarían de todos modos, así que decidió pedirle a la reina que le concediera su deseo de emprender viaje a otro lugar para pasar unas vacaciones lejos del castillo. La Reina Violeta estaba muy preocupada por los pedidos de Koren, pero pensó que tal vez era mejor complacerla, por que ella estaba entrando ya en su etapa de mujer y tenía que definirse como tal. Koren estaba insegura de donde quería pasar unas vacaciones, pero como nunca había visto el mar decidió ir al norte, hacia las costas frías de Stella Maris.

"Pondremos a tu disposición una caravana digna de una dama de la reina, de ningún modo creerás que te dejo partir sola." Le advirtió la Reina Violeta al darle la noticia de que le concedían su deseo de irse lejos del castillo.

"Su majestad, yo le agradezco sus atenciones y su preocupación. Pero yo puedo defenderme sola, además, la razón primordial para emprender este viaje es buscando el sosiego en la soledad. Con una caravana, no pasaré desapercibida y obviamente, no encontraré la paz." Le explicó Koren con calma.

"Comprendo tu pedido, pero es que no me gusta la idea de que estés sola por ahí, cuando alguien está atacando los cortesanos del rey y la reina. ¿Qué tal si la próxima vez no tienes suerte?"

"Justamente es por eso que deseo ir sin que nadie sepa quien soy." Reiteró Koren.

"¿Cómo crees que nadie sabrá quien eres? Tan sólo tienen que verte el rostro para saber tu identidad." Le explicó la reina mientras con su mano le tocaba la cara con ternura. Koren sintió la mano cálida de Violeta y sonrío.

"Me taparé el rostro, iré por los caminos desiertos hasta llegar al mar. Todavía tengo la brújula mágica que me dió Talma. Una vez allí haré mi campamento cerca de alguna orilla aislada." Añadió Koren suplicante.

"Está bien. Pero por favor ten mucho cuidado. ¿Cuánto tiempo estarás ausente?"

"Creo que un par de semanas, pero si deseo quedarme más tiempo le dejaré saber de inmediato. Partiré esta tarde."

"Por favor ten cuidado, si me necesitas sólo piensa en mí y ahí estaré." Le dijo la reina sonriéndole.

Koren se alejó de la habitación de la reina con una extraña pesadez en su pecho. Ella deseaba ante todo, que el vacío que sentía en sus adentros fuese un vacío completo, que no tuviese que sentir pesar alguno. Neroli ya la estaba esperando en su habitación, junto a su pequeño saco de espalda, en el cual llevaba algunas de sus pertenencias para el viaje. Llevaba tan sólo un par de botas de cuero adicionales, dos mudas de ropa, su compás mágico, su caseta de campaña y la espada que Kanek le dejó.

"Emprendamos el viaje ya. He pedido un caballo para que sigamos en tierra, no quiero volar. Va a ser difícil, no será tan cómodo como aquí, pero no creo que eso te moleste, ¿eh?" Koren hablaba dulcemente con Neroli y esta le ronroneaba dándole vueltas afectivamente entre sus tobillos. Una vez Koren se echó el saco a la espalda, la gata dió un salto y llegó hasta la puerta. Pasando por la antesala Koren logró captar momentáneamente su imagen en un espejo y se detuvo sorprendida de la mujer que le estaba mirando.

Ella estaba familiarizada con los cambios que había dado su cuerpo, sus caderas y sus pechos se habían ensanchado bastante, su cara iba perdiendo poco a poco la redondez de niña. Sabía que ya había comenzado en su vida, la etapa de transformarse físicamente en mujer, el día en que había empezado a sangrar. Recordó lo extraño que le estuvo todo el día en que pasó, ni siquiera se acordaba hacía cuanto tiempo ya había pasado, siendo Altea la que le explicó que le pasaba a su cuerpo y por qué. Pero ahora, que se miraba fijamente en un espejo, ya no se sentía niña de ninguna manera. Los días de ejercicio militar para pasar el rato, le habían dado un cuerpo sólido y definido, sus piernas altas le daban una altura perfecta y su hermosura la hicieron sentirse muy complacida de si misma. Sabía que la próxima vez que viera a Orión, ya no podría verla de la misma manera de antes… Orión. Su nombre se infiltró en su pensar, afincando la expectativa de un contacto físico entre ellos. Se sonrojó al sentir que un extraño calor se apoderaba de su cuerpo, decidió salir de una vez antes que siguiera pensando tonterías para perder el tiempo.

Salió desapercibida del castillo, estaba segura que muchos querrían despedirse, pero ella no les iba a dar la satisfacción. Debido a que ya conocía todos los recovecos del castillo se le hizo muy fácil esquivar los guardias, las damas, los caballeros, hasta finalmente llegar a donde estaba su monta y de allí al borde del bosque. Sabía que uno de esos senderos la llevaría a su casita de infancia… se regañó a si misma por estar con esas sandeces infantiles. Neroli la seguía a una corta distancia, ya que exploraba sus alrededores y saltaba de gusto al estar tan cerca de la naturaleza. Koren sonrió pensando que su decisión había sido la correcta, le vendría muy bien estar sola, viviendo a sus anchas sin el agobio de la vida palacial. Dejó que sus piernas la llevaran lejos, el caballo a paso lento le acompañaba tranquilo, así estuvieron por varias horas hasta que finalmente ella se montó para avanzar un poco más. Se había dado cuenta que ya estaba llegando la noche, el ocaso delineaba el cielo con tonos de rosa y anaranjado que le daban un toque etéreo a las nubes grises. Nubes que daban indicio de una noche fría, llena de neblina.

Llegaron a un pequeño lugar escondido entre los árboles donde ella irguió su caseta, adentrándose en ella para dormir tranquila, sin nada en la mente por primera vez en muchos meses. La noche estaba llena de ruidos, inquietos grillos amedrentaban la noche con sus cantos, animales silvestres se escurrían sigilosamente y los búhos avisaban su presencia predatoria. Neroli estaba acostada cerca de Koren calentando su cuerpo, haciéndola relajarse con su fuerte ronroneo. Koren estaba casi dormida cuando su mente llena de repentina curiosidad pensó en Kalani. La voz de Kalani respondió súbita y clara.

"Ama, la escucho."

"Oh, es que de momento pensé en ti, en Orión…¿dónde están? ¿Qué han hecho?" preguntó Koren.

"Yo estoy en mi caseta, el amo Orión esta en la suya. Finalmente, hemos encontrado una buena guarida en el desierto. Cuando llegamos, debido a las tormentas de arena se nos hizo muy difícil establecer campamento. Estuvimos buscando por semanas hasta que dimos con una gruta, la cual estaba cercana a una enorme cueva subterránea. Es el lugar perfecto, hay un río que nos brinda agua, la cueva tiene muchas cámaras así que hay espacio para todos. Además, es muy difícil encontrar este lugar, todos los hombres tienen que andar con compases para poder llegar. Orión ya ha conseguido un pequeño pelotón de 25 hombres, un poco indeseables… creo que no le queda otra opción. Ha ido a ver algunos clanes de ogros pero se le ha hecho difícil establecer alianzas por que algunos recuerdan que él es el príncipe que falló al intentar tomar la corona de Cyrus. Orión casi siempre permanece en silencio, es muy poco de hablar. Se pasa el día entrenando a los hombres, ya ha nombrado algunos oficiales…Hace una semana una caravana de brujas muy descocadas pasó por el desierto y los hombres las trajeron a la cueva, que se convirtió en un lugar depravado. El joven Orión no se unió a ellos, se fue disgustado hacia su caseta y allí paso la noche en silencio. Me ordenó que me quedara con él para que no me molestaran. Las brujas partieron al otro día con la promesa de regresar, lo que emocionó a los hombres con demasía. En la semana nos visitan unos elfos renegados que están en conjunto con una elfa llamada Pagorah, quien nos suple las armas y comestibles. Aunque, a mi me mandan a casar todo el tiempo. En unos días iremos más al sur del desierto a visitar clanes y tratar de agrandar el ejército, hacer alianzas con los ogros… pero Orión quiere llevarles unos regalos..." La voz de Kalani se apagó con pesadez.

"¿Regalos?¿ Cómo qué?" Inquirió Koren con curiosidad.

"Carne humana." La respuesta de Kalani le erizó la piel a Koren, aunque ella ya sabía cual sería la respuesta desde un principio. Koren sabía muy bien que los ogros preferían la carne humana sobre todas las cosas, más aún si era la carne de humanos en plena juventud.

"¿Cómo van a conseguir eso?" Preguntó Koren casi sin querer saber la respuesta.

"Hay muchos pueblos que bordan el desierto, al sur, antes de llegar a la gran ciudad de Polaris. Atacaremos una aldea y nos llevaremos todos los niños… Por favor… ama… dígale a Orión que no me haga participar en algo tan horrible." La súplica de Kalani le llego cargada de emoción y angustia.

"Kalani, tu no escoges lo que te toca hacer, o no . Te puse al servicio de Orión… así que tendrás que hacer lo que él te pida. No te tengo pena, tu no eres más esclava que yo. Yo soy propiedad de la reina, no puedo ni siquiera irme del palacio sin tener que rogarle."

"Sí, pero tu fuiste voluntariamente. Por favor, déjame decirle a Orión que no quiero hacerle daño a los niños." Kalani volvió a suplicar.

"No. Harás lo que él te pida." Koren aclaró cortante.

"Esta elfa de quien hablas, Pagorah, ¿cómo es?" Prosiguió Koren.

"Pagorah, es diferente a las otras elfas. No es tan delicada, ni tan hermosa, yo diría que es un poco viril. La he visto y siempre se pasa tratando de buscar conversación con Orión, pero hasta ahora él la trata al igual que a los demás. Aunque el otro día ella trajo unos falcones de caza y él se fue con ella por largo rato. Yo preferí quedarme en la cueva, no tengo interés en cazar liebres."

"Como te dije, avísame tan pronto Orión se haga muy amigo de cualquier mujer."

"¿Qué piensas hacer?" Inquirió Kalani.

"Voy a cobrarle la muerte de Kanek. Ahora vete a dormir, estoy muy cansada." Koren se despidió de Kalani de esta forma, para tratar de conciliar el sueño. En unos segundos y sin darse cuenta… sucumbió a un sueño profundo.

La mañana llegó húmeda y fría haciendo que Koren se despertara con ella. Los ruidos tan intensos de la noche dieron paso a los ruidos matutinos, que indicaban que el día era tan laborioso como la noche en el bosque. Koren recogió sus cosas y desayunó un poco de pan con queso, antes de continuar su rumbo. Habrían pasado unas horas cuando se topó con un grupo de hombres en un claro en el bosque. Ella les saludó cortésmente desde su caballo y estaba a punto de proseguir cuando uno de los hombres se irguió y se acercó hacia ella. Neroli le enseñó sus afilados colmillos en gesto de amenaza, pero el hombre no se dió por intimidado.

"¿Por qué se van tan rápido, señorita?" Dijo el hombre con una falsa sonrisa. Koren de inmediato pudo presentir sus intenciones, sintiendo también una ola de energía negativa proveniente de los otros hombres, que ya también se habían erguido para acercarse a ella. Se sonrió un poco con ironía, ya que le pareció demasiado típico el encuentro de una dama sola en el bosque y un grupo de rufianes, lo que le dió unas ganas increíbles de eliminarlos de la faz del mundo.

"Ese es un corcel muy fino. Una bestia así solo puede provenir del palacio real. Me pregunto que hace una dama tan bella a solas en el bosque." Añadió otro de los hombres mientras todos se acercaban más. El caballo de Koren dió unos pasos hacia atrás sobresaltado por el acoso, pero ella apretó la cuerda del bozal indicándole que se mantuviera firme.

"Parece que la dama es muda, o es que no parecemos merecer su voz, ¿eh? ¿Somos muy feos para su realeza?" Añadió el hombre que inicialmente habló, mientras se acercó tanto a Koren que ella podía mirarlo muy de cerca.

"Tú sí que eres bien feo… y no es que no quiera hablar… Es que estoy tratando de pensar como los voy a matar a cada uno." Declaró Koren con una voz seria pero jovial. Un silencio tenso cayó sobre el grupo, los hombres que se acercaban sacaron sus armas sin inhibiciones y el hombre que ya estaba cerca de Koren agarró el bozal del caballo. Koren permaneció en calma y sonrío nuevamente, pero esta vez con un brillo mortal en sus ojos. En ese instante se le ocurrió pensar, que esos pobres hombres buenos para nada, jamás se imaginarían que terrible sería su fin. No creía que ellos se habían levantado esa mañana pensando que ese era el ultimo día que pisarían la tierra.

"Suelte mi caballo. Si hace lo que le ordeno tendré piedad con usted." Koren le advirtió al hombre, pero este mantuvo su agarre firme. Sin parpadear Koren desenvainó la espada de Kanek con un elegante movimiento, dejándola descender cerca del antebrazo del hombre, quien de inmediato perdió su mano. Mano que seguía agarrada del bozal del caballo, mientras que el hombre incrédulo daba gritos al ver la sangre brotar descontrolada de su brazo desmembrado. Koren hizo otro movimiento de su mano, que sólo pareció un leve gesto, efectivamente decapitando al hombre. Fue una tajada fuerte y segura, que dió una cortadura limpia y estrépita. La cabeza cayó a los pies del hombre, quien a su vez se desplomó bajo una fuente de su propia sangre. Los demás hombres llenos de furia arremetieron contra ella en seguida, por lo que ella se desmontó de su caballo de un perfecto salto. Eran cuatro hombres en total, dos llevaban espadas, uno una lanza con cuchillos en sus puntas y el otro unas espadas cortas en cada mano. Koren pudo haberlos despachado en un segundo por arte de magia, pero con el fin de entretenerse decidió luchar con ellos. La espada de Kanek era liviana y elegante, haciéndola sentir como si fuera una pintora dando pinceladas en un mórbido lienzo. Ella combatió sin esfuerzo alguno los ataques de cada hombre, lo que los enfurecía aún más y los hacía torpes, esto le daba la ventaja de ir cortándoles pedazos de sus cuerpos poco a poco. Koren dejaba escapar pícaras carcajadas cada vez que un pedazo de carne sucumbía al filo de su espada, una oreja por un lado, una nariz por otro, dedos… a uno de ellos le cortó la pierna de la rodilla hacia abajo de un tajazo. Los hombres agotados, ensangrentados y heridos daban tumbos intentando seguir al ataque, pero ella ya se estaba aburriendo del asunto así que pensó que ya era hora de cerrar la función.

"¿Ya están cansados amigos? Yo en verdad estoy un poco aburrida." Dijo Koren sonriente y sin estar fatigada. Los hombres respondieron tirando sus armas al suelo.

"¡Uf! Algo que no me gusta a mí son los cobardes… debieron enseñarles que se pelea hasta la muerte." Con estas palabras Koren arremetió contra los hombres quienes trataron de huir, pero ella los alcanzó uno a uno para matarlos brutalmente. Una vez terminada su tarea se montó en su caballo, con una nueva sensación de poder y ánimo, para seguir su camino. Ella respiraba el aire fresco y se apoderaba del azul del cielo, su pecho erguido, lleno de una sensación de plenitud que no podía explicar. Koren sabía que lo que había hecho no estaba bien, que todos los imperativos morales y sociales condenaban su acto, pero no podía evitar la sensación de querer hacerlo nuevamente.

Al rato llegó a la vía principal cual estaba bastante transitada por mercantes llevando bestias de carga con sus mercancías. Enormes paquidermos halaban carretas con furgones de acero, mientras enormes caballos de carga andaban con carretas de menor tamaño. Se metió entre los transeúntes tratando de pasar desapercibida y cubriendo su cara con su sombrero de cuero gris. Su cabello estaba recogido en una larga trenza que ella enrolló alrededor de su cuello para viajar, como de costumbre. Todos transitaban entre el ruido de animales, bestias, criaturas y pláticas entre los viajeros. Koren observaba las distintas clases de jinetes, o peatones que le pasaban por el lado, asombrada de la diversidad entre ellos. Había ogros, duendes, elfos, gigantes, hadas, brujas…parecía un convenio de extraños que podían por un momento tener algo en común. Después de un rato se estaban acercando en conjunto a las afueras de la ciudad de Manssa, donde unas gigantescas puertas se veían en la distancia. Se entusiasmó por llegar y se hizo paso entre la gente para finalmente poder encontrar posada y algo de comer. Al entrar por las puertas de la ciudad, se distrajo mirando a su alrededor. La ciudad no era tan impresionante como Bandah, pero tenía su carácter, los edificios eran de ladrillos meticulosamente pintados de blanco, de más de un piso de altura y con balcones de acero que daban hacia las avenidas. En todas partes había pintorescos jarrones de colores brillantes con árboles de diferentes clases. A pesar del frío de la ciudad, el color de sus inmuebles y su vibrantez hacían sentir a los visitantes como en un lugar acogedor. No se tardó más en buscar un lugar en donde descansar y se fijó en una pequeña posada. La posada estaba pintada de blanco, casi todas sus decoraciones eran en azul zafiro y rosa encendido, dándole un aire caricaturesco a su fachada. Ella dejó su monta afuera, puso a Neroli en sus hombros y entró hacia la recepción del lugar.

Una joven de cabello dorado salió a atenderla, quedándose un poco asombrada al ver a Koren, sin poder decir palabra alguna. Koren sonrió, ya que estaba acostumbrada a la reacción de la gente al verla.

"Quería saber si hay lugar para quedarme esta noche." Le comentó Koren despertando a la chica de su trance.

“Sí. Sí, le podemos dar albergue. Puede poner su animal en el establo si está montando, están en la parte posterior del edificio. El felino lo tendrá que dejar en su habitación por la seguridad de los otros huéspedes.” Declaró la muchacha echándole el ojo a Neroli.

“Está bien. Aquí esta el pago.” Koren sacó una moneda real y la joven se quedó pensativa.

“No creo que tenga suficiente cambio para esa moneda, pase por el banco a buscar cambio y pague después. Si sale aquí a la derecha, camine hacia delante unas tres cuadras, allí esta el banco. Cerca de los mercados, ya verá todo la conmoción.” Le informó la joven mientras trataba de no mirar a Koren a la cara para no quedarse embelesada mirándola.

“Gracias. Pagaré cuando esté de regreso. Pero me gustaría asearme.” Le dijo Koren mostrándole su ropa de viaje llena de polvo y teñida de rojo, aunque nadie se hubiese imaginado que era sangre lo que llevaba encima.

“Sí. Como no, suba al segundo piso, le daré la habitación al final del pasillo. Es la más silenciosa y la más cómoda, tendrá su propio cuarto de baño. Pero le va a costar un poco más.”

“El costo es lo de menos. Gracias.” Koren agarró la pequeña llave de cobre y se fué a su habitación. El cuarto era cómodo pero diminuto en comparación con su aposento en el palacio. La habitación parecía estar limpia y a su gusto, así que Koren entró al cuarto de baño donde preparó una tina de agua caliente perfumada, con aceites que había traído para sí. El agua le hizo relajar sus músculos entumecidos por el viaje, a la vez que se despojaba del polvo del camino. No se quiso tardar mucho ya que era obvio que tendría que ir hasta el banco para poder hacer cambio de sus monedas por algo más práctico. Una vez vestida con algo más cómodo salió a la calle, sin olvidar el sombrero de cuero gris que le hacía desaparecerse del mundo. Logró encontrar el mercado fácilmente, como le había indicado la chica del hospedaje, el banco también le fue fácil de encontrar. Entró al edificio acercándose a la caja, donde cuando sacó dos de sus monedas, el hombre del banco le recomendó que sólo cambiara una ya que tendría más que suficiente para varias estadías en la ciudad. Koren estaba incrédula ante el valor de las monedas que poseía, más aún del poco dinero que tenía la gente en general. Se fue entonces a ver los tenduchos que estaban alrededor de la plaza, que formaban un divertido bazar donde se podía encontrar de casi todo. En una esquina escondida estaba una carpa negra que hacía alardes de vender productos mágicos, atendido por una bruja de cabellos erizados color violeta. Koren se acercó a ver que vendía, viendo una gran cantidad de amuletos, artefactos de magia negra, diminutos frascos que contenían sangre de dragón a precios exorbitantes y cabellos de sirena.

"Oiga, todos sus productos son ilegales en el reino de Bandah." Le dijo Koren sonriente a la bruja.

"¿Quién dice? ¿La reina? ¿El rey? Yo no los conozco así que me importa un bledo lo que digan esos payasos. Quisiera ver yo que harían los soldados del reino ante mí." Vociferó la bruja alegremente atrayendo la atención de los que estaban cerca.

"¿No tienes miedo de la guardia?" Contempló Koren más bien asombrada que curiosa.

"¡Miedo! El miedo existe para darle poder a los enemigos. ¡El soldado que venga cerca de mí pierde la cabeza, no hay calabozo que me pueda hacer prisionera!" La bruja sonrió una vez más, esta vez enseñándole a Koren unos dientes extrañamente afilados. Koren no dijo más nada y se quedó mirando las cosas en venta hasta que observó un pequeño anillo que estaba posado sobre una pequeña almohada de encajes.

"¿Y ese anillo para que es?" Preguntó Koren.

"Ah, este es uno de una colección muy especial que he inventado yo misma. Esa perla que ves ahí en realidad es la tapa de un baúl. Cuando sacas la perla se traga cualquier objeto que le pongas al lado, podrías llevar contigo hasta un piano." Declaró la bruja con mucho orgullo.

"¿Cuántas cosas puedes meter ahí?"

"Sólo una. Si pusieras más no sería tan practico, además mi magia no me es suficiente para eso. Hay una hechicera en las afueras del bosque que sabe hacer más cosas." Contestó la bruja.

"¿Cuánto quieres por la sortija?" Le preguntó Koren.

"Niña, una joya de este calibre esta fuera de tu alcance." Le advirtió la bruja.

"Tu no sabes quien soy. Yo misma me haré un anillo…" Al decir estas palabras Koren se alejó del puesto llena de rabia hacia la bruja por haberla menospreciado, acto seguido alzó sus manos y dejó escapar unas ráfagas de fuego que incendiaron de inmediato el puesto. La gente alrededor empezó a correr y gritar, la bruja trataba inútilmente de apagar las llamas tan feroces viendo como todo se incineraba en un segundo. Finalmente, la bruja se echó a un lado para ver como las llamas terminaban de tragarse elegantemente su puesto de mercancía sin tocar nada más a su alrededor. La mujer se sentó en la calle halándose las greñas y gimiendo de pena, en un momento sus ojos se encontraron con los de Koren.

"¡Tú! ¡Maldita, fuiste tú! ¡Yo no te hice nada!" Gritó la bruja con despecho. Koren respondió con una sonrisa siniestra y dándole la espalda se fue del lugar, para ver los otros mercantes, que luego de la distracción del siniestro siguieron su faena como si nada. Koren se dirigió a un puesto de joyería donde vió un simple anillo con una pequeña perla negra que le gustó mucho, cual compró sin titubear. Se lo puso de inmediato quedándole perfecto, el joyero también le aseguró que la sortija siempre se amoldaría a su dedo sin importar cuanto cambiara. Iba de regreso a su habitación en el hotel cuando una algarabía la atrajo hacia el medio de la plaza, se hizo camino entre la gente para ver que observaban, para darse cuenta que era una tropa de actores y bailarines. El grupo era como de una docena de personas, en un lado de una tarima estaban unos músicos cantando unas humorosas canciones, en otro lado estaban unas bonitas bailarinas con unos trajes coloridos y en otro habían unos acróbatas vestidos de resplandecientes atuendos ceñidos al cuerpo. Koren estaba acostumbrada a los actos más formales y perfectos que había visto en el palacio, pero quedó atraída por la intensidad imperfecta de los actores y demás. Sus ojos se sintieron atraídos por un hombre que tocaba la guitarra, quien enloquecía a todas las mujeres presentes. El hombre tenía unos hermosos ojos oscuros delineados por unas espesas pestañas, el cabello castaño ondulado, la tez dorada como quien se echa a los brazos del sol con abandono. Ella lo observó entre la multitud disfrutando del anonimato entre los demás, pero en ese instante uno de los actores lanzó unas tiras de papel hacia la audiencia, lo que hizo que la gente se movilizara de súbito haciendo que Koren perdiera su sombrero. Koren no tardó en recoger su sombrero del suelo, pero al volver su vista hacia los músicos, se dió cuenta que el hombre la estaba mirando. Al principio pensó que se lo estaba imaginando ya que estaba metida en la muchedumbre, así que se puso a ver el resto de la función, pero cada vez que volvía la vista hacia los músicos el hombre la miraba y le sonreía.

Los aplausos de la gente le dejaron saber que ya había terminado la función, lo que le dió un poco de tristeza ya que se lo había disfrutado mucho. Jamás había visto hombres y mujeres doblarse y contorsionarse de tal modo, ni había visto a mujeres que bailaran tan cautivantes con un baile del vientre. La gente aplaudía con alegría mientras que las brujas del elenco hacían actos de magia con fuegos artificiales que brotaban de sus manos al despedirse. Koren decidió marcharse para llegar a tiempo de la cena e irse a dormir temprano. Al llegar a la hospedería se adentró hasta el salón de banquete y pidió un servicio de cena con una jarra de zumo fresco de naranja. Una algarabía al fondo del salón la distrajo de su comida para darse cuenta que la misma tropa de actores estaba entrando al salón.

"Damas y caballeros, distinguidos huéspedes de esta amable posada, El Oso Blanco, permítanos darle un espectáculo inolvidable en esta velada. Si nuestra arte es de su agrado por favor préstennos mucha generosidad llenando nuestro cofre de propinas." El hombre de ojos oscuros se dirigió a los huéspedes quienes empezaron a aplaudir.

"Mi nombre es Pau, soy músico y director de este pequeño grupo de artistas. Son mis sinceras intenciones de que se diviertan y disfruten de esta noche." Añadió el hombre mientras se unía al resto de los músicos agarrando una guitarra del suelo. Koren se escondió un poco más en donde estaba para observar la función desapercibida y poder observar el hombre a gusto ya que estaba más cercano que cuando lo había visto en la plaza. Los músicos tocaron una música alegre y bailable la cual inspiró a alguno que otro de los presentes a bailar a gusto. Las mujeres y brujas bailaron su baile del vientre como parte del segundo acto, lo que hizo estremecer a la audiencia. El tercer acto fue un poco más tenue ya que consistió de música y poesía.

"Damas y caballeros gracias por su atención, aquí concluye nuestra función, pero les recordamos que apreciamos mucho su generosidad. Nuestros músicos le seguirán divirtiendo con sus melodías durante un rato, ¡así que a bailar!" Pau exclamó antes de retirarse del grupo. Koren lo siguió con la vista hasta verlo acercarse a una mesera, esta sonrío y le señaló que tomara asiento. Pau se volvió hacia el salón, mirando las mesas, Koren bajó la vista tapándose la cara disimuladamente con su sombrero, pero algo le decía que él ya se había fijado en ella. Aún tenia la vista baja cuando sintió unos pasos acercarse a ella, se tensó en su asiento por que sabía quien se estaba acercando.

"No te voy a morder. No quiero comer solo y me parece que tu también estas sola, por eso creo que es buena idea sentarme aquí." Pau se sentó en la silla adjunta a Koren y extendió su mano para saludarla.

"Me llamo Pau." Koren alzó su vista y sonrió extendiéndole su mano del mismo modo.

"Yo me llamo Koren." Respondió Koren apretando firmemente la mano del hombre.

"Me imagino que tu eres la reina de Bandah." Comentó Pau asombrado sin poder quitarle la vista a Koren.

"No, no lo soy. ¿Por qué dices eso?" Contestó ella jocosamente ante semejante suposición.

"Es que dicen por todas partes que la reina de Bandah es la mujer más bella del mundo y no creo que sea posible que exista alguien que pueda ir mas allá del pedestal en que te han puesto." Le dijo Pau poéticamente con una voz exquisitamente tersa.

"¡Ja! Muy lindas tus palabras, pero si no me equivoco la última vez que la vi, la reina era la mujer más hermosa que haya existido." Respondió ella sonriente.

"Ah, aunque sí provienes del palacio. ¿Y que hace una dama como usted en estas partes tan sosegadas?"

"Estoy de viaje, un sabático como dicen por ahí."

"¿Sola? ¿Por qué viajas así? ¿Tus amigos no te acompañan?" Inquirió Pau con verdadera curiosidad.

"Haces demasiadas preguntas. Además, no tengo amigos, que digamos." Le dijo ella un poco entretenida con la situación.

"Perdona, si te he ofendido con mis preguntas. ¿He sido indiscreto? No quiero molestarte, pero si no te pregunto, cómo sabría algo que valga la pena de ti. La gente gasta tanto tiempo en preguntarse tonterías y a mi me gusta ser más abierto." En ese instante llegó la mesera con un rico plato repleto de trigo cocido y legumbres asadas.

"No te preocupes, no me molestan tu preguntas. Pero es verdad, no tengo amigos. Vivo en el palacio y aunque estoy rodeada de gente me encuentro muy sola. Mis amigos de infancia quedaron atrás perdidos en el recuerdo. Las otras damas, aunque muy amistosas no logran llenar lo que yo busco en un amigo. Tuve un amigo hasta hace poco pero murió en un accidente." Koren dijo estas palabras con un poco de pesar.

"Lo lamento. Todo. Más bien, digo que lamento que no tengas amigos. En mi parecer es muy difícil encontrarlos del todo. Las relaciones interpersonales son tan transeúntes que casi te puedo decir lo mismo, yo tampoco tengo amigos." Pau sonrió y alzó su copa para brindar en honor a algo que pasaba por su mente, que Koren pudo adivinar fue el amargo recuerdo de un amigo que ya no estaba.

Pau se echó un bocado de comida a la boca y permaneció en silencio un rato. Koren trataba de mantenerse entretenida observando los músicos y la gente bailando.

"Entonces tendremos que ser amigos." La voz de Pau resurgió tomando a Koren desprevenida y haciéndola sobresaltarse levemente.

"Por el momento sí, pero yo tendré que seguir mi rumbo y tu el tuyo." Respondió Koren.

"Cada cual sigue su rumbo siempre, nadie vive pegado a nadie, a menos que sean unas criaturas ensartadas."

"Además, que clase de amistad puedo ofrecerte yo, estoy muy joven y tu me tienes que llevar unos quince años." Comentó Koren con un poco de cinismo.

"Yo no mido las personas por su edad, sino por sus palabras, sus gestos, sus experiencias. Algo me dice que tu no eres una joven cualquiera como para que el palacio te dejara vagar por el mundo sola. Eres de temer, en muchas más formas que una…" Pau comentó nuevamente utilizando su tersa voz, cerrando un poco sus ojos para mirarla intensamente, de una manera tan sensual que hizo que las piernas de Koren temblaran un poco.

"Pues entonces, ten mucho cuidado." Sugirió Koren sonriente pero insinuando la verdad.

"Quiero enseñarte algo, salgamos de aquí." Pau se irguió de la mesa, tragándose el resto de su vino de un sopetón. Ella también se levantó de la mesa y lo siguió sin poder preguntarle para donde iban ya que él estaba casi a mitad de salón. Pau se dirigió hacia la calle y siguió su rumbo entre la gente que estaba de algarabía en la calle. Koren apretó su andar para estar a su lado, pero aunque trataba de preguntarle hacia donde iban, Pau se mantenía mirando hacia delante en busca de un misterioso lugar. Ambos caminaron hacia las afueras del pueblo donde ya se veía la silueta del bosque cuando Pau finalmente detuvo su marcha.

"¿Ahora sí me puedes decir a donde vamos?" Preguntó Koren.

"Es un hermoso lugar en el bosque, esta cerca de aquí, siempre suelo visitarlo cuando estoy de pasada y necesito un lugar tranquilo." Caminaron un poco más hacia el bosque, entre unos caminitos y otros, finalmente se apareció un hermoso claro en el bosque repleto de flores silvestres alumbradas por la tenue luz de la luna.

"Ah… sí, es hermoso." Exclamó Koren sentándose en la tersa alfombra de grama.

"Aquí podemos hablar a gusto." Pau se sentó junto a ella, demasiado junto para su preferencia pero ella no se movió de su lugar. Ella podía oler un intenso olor varonil, casi indescriptible, era una mezcla de sudor, incienso, cuero de vestir y vino. Pau se acercó más a ella lo que hizo que ella se tensara, la cabeza de él estaba cerca de su cuello.

"Quiero olerte. Nunca he tenido una mujer fina tan cerca. Todas las que he tenido huelen a aceites y perfumes baratos. Pero tú, en cambio, hueles a piel joven, dulce, sutil, embriagante…" Pau le susurró en su oído haciendo que ella sintiera escalofríos, no sabía si le gustaba lo que estaba pasando, es más, no sabía si estaba pasando algo.

"¿Cuántos años tienes?" Le preguntó Pau al oído.

"Cumplí catorce hace poco." Contestó Koren un poco nerviosa.

"No tengas miedo. Te noto tensa. Además, pensé que tenías más edad. Tienes unos pechos bellísimos, las caderas listas para recibir hombre." Las últimas palabras hicieron que Koren se alejara de Pau repentinamente.

"Ya yo pertenezco a un hombre." Le informó Koren indignada.

"Lo dudo… Ese hombre no te ha tocado. Lo sé por la manera que temblaste cuando me acerqué a ti, por la manera que tu espalda se tensó cuando te susurre al oído. No te preocupes, me gustan las mujeres un poco más maduras." Pau se irguió del suelo y miró hacia el cielo.

"Ven, es hora que regresemos." Le dijo Pau sonriendo nuevamente. Koren permaneció en silencio curiosamente indignada por lo que había sucedido. Le enfurecía que la consideraran una niña, ella sabía que era una mujer que podría satisfacer a cualquier hombre carnalmente si se decidiera a hacerlo. Ambos regresaron al pueblo en silencio donde una vez en la hospedería, Pau volvió a su grupo de trovadores, no pasó mucho tiempo antes de que ya tuviese una mujer a su alcance. Koren se quedó despechada en una esquina del salón y decidió mejor irse a dormir ya que era inútil molestarse por un tipo que acababa de conocer casualmente. Además, sabía que el momento llegaría en que ella finalmente podría desatar todo su deseo sexual en los brazos de Orión. Una vez llegó a su habitación se acostó en la cama pensando en Orión, en sus ojos verdes, sus brazos fuertes, su olor a hombre y sintió como su cuerpo era una marejada intensa de pasión controlada lista para estallar en cualquier instante.

En la mañana, agarró sus cosas y sintiéndose un poco deprimida salió de la ciudad lo antes posible. Neroli estaba contenta de ya no estar atrapada en una habitación y se pasaba trepándose por cuanto árbol se aparecía en el camino. Sus acrobacias terminaron quitándole el mal humor a Koren. El día se desplazó tranquilo, ella observaba el paisaje a su alrededor sorprendida de lo diferente que era el escenario de una toma a otra. Finalmente empezó a divisar la gran vía que daba entrada a las colinas que daban la bienvenida a Phaenides. Esta era una hermosa y gran ciudad, que estaba situada antes de llegar a las costas del norte. Al contrario de las otras ciudades que había visitado, Phaenides no tenía una gran muralla rodeándola, se posaba majestuosa en la cima de una montaña gigantesca abierta para que todos la pudieran admirar. Los edificios y viviendas se veían desde lejos cual si fueran parte de una colmena erguida en las rocas, salpicada de coloridos arbustos. Koren se acercó más, al final del camino pudiendo escuchar música más claramente, le pareció que era el estilo de las hadas más que otra cosa. Al acercarse vió una gigantesca plazoleta donde en efecto, las hadas estaban danzando y tocando instrumentos, mientras que sus voces apagaban el rugir de una gran fuente cercana. La gente sonreía y bailaba al son de la música, mientras aplaudía para las hadas. Todo esto le dió a Koren la impresión de que Bandah posiblemente era la ciudad más aburrida del reino, jamás había experimentado tanta algarabía. En sus recuerdos el palacio le pareció un lugar demasiado austero, solía pensar que las fiestas eran entretenidas y alegres, pero no se comparaban con el sentimiento de festividad que ella estaba presenciando. El palacio era de esa manera debido a las formalidades y el peso de los títulos, se sonrío a si misma imaginándose a las demás damas en este estado de estupor.

Koren siguió la vía hasta donde pudo, luego se desmontó para buscar un lugar donde pernoctar. No pasó mucho tiempo en lo que encontró una pequeña hospedería con un establo para su caballo y un cuarto grande donde dejar a Neroli en lo que ella investigaba el pueblo. Una vez más se cambió su traje de viaje, poniéndose algo más cómodo para dirigirse directamente al mercado a ver que encontraba. No había nada que le hubiese llamado la atención en particular, excepto que compró una hermosa daga para regalársela a Orión la próxima vez que lo viera. Decidió sentarse un rato a observar la gente, por que no tenía más que hacer. Se fijaba en una pareja de jóvenes que andaban al mismo tiempo agarrados de la mano, quienes de vez en cuando se miraban para decirse ternuras con los ojos. En otro lugar había unas jóvenes platicando animadamente, riéndose y echándole el ojo a unos jóvenes que pasaban frente a ellas. A otro lado de la calle se encontraba un grupo de hombres y mujeres entrados en edad que coloquiaban sobre la vida alzando sus copas al aire. Un grupo de niños corría de arriba abajo en unísono por la calle salpicando el ambiente con sus gritos y carcajadas. Estas imágenes de la vida cotidiana, ya le eran muy familiares, se repetían una y otra vez en todas partes, menos en su vida. Una tristeza le nubló su pensar, sabía que ella ya era una extraña en el mundo de los demás. Sus amigos de infancia habían seguido el rumbo de sus vidas en la aldea, estudiando lo que los estudiantes suelen estudiar, literatura y aritmética. Cada cual trabajaría con sus padres, o sería aprendiz en algún lugar, para obtener experiencia con la cual trabajar en el futuro. Ellos, después de un día de faena, tendrían un lugar cálido a donde regresar, una familia, una cena en compañía de gente que le importaba lo que dijeran. Koren se sintió muy sola… despechada en todos los sentidos en que una persona se podría sentir. No tenía amigos, no tenía familia, no tenía futuro y el hombre al quien pensaba amar estaba muy lejos de ella. Una lágrima le rodó por las mejillas, se fue hacia su habitación lo antes que pudo comprimiendo el dolor en su pecho, para no deshacerse al frente de algún extraño.

Una vez en su habitación, Neroli se acostó junto a ella en la cama y juntas se quedaron dormidas hasta el amanecer. En la mañana Koren se entretuvo tratando de hacer el hechizo perfecto para que su anillo se convirtiera en un lugar donde poder guardar el corazón de Kalani, ya que sabía que tenerlo en su faja era muy peligroso. Después de unas horas de concentración y esfuerzo logró encantar el anillo. Logrando a su antojo, que para poder activarlo, sólo tendría que frotarlo pidiéndole que se hiciera grande y hueco. Con mucho cuidado depositó el corazón de Kalani dentro de la perla negra que pareció tragárselo y hacerlo diminuto. Koren le indicó a la perla que regresara a su apariencia natural y esta nuevamente se convirtió en una hermosa perla negra en el centro de su anillo. Estaba muy satisfecha con lo que había logrado, mientras practicaba el abrir y cerrar del escondite secreto, para confirmar que su encanto había salido como ella quería. El hambre la hizo pensar finalmente en recoger sus cosas para marcharse de la ciudad después del desayuno, ya que sabía que era más conveniente llegar en la tarde a Stella Maris, para poder conseguir un lugar donde pasar la noche, antes de asentar su campamento.

Le gustaba tanto la idea de seguir sin rumbo, sin importarle más nada, sus obligaciones en el palacio se las dejó en mano a Lenna, sin importarle que ella no iba a ser tan eficiente en los informes a la reina. No le importaba un bledo. De todos modos la reina estaba enajenada de las novedades del reino, pasaba cada momento junto al pequeño príncipe como si nada más existiera. Las damas también parecían estar en el mismo trance ya que dotaban al niño de sus atenciones cuanto más podían sin dejar sus quehaceres palaciales. Eso sí, le extrañaba estar en la biblioteca, leer los libros y piezas literarias a diario, las voces de ultratumba que le daban los buenos días en el vaivén cotidiano. Sabía que de todas las cosas que había en el palacio la única que se había adentrado en su ser era la biblioteca, aquel lugar tranquilo y lleno de historias maravillosas que le daba el sosiego sin pedirle nada a cambio. Los libros eran aquel lugar donde podía esconderse, aprender, ver el mundo con diferentes ojos y vivir una vida donde no había ni lo bueno ni lo malo, sólo palabras. Emprendió su día con un apretón en el pecho del que no lograba deshacerse, se preguntaba si la gente se sentía así de vez en cuando, o era sólo ella. Altea le había comentado que era normal que se sintiera extraña en ocasiones por que estaba pasando por la adolescencia, una etapa que según ella y los libros que había leído Koren, era muy tempestuosa. No lograba figurarse a qué se debía lo tempestuoso, por qué la madre naturaleza se empecinaría a torturar a los jóvenes, sería por eso que se sentía con esa pesadez…

El camino hacia Stella Maris estaba poco transitado a mediodía, según presentía que se estaba acercando a la ciudad su corazón palpitaba con más fuerza. Nunca había visto el mar, estaba fascinada con la idea de finalmente conocer su gran expanso. Divisó la gran ciudad de Stella Maris a lo lejos, estaba posada en una planicie y se expandía en todas direcciones como un manto de concreto arropando la tierra. Stella Maris tampoco tenía una gran entrada, sino una majestuosa vía de adoquines rojos que hacían que el caballo de Koren salpicara el silencio con el clac-clac de sus pezuñas al pisarlos. Al acercarse más empezó a notar señales de vida, que siempre comenzaban con la gente moviéndose de un lado a otro llevando a cabo sus actividades cotidianas. De inmediato se dirigió hacia el lugar más transitado que de seguro la llevaría a la plaza de la ciudad, donde todo se concentraba como un mini mundo. La plaza tenía unas tres fuentes, todas decoradas con símbolos marinos, caballos de mar, conchas, sirenas. La fuente del medio era gigantesca, el agua brotaba rugiente de sus entrañas por medio de una gigantesca caracola, que ella supuso se refería a la legendaria Caracola de Ossida. Este pensamiento le trajo la imagen de Orión a su mente, una imagen que el tiempo se estaba llevando consigo. Por más que trataba y trataba, el rostro de Orión ya casi ni le venía en mente. Afligida por esta revelación de los limites de la memoria, siguió su camino con más pesadez de la que tenía hacia un momento. Anduvo un rato en su monta entre la gente hasta que divisó un lugar donde pasar la noche, una vez que dejó su caballo en el establo, fue adentro a buscar cuarto. Un apuesto joven atendía la recepción y como de costumbre se sobresaltó al ver el rostro de Koren.

"¿Qué eres tú?" Le preguntó el joven abruptamente.

"¿Qué?" Respondió Koren sin saber a que se refería el joven.

"Es que nunca había visto alguien como tú, no pareces sirena, ni hada, ni bruja…" Explicó el muchacho tímidamente.

"Soy solamente una humana." Declaró ella sintiendo que aquellas palabras estaban más cargadas de significado de lo que jamás el muchacho podría imaginarse. Ella no sabía lo que era, siempre pensó que era una simple joven, sólo para darse cuenta que esto no era verdad. El joven no dijo más nada, sólo lo necesario para terminar los tramites de alquilar la habitación, después ella se marchó a la calle como de costumbre para poder investigar el pueblo. Anduvo sin rumbo por cada recoveco de la ciudad, comiendo en los puestos de la calle, las panaderías y espiando la vida tan sencilla de los demás. Estaba fascinada con las pequeñeces que se daban en el diario vivir, cómo la gente limpiaba sus casas, lavaba sus ropas, cocinaban llenando las calles de olores… no tenían un equipo de servicio. Las mujeres iban de un lado a otro detrás de sus niños, sin tener nanas a su disposición. Recordó con cariño las tardes en la casita del bosque donde su mamá la cuidó cuando pequeña, la ilusión que tenía en aquel entonces acerca del palacio y sus misterios. Cuánto hubiese preferido que ese misterio mágico no hubiese cesado nunca…

Muy entrada la tarde llegó finalmente a la plaza para visitar los puestos de los mercaderes antes de que cerraran sus casetas. La multitud era muy variada, pero lo más que resaltaba por doquier entre ella, eran las sirenas y los sirenos. Estos eran de alta estatura con cuerpos atléticos y anchas espaldas para nadar, su piel estaba embadurnada de los aceites mágicos que se tenían que untar para poder estar fuera del agua, lo que los hacía resplandecer bajo el sol. Ambos sexos llevaban el torso descubierto, pero portaban en la cadera un hermoso cinturón adornado de cuentas hechas de coral marino pulido. Bajo el cinturón llevaban una falda de algas marinas que le cubrían sus escamosas piernas, cuales volverían a hacerse aleta una vez regresaran al agua. Koren encontró esa raza muy hermosa, no era de extrañar que las historias acerca de las sirenas y sus misticismos fuesen tan populares. Terminó comprando bastante joyería y artefactos de coral, para llevar de regalos a las damas del palacio. Habían unos pequeños pendientes de coral negro que se compró para si misma y se los puso de inmediato, sintiendo su mágico calor.

Esa noche cenó tranquila, con la emoción de estar tan cerca del mar, de poder olerlo, presentirlo y esperarlo con entusiasmo. Se fue a la cama temprano para despertarse lo antes posible. Neroli se paseaba de un lado a otro de la habitación ya que sentía la ansiedad y emoción de Koren. Sin tardarse en llegar, el sol bañó las paredes de cobre al aparecerse por la ventana, haciendo que Koren se despertara sonriente. Había dormido muy a gusto, sintiéndose refrescada y con energía. Agarró todas sus cosas tan pronto como pudo, siguiendo el camino hacia la costa lo antes posible. La vegetación no daba indicios de cambio en su camino, seguía verde y frondosa, también había un olor a sal húmeda que le hacía sentir la piel pegajosa. El sol trataba de contrarrestar el frío de la mañana, pintando todo hermosamente de brillantes colores, pero Koren estaba concentrada en la primera visión que tendría del mar. Aquella visión no tardó en llegar, repentina y omnipotente, como un basto manto azul, con bordados blancos de espuma, que se tendía sobre el horizonte. El corazón de Koren palpitó con fuerza, le apretó la marcha a su caballo hasta llegar a la orilla más cercana, donde se quitó sus botas para correr descalza por la arena fría.

El agua le acariciaba sus pies en la orilla como si tuviera unas manos de mármol, frías y firmes, con un ritmo hipnótico. Koren miró a su alrededor dándose cuenta que no estaba sola, había pescadores y gente que disfrutaba del mar. Unos niños jugaban entre las olas sin importarle su frialdad. Ella decidió seguir adelante para buscar un lugar lejano donde finalmente disfrutar del mar a sus anchas. Prosiguió cerca de la orilla, caminando varias horas con su caballo siguiéndola, hasta que ya no quedaba rastro de civilización. Había encontrado un pequeño claro rodeado de árboles robustos que le ofrecían cierta intimidad en la intemperie. Allí fue que montó su caseta, acomodando todas sus cosas a su gusto. Una vez más corrió a la orilla, sentándose en la fría arena a sentir las olas besarle los pies con su eterno vaivén. El silencio y la inmensidad del mar se combinaron para disuadir que la cóngoja que tenía en su pecho saliera a la luz de una vez por todas, como un caballo cerrero. Lágrimas amargas, negras, calientes, brotaron de sus ojos como si fuesen veneno mortal que dejaban tras de sí cicatrices profundas. Las gotas cayeron en el mar manchándolo de amargura de tal modo que los animales marinos temblaron de miedo al sentir su existencia, cientos de sirenas y sirenos asomaron sus ojos hacia la orilla para ver que pobre criatura desprendía semejante desgracia.

Koren volvió a revivir en una tarde los sucesos tan impactantes que ya habían marcado su corta existencia, los quería ver uno a uno para saber el significado de las cosas. Su memoria la llevó al primer día en que sus ojos se posaron en Orión, el hombre que la haría sentir tantas emociones intensas en su vida, fue él quien con su tersa voz, la llevó al infierno de la mano… sólo para dejarla escapar si se llevaba consigo miles de demonios. Manchas de sangre, gritos, muertes, empañaban su memoria… cómo habría sido posible que hubiesen pasado tantas cosas horribles. No pudo negarse a sí misma su participación tan presta en cada acto tan nefasto, empezando con la muerte de la princesa que aún no nacía, la muerte de los hombres que tanto disfrutó en el bosque, el esclavizamiento de Kalani. No podía culpar a Orión por esas cosas, fue ella quien las hizo adrede… entonces comprendió que en la vida había gente que había nacido para hacer el bien y otros para hacer el mal, siendo ella uno de estos últimos. Después en su mente se abrió la discordia entre qué era el bien o el mal… todo era subjetivo. Concluyó que lo que era bueno para unos no lo era para otros, la diferencia entre el bien y el mal no existía, sino que eran el mismo concepto visto desde distintos ángulos…

Al día siguiente Koren se levantó temprano, a caminar por la arena, disfrutando del aire fresco y frío en su piel. Neroli se había desaparecido en algún momento en la noche, pero Koren sabía que regresaría cuando ella la llamase. Le encantaba la sensación de no tener a donde ir, con quien estar, ni que hacer. En ciertos momentos su alma se agobiaba por que le entristecía su soledad, no tan sólo en ese lugar sino en su vida. Le era tan palpable el no tener a nadie con quien hablar, nadie a quien explicarle las tonterías que se le ocurrían de vez en cuando, nadie con quien compartir todo lo que sabía, lo que había visto. El segundo día, el tercero, el cuarto, uno tras de otro… se evaporaron con extraña facilidad. Los días se convirtieron en semanas y después de haber pasado quien sabe cuanto tiempo, la voz de Altea la desgarró de su silencio.

"Koren, ¿cómo estás? La reina me ha mandado a asegurarme que estés bien. Ha pasado más tiempo del que pensábamos que te ibas a ausentar."

"Oh. Ni me había dado cuenta del pasar del tiempo. He estado aquí perdida en la dimensión del mar y sus misterios."

"Es hora que regreses al palacio." Le recordó Altea.

"No estoy lista para volver." Le dijo Koren sorprendida de que aún sabía hablar.

"¿Cuánto más tiempo crees que quieres estar ahí?" La voz de Altea resonó claramente.

"No sé. Pero si quieren que regrese ahora me tendrán que venir a buscar." Contestó Koren con certeza.

"Ah. ¿Qué hacer contigo? Eres la única dama que nos ha dado algún indicio de rebeldía. La única que se va a solas del castillo como si nada... La única que decide que hacer." Exclamó Altea desesperada.

"No sé que decirte. Yo le pedí permiso a la reina para marcharme y ella me lo dió. Si me disculpas me gustaría regresar a mis cavilaciones y el silencio, me estás estorbando mi calma." Koren declaró con firmeza, cerrando su mente para que ya nadie pudiera contactarle. Regresaría cuando ella quisiera, eso lo tenía por seguro. Nadie más la volvió a contactar, el tiempo siguió pasando y pasando, hasta que finalmente llegó el invierno. Sólo entonces Koren se dió cuenta, al caer la nieve, que ya había debido haber pasado unos seis meses en su hogar frente al mar. Esa misma tarde llena de pesar agarró sus cosas y emprendió el viaje de regreso al palacio. Como una triste despedida, la nieve le caía en los hombros, sobre su manto de terciopelo negro. Manto forrado de una sedosa tela especial que le daba calor y la protegía de la humedad, pero no de el pesar que le empezaba a aumentar en su pecho. El caballo iba a paso perezoso, Neroli finalmente decidió también montarse encima de él para acurrucarse junto a Koren, ya que la nieve estaba forrando todo sin piedad alguna. No se detuvo en ningún lugar para pasar la noche, quería aprovechar al máximo la oportunidad de no tener que hablar con nadie, de estar sola. En la noche montaba su caseta en el primer claro que encontraba y se dormía tranquila escuchando los sonidos del bosque que ya se le habían hecho tan familiares, lo más que le haría falta era el arrullo del mar, pues le había brindado tanto sosiego. La ultima vez que volvió los ojos, el pesar nuevamente se posó sobre su espalda, al ver el mar desaparecer en la distancia. Pensó que hubiese sido mejor si se arrojara al mar, para que éste se la tragara en su infinito reino.

El regreso al castillo se le hizo demasiado corto, al ver la entrada al espesor del bosque, se le apretó el corazón con un poco de nostalgia y una urgencia de finalmente llegar. No había anunciado su llegada así que sabía que nadie la esperaba, era la tarde, suponía que todas las damas y la reina estarían en el jardín como de costumbre. A pesar de la nieve, el jardín se mantenía agradable debido a grandes cúpulas de cristal que se instalaban en el invierno para proteger la vegetación. También se prendían hermosas chimeneas, de un plácido fuego azul, que mantenían la temperatura cálida. Koren pasó por los establos teniendo cuidado de no toparse con su padre, ya que lo había descartado de su vida al igual que a su madre. Curiosamente, no había sentido ningún pesar al echarlos a un lado, posiblemente por que ya su alma estaba un poco entumecida. Amarró al caballo en un lugar del establo donde sabía que lo encontrarían pronto, después de darle un poco de agua y granos. El animal se recostó agradecido de poder descansar y estar fuera de la nieve. Ella decidió dirigirse al jardín de inmediato, dejándole saber de una vez a todos su llegada, ya que luego tendría la excusa de irse a cambiar de ropa para no estar mucho tiempo con ellos. Se sorprendió de ver todo a su alrededor, tan bello e impresionante, estaba observando cosas que antes ni había notado. En verdad el castillo era muy hermoso, cada recoveco había sido tallado con exquisita precisión. Unos guardias la pararon en la entrada del gran salón cuando trató de entrar, ya que no la reconocieron debido a su atuendo de viaje y el sombrero que escondía su rostro.

"Ábranme paso, soy yo, la Dama Koren, he regresado." Les ordenó alzando el ala de su sombrero para que la pudiesen ver.

Ambos soldados quedaron impactados por aquel rostro reconocido, pero distinto al que recordaban, atrás habían quedado los rastros de niñez de Koren, una mujer había regresado en su lugar. Ni siquiera esperó a que la dejaran pasar, abriéndose paso entre ellos siguió adelante, mientras ellos la siguieron con su vista hasta que desapareció del salón. Ella pensó que la reina y su comitiva tal vez estaría en el salón de las fuentes, pero al llegar ahí no se encontró con nadie, sólo el sonido del agua fluyendo. Continuó su búsqueda en el segundo piso, en el bosque de la reina, pero tampoco encontró a nadie. El bosque se veía diferente a la última vez que lo había visto, había más flores por doquier y más aves cantando entre los árboles. Decidió no perder más su tiempo estudiando las fantasías del palacio, para seguir directo al jardín de la reina en el séptimo piso de la torre. Caminaba asombrada ya que parecía habérsele olvidado la magnitud del castillo, era increíble lo que el tiempo hacía para que uno se olvidara de cómo eran las cosas. Una vez ya estaba acercándose al jardín pudo escuchar voces y risas desde su interior, en especial los cascabeleos de las carcajadas de un niño. La última vez que había visto al pequeño príncipe, recién había empezado a caminar, pero se imaginaba que habría cambiado mucho como solía ser con los niños. Koren se acercó en silencio observándolos a todos sin saber cómo interrumpirles, las damas estaban allí correteando tras del principito quien estaba vestido con una gran batola de algodón, que probablemente era una camisa de su padre. El niño tenía en la mano una espada de madera y trataba inútilmente de atacar a Pumzi quien entre risas esquivaba sus golpes.

La reina estaba sentada en la grama observando plácidamente y aplaudiendo las hazañas de su adorado primogénito, Koren sintió una extraña reacción de repudio ante aquella escena. Se acercó un poco más, siendo el pequeño príncipe el primero en verla, quedándose paralizado en su lugar. Las damas, al ver su reacción quedaron erguidas rápidamente al igual que la reina, para ver que le había llamado la atención de tal manera al niño. La figura de Koren estaba en la entrada como una imponente premonición del futuro, su silueta oscura parecía una amenaza acechante que se acercaba sin haber sido vista. Finalmente un rayo de luz cayó en el rostro de Koren descubriendo su identidad ante todos. Cada una de las mujeres presentes perdieron el aliento al verla, la joven que se había marchado hacía unos meses había regresado como una mujer de una belleza increíble. Su estatura alta y elegante la hacía digna de los reinos amazónicos, su cabello largo en una trenza, enredado como bufanda en su cuello, le enmarcaba su deslumbrante rostro.

"Su majestad, estoy de regreso." Koren saludó a la reina con una inclinación reverente, como de costumbre, permaneciendo en silencio. Nadie se movió, nadie habló. Finalmente el príncipe Eligio corrió hacia Koren para verla más de cerca.

"¡Que bonita! ¡Mamá! ¡Mira esta muchacha, con ésta me quiero casar!" El príncipe proclamó sonriente sin saber que algún día esas palabras serían la profecía de su desgracia.

"Sí, que bella. ¡Válgame Koren, como has cambiado! No te reconocimos, bienvenida." La reina exclamó recobrándose del asombro. Las demás sonrieron al volver en sí, rodeando a Koren para darle la bienvenida.

"De verdad que has cambiado, a mi me está que eres medio ninfa." Declaró Marussa sonriente.

"No, en todo caso debe ser hada." Añadió Lenna. Altea la miró de arriba abajo y no dijo nada, sino que le dió una media sonrisa que Koren no supo descifrar.

"Ya no puedo decir que soy la mujer más hermosa del reino." Añadió la reina sonriente.

"¡Yo soy Bickett!" El principito se posó frente a Koren anunciando su nombre.

"Su majestad, sino me equivoco, su nombre es Eligio." Le contestó Koren sonriéndole.

“No, mi nombre es Bickett, yo mismo me lo inventé.” Le informó el niño con orgullo. Koren enarcó sus cejas, sonriendo sin saber que decir.

“No te preocupes, es muy hablador, un chico superdotado. Jamás se había oído hablar tanto a un niño de sus edad.” Explicó la reina tranquila.

“Sí, habla mucho y con mucha claridad. Debe haber sido uno de los regalos mágicos que le entregaron en el festejo de nacimiento alguna de sus hadas madrinas.” Comentó Lenna.

“Les he traído algunos regalos de Stella Maris.” Dijo Koren con timidez. Se agachó junto a su saco de viajes, que estaba un poco sucio y maltratado por el uso, buscando con su mano dentro de éste para sacar las prendas y cosas que había traído. Un hermoso collar de cuencas de coral rosado encendido fue lo primero que surgió.

“Marussa, este es para tí. Pensé que tu tez resaltaría el color.” Marussa lo agarró agradecida y de inmediato lo colocó sobre el collar real que llevaba puesto.

“¡Me encanta, gracias!” Le dijo Marussa. Koren sacó otro collar similar pero de un hermoso color lavanda con acentos de perlas.

“Este es para tí Lenna.”

“¡Es bellísimo, gracias!” Lenna lo tomó en sus manos, también se lo colocó al cuello para mostrarlo a las demás. Koren continuó sacando collares, uno color rojo encendido para Altea, uno color anaranjado para Anari, uno color amarillo para Pumzi y finalmente uno color turquesa para Kloe. Al final, sacó un hermoso brazalete de cuencas de coral blanco, con diseños de olas en gris que parecían una hermosa ola marina. Éste se lo entregó a la reina, que sorprendida por el gesto, se lo puso de inmediato deleitada con el regalo.

" ¿Y para mí no hay nada?" Preguntó el príncipe entristecido.

"Por supuesto." Koren mintió, ya que en realidad no tenía nada para el niño, pero en un pequeño recoveco del saco de viaje notó que había una pequeña medalla de coral que había comprado en algún momento y decidió dársela.

"Ten, este es una medalla mágica. Esa caracola que vez ahí es la Caracola de Ossida. Cuenta la leyenda que el que la tenga en sus manos tiene el poder del mar." Koren le entregó la medalla a Eligio quien la agarró como si fuese el más grande tesoro que pudiese existir. Eligio corrió hacia su madre a enseñársela y la reina sonrío al escuchar lo que le contaba.

"¡Mamá, mira, una caracola poderosa!"

"Sí, hijo. Aunque esa caracola es muy real, cuando tú seas grande, si acaso llegas a ser rey podrás ir a verla, si quieres." Le dijo la reina riéndose.

"Pues no tengas una niña mamá, déjame ser rey." Le contestó el príncipe muy solícito.

"Su majestad, si usted me permite, me gustaría retirarme. Quiero ir a mi aposento para asearme antes de la cena." Koren interrumpió.

“Sí, cómo no. Me imagino que tienes que estar agotada después del viaje.” La reina le dió permiso para retirarse, Koren lo hizo de inmediato. Al alejarse escuchaba las voces de las damas quienes comentaban entre sí lo distinta que se veía Koren después de haber regresado.

Llegó a su aposento, ordenando inmediatamente un baño de agua caliente, entró a su enorme salón de ropa, pero todos los vestidos que estaban allí le parecieron demasiado opulentos e incómodos. Agarró el primer traje que vió a su alcance decidiendo ponérselo para ver como le quedaba, para su sorpresa el vestido ya le quedaba muy pequeño. Le pareció que a lo mejor sí había cambiado más de lo que se imaginaba, hacía meses que no se miraba en el espejo y usaba la misma ropa de viaje. Fue hasta la sala de baño sin demora, llena de curiosidad, para mirarse frente al espejo. La mujer que la miraba la sorprendió por que su cara sí era diferente, su rostro ovalado había perdido el redondez de la niñez por completo, sus pómulos resaltaban dando un hermoso preámbulo a los labios rojos y mullidos. Se desnudó por completo para observar todo su cuerpo, sonriéndose satisfecha al verse. Le pareció que estaba demasiado alta para su gusto, sus pechos no eran tan grandes como hubiese deseado, pero no estaba nada mal. Ella sonrío pensando en el momento en que se descubriría ante Orión para entregarle su cuerpo y alma, estaba segura que él caería delirante ante sus hermosos pies. La mucama la llamó para decirle que el baño estaba listo, sin casi ni poder de dejar de mirarla por que no había visto a nadie así.

Koren se metió en la bañera a disfrutar del baño dándole la orden a la mucama que fuera donde Anari para que le dijera que tenía que verla urgentemente. Al salir del baño, después de haberse disfrutado el relajamiento del agua caliente, Anari la estaba esperando en su sala de estar.

"Koren, ¿querías hablarme?" Le dijo Anari.

"Sí, es que he llegado y mi ropa no me sirve. No tengo nada que ponerme que no me quede demasiado apretado."

"Oh, sí, debí habérmelo imaginado. Has cambiado mucho, sabes." Comentó Anari sonriéndole mientras trataba de no admirar demasiado la belleza de Koren.

"Si, ya sé. Pero pues, crecí, que más puedo decir. Soy como soy, no puedo cambiar. Puedes hacerme un vestido pronto… ¿o no?" Le preguntó Koren perdiendo la paciencia.

"Claro. Sólo tengo que tomarte las nuevas medidas."

"Yo pude haberme hecho un vestido… pero te llamé por que me gustaría que de ahora en adelante mi vestuario sea un poco diferente. Para que tengas eso en mente cuando estés haciendo los vestidos para todas." Le explicó Koren.

"¿A que te refieres?" Le preguntó Anari confundida.

"Me gustaría que mi ropa sea un poco más sencilla, más cómoda, más oscura..." Le explicó Koren.

"¿Más oscura?" Anari dejó escapar esta pregunta como si Koren le hubiera dado un golpe al estómago.

"Sí, me gustan mucho los colores oscuros, en especial el color vino. Tengo en mente una tunica de gamuza ceñida al cuerpo, con mangas largas ya que hace frío..." Koren sugirió.

"El problema es que la reina es la que decide los colores de temporada… todas siempre nos vestimos similarmente a ella por que somos sus damas." Le explicó Anari extrañándole que Koren no supiera esto de antemano.

"Tienes razón… Que tonta soy. Claro que no nos ponemos lo que nos gusta, sino lo que nos toca." Contestó Koren con sarcasmo.

"Nadie ha tenido problema con ello… todas están muy contentas con sus ropas en el palacio." Ofreció Anari sonrojándose sin saber que decir.

"Olvídalo. Sólo hazme los vestidos lo más sencillo que puedas, tanta tela me molesta. Necesitaré por lo menos uno para esta noche." Koren le dijo a Anari secamente antes de marcharse a su recámara, donde se puso una túnica de algodón de las que aún le servían, luego se acostó a tomarse una siesta. Anari permaneció inmóvil en el mismo lugar por unos instantes al no estar acostumbrada a ser abandonada de esa manera por nadie, eventualmente se levantó de la silla dejando la sala sin saber que pensar de la actitud de Koren.

Esa noche en la cena, los presentes no dejaban de mirar a Koren de reojo, el rey la había bienvenido oficialmente al palacio y le había comentado lo mucho que había cambiado. Koren pudo notar que Altea la observaba pensativa, mientras le sonreía de vez en cuando con una sonrisa algo extraña, lo que la hacía sentir muy incómoda. Se preguntaba si era posible que Altea supiera de algún modo lo que ella había hecho antes y durante su viaje, descartó esa idea de inmediato por que sabía que ya la hubiesen enfrentado.

La gran mesa del comedor estaba llena de dignatarios y miembros de la legislatura, que sin duda comentarían fuera del palacio la belleza inigualable de la Dama Koren. Ella podía captar las miradas apreciativas, los murmullos y las copas en alto en su nombre. Al terminar la cena la gente se dispersó para platicar un poco antes de retirarse, Koren miraba de reojo desde una esquina todo aquel espectáculo, mientras que deseaba ya poder irse a su apartamento. Altea se hizo camino hacia ella casi al final de la noche. Por un momento Koren pensó en esquivarla pero desistió, ya que tal vez era mejor saber qué tenía en mente Altea, a quedarse con la duda.

"Perdóname, pienso que te he incomodado con mi actitud. Es que me sorprendiste tanto cuando llegaste el otro día. Presiento que has cambiado mucho…no tan sólo en el exterior… pero en el interior. Hay algo en tí que no puedo descifrar. Curiosamente mi hermana Lula, tiene pesadillas en las que una hermosa mujer de cabello rubio quema la gente viva." Altea dejó salir una carcajada, como indicando la imposibilidad de esa situación.

"Tu hermana está loca." Le dijo Koren secamente, mientras que pensaba para sus adentras que tal vez era mejor que Lula desapareciera del castillo para siempre.

"Sí. Esta un poco ofuscada. Lo que quería decirte era que la reina y yo hemos comentado entre nosotras el hecho de que ahora sí que nos van a llover pedidos por tu mano. Y pensamos que es mejor que te tomes tu tiempo escogiendo… pero que te cases lo antes posible, ya que esto te haría la vida mas fácil. Es más, hay algunos virreinatos que tienen hijos en edad de casarse y tu serías una gran virreina. La reina ha pensado que puede ayudarte a escoger, de hecho, el Príncipe Atle está en edad de casarse." Las palabras de Altea habían caído sobre Koren como una lluvia fría y pesada, estaba tratando de masticar lo que le estaba insinuando, pero la mención de aquel nombre la hizo saltar de la impresión.

"¿Por qué tengo yo que casarme? Ninguna de las otras damas lo ha hecho." Respondió Koren afectada.

"Yo sé que es mucho. Debí haber esperado un poco para decirte todas estas cosas, pero tu sabes como soy… No puedo aguantarme nada." Añadió Altea emocionada confundiendo la reacción de Koren por emoción. Koren estaba perdida en un torbellino de emociones mixtas, Atle era el hermano de Orión… era una de las personas que Orión más odiaba en el mundo. De inmediato ella se acordó de la primera vez que vió a Atle en Cyrus, un chico joven y un poco más delicado que su hermano mayor. El tan sólo pensar en estar cerca de él le daba escalofríos.

"Me imagino que te gusta la idea, te has quedado muda." Le dijo Altea jocosamente.

"Ah, bueno. Es que yo estoy muy joven para decidir y no creo que por ahora quiera pensar en esas cosas." Koren dijo lo primero que se le vino a la mente.

"No seas tonta, no estas joven para comprometerte, un contrato de matrimonio así no se da todo los días. No te preocupes por nada, yo me encargo de eso." Altea le dió un corto abrazo a Koren y desapareció dejándola extremadamente afectada. Ella ni se despidió de los demás, lo único que pudo hacer fue huir a sus aposentos y encerrarse mientras irrumpía en llanto.

Los días siguientes fueron iguales los unos a los otros, Koren se levantaba al despuntar el alba, se iba a la biblioteca a leer para educarse de todas las cosas que habían sucedido en su ausencia y para presentarle los sumarios a la reina. Ella también buscaba por si había habido alguna noticia de alguna villa atacada por mercenarios, pero no parecía haber sucedido nada fuera de lo común. Lo único que le pudo recomendar a la reina para leer entre todos los libros que sumarió, fue uno de poesías. En el cual se relataba el romance entre un hombre y una estrella, que el autor había titulado, "¿Qué hago de día?" Los demás libros eran de historia, romances banales y misterios que en realidad no le interesaban mucho. Una bruja había escrito un manual de hechizos caseros, pero no quiso recomendarlo a la reina pues en realidad no le aplicaba. Una vez ella terminaba en la biblioteca, igual que antes, se marchaba a la legislatura a ver las sesiones de la tarde, que eran sus favoritas ya que incluían las audiencias con el pueblo. Había tratado de regresar a la academia de magia, pero Erasmus le dijo que ya no tenía nada que enseñarle, que no perdiera su tiempo. Aparte de eso no sucedía nada, en la tarde se juntaba con las demás damas en el jardín para tomar el té, donde se hablaba del día. Que de hecho ella no tenía nada que compartir, sólo escuchaba pretendiendo que le importaba lo que decían. Una que otra vez tenía que escuchar las palabras austeras de la reina, o Altea, quienes le regañaban por que no entendían el rechazo que ella le mostraba a sus padres. El tiempo en el jardín le parecía una aburrida eternidad, ya que el principito siempre acaparaba la atención con sus ánticos y ocurrencias, lo que la reina miraba placenteramente y Koren detestaba en secreto.

Las semanas se convertían en meses, que se fugaban lentos y monótonos, cada uno igual al otro que pasaba, de tal manera que Koren pensaba que estaba perdiendo la cordura y vivía el mismo día una y otra vez. Ansiaba saber novedades de Orión, pero cada vez que hablaba con Kalani no parecía haber ninguna. El campamento en el desierto era una micro ciudad con muchos pesares, los hombres sólo estaban pendientes en la violencia, hasta se atacaban entre sí, lo que hacía difícil que se organizaran lo suficiente para hacer ataques. Kalani describía como Orión era firme con los hombres, llegando a hasta a matar a uno frente a los demás, para darles una lección. Le contó a Koren como Orión estaba endurecido, como a veces caminaba en las dunas por largo tiempo hasta parecer que se había desaparecido para siempre, sólo para volver con más ánimo inexplicablemente. La moral en el campamento cambiaba al igual que la marea, unos días los hombres estaban como militares, otros como mercenarios bárbaros. Kalani le comentó que ya habían establecido lealtades con algunas tribus de ogros, que pronto empezarían los ataques para buscar niños, pero que Orión necesitaba más armas. La elfa Pagorah le suplía armas, pero no eran suficientes por que había crecido el numero de soldados. Ella estaba planeando traer varios cargamentos de diferentes partes del reino para llevar a cabo la primara misión a fines del mes. Koren le preguntó si Orión le pedía que se comunicara con ella, a lo cual Kalani le contestó que todos los días él preguntaba si Koren le había contactado. El saber que él pensaba en ella a diario le dió un profundo sentimiento de culpa, por que no le había hablado en tanto tiempo, más aún al saber que él esperaba con ansias una palabra suya. Kalani se despidió con tristeza por que, aunque resentía a Koren, era lo más cercano que tenía a un amigo y también su única unión a su vida pasada.

Una semana después de la conversación que tuvo con Kalani, Koren se encontraba en una de las sesiones de audiencias cuando un tumulto se sintió en el salón. Unos soldados traían unos prisioneros encadenados hacia el trono y el jurado. Los prisioneros eran dos hombres de mal talante y una mujer masculina de pequeña estatura, quienes estaban sucios y apestosos.

"Su majestad, hemos atrapado a estos rufianes en el borde de la ciudad de Gandem, llevaban consigo un cargamento de armas ilegales." Al escuchar la acusación del soldado Koren se avispó. Ella miró fijamente a la mujer, dándose cuenta que la descripción general que Kalani le había dado de Pagorah le caía perfectamente. Ella tenía el pelo casi rapado, negro como el azabache, ojos verdes como el brillante color de las hojas en la primavera, su rostro era bien parecido, pero demostraba a leguas que era el frente de una persona que había que temer. Koren se sintió inexplicablemente celosa, pero controló su emoción ya que no quería llamar la atención de nadie.

"¿Quién eres?" Le preguntó el rey Papo seriamente.

"Me llaman Pagorah, soy elfa." La mujer contestó secamente.

"¿Qué dices de las alegaciones en tu contra?" Inquirió el rey.

"Que sus soldados son unos monigotes. Estas armas son legales, son mías, yo las he comprado en el mercado cerca de Nubis y no hay razón para que me hayan detenido." Contestó Pagorah desafiante.

"Su majestad, hemos encontrado varias armas de fuego escondidas en el cargamento." Declaró el soldado.

"¿Entonces?" El rey se dirigió a la elfa.

"Sí, son armas de fuego, pero el reino de Bandah, según el convenio del milenio no tiene jurisdicción sobre las armas hechas por elfos y estas las he forjado yo misma." Le contestó Pagorah cortante. Un silencio cayó sobre el salón y el rey se volteó a conferir con sus consejeros.

"Tienes razón. Pero como monarca de este reino confiscaré todas tus armas como una multa por llevar mercancía ilegal por las vías transitables." El rey dijo seriamente.

"¡Qué estupidez es esa!... acaba de aceptar que no son ilegales ¡y me las quitan!" Exclamó la mujer enfadada.

"No sabemos con que fin estas llevando tan gran cantidad de armas." Le indicó el rey.

"Bueno, las vendo en los mercados, los ciudadanos de Bandah tienen derecho a armarse." Contestó ella.

"Si, pueden armarse, pero con armas legales." Le informó el rey y le hizo un gesto a los soldados para que se la llevaran de su presencia dando por terminada la audiencia. Los soldados se la llevaron, al igual que a los otros hombres que la acompañaban, aunque Koren pudo ver como en las afueras del salón le quitaron las cadenas y los dejaron ir. Ella se levantó de su asiento para ir tras de ellos, pero al tener que salir tan sigilosamente, perdió mucho tiempo y ya se habían desaparecido del lugar. Regresó frustrada a la sala de audiencias, aunque trató de concentrarse en el resto de los casos, no le fue posible. Al fin del día, regresó a su habitación donde lloró de rabia amargamente, por que al haber visto a Pagorah se le había llenado la mente de celos y envidia, ya que sabía que Pagorah tenía acceso a Orión. Qué no hubiese dado por ser ella quien estaría en camino al desierto en ese momento. Esa noche se disculpó de la cena temprano, pues no tenía ganas de compartir con las gentilezas de la corte, les hizo saber a las mucamas que estaba indispuesta que por favor se lo dejaran saber a la reina y le llevaran la cena a su cuarto. A pesar de cómo se sentía por dentro la noche se desenredó tranquila y melosa, mientras se observaban las estrellas brillando tan hermosas en el firmamento oscuro. Se sentó junto a la ventana para dejar escapar un suspiro angustiado, cual invadió los corazones del reino, asustando a los desvelados.

Capítulo 7

Una vez más se acercaba el día de su cumpleaños, ella no sabía que hacerse consigo misma, hacía ya demasiado tiempo que no hablaba con Orión. Tiempo que tampoco había dado indicios de progresos en el campamento del desierto, según los comentarios de Kalani. La dragona le había informado que finalmente habían llegado todas las armas, después de esperar meses y que pronto estarían atacando aldeas para sembrar el pánico en la gente. Kalani le preguntaba si al fin hablaría con Orión, pero Koren se negó en ese momento por que estaba demasiado nerviosa como para hacerlo. Había tratado de evitar todo contacto con él y ahora se sentía como si no tenía el valor de hablarle del todo. Kalani le informó que desde ya hacía un tiempo él estaba pasando la hora de la cena en compañía de la elfa Pagorah, que primero había sido algo esporádico pero que ya se había convertido en un hábito. Koren se enfureció con las noticias pero no le dijo nada, sólo le ordeno que los siguiera vigilando y que le siguiera dando informes de vez en cuando.

Koren le pidió a la reina que nuevamente no le celebraran su cumpleaños ya que le había gustado la tranquilidad del año anterior. Había decidido no dar ningún viaje y permanecer en el castillo por que no le parecía hacer absolutamente nada, sólo quería que los días pasaran pronto, para que finalmente hubiese una señal de movimiento por parte de Orión. A pesar de que Koren no quería una celebración en su quinceañero, esa noche le hicieron una elegante fiesta sorpresa, invitando en su honor a nada más y nada menos que al Virrey de Cyrus, Atle. Koren fingió estar muy a gusto con la cena y con la invitación, pero dentro de su estómago sentía un nudo que casi ni la dejaba caminar. Después de la suntuosa comida unos músicos comenzaron a tocar una hermosa música agradable, cuando el momento que ella más temía se materializó ante sus ojos. El galante Virrey de Cyrus se dirigía hacia ella con la intención de sacarla a bailar, justo en frente de todas las miradas de aprobación de la corte… Sus piernas empezaron a temblar, el parecido a su hermano Orión era demasiado, en el tiempo que había pasado había cambiado su físico totalmente y en vez de un cuerpo de joven se acercaba el de un hombre. Atle sonrió amistosamente, extendiendo su mano para invitarla a la pista de baile, ella aceptó con una cortesía, pero la tensión que le apretaba la espalda casi ni la dejó inclinarse. Las gotas de sudor le empezaron a bajar por las sienes antes de poner un pie en la pista de baile mientras observaba al joven. Atle se mostró un bailarín muy adepto, su tez estaba dorada como la de su hermano, sus ojos siendo del mismo verde boscoso, aunque no tenían adentro el fuego acechante que se escondía tras la mirada de Orión.

"Muchas felicidades, me alegro que nos encontremos en mejores condiciones que la última vez." Le dijo Atle sonriente.

"Oh, sí. Mi primera visita a Cyrus fue muy impactante. Según tengo entendido usted ha resultado ser un buen monarca." Le respondió Koren un poco tensa.

"Me gustaría que me trataras sin tantas formalidades. No estoy tan viejo." Ofreció Atle amistosamente.

"No quise decir eso, sólo pues, no sé. No lo conozco y usted es el virrey de un reino." Koren titubeó al hablar, su mente estaba paralizada. El parecido de Atle a su hermano la estaba torturando, cada vez que lo miraba su corazón palpitaba con fuerza, desesperado por amar a cualquier cosa que se relacionara a Orión.

“Pues me gustaría que nos conociéramos. Para serte sincero, me contactó Altea… me dijo que viniera a una celebración para ti, que debía conocerte por que eras digna de ser virreina.” Atle sonrió al decir esto.

“¿Así te dijo?” Koren exclamó sobresaltada.

“No. No fue así, sólo me invitaron para la celebración por que querían que hubiese jóvenes presentes. El resto me lo inventé yo… Nadie me dijo que cuando viniera me iba a topar con una de las mujeres mas hermosas del reino.” Atle confesó sonrojándose. Koren dejó escapar un suspiro, sin poder creer lo que estaba sucediendo.

“Discúlpame si te he ofendido.” Atle le dijo de inmediato.

“No, soy yo. Estoy un poco nerviosa.” Koren se arrepintió de haber dicho eso ya que tal vez Atle pensaría que estaba nerviosa por él, no por diferentes razones.

“He sido un torpe, hablando así como si nada… tu estarás aburrida de que te digan lo mismo. Perdóname, yo también estoy un poco nervioso.” Atle se disculpó y ambos sonrieron. A pesar de sus controversias interiores la presencia de Atle era muy reconfortante y su porte exudaba calma. Sin darse cuenta siguieron bailando el resto de la noche, platicando acerca de Cyrus y sus cosas. Koren se relajó un poco tratando de sacar de su mente todo lo demás, para ver a Atle como una persona separada de otros eventos en su vida. Se dió cuenta de que tenerlo cerca era como tener una versión mas mitigada de Orión, una versión que ofrecía calma en vez de tempestad… Al final de la noche, Atle besó la mano de Koren con ternura y le prometió que volvería a verla tan pronto como pudiese, algo que perturbó a Koren pero que tampoco tuvo las fuerzas de rechazar. Los invitados finalmente partieron antes de la medianoche, Koren estaba demasiado cansada para seguir pensando en los sucesos de la noche, aunque se retiró a su pieza sintiendo por vez primera una livianez un su pecho.

Neroli la recibió con un maullido extraño, lo que hizo que Koren se pusiera en alerta, buscó por todos los rincones del apartamento algo que estuviese fuera de lugar, pero no logró encontrar nada. Estaba a punto de arrojarse en su cama, cuando se dió cuenta que encima de su almohada estaban puestas unas hermosas flores blancas y un sobre sellado con cera. Su corazón empezó a palpitar con tanta fuerza que ella pensó que se le iba a reventar el pecho, agarró el sobre con manos temblorosas y lo abrió rápidamente. La única hoja que tenia la carta, estaba escrita en un pergamino amarillento de papiro que olía a desierto, ella supo de inmediato quien era el mandatario de aquella misiva. Sin poder aguantarse leyó en voz alta la carta para que se le hiciera más real…

"Mi amada,

Aquí te envío estas flores del desierto para que sepas que estoy pensando en tí. Me informaron de una comitiva de Cyrus que iba de camino a celebrar un quinceañero en el palacio y así supe que eras tú. El tiempo ha pasado como una burla, estoy desterrado en el desierto, pero se opaca en comparación al desierto que tu me has impuesto. No sé si todavía me odias, si todavía me amas, no sé nada. El silencio de las dunas me dice más cosas que tú. Estas flores sólo crecen en los lugares más inhospitables del desierto, así como el amor que tengo por tí, aquí donde no crece nada, yo crezco por tí. A veces lloro como un niño por la impotencia de no estar a tu lado, por que tu imagen sagrada se me escapa de la mente, por que el timbre de tu voz ya no existe en mis oídos. Yo soy una aberración de este mundo, siempre he querido lo que me dicen que no me merezco, pero a tí te quiero más que a nada y tal vez tampoco te merezco. Vivo en un insularismo mortal donde sólo tu me sacas a flote. Mi vida, mi alma, ya te las había dado hace tiempo, ahora te doy lo que me queda, mi orgullo. De rodillas te pido que me hables, que me digas que me amas. Espero con todas mis fuerzas estar a tu lado la próxima vez que celebres tus primaveras.

Orión, tuyo."

Koren leyó la carta una y otra vez como si fuera una oración curativa que le arropaba de energía. Lloraba de alegría, lloraba de pena, lloraba de desconsuelo, lloraba de amor. La carta escrita simplemente en el puño y letra de su amado había sido lo más hermoso que jamás había visto, la caligrafía impecable de Orión era un testamento a su perfeccionismo. Ella se tendió en la cama casi sin poder ver debido a la horrible hinchazón de sus ojos llorosos. Decidió dormirse, con la intención de contactar a Kalani el día siguiente para mandarle un mensaje a Orión, rompiendo así el cruel silencio entre ambos. En la mañana Koren saltó de la cama con la emoción en su pecho de que esa noche mandaría un mensaje a su amado príncipe. Se fue a hacer sus quehaceres entusiasmada, pero de camino a la biblioteca se dió cuenta que había un revuelo en el castillo, soldados estaban adentro de la torre de la reina y las mucamas iban de un lugar a otro apresuradas. Koren paró a una de las jóvenes para preguntarle que sucedía.

"Dama Koren, el palacio está en alerta por que ha llegado la noticia que una de las aldeas de Sur ha sido violentamente atacada por un pelotón de mercenarios. Para completar ha desaparecido la hermana de la Dama Altea." Le dijo la muchacha casi quedándose sin aliento. Koren corrió hasta la sala de audiencias de la reina donde estaban en consejo los reyes con unos generales de la milicia real.

"Debemos enviar un convoy hacia el área donde ocurrió el ataque. No sabemos quien lo ha llevado acabo, ni con qué motivo. Lo que si sabemos, es que han habido muchas muertes civiles su majestad." Uno de los generales hablaba seriamente con la reina, Koren se sentó junto a Lenna quien la saludó en silencio, todos los presentes tenían un rostro de gravedad que Koren imitó en seguida.

"Sí, las noticias son atroces, por favor envía cuantos soldados sean necesarios para controlar la situación y ayudar en la aldea. También envía emisarios con pelotones a las ciudades colindantes como Tulas y Balta para investigar." Ordenó la reina. Según la reina daba ordenes para movilizar el ejercito, Koren le enviaba mensajes a Kalani para que mantuviera al tanto a Orión de todos los movimientos del reino. Los generales partieron tras escuchar sus órdenes, y el rey, depositando un beso en los labios de su esposa, se excusó también.

"Que atrocidad… Koren que bueno que estas aquí, en toda la conmoción se me olvidó decirles que te avisaran." La reina se disculpó con Koren.

"Entiendo. Por lo visto no ha sido una buena mañana. ¿Ha desaparecido Lula y ha habido un ataque?" Preguntó Koren aunque ya sabía la respuesta. La reina se apretó las manos a la sienes, como si estuviese odiando el proceso de pensar en ese momento.

"Sí. Han utilizado a Kalani de la manera más nefasta. Los sobrevivientes cuentan que ella llegó al amanecer, caminó por la vía principal de la aldea tirando bocanadas de fuego y convirtiendo las casas en antorchas… La gente corrió despavorida de sus hogares…una vez afuera, unos hombres, en concierto, empezaron a atrapar a los niños, algunos arrancados de los brazos de sus horrorizadas madres. Muchos de los adultos perecieron tratando de salvar a sus hijos, no pudieron defenderse del ataque que les tomó por sorpresa… ni del siniestro." La reina habló con voz temblorosa mientras hacía el recuento de los daños.

“Para completar, hemos buscado a Lula por todas partes, pero creo que esta vez no la vamos a encontrar.” Declaró la reina angustiada. Un silencio ensordecedor cayó sobre el salón. Koren permaneció cabizbaja tratando de aparentar una inmensa pena al igual que las demás. Se alegró por dentro de que ya no tendría que lidiar con la hermana de Altea, no le importaba donde estuviese después que se desapareciera para siempre, era una cosa menos de que preocuparse. Al cabo de un rato, la reina les hizo seña para que se fueran y siguieran el curso de su día, les dijo que estuviesen pendientes de cualquier cosa en el castillo, o cualquier novedad. Koren se dirigió de inmediato a la biblioteca, pensando que allí ya podría leer todos los reportes oficiales que habrían llegado de todas partes del reino con las noticias de lo sucedido. Así fue, pudo enterarse en detalle de la horrible misión que había llevado acabo el ejército de Orión. Esa tarde no hubo sesiones ante el rey ya que estaba el reino completo en estado en alerta, no se resumirían las audiencias hasta que pasara el peligro. Koren se fue a su apartamento para finalmente sentarse a escribir una carta que debió haber escrito hacia mucho tiempo… Pensó y pensó en lo que quería decir, pero era tanto, que pensaba que Orión se aburriría de sus cosas. Una vez en su escritorio agarró su pluma con la intención de no pararse de allí hasta haber compuesto una misiva.

“Mi amado príncipe,

He recibido tus flores… tus palabras… y te doy las gracias por haber devuelto la luz a mi alma. He sido una necia. Perdida en la rabia y en el dolor que me hiciste pasar, me olvidé de que tu tortura es la mía. Yo te amo. Cada pensamiento que tengo de algún modo u otro siempre empieza y termina contigo. El tiempo pasa pero no lo suficientemente pronto, yo no sé ni para que sirve el tiempo… tal vez para medir nuestras desgracias. Mis días son monótonos, automáticos, vacíos, ando vagando por este castillo como una extraña por que no pertenezco aquí. Yo sólo debo estar donde tu estés. Espero con ansias el momento en que pueda verte otra vez, ya han pasado dos años y el recuerdo no me sirve de nada. Me mantengo al tanto de todo gracias a Kalani, no creas que ni en un instante me he olvidado de tí. Le ruego a la vida que te proteja, que todo salga bien para que podamos estar juntos para siempre. Tengo mucho más que decirte, pero quiero poder ser capaz de decírtelo al oído…

Koren, amándote."

Cerró sus ojos y llamó a Kalani, quien contestó enseguida.

"¿Qué haces Kalani?" preguntó Koren.

"Estamos en una guarida en las afueras del desierto, Orión decidió tomar la ruta larga que circumventa las montañas para evitar todas las patrullas reales, gracias a tu información. Ya hemos llevado los niños al lugar que habíamos pautado con los ogros." Le contestó Kalani con pesar.

"¿Orión está contigo?"

"Sí, está aquí. Está confiriendo con sus comandantes para movilizar los hombres antes del anochecer. Ya no me usa como monta por que dice que soy un caballo pésimo. Me ha ordenado que me haga persona otra vez." Le informó Kalani.

"Esta bien, que importa. Aléjate del grupo y ven al castillo, a mi habitación, tengo algo que quiero que le entregues a Orión." Le ordenó Koren. En menos de un par de segundos Kalani apareció de la nada en la recámara de Koren. Ambas se sorprendieron al verse, ya que no lo habían hecho por tanto tiempo, habían transcurrido tantos cambios físicos para las dos… Kalani era una mujer bellísima, calva, alta y delgada. Llevaba puesto el trajecito de malla de acero que usaba de niña, pero esta ves le servía como camisa, la cual apretaba a su cintura con un gran cinturón de cuero, cual combinaba con sus pantalones y botas de cuero negro. Por su parte, Kalani no pudo creer que estaba mirando a la misma Koren de antes, era todo una mujer y su belleza era inigualable.

"¡Koren! Estás muy diferente… Lo que hace el tiempo." Le dijo Kalani con admiración.

"Tu tampoco estás mal, ten mucho cuidado con esos hombres del desierto." Sonrió Koren mirándola apreciativamente.

"Toma, entrégale esta carta a Orión, pero no le digas que me has visto." Koren le extendió la carta mientras Kalani se sentaba en el borde de su cama.

"Ah, cuanto extraño la vida del castillo… El desierto es hermoso, pero tan desagradable. Los hombres se mantienen ocupados con sus ejercicios militares, Orión está siempre ocupado dándoles ordenes. La única distracción viene por parte de las caravanas de brujas que merodean el desierto… de vez en cuando se topan con nuestro campamento para el deleite de los hombres." Comentó Kalani recostándose en la cama.

"Salte de mi cama, estas sucia. Deja de quejarte, estarías aquí con la misma agonía. Querámoslo o no, todos somos prisioneros de nuestras vidas." Koren la empujó fuera de su cama con su musculosa pierna. Kalani rodó hasta el suelo molesta con Koren, pero sin decir palabra.

"También he comprado esta daga para Orión en Stella Maris, llévasela. Esto es para ti, aunque no lo creas." Koren le extendió un hermoso y delicado collar de perlas rosadas.

"Gracias." Kalani respondió mientras se lo colocaba al cuello aunque ambas sabían muy bien que su relación era insalvable, que cualquier indicio de amistad era pura ilusión. Kalani desapareció sin decir otra palabra, dejando a Koren en la habitación junto a su conciencia.

Capítulo 8

La normalidad no regresó al palacio por varios meses ya que los ataques a distintas aldeas en todas partes del reino se seguían llevando a cabo al azar. Kloe y Altea, las damas de alto rango militar, salieron junto a algunos pelotones a patrullar las aldeas, pero nadie nunca lograba ver a los perpetrantes de los ataques. Era como si misteriosamente ellos supiesen de antemano lo que haría la armada real. Nadie se imaginaba que esa era la realidad, Koren mantenía a Orión al tanto de todos los movimientos de la guardia real, mientras que él solidificaba su ejército y sus lealtades con tribus que estaban con hambre de violencia. Koren le pidió muchas veces a la reina que la dejara partir en una misión, pero la reina no pensó que era buena idea, ya que no quería que el palacio se quedara totalmente sin damas que le ofrecieran protección.

Koren estaba deambulando por el jardín cuando sintió que unos pasos se acercaban, no pensó nada hasta darse cuenta que eran unos pasos firmes, de hombre. Ella se volteó de inmediato a ver quien llegaba y por poco se desmaya al ver que era Atle, al quien momentáneamente había confundido con Orión.

“Me han informado que podría encontrarte en el jardín y así ha sido. Hola, ¿cómo estas?” Atle le sonrió.

“Muy bien. Ya ve usted, tratando de mantenerme ocupada. El reino está en alerta y uno aquí esperando a ver que pasa. ¿Cómo es que su majestad no esta en Cyrus al pendiente?”

“He venido en asuntos oficiales, pero quería saludarte. Disfruté mucho de tu compañía la última vez que te vi.” Le dijo Atle sonrojándose. Ambos continuaron caminando al unísono por el jardín, ella sin hacer caso de su último comentario.

“¿Y que asuntos le traen por acá?” Inquirió Koren.

“Por favor, trátame de tu. He venido a pedirle a la reina permiso para cesar la tregua entre la gente de Cyrus y los lagartunos. Al parecer, se han sentido valientes debido a estos recientes incidentes en el reino y han atacado a varias personas en territorio considerado neutral. Yo quiero que se corra la voz de que los mataremos si entran en nuestro territorio.” Le explicó Atle con una intensidad que ella no pensaba que él pudiese poseer.

“Me imagino, todo en el reino esta en desorden.”

“Sí, estos últimos sucesos nos han tomado por sorpresa. El reino había disfrutado de paz por tanto tiempo que creo que nos descuidamos demasiado.” Atle suspiró profundamente denotando el pesar que estas palabras le causaban.

“De todos modos, mi audiencia con la reina va a ser después de la hora del almuerzo, así que si no te molesto me gustaría compartir un rato contigo.” Añadió el joven.

“Como gustes.” Koren continuó caminando, con él a unos pasos tras de ella intentando buscar palabras.

“Me han comentado que te gusta viajar, estaría muy complacido si pasaras una estadía en Cyrus.” Atle le comentó tratando de ocultar su nerviosismo.

“No creo que sea el momento adecuado, la reina no me ha dejado ir en misiones, dudo que me deje salir del castillo para ir a pasear.” Ella le respondió con tranquilidad.

“Pues espero que sea en un futuro cercano entonces.” Le confesó Atle. Ambos pasaron un rato agradable en el jardín, mientras Koren le enseñaba las diferentes clases de flores que se cultivaban en el palacio y las que habían llegado desde remotos lugares del reino. A pesar de que se entretuvo con él, Koren sintió un gran alivio cuando lo vió partir. Tal vez en otra existencia, Atle hubiese sido el príncipe perfecto que debió tocarle, pero en esta, ya había encontrado otro.

Al día siguiente Koren fue llamada ante la reina tan pronto como despertó, lo que le estuvo raro, a menos de que hubiese sucedido otro nuevo ataque. Se presentó ante la reina, quien la saludó afablemente y le señaló para que tomara asiento.

“Te tengo unas buenas noticias.” Exclamó la reina con una enorme sonrisa en su rostro.

“¿Sí?” logró decir Koren algo confusa.

“El príncipe Atle ha pedido tu mano formalmente.” La reina le informó muy complacida con la noticia.

“¿Y eso? Tan sólo me ha visto dos veces, como es que ha hecho eso.” Contestó Koren desairada, sintiéndose como si le hubiesen dado una bofetada.

"Querida, el amor a veces surge desde el primer momento que entramos en contacto con el objeto de nuestra devoción." Le dijo Altea desde su sillón al lado de la reina.

"¿Y entonces qué?" Inquirió Koren incrédula.

"Pues le he dicho que sí, por supuesto, creo que una unión entre ustedes sería maravillosa. Claro, le dije que si tu no aceptabas la propuesta, habría que disolver el contrato." La Reina Violeta le contaba llena de alegría.

"Que remedio me queda, me lo debieron consultar antes de decirle que sí. Todos sabemos que la palabra de la reina no se refuta." Le dijo Koren alzándose de su asiento violentamente. Todas las demás quedaron asombradas ante su reacción y su impertinencia hacia la reina.

"No existe un mejor partido en el reino entero, es un buen hombre y tendrás un puesto alto, serás una virreina." Le explicó Altea tratando de aliviar la tensión que notaba en Koren.

"Yo pensé que estarías a gusto." Contestó la reina algo entristecida.

"¿A usted la hicieron casarse con Papo?" Koren le preguntó a la reina con descaro.

"Eso es diferente… yo lo amo. Desde el primer momento que nos vimos supimos que éramos el uno para el otro, pero eso no siempre sucede." Violeta trató de aplacarla.

"Su majestad, yo sé que usted obra por mi bien, muchas gracias." Koren hizo una reverencia besando la mano de la reina, dándose por vencida pues sabía que este argumento lo iba a perder. La reina estaba segura de que Koren y Atle eran buena pareja, nada podría disuadirla de lo contrario, pensaba que con el tiempo Koren se daría cuenta de su suerte. Lenna y Anari, le dieron las felicitaciones, expresando su envidia por haber sido comprometida con semejante propuesto. Koren sonrío amablemente, mientras su pecho se apretaba con una rabia e incredulidad que estaban a punto de sofocarle. No veía la hora de salir del salón y dejar atrás la reina, las damas y todas las miles de estupideces entre ellas. Una vez logró escaparse, se fue corriendo sin parar, sin rumbo, hasta que sus piernas no aguantaron más. Al darse cuenta de sus alrededores se encontró en el bosque, cerca de la cueva donde tantas veces había escondido secretos. Sabía que no se casaría con Atle, nadie la obligaría a hacerlo aunque le costara la vida. Tenía tanta rabia que bocanadas de fuego le brotaron de la boca incinerando todo a su alrededor. No aguantaba más, odiaba el castillo, odiaba la reina, odiaba las damas, se odiaba a si misma. Se sintió tan estúpida, por que no podía hacer más nada que tenderse al suelo a llorar como una tonta. La noche empezó a asomarse, supo que tendría que volver al castillo, derrotada como siempre... sino se alarmarían todos y se haría una conmoción. Al llegar a su habitación se dió un baño largo y cálido para relajar su tensión antes de tener que dar la cara en la cena.

Una vez llegó al salón de cenar tuvo que aguantar todas las felicitaciones que le dieron los presentes, ya que no se había perdido tiempo alguno en divulgar su absurdo compromiso con el Virrey de Cyrus. Tomó mucho más vino de lo que debió. Al llegar finalmente a su recámara se dió cuenta que estaba totalmente borracha, lo que la hizo caer abatida en la cama deseando que tal vez la mañana siguiente sus ojos no se abrieran. Estaba ya medio dormida cuando se sobresaltó al sentir que alguien le tocaba el hombro para despertarla. Abrió sus ojos asustada para ver a Kalani cerca de ella en la oscuridad.

"Ama, Orión le ha mandado una carta." Kalani depositó la carta en la mano de Koren y tan pronto como había aparecido, se esfumó en la nada. Koren encendió torpemente una lámpara en su mesa de noche, casi haciéndola caer y abrió la carta con dedos temblorosos.

"Mi amada,

Me diste lo que necesitaba. Soplaste aliento en mi cuerpo moribundo y tengo las fuerzas para seguir adelante con claridad. Yo también espero el día en que te veré nuevamente, añoro el perfume de tu piel, el roce delicado de tus labios, tu cabello sedoso que mis torpes garras querrán sentir. Soy una bestia. En las tardes camino en las dunas para agotarme, sino las noches se me hacen eternas entre un laberinto de deseos por ti. Me creo que te tengo aquí desnuda junto a mi, tu pelo como una sábana dorada en la que quiero perderme. Me pongo a delirar. No te miento, te deseo física y emocionalmente.

Todas las noches antes de acostarme te escribo en mi diario, pensando que tal vez algún día tendrás tiempo para leer mis tontas fantasías de amor. Te cuento del desierto, de los hombres que tanto detesto, de las armas, de los ejercicios militares, de mis paseos en búsqueda de sosiego. Te cuento de que me gustaría galopar contigo en las montañas, de irnos al mar, de visitar las tribus de los prados y amanecernos bajo la luna embriagados de alegría. Te escribo poesía y te digo todas las cosas que quiero susurrarte tiernamente cuando te duermas a mi lado. Lo más que resiento es no poder enamorarte como te mereces, para que sepas que me merezco tu amor, no por un acto misterioso, sino por que me lo he ganado. Te juro que cuando ya habremos derrotado el destino y tengamos riendas del mundo te haré la mujer más feliz.

Orión, tuyo."

Koren apretó la carta a su pecho con emoción, estaba temblando de pies a cabeza por que aquellas palabras habían hecho vibrar cada fibra de su ser. Orión la deseaba tanto como ella a él, estaba segura que ambos estaban pensando en cada momento en el cuerpo que querían poseer. El tiempo estaba pasando y ella se estaba muriendo de ganas de finalmente saciar su deseo carnal, en cada momento pensaba en ello. En las noches sufría viviendo fantasías eróticas que la dejaban deseando más, trataba de imaginar el cuerpo desnudo de Orión según lo había visto una vez, pero aquel recuerdo ya estaba desvanecido. Releía la carta, incrédula de lo sensual que él había sido en ella, él la imaginaba desnuda… Su cuerpo se emocionó tanto que sus manos quemaron el pergamino con el calor que desprendían. Esa noche, soñó que estaba en el jardín y que Atle le estaba haciendo el amor, pero que ella gritaba aterrorizada, ya que pensaba que en algún momento Orión los encontraría. Se despertó sin haber descansado, molesta consigo por tener sueños tan aberrados.

Las cartas de Orión siguieron llegando con frecuencia a mitad de noche, cada una más intensa que la otra, ella no sabía hasta que punto podría aguantar el deseo sexual reprimido. Los meses pasaron entre cartas de amor, ataques a aldeas y el reino en revuelo. Koren cumplió sus dieciséis años sin mencionarle nada a nadie, aunque su prometido, el Virrey de Cyrus, le envío una hermosa sortija de rubíes para felicitarla. También le mandó una nota excusándose de que no pudo ir a verla el día de su celebración, ya que el reino de Cyrus estaba en guerra con los lagartunos. El reino de Bandah también seguía en estado de pánico, ya que los aterrorizantes ataques a las aldeas llevaban ya un año, y no se veía su fin. El hecho de que el virreinato de Cyrus estaba en guerra con los lagartunos, regaba un terror palpable en las ciudades. El pueblo estaba furioso ante la corona, por que no lograba contrarrestar los abusos del misterioso ejército que había caído como un manto oscuro sobre la tierra, arropando de muerte y miseria cada esquina del reino. Koren estaba complacida con los eventos, en especial por que Atle no había podido dejar su reino al estar ocupado con sus asuntos.

La vida en el castillo había cambiado, el aire en los pasillos estaba ensanchado de austeridad y seriedad, soldados rondaban con precisión a cada hora para asegurar el palacio. La reina no salía de su torre si no era en compañía de sus damas, especialmente Kloe y Altea que habían regresado de sus misiones a permanecer con ella. El pequeño príncipe siempre estaba con su madre y jamás se le dejaba jugar a solas a pesar de sus protestas. Koren se entretenía siendo su compañera de juegos pensando que era mejor si el niño le tenía confianza, mientras que la reina estaba complacida sabiendo que Koren lo vigilaba. La preocupación se veía a leguas en el rostro de la reina, su mundo se había ido al aire, el pueblo había perdido la calma y el crimen estaba aumentando por todas partes. Algunos virreinatos estaban amenazando con hacerse independientes, ya que sentían que la guardia real no los defendía apropiadamente, pues les parecía mejor si sus hombres regresasen a sus tierras a defender sus hogares. No había sido posible atrapar ningún mercenario hasta ese momento, ni saber cual sería la próxima movida del grupo. Orión había planeado todo aquello a perfección, sabía que un pueblo que no estaba unido, era un pueblo débil, que cuando la gente vivía con temor no hacía caso al sentido común.

Koren no hacía más que vivir pendiente de la llegada de las cartas, que llegaban cada vez más frecuentemente, más intensas. Las cuales después de leerlas varias veces tenía que quemar para borrar su existencia. Estaba deseando tanto a Orión que ya casi no funcionaba, su frustración se le metía en la mente y la embrutecía. Ella trataba de sentarse a leer en la biblioteca, pero las palabras no parecían hacer sentido, solo podía pensar en el momento en que se encontraría con Orión a solas. Se preguntaba si él la encontraría atractiva, si finalmente la vería como mujer y no como niña, si era sensual y si sabría complacerlo. Ella sabía que Orión ya habría debido tener experiencias con mujeres en el pasado, tenía miedo que la comparara con otras, o que no le gustara hacerle el amor. Decidió ir a la biblioteca para buscar más información acerca del sexo, estaba obsesionada, leía con la respiración agitada, miraba las ilustraciones con detalle…hasta se memorizó los brebajes que debería usar para evitar los hijos. Todo lo que necesitaba saber estaba en los libros, vió tantas cosas que quedó un poco intimidada, dándose cuenta que la sexualidad era tan diversa como los que la llevaban a cabo. Salió de la biblioteca hasta la enfermería para buscar las plantas que debía ingerir cuando llegara el momento, quería tenerlo todo listo... La única misión que tenía en su mente en ese momento era prepararse para el encuentro más significativo de su existencia, el día en que finalmente podría entregarse al hombre que deseaba hasta más no poder.

Esa noche al llegar a su habitación, como de costumbre, una carta le esperaba. No se detuvo ni a quitarse sus zapatos, dió un salto a la cama agarrando el sobre como si fuese un salvavidas.

Abrió el sobre con manos temblorosas arrancando de sus adentros el pergamino tan familiar.

"Mi amada,

Hemos regresado al desierto para descansar y reagruparnos, pero no por mucho tiempo. Haremos un ataque masivo en Polaris, quiero debilitar esa ciudad ya que muchos de los soldados reales se están concentrando en esa área. Se nos han unido más hombres y mi ejército ha crecido sanamente, cuando las cosas están mal algunos se hacen de oportunidades… El reino es muy grande pero con nuestra estrategia hemos ido debilitándolo poco a poco. Pronto estaremos haciendo campañas para adentrarnos en Astra, tendremos que debilitarlos también sino vendrán al auxilio de Bandah. La parte de la Amazona será la más difícil, esas guerreras son temibles y su territorio abarca mucho espacio. Lo único que podremos hacer es establecer un perímetro y velar sus movidas para atacarlas cuando salgan a ayudar en el reino. Es posible que ellas no se metan en los asuntos de Bandah, o Astra, ya que consideran sus tierras un mundo aparte. Esta por verse…

No te aburro más con mis tonterías. No se me hace posible dejar de pensar en estas obras militares, en cierto modo nací para esto. Tampoco dejo de pensar en ti, espero con ansias el momento en que te vea, pero también le tengo miedo. Jamás había sentido tanta vulnerabilidad en mi vida, tu podrías derrumbarme con una mirada, podrías matarme con un desprecio. Tanto así te amo. Mi amor no es como el mar, ni la luna, ni el sol, que se desplazan en un eterno vaivén. Mi amor es fijo, como la tierra que piso, que agarra mis pies, que puedo palpar y atrapar en la palma de mi mano, por que es real. Anoche estuve llorando como un tonto, frustrado, deseando tenerte en mi cama, mis instintos de animal revolcándose violentamente en mí. No te digo más.

Orión, tuyo"

Koren apretó sus ojos para cerrarlos firmemente, sabía lo que Orión sentía… La carta palpitaba deseo y ansiedad, era un testamento a la pasión que también él estaba reprimiendo. Buscó entre sus cosas, en un arrebato, las plantas medicinales que debía tragarse para evitar los hijos. Se hizo una tisana apresuradamente, el agua no acababa de hervir, haciendo que sus nervios se pusieran de punta. Finalmente, el brebaje estaba listo…se lo tragaba a sorbos para no quemarse la lengua, pero mientras más tomaba más sentía un apretón en su estómago. Estaba decidida a que esa noche sería la noche en que se encontraría con Orión. Esa noche marcaría el final de su separación, de su silencio, de su pesar. Llamó a Neroli a su habitación ordenándole que estuviese en vigilia en la entrada del apartamento, si alguien la viniese a buscar en algún momento, que le avisara de inmediato y no los dejara pasar de ningún modo. La gata obedeció acostándose en un cojín de uno de los asientos en la antesala.

"Kalani." Koren llamó a la dragona.

"Sí, ama." Contestó la voz somnolienta de Kalani.

"Ven enseguida." Le ordenó Koren. Acto seguido Kalani apareció de la nada, vestida con su bata de dormir de lana.

"¿Dónde está Orión?" Preguntó Koren con voz temblorosa.

"Me imagino que durmiendo en su caseta. Ha sido una larga jornada y todos están muy cansados." Kalani bostezó mientras hablaba.

"Se me acaba de ocurrir, que yo no puedo teleportarme a donde él está por que nunca he visto su caseta, ni él mi aposento… Pero tú si has ido a ambos lugares. Llévame a donde él, quiero sorprenderlo." Le dijo Koren tratando de permanecer tranquila.

"Está bien. Ven." Koren se acercó a Kalani quien la recibió en un frío abrazo, después un breve zumbido le penetró los oídos y de momento sintió mucho frío. Miró a su alrededor, estaba todo muy oscuro, sólo sentía el cuerpo de Kalani en proximidad al suyo.

"Estamos en la antesala de la caseta de Orión, yo nunca he pasado de aquí. Aquí es que hace audiencia con sus comandantes y demás, sigue derecho, ese es el lugar donde duerme. También creo que allí esta su oficina, pero no sé por que nunca he entrado." Le explicó Kalani en voz baja. Ambas miraron en dirección a la puerta de canvas que sellaba la entrada al dormitorio, el lugar estaba tranquilo y silencioso, lo que les indicó que Orión posiblemente ya dormía.

"Gracias, ya puedes irte. Podré llegar sola al palacio." Kalani desapareció nuevamente dejando a Koren en la oscuridad, con el corazón dando martillazos en su pecho. Caminó sigilosamente tratando de mantener el valor, su estómago era un nudo que amedrentaba sus movimientos y su respiración estaba casi incontrolable. Echó a un lado la solapa de la puerta con manos temblando violentamente, el cuarto se veía oscuro excepto por la tenue luz de una linterna, la cual alumbraba el escritorio de Orión donde él se encontraba sentado, aún despierto. Él estaba concentrado en lo que hacía, probablemente escribiéndole una carta a ella. Koren se acercó sin hacer ningún ruido, observándolo mientras su mano recorría con ahínco sobre el pergamino. Logró llegar sin llamar la atención hasta estar a unos pasos de él, envuelta en la penumbra, cuando de repente Orión empuñó su daga ferozmente.

"¿Quién anda ahí?" La voz viril y seca de Orión rugió. Él se irguió para confrontar al intruso, quedando paralizado cuando se dió cuenta de que era una mujer vestida elegantemente. Koren se acercó más a la luz para que él pudiera verla con más claridad. Orión se quedó observándola, momentáneamente pensando que estaba viendo una visión, tal vez una deidad mágica que había salido de otra dimensión. Ella también permaneció inmóvil, casi no podía reconocerlo. Estaba más alto de lo que ella recordaba, más corpulento, con su largo cabello marrón cayendo como desgreñadas cascadas sobre sus hombros. Una espesa barba cubría su rostro y lo que sobraba de piel estaba embadurnada por el sucio del desierto. Le pareció que estaba frente a un gran oso, sólo sus ojos verdes resaltaban como dos faros intensos, para indicarle a Koren que ese hombre era el amor de su vida. Orión abrió sus ojos llenos de sorpresa cuando al fin se dió cuenta que no se estaba imaginando cosas, que ese espectro tan hermoso no era otra que su amada, que sin anunciar su llegada estaba tan cerca de él. Koren titubeó y dió otro paso para acercarse.. sentía que su rostro se estaba incendiando, la sangre le recorría sus venas ferozmente precipitándose hacia su cara. Orión dió un paso hacia delante, de repente alzó su daga amenazante, llevándola cerca del cuello expuesto de Koren con su brazo extendido.

"Habla." Le ordenó Orión cortante.

"Soy yo. Kalani me trajo hasta aquí." Koren casi no pudo hablar truncada por la emoción y el miedo. Orión dejó caer la daga al suelo y con dos pasos avanzó hasta ella atrapándola en un estrecho abrazo. Koren se aferró a él como si fuera lo único que quedaba en el mundo, se perdía entre el grueso abrigo de pieles que portaba y su barba. Orión finalmente la soltó de su apretón, aunque seguía aguantándola por los hombros, entonces la mantuvo a una corta distancia para poder observarla a su gusto. Una sonrisa apareció entre el matorral de pelo que llevaba en la cara, resaltando unos dientes blancos y perfectos.

“¿Por qué no se nos ocurrió esto antes?” Comentó Orión riéndose, dejando notar sus nervios.

“Ven, toma asiento... Dame unos momentos, por favor.” Koren asintió con la cabeza, mientras Orión la sentaba en su butaca frente al escritorio. Orión encendió algunas lámparas y empezó a rebuscar entre algunos cofres de madera que estaban en la parte atrás de la caseta, mas allá de donde estaba su cama. Ella sintió como salpicaba el agua en algún lugar recóndito de la caseta, pero no podía ver bien lo que estaba pasando. Tenía sus manos sudorosas apretadas sobre su regazo, miraba a su alrededor buscando donde posar su vista, pero la oscuridad no le ayudaba. Finalmente, cuando Orión regresó, ella se dió cuenta que su tardanza se había debido a que se había cambiado de ropa y aseado un poco. Orión se había recogido el pelo en una cola, se había deshecho de su barba y había enjuagado su rostro. Él también había cambiado su apestoso abrigo de pieles por uno grueso de lana oscura, que tenía hermosos bordados de plata, para completar, también había brillado sus botas. Llevaba en sus manos una pequeña bandeja de plata donde unas delicadas tasitas y una tetera retrillaban como cascabeles debido al temblor de sus manos. Orión le ofreció una taza a ella antes de colocar la bandeja sobre el escritorio.

“No, gracias.” Por más que Koren quería aceptar el té, tuvo que decir que no por que estaba tan nerviosa que tenía miedo de que lo vomitaría en el suelo. Orión no agarró su taza tampoco, torpemente la colocó en la bandeja y volvió a desaparecer en la parte trasera de la caseta, esta vez regresando con una botella de licor.

"No sé tú, pero yo sé que me tengo que dar un trago." Orión se puso la botella a los labios y sonrió.

Koren sonrió también sin poder creer que estaba tan esleta frente a él, cualquiera diría que jamás habrían estado el uno en presencia del otro. No lograba de quitarle la vista de encima, una vez que él se había desecho de su barba, se veía justo como ella lo recordaba, tal vez con un poco más de madurez reflejada en su rostro. Orión seguía siendo un hombre hermoso, elegante e imponente. Se sintió tan torpe por haber pensado en algún momento que él y Atle se parecían en algo. No pudo contenerse más, se paró de su asiento quedando frente a él, extendió su brazo y dejó que su mano recorriera libremente la faz del rostro de Orión. Él cerró sus ojos aceptando la caricia, disfrutándola, dejando que su piel se tragara sedientamente la sensación del tacto. Ambos estaban tan cerca que sus cuerpos sentían la respiración alterada subiendo y bajando en sus pechos, se miraban a los ojos tratando de decir en tan poco tiempo lo que no se dijeron en años. Los dos se arrojaron a los brazos del otro al mismo tiempo, sus labios se encontraron con la desesperación que siente el viajero cuando llega a su destino después de un largo viaje. El beso que transpiró entre ellos fue como ninguno que jamás se había dado, intenso, desesperado, acaparador. Su energía estremeció la tierra, haciendo que un temblor se sintiera por cada recoveco del reino. Orión la tomó de la mano y la llevó a su cama. Ella lo siguió apretando fuertemente su mano, con el corazón palpitando furiosamente y su cabeza casi a punto de estallar, por que sabía lo que estaba a punto de suceder. Él la sentó en medio de la cama, sentándose junto a ella después de quitarse las botas. Ella estaba a punto de sacarse su pelo de la trenza en que lo llevaba, pero él la detuvo, agarrando la trenza entre sus manos callosas y deshaciéndola. Metódicamente, Orión fue quitándole la ropa, comenzó por sus zapatillas de seda, después su abrigo de armiño blanco, luego el chaleco de gamuza que ceñía su traje de seda a su cuerpo. Koren respiraba excitada, casi a punto de arrancarse los botones del vestido en vez de dejar que Orión los sacara uno a uno. Orión hizo encender mágicamente un fuego en una pequeña chimenea al pié de la cama, para que el lugar se mantuviese de temperatura agradable y hubiese más luz.

"Eres la mujer más hermosa que jamás haya existido." Declaró Orión mientras se quitaba su camisa, descubriendo su pecho amplio y musculoso, el cual aún tenía cicatrices visibles de algunas heridas pasadas. La peor siendo la que Altea le había dejado cuando intentó liquidarlo hacía tantos años atrás. Aún no se había quitado sus pantalones, pero Koren empezó a hacerlo por él, estaba desesperada para que finalmente la hiciera suya, aunque apreciaba que él le demostrara tanta ternura. Orión se dió cuenta que ella estaba ansiosa, así que decidió darle rienda suelta a sus instintos y consumar un acto que ambos habían deseado por tanto tiempo. En el momento que él se quitó sus pantalones, ella ni siquiera tuvo la oportunidad de apreciar su cuerpo desnudo, por que ambos se besaban con desenfreno de tal manera, que parecían bestias en vez de personas. Koren trató de ahogar un eufórico grito al recibir a Orión en su cuerpo, sorprendida por el dolor y el placer que le producían los movimientos de él. Orión sonrió, agarrándole el cuerpo con fuerza y penetrándola con más intensidad, sintiéndose el conquistador más afortunado del mundo. Los gemidos desplazaban el silencio de la noche, sus cuerpos se contorsionaban buscándose, sus labios se saciaban de piel, sudor y saliva. Orión no se detuvo hasta hacerla explotar de placer, sólo así pudo dar rienda al suyo, cual declaró con gruñidos profundos. Los dos permanecieron abrazados, en silencio, disfrutando de su proximidad. Incrédulos de lo que había acabado de suceder entre ellos.

"Siento haber arruinado tus sábanas." Comentó Koren riéndose, ya que su sangre de virgen había manchado las cubiertas de la cama.

"¿Crees que me importa?" Orión soltó una carcajada. Él se acerco más y empezó a acariciarla, sus senos, su vientre, sus piernas y todo lo que estaba entre medio. Una vez más, hicieron el amor, pero esta vez sin tanta urgencia. Orión le susurraba al oído lo mucho que la amaba, lo mucho que le apetecía su cuerpo, mientras que ella lo recibía afablemente, lo apretaba, tratando de explorar cada pedazo de piel.

"¿Tienes sed?" Le preguntó Orión cuando reposaban finalmente.

"Sí, dame agua. ¿Cuánto tiempo crees que he estado aquí?" Preguntó ella con curiosidad.

"Has estado aquí probablemente unas cuatro horas, será mejor que partas pronto." Le dijo Orión mientras le brindaba un vaso de agua.

"Me puedo ir cuando empiece a amanecer."

"Está bien, pero no esperes ver la luz del sol, estamos en una cueva." Comentó Orión mientras regresaba a la cama. Ella lo recibió en sus brazos con ternura.

"Las cuevas parecen ser nuestros mejores escondites." Comentó ella sonriente.

"¿Regresarás mañana?" Le preguntó Orión esperando con ansias que la respuesta fuera positiva.

"Si tu quieres."

"Por supuesto." Él la siguió besando en los labios, entre sonrisas y palabras de amor…

En la mañana siguiente Koren se despertó temprano para hacer sus oficios, pero no podía dejar de sonreír y pensar en la noche anterior. Su cuerpo se calentaba respondiendo a los recuerdos tan gratos, quería que el día se fuera rápido para poder escaparse nuevamente a la cama de Orión. Ella se sentía plena, aquel secreto que guardaba en su pecho la hacía resplandecer como un astro en noche sin luna, su energía radiaba con tanta fuerza que al pasar por el lado de algunos los hacía desmayar. Las damas notaron el cambio en su disposición y le sonreían pensando que ella finalmente estaba ilusionada con su compromiso con Atle. Ella estaba revisando los documentos que recién habían llegado al palacio, cuando notó que había llegado un mapa reciente de la topografía de Bandah donde se notaba claramente la existencia de las cavernas del desierto. No titubeó y con un simple gesto cambió la ilustración del mapa para borrar cualquier indicio del sistema de cavernas. De inmediato se dirigió a la biblioteca y consiguió todos los mapas topográficos que estaban allí para hacer el mismo cambio, nadie jamás sabría de las cavernas a menos que las hubiese visitado. Enrolló el mapa reciente y lo llevó de inmediato a la oficina de la reina.

"Su alteza, aquí ha llegado el mapa más reciente." Le ofreció Koren.

"Gracias, esto será instrumental para nosotros. Altea, llama a los generales, quiero que vean esto y que vengan a darme el informe." Ordenó Violeta seriamente, Altea desapareció de la oficina de inmediato.

"Koren, quiero que estés al tanto de todos los informes que llegan, si hay alguna novedad házmelos llegar sin demora. No hemos podido todavía coordinar un ataque efectivo a esta plaga que nos ha aterrorizado por tanto tiempo." Comentó la reina con frustración mientras buscaba y rebuscaba lugares en el mapa.

"Lo sé, su majestad. He leído todo y siempre es el mismo modo de ataque. Kalani llega e incendia todo, después un grupo termina de destrozar el lugar." Koren repitió lo que ya la reina sabía.

"¿Cuál será su motivo? ¿Cuál de grande su ejército? Es imposible saber. El hecho de que tienen a Kalani los hace tan invulnerables, qué mejor arma que ella. Se llevan los niños y matan los jóvenes sin piedad..." La reina se decía estas palabras con la certeza de que las había dicho más veces de las que deseaba.

Los generales y el rey entraron a la oficina de la reina con sus vestimentas militares, haciendo eco en el suelo con sus botas pesadas. Koren ya había visto los generales en muchas ocasiones, pero siempre quedaba impresionada con su porte. El General Mabius estaba a cargo de la parte norte de Bandah y el General Omán de la parte sur. Mabius era un viejo elfo que llevaba el cabello largo en una trenza blanca como la nieve, mientras que Omán era un guerrero amazónico de menor edad.

"Generales, aquí está el nuevo mapa que recibimos esta mañana, pero no creo que nos ofrezca nada nuevo." La reina se dirigió a ellos seriamente. Los hombres se acercaron al escritorio donde el mapa estaba abierto y lo observaron por un rato en silencio.

"Me parece que en algunos de los viejos mapas había un sistema de cavernas en el desierto, he escuchado esto también por parte de mercantes y tribus que provienen del área." Comentó el General Mabius. Omán asintió con su cabeza, fijando su vista en el mapa.

"El desierto es un área demasiado grande, puede ser que el equipo que ha hecho este plano no esté al tanto de un sistema de cavernas, pero debemos investigar de todos modos. Hagan una campaña por todos los rincones del desierto, ya que es la única área que no hemos peinado. Es increíble que por tanto tiempo no hemos dado con este ejército, no hay rastro de ellos por ninguna parte." El rey habló con pesadez.

"Creo que un ataque más agresivo es inminente, obviamente están tratando de debilitar las fuerzas militares del reino. Ya hemos tenido reportes de tribus de ogros que han llevado ataques, como los demás antes vistos, en muchos territorios considerados neutrales." Comentó el General Mabius.

"No tenemos otra opción que seguir en estado de alerta. Entreguen armas a los ciudadanos, denles granos y comestibles a las aldeas y pueblos que han sido afectados. Aumenten la seguridad en todas las vías transitables. Envíen una delegación hasta el Amazona, roguemos que nos ayuden." Violeta ordenó a los hombres.

"Su majestad, algunos hombres han partido del servicio militar para ir a defender sus familias. La moral esta muy baja entre los rangos, sabemos que estamos frente a un enemigo que se desplaza a su antojo por el reino y acecha todo el tiempo. El hecho de que tienen un dragón blanco a su disposición les ha dado un aire de fracaso inmensurable tanto a los soldados, como a los civiles." Comentó el General Omán.

"Lo sé. Lo sé. Nunca me había sentido tan impotente, pero debemos seguir buscando, seguir ayudando al pueblo, algo nos dará una pista. Tiene que haber algo que nos dé indicios de dónde se esconde este maldito ejército.” Respondió Violeta.

“Las brujas y elfos que están rastreando no han podido encontrar nada, pero tuvimos un reporte de una caravana de brujas que dijo que hace unos meses se habían topado con un campamento de mercenarios en el desierto, fuimos por esa área y no encontramos nada. El desierto cambia su faz a diario, va a ser muy difícil encontrarlos si de hecho se han adentrado allí.” Explicó Mabius.

“Posiblemente están escondidos en un área encantada, me imagino que la persona que esclavizó a Kalani es un poderoso ser. También estarán utilizando la magia de Kalani a su favor.” Añadió el Rey Papo considerando todas las ramificaciones que este concepto llevaba.

“Estamos a merced de estos hombres, tienen el elemento de sorpresa a su favor. Que sigan en pié las ordenes de toque de queda en todo el reino, que estén armados los civiles y en alerta.” La reina volvió a hablar con seriedad.

“Su majestad, tiene que llegar a un convenio con los dragones para que ataquen a Kalani. Si ella no existiera las cosas serían muy diferentes.” El General Mabius se dirigió a la reina nuevamente.

“No podemos hacer eso. Estos convenios han estado en pié por miles de años, hay que respetarlos, Kalani no está actuando por voluntad propia y los dragones no le harán nada.” Reiteró la reina.

"Pero su majestad, las casualidades son atroces, los dragones deben entender que su participación pondría fin a esto." Suplicó Mabius.

"Ellos ya han decidido este asunto. Están dispuestos a ayudarnos a combatir los mortales y defender el reino, pero no le harán daño a uno de los suyos que ha sido esclavizado. He dicho." La Reina Violeta le contestó molesta.

"Su diplomacia está costando vidas, le costará el reino." Le dijo Mabius cortante.

"No ha sido la primera vez que esto ha sucedido, la suerte esta en manos de nosotros. Es nuestro deber luchar por nuestro reino." Le contestó la reina con soberanía. El General Mabius permaneció en silencio al igual que el resto de los presentes. Altea se sentó en una butaca cercana y miró por la ventana como tratando de escapar de aquel lugar.

"Eso es todo por hoy… Quiero que tengan lista una comitiva dentro de dos meses, estaremos visitando el reino de Astra ya que han recibido una heredera al trono. La celebración se llevará acabo en el castillo, va a ser un poco más austera debido a que Astra también ha sido atacada." Les informó la reina antes de que los generales se marcharan. El rey se quedo atrás, mientras agarraba al pequeño Eligio, quien le alzaba sus brazos cariñosamente.

"Te estas poniendo demasiado grande." El rey le dijo al niño sonriendo.

"Ya pronto estaré grande y me iré a pelear contra los malos." Exclamó el chiquillo abrazando a su padre.

"Serás un digno guerrero de la familia real de Bandah." Le dijo su padre besando tiernamente su mejilla.

"¿Puedo irme contigo a las audiencias?" Le preguntó Eligio a su padre.

"Ah, ese lugar es muy aburrido. Además, no te voy a poder prestar atención." El rey le contestó.

"Koren me puede cuidar, ella siempre juega conmigo." Exclamó el principito. Koren escuchó su nombre, sobresaltándose ya que su mente estaba en otra parte, en esos momentos le estaba contando a Kalani todo lo que había transcurrido para que le avisara a Orión.

"¿No te importa si Eligio está contigo en la sala de audiencias?" Le preguntó Papo a Koren.

"No, con gusto lo llevaré conmigo y luego lo traeré a la torre, su majestad. Ya era hora de que resumieran las audiencias, siempre las he disfrutado." Respondió Koren recuperándose del susto.

"¿Está bien contigo?" El rey se dirigió a la reina.

"Sí. Koren lo cuidará." La reina Violeta sonrío desde su escritorio y regresó a escribir unos informes para la legislación. Koren tomó de la mano al pequeño príncipe y juntos salieron detrás del rey hacia la sala de audiencias.

Esa noche mientras Koren reposaba al lado de Orión en su lecho, platicaban de los sucesos del día.

“Tu información ha sido invaluable. Jamás nos encontrarán.” Le susurró Orión al oído.

“¿No crees que tal vez podrías tomar el reino sin tener que casarme yo con Eligio?” Preguntó ella.

“Mi ejército no es tan grande, es muy práctico para ataques de guerrilla, pero si hacemos campaña ofensiva contra la milicia nos podrían derrotar, aún teniendo a Kalani. ¿Te estás arrepintiendo del plan?” Inquirió Orión un poco desconcertado.

“No. Es que a veces veo la familia real y me da pena con ellos.” Explicó Koren.

“Así son las cosas. O ellos, o nosotros. Algún día será nuestra familia la que ocupe el castillo.”

“Entonces algún día seremos nosotros los que estaremos en la mira del que quiera ocupar el trono.” Declaró Koren deseando jamás haber pensado en esa posibilidad.

“Monarquías y gobiernos, vienen y van, tan sólo estamos esperando el turno.” Orión rió a carcajadas.

“Hay algo que se me había olvidado contarte, pero no quiero que te pongas de mal humor.” Le dijo Koren.

“¿Qué?” Preguntó Orión con preocupación.

“Estoy comprometida con Atle.” Confesó Koren con aplomo.

“¡NO! ¡Eso nunca! ¡Jamás te pondrá un dedo encima!” Exclamó Orión lleno de furia.

“Ha sido decreto de la reina, piensa que hacemos una unión excelente.” Añadió Koren.

“¿Cuándo te van a casar con él?” Preguntó Orión rugiendo.

“No sé. Pero tengo la impresión que va a ser en poco tiempo. Atle no ha podido venir a Bandah por que está ocupado, pero es capaz de que me manden a allá para que ayude a combatir junto a él y después casarme. Altea se pasa comentando lo bonito que es Cyrus en el otoño.”

“Maldita sea, vamos a tener que adelantar las cosas. ¿Por qué a ti? ¿Has hablado con él?” Demandó Orión.

“Lo he visto en la corte, he hablado con él. Todo esto fue inventado por Altea, yo creo. Me parece que quiere deshacerse de mí, hace tiempo como que me mira de reojo y no sé por qué. Su hermana desapareció del castillo… eso también me parece muy extraño.” Contesto Koren calmada, ya que estaba inmune al explosivo genio de Orión.

“¿Cuándo dijiste que irían los reyes a Astra?”

“En dos meses saldrá una pequeña comitiva, posiblemente iremos en dragón, un par de días solamente. ¿Qué tienes en mente?” Le preguntó Koren.

“Tengo que debilitar las ciudades de Albah y Polaris, que son las que más ayuda le dan al reino en este momento, ya que Cyrus esta en medio de sus guerras internas con los lagartunos. Nubis no podrá ir al auxilio de Bandah ya que están las montañas de por medio, sería perfecto para hacer un ataque sorpresivo.”

“Deberías tomar los dos reinos por sorpresa.” Ofreció Koren.

“¿A qué te refieres?”

“Según la ley, si un reino cae repentinamente queda al mando del reino cercano en lo que se establece otra monarquía. Esta ley muy anticuada no se ha revocado nunca, se creó para establecer el orden en caso de que los reyes de algún reino murieran de súbito, sin herederos. Hasta en caso de que la monarquía fuese erradicada violentamente, el reino no afectado es el que legaliza el nuevo. Imagínate, si matamos los reyes de Astra, su hija… y seguido yo tomo las riendas de Bandah, tendríamos dos reinos a nuestra disposición.”

“No es imposible, pero tendríamos que llevar a cabo los ataques a perfección. Que pena que no logré capturar la maldita Caracola de Ossida.”

“Deberías tratar de buscar la espada dorada.” Le comentó ella mientras con su dedo delineaba el perfil de sus labios.

“Nadie sabe donde se encuentra en estos momentos.”

“Yo, sí. Está en el templo de la Demi-diosa Arkana.” Al escuchar estas palabras Orión quedo sentado en la cama de un salto, incrédulo.

“Eres demasiado.” Orión se le echó encima tapándola con su cuerpo y dejándole saber sus intenciones. Ambos sonreían disfrutando de su intimidad y una increíble sensación de poder que casi los hacía flotar. Esa noche el destino del reino de

Bandah había sido escrito nuevamente, todo lo que era ya no sería, se acercaba una tormenta.

El plan estaba forjado, Koren estaba nerviosa, tensa. Los años que habían pasado tan lentos finalmente daban paso al momento crucial de su plan. Le daba un frío en los pies al pensar que si todo resultaba al pié de la letra, pronto se encontraría tomando riendas de dos reinos. El temor de que el plan fallara casi la sofocaba, pero sabia muy bien que el momento de actuar era ahora o nunca, todas las imposibilidades le atormentaban… al igual que las posibilidades. Ella pensaba en cada segundo en lo que tenía que hacer, repasando una y otra vez lo que había discutido con Orión. Todas las tropas de Orión se movilizarían en concierto, para aprovechar de una oportunidad que no se daría nunca más. Según el plan, cuando la comitiva real estuviese de regreso de Astra, los atacarían en medio del viaje para causar una diversión. Una tropa de ogros y hombres situadas en las afueras del castillo de Astra, atacaría para darle la oportunidad a Kalani a entrar al castillo, para que matara los reyes de Astra. Al mismo tiempo una tropa estaría escondida en las afueras del castillo de Bandah para recibir la comitiva real después del ataque, con el fin de darle la oportunidad a Koren de asesinar los reyes de Bandah, después de haberse casado clandestinamente con el príncipe Eligio. Koren sudaba al pensar las ramificaciones de todo aquello, al haber concebido el plan años atrás jamás se hubiese imaginado que sí se materializaría. Estaba en la sala con la reina y las damas, casi sin poder mirarlas a la cara, sus rodillas le temblaban pensando que tendría que matarlas a todas de algún modo. Miraba a cada una de las damas… el color intensamente rojo del cabello de Altea, la piel de ébano de Marussa que resaltaba sus ojos violetas, las diminutas manitas de Pumzi, las alas translucientes de Lenna, la sonrisa tan hermosa de Anari y finalmente el tuco de Kloe donde ya su brazo no estaba. Aunque no se sentía como si ellas fuesen amigas del alma, un apretón se le ensanchaba en el pecho, sabía que probablemente todas morirían luchando por la reina… En el medio de todas estaba Eligio, o Bickett, como él prefería ser llamado. Ese niño quien sonreía tan alegremente perdería sus padres y su futuro de una sola coartada, viviría en el palacio prisionero hasta el día de su prematura muerte. Koren cerró sus ojos y respiró profundamente, su mente transportándose al mar, llenando su mente de recuerdos gratos. Pensó en Orión, en su cuerpo desnudo, en sus labios tersos, en sus ojos verdes. Allí encontró la calma… sabía que por él destruiría el mundo si fuese necesario.

"¿Cómo crees que será la princesa?" Preguntó Eligio a toda voz.

"Todas las princesas son hermosas, pero esta será muy pequeñita por que es una bebé." Le contestó Lenna con ternura en su voz.

"¿No puedo jugar con ella?" Dijo el príncipe con desilusión.

"Tienes que esperar un poco para eso." Añadió Kloe riéndose. Aquella escena tan acogedora, le causaba vértigo a Koren quien se mantenía en una esquina pretendiendo estar absorta en la lectura del un libro. Ella no veía la hora en que podría marcharse a otro lugar. Las campanas del castillo repicaron marcando las cuatro de la tarde, Koren se levantó de su asiento cerrando su libro.

"Su majestad, me gustaría excusarme hacia mi oficina, quiero leer un poco más en lo que me preparo para la cena."

"Está bien." Violeta le sonrió. Koren partió en seguida sin mirar atrás y casi corriendo hacia su aposento, las escaleras interminables pareciéndole un agobiante laberinto. Sabía muy bien que la próxima noche cambiaría muchos destinos, no tan sólo el suyo. Aunque si el plan fallaba todos sabrían que ella era una traidora y sería condenada a muerte. No había marcha atrás... El tener que bajar al salón principal para ser parte de la cena se le hizo un esfuerzo inhumano, cada vez que se echaba algo a la boca le parecía que estaba comiendo tierra. Hizo plática casual con los demás y le sonreía sin ganas a los que le buscaban la vuelta, pues a pesar de que su compromiso había sido anunciado formalmente, eso no evitaba que algunos de los caballeros trataran de enamorarla. Al final de la cena, se retiró prontamente con la excusa de que quería estar bien descansada para el viaje al día siguiente a Astra. En realidad, no tenía otra cosa en mente que transportarse a la caseta del desierto para estar con Orión, para tratar de buscar sosiego y fuerzas en sus brazos.

Orión estaba sentado en su escritorio haciendo unas notas bajo la luz de la lámpara cuando ella se apareció.

"Has venido muy temprano hoy." La recibió Orión sonriente. Ella no dijo palabra alguna sino que se arrojó a los brazos de él para romper en sollozos.

"¿Ha sucedido algo? ¿Por qué estás así?" Le preguntó Orión preocupado.

"No." Fué lo único que ella logró contestar. Él la sentó en su butaca de cuero, tomando su rostro entre sus ásperas manos con ternura.

"Cuéntame." Le suplicó Orión.

"No es nada, es que he tenido mucha tensión y estoy nerviosa." Logró decir ella.

"Tienes que ser fuerte. En realidad, sé que el peso más grande ha caído sobre tus hombros. Es normal que te sientas así, pero esto pasará tan pronto tengamos el reino bajo control. Ya conseguí un oficiante para que lleve a cabo el matrimonio entre el príncipe y tú. Pasarás a la historia como la única reina que asumió el trono sin tener que batallar extendidamente." La voz de Orión le entraba en la mente y la aplacaba como si ella estuviera perdida en un místico trance. Todo lo que él decía hacía sentido, era como si las palabras que él dijera fueran un hecho, que jamás habría duda alguna de el resultado fructuoso de sus planes. La tomó de la mano y la dirigió al lecho, el único lugar que hasta ese entonces les había brindado la oportunidad de dejar atrás el mundo. Allí dejaban al descubierto sus cuerpos y sus almas, al igual que sus deseos. Una cosa que ella sí tenía por seguro, era que jamás sería capaz de vivir sin él, lo seguiría hasta el fin del mundo... la muerte... la locura. En ese momento, eran dos bestias entrelazadas, consumiéndose en puro instinto sexual. Orión la copulaba por doquier, mientras que ella vociferaba su placer. El mundo no era más real que el cuerpo de un amante...

En la mañana siguiente Koren se levantó con la certidumbre de que todo saldría bien. Era un presentimiento que tenía afincado en su corazón, que le daba tranquilidad. Los preparativos del viaje a Astra iban viento en popa, la comitiva estaba lista para partir esa misma tarde. La comitiva estaría dividida en dos grupos, el primero era un grupo de unos seis dragones que se asegurarían que el camino estuviese libre de peligros, el segundo llevaba el resto de los viajeros. La reina, las damas y el príncipe estarían en una carroza halada por cuatro pegasos, mientras que el rey y los caballeros le servirían de escolta, seguidos por un pelotón de soldados en pegasos y alguna que otra bruja volando para servir de vigías. Koren se dió cuenta que estaría muy difícil derribar la comitiva cuando estuvieran de regreso... pero no había otra manera de llevar acabo el ataque. Ella se sintió un poco mareada, pero no hizo caso, pensando que tal vez era la tensión. Agarró sus maletas y partió hacia el salón donde se reunirían todos antes de salir hacia Astra. Uno a uno cada cual ocupó su lugar, Koren entró a la enorme carroza sentándose entre Lenna y Anari, quienes reían emocionadas por el viaje. Todos recibían con gusto la oportunidad de hacer algo festivo para variar. El viaje a Astra se hizo corto, la comitiva llegó al mismo lugar cerca del castillo donde Koren había ido la vez que asistió al funeral de Kanek. El recuerdo de aquel día la hizo tragar en seco, pero trató lo más que pudo de despejar su mente, para no perder el control. Los reyes de Astra les dieron la bienvenida efusivamente, con sus coloridas vestimentas y como si no tuviesen una preocupación en el mundo. Las reinas se abrazaron como viejas amigas, mientras que los reyes platicaban aparte.

El castillo estaba hermoso, justo como Koren lo recordaba, colorido e impresionante. Los huéspedes fueron bienvenidos por una gran orquesta de hadas que tocaban canciones alegres. Aun así el resto de la noche y las festividades, pasaron desapercibidas ante Koren, quien se sentía como si estuviese perdida en una bruma pesada y de mal augurio. Ni siquiera prestó atención cuando presentaron la princesa del reino de Astra, sólo logro ver la pequeña infante ya en brazos de su madre, minutos después del anuncio. Se sentía como si estuviese a punto de vomitar, a la hora de la cena no pudo probar ni siquiera un poco de agua para saciar su sed. Las horas antes del regreso a Bandah se le harían interminables, pesadas y llenas de tortura. Esa noche se acostó con abandono en la cama dentro del cuarto que se le había asignado, cuando para completar le comenzó un vértigo insoportable. Ella corrió hacia la sala de baño y vomitó varias veces hasta que quedó casi sin fuerzas para levantarse. Estaba tan furiosa, no podía creer que fuera tan débil, se recordaba a sí misma que atrás quedarían sus años de servidumbre para otro. Muy pronto sería la reina de Bandah y Astra, que más podía pedir... Hubiese deseado más que nada en el mundo haber pasado la noche con Orión, pero sabia que él ya estaba en el lugar pautado con sus tropas, esperando el momento adecuado para el ataque, no era el momento para clandestinos encuentros románticos. Otra vez recorría paso a paso el plan en su mente, tratando de incluir cada detalle, para asegurarse de que no fallaría. Nadie podría jamás acusarla de no haberse ganado el trono, ella era instrumental para la ejecución del plan, ella era la que mancharía sus manos de sangre real. Buscó en su corazón la verdad, una verdad que ella sabía era absoluta…nadie la estaba obligando a hacer nada. Ella era la que tenía sed de poder, de ser admirada, de gobernar sobre los demás. Finalmente podía aceptarlo abiertamente, reconociendo que esa ambición, le daría las fuerzas para levantarse al día siguiente y destruir la tela que componía el mundo de los que tenían el poder en ese momento. Dejó sus ojos cerrarse, rendidos ante el sueño, para desaparecerse en un vacío inconciente lleno de sueños ensangrentados.

El alba llegó al reino brillante y cálido, anunciando la llegada del sol con aires de arrogancia entre conciertos de pájaros silvestres y el rocío de la mañana. Koren abrió sus ojos y se sintió liviana, tal vez pensó que todo había sido un sueño cruel que su mente se había inventado. Pensó que miraría a su alrededor y se daría cuenta que estaba en la cabaña del bosque… que lo demás fue puro cuento. La realidad se le presentó cuando se miró al espejo y se vió mujer, la niña del bosque se había quedado ahí con sus ansias de infancia. Ese día tan ordinario sería el que dictaría el resto de su destino, tanto como el de Orión y los demás. Partió a la sala de comer para tomar el desayuno, pero otra vez no pudo comer casi nada, tenía un malestar insoportable en el estómago que se engrandecía con cada segundo que pasaba. Una vez que se empezaron a despedir los reyes de Bandah de sus anfitriones, formándose la comitiva de viaje, Koren se encomendó al destino tratando inútilmente de calmar el latir enfurecido de su corazón. Se despidió formalmente de los reyes de Astra evitando mirarlos a los ojos, no fuese que se quedara sin ganas de matarlos después. Caminó hasta el claro, donde estaba la carroza con los pegasos esperando los viajeros, entrando en ella sin mirar atrás. Lo único que logró hacer fue fijarse en los detalles necesarios para avisar a Orión de la formación de la comitiva. Nada había cambiado, primero saldría el grupo de dragones, luego el rey con sus caballeros, todos protegiendo la carroza de la reina. Unos cincuenta soldados bien armados, que iban montados en pegasos, seguirían la carroza flanqueados por las brujas voladoras. Koren no tardó un segundo en darle los detalles a Kalani para que se los hiciera saber a Orión. En el momento que estaban todos listos, después de haber visto la primera ala de un dragón moverse, supo que el gran momento se acercaba. La carroza dió un halón fuerte hacia delante, Koren de momento se sintió ascendiendo hacia el firmamento, con el constante halar de los pegasos que una y otra vez hacía que los cuerpos de los viajeros se jamaquearan levemente.

"Estamos al aire. En unos dos minutos estaremos en altitud suficiente para que la carroza planee sin mucha ayuda de los pegasos." Koren le informó a Kalani.

"Orión dice que en diez minutos empezaremos el ataque, ya que estarán en las afueras de Astra, sobre el bosque." Contestó Kalani. Diez minutos, pensó Koren con pesadez, mirando una vez más sus compañeros de viaje. La reina acariciaba el cabello de Eligio, mientras él trataba de observar lo que estaba afuera de la carroza con entusiasmo. Altea lo miraba con cariño, creando de la nada unas mariposas mágicas que lo hacían reír desmesuradamente. Kloe miraba hacia el cielo con sus pensamientos afincados en algún misterio entre las nubes, mientras que Marussa coqueteaba juguetonamente con el principito para llamarle su atención. Anari compartía con Lenna sus observaciones acerca de las modas de Astra, comentando como pensaba usarlas como inspiración para su próxima colección de modas. Koren tan sólo pensaba en que en un corto plazo de tiempo debería hacer que todos dentro de la carroza se quedaran dormidos brevemente, para que no pudieran reaccionar al ataque…ni escapar. También tendría que ponerse, sin que nadie se diera cuenta, unos tapones de oídos especiales que la protegerían de las aves de Elán. Estas aves eran oriundas de Cyrus, conocido por su diversidad aviaria, que tenían el poder de emitir un chillido tan intenso que cualquier criatura a su alrededor quedaría desorientada momentáneamente.

"Ya vimos los dragones, has que se duerman ahora." La voz de Orión ordenó por vía de Kalani. Koren posó sus manos frente a su boca, fingiendo un bostezo, hasta que un humo amarillo brotó de ella como una niebla colorida. La cual flotó rápidamente en la carroza sin que ninguna de las damas, o la reina, se dieran cuenta, dejándolas de inmediato profundamente dormidas. Koren las observó por unos segundos para asegurarse que estaban durmiendo, mientras se colocaba los tapones en los oídos, sonrió complacidamente pensando en lo fácil que se le había hecho adormecer a la bruja más temida del reino…Altea. Con un dedo hecho una tajante púa, hizo sin demora un corte en el metal de la carroza, creando una ventana por la cual podría atacar a los soldados de la parte posterior.

"Atacamos." Le advirtió Kalani. Acto seguido la carroza se movió de un lado a otro con movimientos súbitos. Ella podía imaginarse los ogros en la tierra tirando al aire las enormes redes de metal, reforzadas de coral negro, desde enormes catapultas para atrapar los dragones y la comitiva del rey. Por otro lado la artillería de Orión le dispararía a los pegasos tratando de derribar la carroza del cielo sin destruirla. Unas cien aves de Elán oscurecerían el cielo con sus enormes alas, sus horrendos chirridos haciendo que los soldados perdieran su orientación, al igual que las brujas. Koren miró por la ventada de la carroza, mientras sentía que estaban descendiendo con rapidez, para tratar de ver que sucedía a su alrededor. A pesar de toda la acción, la reina, el pequeño príncipe y las damas, aún dormían tranquilos. Alzó su mano para unirse al ataque, con letal certeza empezó a emitir bolas de fuego que incineraban los soldados y sus pegasos al pasar frente a ella. Ni ellos ni las brujas sabrían de donde provenía el ataque, ya que las aves castigaban la escena con sus existir. Alguna que otra bruja trataba de matar las aves con valentía, pero terminaba matando a un soldado y vice versa. Koren sabía que en algún momento Kalani llevaría la carroza a tierra firme, pero estaba aterrorizada por que la carroza parecía descender a máxima velocidad sin detenerse. Para su gran alivio, un golpe mantuvo la carroza firme, y ésta pudo terminar su descenso sin hacerse añicos en la tierra. Koren se arrojó de ella en medio de la batalla que se desataba a su alrededor. Algunos de los dragones habían logrado escaparse de las redes y luchaban ferozmente contra los ogros quienes atacaban por todas partes. Kalani arrastró la carroza hasta el corazón del bosque, mientras que el rey y sus caballeros luchaban frenéticamente contra soldados y ogros del ejercito de Orión, tratando de ir inútilmente en búsqueda de la reina. Era obvio que el ataque estaba saliendo como esperado, los cuerpos destrozados de soldados, pegasos y brujas hacían una grotesca alfombra en el bosque.

"Kalani ven." Ordenó Koren haciendo que Kalani llegara a su lado según había sido planeado. Kalani se apareció para echarle los brazos a Koren con el fin de teleportarse juntas hasta el castillo de Astra. Al abrir sus ojos, Koren se vió en el jardín cerca del claro desde el que habían partido hacia unos momentos.

"Sólo puedo traerte hasta aquí. Nunca he ido al castillo." Explicó Kalani.

"No importa, aquí está bien. Ya sabes lo que tienes que hacer. Espera la señal." Koren dijo mientras Kalani volaba hacia el castillo, donde emprendería su ataque ofensivo para crear una distracción, dándole la oportunidad a Koren de llevar a cabo su parte del plan. Koren corrió hacia el castillo rasgándose sus vestimentas, hasta quemando algunos pedazos de tela, para verse en estado de urgencia. Un soldado corrió hacia ella al divisarla en el jardín.

"Pronto, llévame donde los reyes, hemos sido atacados." Le dijo Koren sin aliento. El soldado ni siquiera se paró a pensar en la absurdidad de que ella hubiese aparecido de la nada, ni de su orden de llevarla con los reyes, pero al ver su vestimenta oficial de Bandah se le nubló la mente. El joven corrió con ella hacia el corazón del castillo, sin ni siquiera parar a avisarle a más nadie.

"Los reyes están en la sala de música, están disfrutando del té juntos." Explicó el soldado casi sin aliento mientras se hacía paso por los corredores del castillo. Koren sonrió sin poder creer la perfecta posición donde se encontraban los reyes, ella sabía que la sala de música estaba cerca del museo de arte, conocía esa parte del castillo muy bien. Sin pensarlo dos veces, sacó unas enormes garras de su mano y embistió al joven por la espalda hiriéndolo mortalmente. El soldado tomado por sorpresa se ahogó en su propia sangre en el suelo, sin poder decir nada hasta el momento de expirar. Ella siguió adelante, sabía que tarde o temprano encontrarían al soldado muerto, pero ya sería muy tarde para poder dar la alarma. Koren caminó por un gigantesco salón que hacía de ante sala para el auditorio, ya empezaba a escuchar la música, repleta de violines y flautas. Se imaginó que un conjunto de refinadas hadas probablemente estaban tocando la música. Sus sigilosos pasos pasaron desapercibidos ante la audiencia, pudo notar que frente a la orquesta de unos diez músicos, estaban los reyes, acompañados por sus damas y caballeros. Pensó que había como unas treinta personas en el lugar, todas disfrutando a plenitud de la música, lo que le era ventajoso para Koren ya que no notaban aún su presencia.

"Kalani, ataca ahora." Koren dió la orden, entonces en un segundo se escuchó una gran explosión que hizo temblar al castillo. La música cesó de inmediato, algunos gritos surgieron ante la inesperada conmoción, creando momentáneamente el caos en el auditorio. Un segundo era justo lo que Koren necesitaba, el desorden le daría la oportunidad de atacar antes de que los demás pudiesen defenderse, por que no sabían que estaba sucediendo. Con todas las fuerzas de su alma, se convirtió en una candente antorcha humana desatando la fuerza de su fuego en el lugar, la muerte le sobrevino a los presentes sorpresiva, inmediata e infalible. Los muros se quemaron, algunos hasta se quebraron ante la presión del fuego, a pesar de que todo duró uno segundos. Los reyes de Astra yacían calcinados uno al lado del otro, sus cuerpos denotando que se habían tirado al suelo al unísono como si estuviesen protegiendo algo... Fue entonces cuando Koren escucho unos llantos, se hizo camino entre los cuerpos tiznados. Con su pié saco del medio el cuerpo de la reina para darse cuenta que la pequeña princesa había sobrevivido al ataque, gracias a sus padres, quienes habían caído sobre su pequeña cunita. Ella sabía las ramificaciones de la existencia de esta niña, ya que podría reclamar el trono algún día...no tan sólo eso, reclamar el de Bandah por ser fémina. Alzó sus manos para destruirla, pero no pudo, así que tomó la niña en brazos sacándola del lugar con ella, sabiendo que Kalani estaría a punto de terminar de destruir el castillo en cualquier momento.

Koren se encontró nuevamente en las afueras del castillo con la bebé en brazos observando como Kalani derribaba el castillo, tan fácil como si fuese de arena. Kalani se había transformado en un gigantesco dragón blanco casi de la altura de la torre más alta del castillo, en su cola llevaba unas enormes espinas que usaba como un mazo para derribar todo a su alcance, su enorme cabeza llevaba unos cuernos con cuales embestía las estructuras haciéndolas nada. La guardia real intentaba atacarla, pero ella los derribaba de un coletazo o una bocanada de fuego, aún así los hombres seguían luchando en su contra a pesar de la absurdidad de su situación. Koren observó que ya habían llegado bastantes soldados y miembros del gobierno para tantear la situación, aunque se veía por la ansiedad de sus ataques que presentían que los reyes de Astra no saldrían con vida del castillo.

"Kalani, ven." Koren le ordenó. Kalani regresó a su lado, una vez más con su forma humana. Al llegar se sorprendió al ver la niña en brazos de Koren.

"¿Y esta niña?"

"Es la princesa, no he podido matarla. Véte, déjala en el bosque y que sea lo que el destino quiera. Aquí te espero, avanza." Declaró Koren. Kalani se desapareció lo más rápido que pudo, antes que Koren rescindiera sus ordenes y la mandara a matar a la pequeña, algo que le estuvo muy raro que no le pidiera. Llevaba la pequeña protegida en sus brazos, cuando se aparecieron en un pequeño claro en el bosque. Miró a su alredor solamente hacia el suelo, haciendo una mullida camita de flores y hojas, mientras cerraba sus ojos esporádicamente para no ver el lugar con detalle. De ese modo no le podrían ordenar que regresara. La bebita lloraba desconsolada, su pequeña carita enrojecida por el deseo de estar junto al calor materno. Las lágrimas le inundaron los ojos a Kalani, sabía que no tenía forma de ayudar a la niña, pero tal vez sí podría darle un poco de protección con su magia. Una canción ancestral, sin palabras, sólo sonidos universales, surgió delicadamente de los labios de Kalani. La niña cesó su llanto para escuchar aquella melodía tan agradable que tejía hilos mágicos alrededor suyo, las aves se unieron al canto desde su vuelo y sus nidos, los animales del bosque dejaron lo que estaban haciendo para acudir al llamado mágico. Kalani abrió sus ojos por un segundo para ver la hermosa carita de la niña. Apreciaba con ternura sus delicados rizos, que eran como hileras de seda amarilla brillando bajo el sol. También sus ojos café con destellos de oro, cuales la observaban con curiosidad, reflejando con intensidad su destino. Le depositó un beso en la diminuta frente y cerró sus ojos una vez más.

"Ven a salvarme." Fué la súplica que logró decir Kalani antes de desaparecer. La pesadez de su pecho se le hubiese hecho menor si hubiese tenido los ojos abiertos, por que así se habría dado cuenta que no estaba sola con la niña en el claro del bosque. Entre los animales que acudieron al lugar se encontraba alguien que llevaba mucho tiempo en el bosque esperando una señal. Señal que ese día finalmente había llegado…

Kalani regresó al lugar donde estaba Koren después de un par de minutos, aunque le pareció que estuvo ausente una eternidad, ambas desaparecieron juntas para llegar al lugar de batalla donde se encontraba Orión y su ejército. Koren no podía creer que tan sólo habían pasado unos diez minutos desde su ausencia en aquel lugar. El campo de batalla parecía haber estado suspendido en el tiempo. Un horrible olor a carne cruda, o quemada, que permeaba el aire le revolcaba el estómago, al igual que las imágenes de hombres eviscerados, calcinados y mutilados que estaban por doquier. Sin tardarse más, corrió más allá del centro de la batalla donde el rey y sus caballeros aún peleaban con ferocidad. Le dió la orden a Kalani que se deshiciera de los soldados que seguían en pié, luego que terminara de liquidar a los caballeros. Ella agarró un espada que estaba tirada en el suelo dirigiéndose hasta la carroza, que no estaba tan lejos de ella. Asegurándose de que los que combatían no se dieran cuenta de su presencia, ni del lugar donde la carroza se encontraba.

A pesar de los sucesos tan aterrantes que se daban a lugar en sus alrededores, el interior de la carroza estaba en un extraño silencio. Las damas, la reina y el príncipe aún estaban envueltos serenamente en su sueño mágico. Koren sabía que debía actuar rápidamente por que no permanecerían así por mucho tiempo. Sus manos le temblaban violentamente al mirarlos a todos tan tranquilos, respiró profundamente convenciéndose a si misma que esa era la mejor forma de alguien morir, sería solamente un sueño interminable y no sufrirían. Se acercó primero a Kloe, ya que estaba más cercana a la entrada, cerrando sus ojos alzó su espada y de un certero golpe la decapitó. La cabeza rodó hasta el suelo, dando mórbidos tumbos, mientras brotaba la sangre de su cuello como una fuente de intenso color rojo. Acto seguido Koren se dirigió hacia Anari, quien parecía que sonreía hasta en sus sueños, su cabello dorado cayendo perfectamente en onduladas hebras sobre sus hombros… como si estuviese lista para un gran baile. Koren le administró la misma súbita muerte de un zarpazo, a pesar de que su corazón estaba agobiado de pena. La próxima en la hilera era Pumzi, su cuerpecito inerte había caído cómodamente en el regazo de Anari cuando se había quedado dormida, lo que le hacía a Koren un poco más difícil cortarle la cabeza. Analizando la escena, Koren no sabía por qué había decidido decapitarlas, le pareció que era una manera práctica de despacharlas, pero la cantidad de sangre en el lugar le pareció demasiado repugnante. Sin titubear más alzó su espada cortándole la cabeza a Pumzi justo donde estaba recostada, desmembrando también la pierna de Anari. Se sonrío recordándose que Anari ya no la necesitaría, así que no importaba...

Koren se volteó hacia los otros pasajeros, sus pies pisando el charco de sangre que ya estaba cubriendo el suelo de la carroza. Altea era la que estaba más cercana a la salida, siempre al lado de la reina, quien llevaba al príncipe Eligio en sus brazos. El niño reposaba su cabeza en el pecho tranquilo de su madre que ascendía y descendía rítmicamente con cada respiración. Al otro lado de la reina estaba Marussa, seguida por Lenna, quien había quedado recostada en el lugar que Koren había desocupado. Koren alzó la espada para decapitar a Lenna pero no pudo, siempre le había caído bien, pensó que a ella la dejaría para último. Entonces se volteó y con nervios de acero, le cortó la cabeza a Marussa. En ese momento algo inesperado sucedió, la sangre empezó a brotar al igual que con las demás, pero estaba acompañada por unos intensos rayos de luz que hacían chispas cual si fueran fuegos artificiales. La conmoción levantó abruptamente a las demás que faltaban por perecer para el desagrado de Koren. Lenna gritó al ver sangre por todas partes, luego al fijarse en las cabezas de sus amigas entre ella, como una sopa visceral. Koren pudo reaccionar en una fracción de un segundo tocando de inmediato a la reina, quien de inmediato quedó convertida, para su sorpresa, en una estatua. Fué entonces que Koren se dió cuenta que Altea también había tocado a la reina para protegerla de una muerte segura. Koren se volteó hacia Altea concentrándose en tratar de destruirla, soltó una intensa bocanada de fuego, pero Altea logró hacer una impenetrable esfera mágica que la protegía a ella y a Eligio. Lenna se arrojó aturdida del pánico por la ventana de la carroza, aterrorizada por lo que había presenciado. El príncipe Eligio gritaba con lágrimas espesas en sus ojos, mientras se aferraba como podía al concreto cuello de su madre, sin poder entender lo que sucedía.

Altea contra atacó con una bola de fuego de tal poder que Koren salió expulsada de la carroza, volando varios pies de distancia, hasta caer al suelo con una fuerza desastrosa. Ella sabía que probablemente tenía las piernas rotas por el impacto, tenía que sentarse para defenderse, estaba segura que Altea no tendría compasión alguna después de haber visto la situación. Altea salió de la carroza con fuego en sus ojos, la divisó de inmediato con el fin de terminarla de una vez.

"Mi hermana tenia razón. Eres un demonio." Altea alzó sus brazos, concentrando sus ráfagas de fuego en el cuerpo de Koren. Koren trató de absorber la magia negra con la suya para difundir el efecto culminante del ataque, pero se estaba sintiendo más débil cada segundo que transcurría. No podía llamar a Kalani a su auxilio ya que tenía que concentrarse en que el ataque de Altea no la anihilara. Toda su energía estaba puesta en su defensa. Altea aumentó la energía que brotaba de sus manos y Koren sentía un dolor insoportable, sus huesos se estaban quebrando con la presión del ataque ofensivo. De repente, Altea se detuvo y la miró sorprendida.

"Me da pena tener que cobrar la vida del ser que llevas en tu vientre, pero así será." Las palabras de Altea resonaron dentro de Koren como un soplo de vida, sorprendida por la noticia. La bruja había cometido el error más grande de su existencia al haberse detenido, aunque tan sólo por unos segundos, por que esto le dió a Koren la concentración necesaria para sacar a la luz todas sus fuerzas. Ya que a su vez pudo mandar unas ráfagas de fuego de dragón que se tragaron a Altea en un torbellino incandescente. Altea gritaba del dolor, su carne quemándosele en vida, sabía en ese instante que ya no podría ganar a pesar de su poder y experiencia de bruja, la sangre de dragón que llevaba Koren la hacían casi indestructible. Con lo último que le quedaba de fuerzas Altea logró transformarse en un diminuto ratón, para escabullirse en dirección al bosque. Koren no logró ver esta parte, sino que supuso que Altea había sido consumida totalmente por el fuego. En seguida se pasó la mano por sus piernas para componerlas lo suficiente como para seguir caminando y se acercó al campo de batalla, donde sólo quedaba el rey, sumido en una intensa batalla con Orión. Kalani estaba a un lado observando la batalla, obviamente por que Orión no había querido que ella intercediera. Habían ogros por todas partes, hombres del ejército de Orión que se habían sentado a descansar, o que rebuscaban los cuerpos de los muertos por si acaso encontraban algo de valor.

"Kalani, Lenna huyó hacia el bosque, búscala y tráela viva." Koren le ordenó a Kalani quien en seguida desapareció. Ella siguió caminando, haciéndose paso entre los mercenarios vencedores, quienes nunca la habían visto pero tenían ordenes de no atacar a la hermosa mujer de ojos turquesa. Agarró una espada ensangrentada que encontró en su paso, mientras se dirigía hacia Orión. El Rey Papo estaba visiblemente cansado pero no mitigaba su ataque hacia Orión, quien le propinaba golpes violentos con su espada, mientras sonreía. El rey se dió cuenta de la presencia de Koren y corrió hasta ella para poner su cuerpo entre ella y Orión.

"Koren, sigue defendiendo a los demás, yo sé que tu eres poderosa, yo me encargo de él." Le gritó el rey sin darle la espalda a Orión en ningún momento.

"Los demás han muerto." Le dijo Koren con la intención de bajarle la moral. El Rey Papo se acercó a ella bajando su espada, con su rostro descontorcionado por el dolor y el cansancio.

"¿Violeta? ¿Eligio?" El rey inquirió casi sin aliento. Koren lo miró sin decir nada, moviendo su cabeza en negativa, dejándole saber que no había remedio. Ella se acercó más a él, acto que hizo que Orión detuviera su ataque, manteniéndose tranquilamente con la espada descansando en su mano.

"Yo los maté..." El rey la miró fijamente a sus ojos mientras los suyos se le nublaban, incrédulo de lo que acababa de escuchar, tan sólo para encontrarse con la espada que llevaba Koren en la mano. Sin más pauta Koren embistió al monarca, atravesándolo por el pecho con su mortal traición. Sin quitarle los ojos acusatorios de encima, el rey cayó arrodillado ante ella. Orión se acercó para patear la espada con más fuerza, logrando que el rey moribundo finalmente cayera de bruces al suelo.

"No me diste el gusto de matarlo." Se quejó Orión con burla.

"Tengo algo que decirte." Le dijo Koren con seriedad.

"¿El niño? ¿Murió?" Preguntó Orión desesperado.

"No, está todavía en la carroza, aferrado a su madre."

"Vamos, tenemos que casarte con él de inmediato antes que manden un rescate cuando se den cuenta que no llegan y ya se corra la voz del ataque a Astra." Orión la tomó por el brazo, casi llevándola a rastras hacia la carroza. Orión le ordenó a un soldado, que buscara de una vez, a la bruja sacerdotisa que habían traído con el fin de oficiar la unión entre el príncipe y Koren.

"Impresionante." Fue lo único que dijo Orión al ver la parte interior de la carroza. Koren absorbió la escena, también incrédula, de que había sido ella quien había llevado a cabo semejante matanza. El príncipe Eligio aún se mantenía aferrado a su madre inerte mientras lloraba descontrolado, al ver a Koren comenzó a gritar de terror, en un ataque de histeria. Orión lo agarró por un brazo sin piedad, de un halón arrancándolo del lado de su madre, mientras el pequeño pateaba y trataba de zafarse inútilmente.

"Más te vale que te calles." Orión se dirigió al príncipe de una manera tan cortante que el niño enmudeció aterrorizado. Los tres caminaron hacia el claro donde había estado la batalla más intensa donde una bruja flanqueada por unos soldados se les unió.

"Aquí están, cáselos." Orión dió la orden.

"Acuérdese de lo que me prometió, yo seré la sacerdotisa oficial de Bandah." La bruja habló con voz áspera.

"Sí. Así será." Asintió Orión con un tono de urgencia. La bruja le ordenó a Koren que le tomara la mano al pequeño empezando los ritos del matrimonio. En medio de la ceremonia, Kalani se apareció con Lenna y ambas permanecieron calladas a un lado observando lo que sucedía.

"Ya está hecho. Vamos al palacio, hay que hacerlo oficial." Declaró Koren sin emoción en la voz. Los soldados de Orión envolvieron el cuerpo del Rey en una manta de lana según la orden de Orión, también se llevaron el cuerpo de piedra de la reina.

"Aquí esta Lenna." Kalani la anunció mientras la aguantaba por el brazo.

“Lenna, de tí depende que pasará con tu vida. ¿Renuncias tu lealtad a la reina Violeta y te unes a la nueva corte de Bandah encabezada por mi?” Le preguntó Koren.

“Una reina, otra reina, que más da. Yo soy una cortesana. Pero no entiendo lo que está pasando…” Declaró Lenna encogiéndose de hombros y Koren supo que en verdad no le importaba a quien servía.

“Todos los reyes están muertos, de Bandah y Astra. El único heredero sobreviviente al trono es Eligio, pero no puede tomar el trono hasta sus dieciséis años. Pero yo, su esposa, como estoy entrada en edad, puedo regir hasta ese entonces… Lo más probable es que se ratifique este convenio ya que los miembros del concilio legislativo son muy leales a la línea de donde proviene Eligio. La otra opción sería que Eligio perezca a manos nuestras… habrá guerra por mucho tiempo hasta que surja una nueva monarquía. Conociendo como es la corte dudo que quieran desatar la guerra debido a su afinidad a la diplomacia.” Koren le explicó a Lenna brevemente.

El ejército de Orión se movilizó según pautado hasta las afueras del castillo de Bandah, una vez allí, Kalani entró a la parte interior del castillo y sonó la gran campana que llamaba al concilio. Koren llevó a Eligio de la mano, seguida de Orión y la bruja, hasta el gran salón de audiencias donde se habían reunido prontamente todos los miembros de la rama legislativa y diplomática del reino de Bandah. Los hombres y mujeres miraban la diminuta procesión con intriga, hasta que de un rincón de la sala una voz irrumpió el silencio.

"Detengan ese hombre, es el príncipe Orión." Exclamó una mujer. En ese instante la puerta del salón se cerró con un firme golpe haciendo que todos se voltearan para encontrarse con la temida imagen de Kalani ante sus ojos.

"Canciller Usor, por favor pase al podio." La voz de Kalani acaparó el lugar, haciendo que muchas rodillas empezaran a temblar. Un anciano de corta estatura y una larga barba roja, se acercó en silencio hacia la parte anterior de la sala de audiencia donde se encontraba el podio y el trono, que fuesen hasta hace poco ocupados por el Rey Papo. Esta vez la voz de la bruja habló con autoridad.

"Soy Maura, bruja de la orden ancestral de Ura en la parte norte de Nubis. Canciller, ¿conoce usted a este niño?"

"Sí, es el Príncipe Eligio Máximo de Bandah." Contestó el hombre sin saber que esperar. La puerta se abrió momentáneamente dejando entrar a unos soldados que arrastraban algo envuelto en una manta de lana, los soldados procedieron hasta el podio donde arrojaron ante todos el contenido de la manta, que no eran otros que los restos del Rey Papo. El cuerpo ensangrentado y sin vida del monarca, arrancó gritos y gemidos en la audiencia. El príncipe Eligio rompió su silencio comenzando a llorar, arrojándose sobre el cuerpo de su padre.

"Papá, papá, despierta." El niño gritaba ante el horror de los demás. Orión lo agarró por el brazo y lo levantó nuevamente para que lo vieran todos.

"Los reyes de Bandah están muertos, al igual que los de Astra. Según la ley este niño es el nuevo monarca de ambos reinos." Declaró la bruja dejando su voz recorrer por cada recoveco del lugar.

"Es tan sólo un niño, si es verdad lo que alegan, entonces los reinos estarán en manos de este concilio hasta que entre en edad." Rugió el Canciller sin saber cual sería la próxima movida de la extraña comitiva que se había presenciado en la sala.

"Eso sería lo correcto… excepto que este niño ha contraído matrimonio con la Dama Koren. Yo los he casado, ella tiene edad de reinar así que puede hacerlo hasta que él pueda." Al oír estas palabras muchos en la audiencia se quedaron audiblemente sin aliento, una mujer se desmayó y el Canciller quedó boquiabierto. Una ola de murmullos empezó a rugir en el lugar.

"No hay ninguna ley en el reino de Bandah que establezca la edad en que una persona contraiga matrimonio, así que esta unión perpetrada por mí es completamente legal." Añadió la bruja.

"Todos aquellos que no estén de acuerdo con esto, serán sentenciados a muerte según la ley, por traición al reino de Bandah." Koren exclamó dirigiéndose a los presentes. Murmullos corrieron entre los miembros del concilio, alguno que otro intentó huir hacia la puerta pero se detuvieron ante la feroz presencia de Kalani.

"Como ven, está en su mejor interés ratificar esta unión y establecer al príncipe Eligio como heredero al trono. Sino perecerán en este momento y sumergirán el reino en intensas guerras para establecer una nueva monarquía. Todos sabemos muy bien que cada virreinato querrá asumir el poder." La bruja se dirigió a todos nuevamente. El Canciller regresó junto a los otros y discutieron entre sí por largo rato.

"Es posible que los virreinatos no acepten este convenio." Espetó el canciller.

"Entonces, eso estará por verse…" Contestó Koren desafiante.

"Está bien. Oficiaremos al Príncipe como heredero al trono y aceptaremos a Koren como Princesa Regente. Pero exigimos, que el príncipe venga a las audiencias una vez al mes y que no se le hará daño." Exclamó el Canciller.

"Muy bien, yo me encargaré del bienestar del príncipe, mi esposo. Avísenle a los generales que se presenten de inmediato a la sala y a todos los miembros del castillo que se reúnan en la plaza mayor donde yo me dirigiré a ellos." Koren dió su primera orden como soberana del reino de Bandah.

"Desde este momento yo absuelvo de todos los cargos a el Príncipe Orión y lo nombro General Supremo de las fuerzas militares de Bandah. A la bruja Maura la nombro sacerdotisa oficial de Bandah." Añadió Koren antes de bajar del podio.

Orión la siguió pisando el cuerpo del rey Papo como si fuera una alfombra descartada, mientras que la bruja agarraba al príncipe por la mano y se lo llevaba arrastrando del lugar.

"Lenna será mi mano derecha de ahora en adelante, búsquenla." Exigió Koren. Kalani se les unió sin decir palabra, tomando la mano del príncipe, sonriéndole sin que nadie más se diera cuenta. El pequeño la miró y apretó su mano presintiendo que esa extraña no le iba a hacer daño, que ella también se encontraba en una situación de la cual no podía escapar.

"De ahora en adelante Eligio vivirá en la torre de la reina, nadie tendrá acceso a él a menos de que sea aprobado por mi. Orión, pon algunos de tus hombres en vigilancia, no vaya a ser que alguno quiera rescatarlo. Kalani, mantenlo en tu vista, si alguien trata de sacarlo de la torre, mátalos. Asegúrate que baje a la sala de audiencias una vez al mes." Le dijo Koren firmemente.

"Yo viviré en la torre del rey." Anunció Koren a toda voz.

"Uno de los hombres de mi ejército me dijo que una de las ogras había perdido un hijo, creo que tal vez sería buena idea que ella lo cuidara." Orión le dijo a Koren señalando al príncipe.

"¿Por qué? ¿Y si se lo come?" Contestó Koren ante la idea.

"La ogra no tendría ningunas de las lealtades que cualquier otro, así que no trataría de ayudarlo, son unas bestias. Le diremos que si se lo come mataremos el resto de su familia." Explicó Orión.

"Está bien, lo que tu digas. Después que yo no tenga que verlo…no me importa. Me recuerda demasiado a su madre." Kalani siguió adelante con el niño, desapareciendo junto a él, hacia lo que una vez fue la torre de la reina. La bruja también partió hacia el salón principal para esperar nuevas instrucciones, ya que no le era familiar la vida palacial.

"¿Qué era lo que me querías decir?" Comentó Orión recordando que ella había querido contarle algo.

"Hubo un sobreviviente al ataque de Astra…"

"¿Alguien de importancia?" Preguntó Orión temiendo la respuesta.

"La princesa Kairi. Estaba en una cuna cuando encendí el lugar, cuando sus padres cayeron muertos voltearon la cuna, ambos la protegieron sin querer con sus cuerpos. No pude matarla…le dije a Kalani que se deshiciera de ella, pero no creo que la haya matado tampoco." Confesó Koren.

"Me la debiste haber traído, yo la hubiera matado… ya que más da. Con suerte nadie sabrá quien es y no será un problema para nosotros." Le dijo Orión algo molesto.

"Va a ser problemas…lo presiento. Hay algo más que te tengo que decir."

"¿Ahora qué?" Contestó Orión dejando escapar un suspiro de resignación.

"Estoy esperando un hijo tuyo." Koren declaró sin titubear. Orión paró en seco de la impresión y se volteó hacia ella, agarrándola por los hombros para mirarla fijamente a los ojos. Después se arrodilló frente a ella y le besó el vientre.

"Una niña... seguramente tan hermosa como tú." Orión se irguió para besarla apasionadamente, haciendo hasta lo imposible por no tomarla allí mismo en el pasillo.

En la tarde, todos los habitantes del castillo y sus alrededores, se encontraban en la enorme plaza principal esperando en silencio, sin saber por qué razón habían sido convocados a ese lugar. El Canciller Usor apareció desde un lado apartado de la plaza. Ante todos los presentes caminó solemnemente hasta treparse en una tarima de madera, que había sido erguida en corto tiempo para la ocasión. Haciendo uso de la increíble acústica del lugar se dirigió a la multitud con voz pesarosa.

"Los reyes del reino de Bandah y los reyes del reino de Astra han perecido en un acto de violencia. El único heredero al trono de ambos reinos es el Príncipe Eligio, ya que la infanta de los reyes de Astra está presuntamente muerta. Debido a que el príncipe es menor de edad no puede regir, pero ha sido llamado a nuestra atención de que sí puede casarse, hecho que ha sucedido este día. Una ceremonia se ha llevado a cabo con la Dama Koren... Nuestro reino ha estado bajo ataque desde hace mucho tiempo... el concilio ha decidido aceptar esta unión para evitar que se riegue más sangre, con la esperanza de que el día llegue que el príncipe pueda reestablecer su monarquía justamente y que haga justicia. De ahora en adelante, el reino estará bajo el mando de la Princesa Regente Koren, quien ha decretado que dejará partir del castillo a los que ya no quieran estar al servicio de la nueva monarquía." El hombre cesó de hablar, mientras que la multitud explotó en gritos de protesta y abucheos.

La mayoría de los presentes declararon su intención de abandonar el castillo, aunque horas más tarde cuando trataron de marcharse, lo único que encontraron a la salida fue una muerte segura. Orión pensó que esto mandaría un mensaje muy claro a los que quisieran, o pensaran, atacar el reino recién establecido. Sin piedad alguna, Koren envió a Kalani expresamente a la cabaña del bosque, para que matara a su padre y a su madre. Sus motivos claramente eran el de callar a su padre para siempre, no fuese que la destapara como raza mixta ante los dragones y ellos se deshicieran de ella. Doña Flora recibió la muerte casi con alegría, ya que lo que le quedaba de su entristecido corazón estaba completamente quebrado, ante la horrible persona en quien su amada hija se había convertido. Orión reunió a los generales y comandantes de alto rango de la milicia, mandando a Kalani a que los matara todos, para así él establecer sus propios rangos y lealtades. Entre muertes, ratificaciones y promesas de lealtad, pasaron un día y una noche, hasta que al fin los reinos de Bandah y Astra habían caído legalmente en manos de Koren por completo. Sin demora, Orión mandó una comitiva hacia el reino de Cyrus, para arrestar al Virrey Atle con el cargo de usurpar el trono. Cyrus ya estaba sufriendo los estragos de las batallas con los lagartunos… aunque los miembros de la guardia trataron de hacer lucha contra la milicia real para defender al Virrey, los soldados fueron sobrellevados fácilmente y el castillo tomado sin contratiempos. El Virrey Atle fué sacado a la fuerza, casi moribundo del castillo, después de una intensa lucha, por que batalló hasta que no pudo más. Al día siguiente, al llegar a Bandah, sus restos fueron colgados en la plaza pública a la vista de todos, después de haber sido brutalmente torturado. La nueva monarquía quería enviar un recordatorio de lo que podría pasar, al resto de los virreyes, que quisieran tal vez luchar contra el establecimiento. Una vez que sus hombres estaban al mando, Orión no temía que la nueva milicia perdiera poder, sabía que todos los soldados estaban contentos de que ya se acababan las guerras y los ataques. El ejército establecido continuó casi igual a como estaba, para servir a la Princesa Regente.

Al fin del mes, ya que todos los asuntos de la milicia se habían resuelto y los virreinatos habían aceptado la nueva monarquía, Koren se estableció en su nueva torre. Declaró que para su protección personal, el General Orión ocuparía uno de los apartamentos de la misma torre, aunque era un secreto a voces de que él jamás puso un pié en dicho logar. La unión entre Orión y Koren no podía ser encubierta de ningún modo, sus cuerpos se llamaban ante las miradas de los demás, sus ojos se buscaban en cada rincón y sus sonrisas se declaraban un amor no tan secreto.

No habían habido grandes revueltas, ni luchas, pues el reino estaba sediento de paz, proviniera de quien proviniera. Los virreinatos habían accedido a aceptar la situación para evitar más ataques en sus tierras, dándose por vencidos en una lucha que no embarcaron. La paz relativa regresó a los reinos, que se preocupaban en reconstruir sus hogares y aldeas, tras los estragos de los ataques anteriores. Aunque la gente no olvidaría en ningún momento que había sido el General Orión quien les había robado sus hijos para dárselos a comer a los ogros... Ellos sabían dentro de sí que en algún momento recobrarían sus fuerzas para luchar contra ese malvado y darle justicia a sus hijos muertos. En el segundo mes, Orión hizo una campaña acompañado de Koren, hacia la ciudad de Albah donde había estado la espada dorada. Al llegar al templo en medio del gran bosque, la Demi-diosa Arkana les dijo que la espada ya no se encontraba allí. Orión en un ataque de furia mandó a sus hombres a destruir el bosque, lo que debilitó a la Demi-diosa lo suficiente como para sentir dolor. Koren le exigió a Arkana que le dijera el paradero de la espada mientras la torturaba, pero ésta no le dijo nada, lo que enfureció a Koren de tal modo que le cortó la cabeza. Arkana, al ser Demi-diosa, no murió. Koren decidió que era mejor que se la llevaran, no fuera a ser que recobrara sus fuerzas e intentara ayudar alguna insurrección, así que su cabeza regresó con Koren y Orión hasta el castillo de Bandah para servir de mórbida decoración. Después de un tiempo Koren se cansó de escucharla lamentarse tanto por su bosque, por sus ninfas, por su cuerpo, así que la mandó a la torre de la reina. Una vez allí, Bickett se topó con ella en una ocasión y siguió visitándola hasta que establecieron una estrecha amistad… Una amistad que en una ocasión futura le diría el paradero de la espada dorada, ya que Arkana tenía la ilusión de que algún día Eligio escaparía y la ayudaría a regresar a su amado bosque.

El príncipe Eligio lloraba amargamente todas las noches al haberse convertido en un prisionero en su castillo. Aquel lugar que había sido su parque de diversiones era ahora un aterrador lugar lleno de silencio y soledad. La única compañía que tenía era una detestable ogra que se hacía llamar Grinda, a quien casi no podía comprender. Su único consuelo era Kalani, quien le visitaba a diario para ofrecerle su amistad y quien le trajo la estatua de su madre sin que nadie se diera cuenta. Lo que ninguno de ellos sabía era que la reina Violeta aún seguía con vida. Altea la había convertido en estatua de mármol para que Koren no la matara, teniendo la intención de volverla a la normalidad cuando tuviese la oportunidad, pero esa oportunidad no se dió. De ese modo la reina también estaba condenada a una prisión, donde tristemente escuchaba y miraba a su hijo sin poder consolarlo, ni abrazarlo, estaba suspendida en el tiempo con un sufrimiento tan estéril como su existencia. En medio de su soledad, Bickett se sentaba al lado de la estatua de su madre cada noche antes de irse a la cama, para contarle de su día, de sus sueños, de las cosas que le gustarían hacer. Tiernamente besaba la mejilla fría de lo que una vez fue su madre sin saber que ella podía sentirlo... Grinda se encariñó con Eligio con el pasar del tiempo y lo crió lo mejor que pudo, como si fuese su hijo, se pasaban la tarde luchando con espadas y aprendiendo cosas que jamás nadie pensó que un ogro supiera... Eligio, quien prefería llamarse Bickett, comenzó a aprender un poco de magia, artes militares y todos los secretos de la tierra que los ogros poseían. Aprendió acerca de la magia de los árboles, los hongos, las aves, las montañas y el idioma de los ogros. Kalani le enseñaba lo que podía cuando lo visitaba, pero le recordaba que nunca debía decir que sabía algo, ya que lo encerrarían en un calabozo hasta el día en que lo mataran. Bickett sabía muy bien que el plan de Koren y Orión era matarlo el mismo día de su cumpleaños, así ella quedaría libre de casarse nuevamente, siendo reina absoluta de Bandah. Era un plan que ya todos esperaban, Bickett se enfurecía pensando en que no le importaba en lo absoluto a nadie. El reino ya seguía su curso, los nobles ni se inmutaban a saludarlo en la sala de audiencias cuando se presentaba una vez al mes, como si ya lo hubiesen descartado para siempre del destino de Bandah. Bickett era sólo un estorbo en el castillo, un vestigio de una línea real que ya pronto desaparecería por completo.

Los meses y años siguientes fueron los más felices para Koren por que estaba viviendo junto a su gran amor y sus hijos, aunque relativamente en secreto. Disfrutaba de una extraña paz, en la que su vida estaba plena de bendiciones. Tuvieron una hermosa niña llamada Ona quien era un diminuta réplica de su madre. Un año después les llegó un hijo menor al que llamaron

Ander. Orión era un orgulloso padre, él y Koren amaban intensamente a sus hijos, aunque los mantenían escondidos. Ellos no querían probar su suerte y vivir su vida juntos abiertamente, menos hacer alarde de sus hijos, pues según el tiempo pasaba sabían que era posible que algunas tramas se hicieran en su contra. Si se llegara a probar que Koren le había sido infiel a Eligio, su matrimonio no consumado quedaría nulo y el concilio quedaría al mando de los reinos en lo que Eligio llegaba al poder…si es que llegaba.

Los niños Ona y Ander, se convirtieron también en prisioneros del castillo, desterrados a la torre de la reina en el viejo apartamento de Koren. La existencia de estos niños era secretamente guardada, ya que el parecido a su madre era demasiado como para ser posible negarlos. Por esos entonces Koren también decidió esconder su rostro tras un paño de seda negro, con el fin de que la gente olvidara su cara, de ese modo ayudando a separar más su conexión con la pequeña Ona. Aunque Koren los quería tener cerca, no podían estar en su torre por que habría muchas sospechas, pero en la vieja torre de la reina el acceso era muy limitado, así que no quedaba otra opción que criarlos allí. Eventualmente, Ona y Ander descubrieron los otros prisioneros de la torre de la reina, pero esa será otra historia más para contar…

De vez en cuando, se aparecía un caballero que invitaba a Koren a un duelo para tratar de ganarse el corazón de Kalani, pero el resultado era siempre el mismo, ella los vencía y los colgaba cerca de la entrada al castillo para que cualquiera que se atreviera a requerir un duelo viera las posibles consecuencias. Los duelos eran todo un espectáculo grotesco, ella arremetía con su espada afilada y mortal, también con sus garras cuando era necesario para excitar la muchedumbre. Los soldados del castillo aplaudían frenéticamente cuando las tripas de algún desafortunado se esparcían por la plaza. Bickett miraba la escena con horror desde su torre, sintiendo un temor profundo, el conocimiento de su destino haciéndole tratar de escapar del palacio a como de lugar. Cada vez que Bickett intentaba escapar enfurecía a Koren, quien le suministraba una paliza a Grinda por haberlo dejado escapar, y a Bickett por tratar, hasta que un día le hizo un conjuro mágico que lo mantendría en el castillo. Koren conjuró que cada paso que Bickett diera para alejarse de los predios del castillo le causaría un inmenso dolor, así que cuando él trataba de escapar no llegaba lejos por que el dolor lo vencía. Grinda siempre iba en su búsqueda al darse cuenta que no estaba en la torre, lo encontraba casi inconsciente de sufrimiento, aullando de dolor con lágrimas en sus ojos hinchados…tirado en el suelo. Lo tomaba entre sus enormes brazos y con mucha pena lo regresaba a su prisión.

En otras partes del reino la vida seguía como de costumbre, la gente olvidándose de sus penas y siguiendo adelante por que sólo así se puede vivir en paz. Mas allá, en el bosque encantado de Astra, había alguien que no olvidaba… Una vieja bruja vivía dentro de un árbol junto a su hermana, quien había sido desfigurada salvajemente por el fuego de una malvada mujer. Esa bruja era Lula. Ella había visto las señales en las estrellas de lo que traía el futuro y había escapado del castillo de Bandah para esperar el momento en que tendría que ir al auxilio de su hermana. Lo que no se había imaginado, es que también habría tenido que ir a salvar a la pequeña niñita, quien tal vez pondría fin a aquel reinado manchado de tanta sangre y maldad. Ella había estado en su casita del árbol cuando escuchó con sus oídos sordos la voz del tiempo, del universo, del sol y la luna... un canto quimérico se abría paso por el bosque y ella supo de inmediato que esa era la señal. Lula caminó rápidamente con sus torpes piernas, hasta el lugar donde provenía la canción, para ver con sus ojos ciegos como una hermosa criatura blanca depositaba una pequeña niña entre las hojas en un claro del bosque. Los animales se hicieron a un lado para que ella tomara la niña en sus brazos, por que sabían que sólo uno de su misma raza podría ayudar la niña en ese instante. Lula la observó fijamente, a pesar de su ceguera, pudo verla claramente y sonrió. Era quien ella pensaba...

Fin - Libro I

www.ingramcontent.com/pod-product-compliance
Lightning Source LLC
LaVergne TN
LVHW040824090826
845145LV00001BA/52

* 9 7 8 0 6 1 5 5 8 6 1 4 4 *